Une mariée sous protection

Troublante collaboration

LISA CHILDS

Une mariée sous protection

Traduction française de
FLORENCE BERTRAND

BLACK ROSE

HARLEQUIN

Collection : BLACK ROSE

Titre original :
BEAUTY AND THE BODYGUARD

HARPERCOLLINS FRANCE
83-85, boulevard Vincent-Auriol, 75646 PARIS CEDEX 13
Service Lectrices — Tél. : 01 45 82 47 47

www.harlequin.fr

ISBN 978-2-2803-6583-3 — ISSN 1950-2753

Prologue

Comment diable avait-il survécu ? C'était impossible. Impossible !

La preuve était cependant là, sous ses yeux. Certes, il paraissait différent, mais quoi d'étonnant, après les tortures qu'il avait subies ? Pourtant, il avait bien cru l'avoir tué…

D'un geste rageur, il froissa le cliché. Cette fois, ce salaud n'en réchapperait pas. Il mourrait pour de bon.

Furieux, Derek Nielsen jeta la boule de papier contre les barreaux de sa cellule. Une alarme retentit au même instant. Il ne l'avait pas déclenchée, du moins pas directement. Mais elle sonnait à cause de lui, conformément au plan qu'il avait mis au point.

Le moment était venu. Celui de son évasion.

Avec un grincement métallique, la porte coulissa. Comme tous les détenus, il sortit de sa cellule. Tandis que les autres, perplexes, hésitaient, debout dans le couloir, il les dépassa rapidement. Il savait où aller : dans la buanderie. Il ne disposait que de quelques minutes pour atteindre la bouche d'aération située derrière un sèche-linge industriel. Au prix d'efforts acharnés, il était parvenu à agrandir suffisamment le conduit pour se glisser à l'intérieur.

Un véhicule l'attendait au-dehors, prêt à l'emmener vers la liberté.

Alors, il pourrait se venger de celui qui l'avait envoyé en prison.

1

Avait-il survécu à six mois d'enfer pour en arriver là ? se demandait Gage Huxton. Depuis qu'il était devenu garde du corps à son retour d'Afghanistan, ses missions avaient eu un degré d'intérêt variable. Son premier travail pour l'agence Payne avait consisté à protéger une dame âgée atteinte de la maladie d'Alzheimer, qui n'était menacée que par son imagination.

Ensuite, il s'était vu confier la tâche de veiller sur l'homme qui était désormais son beau-frère. Cela lui avait valu d'être blessé par balle et renversé par une voiture, mais il avait réussi à s'en tirer.

Et voilà qu'on venait de le charger d'assurer la sécurité lors d'une cérémonie de mariage ! Il glissa un doigt sous le nœud papillon qui l'étranglait, luttant contre la vision qui s'imposait à lui, celle d'une corde qui se resserrait autour de son cou et menaçait de le faire suffoquer. Il grimaça à ce souvenir.

— Ça va ? fit une voix douce.

Il cilla pour chasser les images qui défilaient dans sa tête et reporta son attention sur Penny Payne. Celle-ci se leva et contourna son bureau pour venir vers lui. Ils se trouvaient dans son cabinet de travail, au sous-sol de la chapelle blanche qu'elle possédait à River City, la ville où Nick s'était installé et où lui aussi vivait désormais.

Ne voulant pas l'inquiéter, il esquissa un sourire et hocha brièvement la tête.

Une lueur d'affection et de sollicitude traversa le regard noisette de Penny.

— Tu es très élégant, dans ce smoking.

Sans doute aurait-il dû se raser de près pour ne pas détonner parmi les invités qui n'allaient pas tarder à arriver, mais il n'en avait eu ni le temps ni l'envie.

— Je dois avoir perdu la tête, grommela-t-il.

— Pourquoi cela ? demanda-t-elle, l'air amusé.

— Sinon, je ne me serais sûrement pas laissé persuader de jouer les gros bras pour vous.

Penny était la mère de son employeur, de sorte qu'il n'avait pas vraiment eu le choix. De toute façon, elle était aussi de ces femmes auxquelles on ne pouvait pas dire non.

Elle leva la main, et il réagit comme chaque fois que quelqu'un faisait mine de le toucher : il tressaillit. La compassion ternit l'éclat habituel du sourire de Penny.

— Gage…

Au lieu de reculer, comme l'auraient fait la plupart des gens, elle posa doucement la paume sur sa joue.

— Je suis désolée, murmura-t-elle.

Il secoua la tête et retira sa main.

— Je ne veux pas de pitié. Je veux seulement faire mon travail.

— Ce n'était pas ce que…

Il se força à sourire.

— Ce n'est pas grave.

Personne ne savait comment s'y prendre avec lui depuis qu'il était rentré.

— Où voulez-vous que je me poste ? Faut-il que je veille à séparer la mère du marié de celle de la mariée ?

Le sourire de Penny s'effaça.

— La mère de la mariée est morte il y a des années.

— Je suis navré.

Depuis que ses parents étaient partis s'installer en Alaska, il ne voyait pas sa mère souvent, mais il pouvait lui téléphoner. A vrai dire, il le faisait rarement car il ne voulait pas l'inquiéter.

— Bon, pas de bagarre à craindre de ce côté-là. Et les demoiselles d'honneur ?

Le sourire de Penny revint.

— Pourquoi me donnes-tu l'impression que tu espères du grabuge ?

— Je cherchais juste des points positifs dans cette mission, répondit-il en riant.

— Pense au gâteau !

Là-dessus, elle lui tapota la joue de nouveau, comme s'il était un petit garçon à qui elle promettait une friandise s'il se conduisait bien. Ses enfants étaient des adultes à présent, mais elle avait élevé trois fils et une fille seule ou presque. Elle savait comment s'y prendre avec les enfants.

A ceci près que Gage n'était plus un enfant. Dix ans s'étaient écoulés depuis qu'il avait décidé, à l'âge de dix-huit ans, d'entrer dans les commandos. Après l'armée, il avait travaillé un temps pour le FBI. Il n'aimait pas penser à cette période de sa vie, car alors il songeait inévitablement à *elle*.

A Megan Lynch.

Le calvaire de ces six derniers mois n'était rien comparé à celui qu'elle lui avait fait endurer.

Refoulant les souvenirs qui l'assaillaient, il exhala un soupir heurté. Il devait laisser tout cela derrière lui, et surtout Megan.

Il s'obligea à se concentrer sur la conversation.

— Vous voulez que je monte la garde près du gâteau ? plaisanta-t-il.

Penny secoua la tête.

— Non. Tu as la mission la plus importante de toutes.

Il étrécit les yeux. Se moquait-elle de lui ?

— C'est-à-dire ?

— Tu dois veiller sur la mariée, évidemment.

— Que je veille sur elle ?

Il ne voyait pas en quoi elle pouvait courir un danger mais, après tout, il ignorait de qui il s'agissait.

— Voulez-vous dire qu'elle risque d'essayer de prendre la fuite ?

Il aurait pu compatir. Pour sa part, il ne risquerait plus jamais son cœur. De toute façon, il n'en avait plus. Megan l'avait détruit.

Penny soupira.

— Dans le fond, j'aimerais presque qu'elle le fasse…

— Le fiancé est un sale type ?

— Il a l'air gentil.

— Dans ce cas, pourquoi a-t-elle besoin de protection ?

— Son père est un homme important, expliqua Penny en rougissant légèrement.

— Qui est-ce ? demanda Gage, intrigué par sa réaction.

— Il s'est fait beaucoup d'ennemis au cours de sa carrière.

Gage se reprocha de ne pas avoir consulté le programme en entrant dans la chapelle. S'il l'avait fait, il aurait vu la liste des personnes qui allaient assister à la cérémonie. Mais, comme il voulait connaître sa mission avant l'arrivée des premiers invités, il s'était dépêché.

Maintenant, il savait en quoi elle allait consister : la protection de la mariée.

— Et il pense que certains d'entre eux pourraient s'en prendre à sa fille le jour de son mariage ?

Penny acquiesça.

— C'est le genre d'homme qui ne se soucierait pas qu'on l'attaque, lui.

De nouveau, elle s'empourpra.

Qui diable était ce type pour elle ? Apparemment, quelqu'un qu'elle connaissait bien. Très bien ?

— En revanche, si on faisait du mal à sa fille…, reprit-elle.

Gage comprenait.

— Si ce type a tant d'ennemis, pourquoi suis-je le seul représentant de l'agence Payne ici ?

Cela l'étonnait d'autant plus qu'il savait que son employeur ne le jugeait pas encore rétabli à cent pour cent. Logan Payne n'était pas le seul à être de cet avis ; lui-même ne se faisait pas totalement confiance.

Il allait mieux, mais il avait encore du mal à dormir, à supprimer les flash-back, à oublier la douleur…

Penny inclina la tête et le regarda droit dans les yeux.

— Tu es le garde du corps dont la mariée a besoin.

La nausée le gagna alors que la lumière se faisait en lui. Même sans programme, il savait qui était la mariée. Penny lui avait fourni assez d'indices ; il aurait dû comprendre plus tôt. Bon sang ! Il aurait dû comprendre à l'instant où elle lui avait demandé de venir l'aider. Il savait qu'elle planifiait le mariage de quelqu'un qu'il avait connu. Ou, du moins, qu'il avait cru connaître.

Il devina qu'elle avait sans doute d'autres idées derrière la tête. Nick l'avait averti qu'elle n'hésitait pas à se mêler de choses qui ne la regardaient pas forcément. Peut-être ses enfants n'y voyaient-ils pas d'inconvénient, mais lui, si.

Il secoua la tête.

— Non.

— Gage…

Il se contenta de secouer la tête de nouveau, signifiant son refus d'accepter cette mission. Tant pis si Penny Payne allait se plaindre auprès de Logan et s'il était renvoyé. Il ne pouvait pas protéger cette mariée, pas alors que c'était de lui qu'elle avait besoin d'être protégée.

— Il est parti, murmura Penny.

Woodrow Lynch lâcha un soupir et referma la porte du bureau derrière lui.

— C'est sans doute préférable.

— Comment pouvez-vous dire cela ?

La voix de Penny, d'ordinaire si douce, frémissait d'indignation.

— Elle est si malheureuse !

— Elle est malheureuse à cause de *lui* !

La colère bouillait dans ses veines quand il songeait au chagrin que Gage Huxton avait causé à sa fille. Certes, ce n'était pas sa faute s'il avait été capturé. En revanche, c'était lui qui avait décidé de quitter le FBI et de retourner dans l'armée.

— Oui.

Penny fit le tour de son bureau pour venir se camper devant

lui. Elle était petite, en dépit des talons qu'elle portait avec sa robe en soie couleur bronze, parfaitement assortie à ses yeux. Ses boucles châtain foncé, traversées de mèches auburn, encadraient son visage, s'arrêtant à hauteur du menton.

Elle était superbe. Et exaspérante. Elle pensait toujours avoir raison — à juste titre, d'ailleurs, ce qui était d'autant plus exaspérant.

— Par conséquent, il est préférable qu'elle aille de l'avant, conclut-il.

Très préférable, étant donné que la cérémonie devait débuter dans moins d'une heure. Et il se félicitait de donncr sa fille à un homme qui ne la rendrait pas malheureuse.

Penny secoua la tête. Quelques mèches rebelles lui tombèrent devant les yeux. Instinctivement, il tendit la main pour les repousser. Sa peau était aussi soyeuse que ses cheveux. Il la sentit frémir à son contact, et elle recula d'un pas.

Il la connaissait depuis un certain temps. Pour avoir assisté à bon nombre de cérémonies dans sa chapelle, il savait à quel point elle était chaleureuse et affectueuse. Avec tout le monde sauf lui.

Avec lui, elle était généralement sur ses gardes, nerveuse. Ce jour-là, elle était aussi fâchée.

— Megan ne pourra pas aller de l'avant avant d'avoir une sorte de conclusion à cette histoire.

— Vous parlez d'expérience ?

Il n'avait pas eu l'intention de poser cette question. Elle avait jailli d'elle-même, sans doute parce qu'il se demandait pourquoi elle ne s'était jamais remariée après la mort de son époux, seize ans plus tôt.

Elle fronça les sourcils.

— Ce n'est pas de moi qu'il est question.

Jamais elle ne parlait d'elle-même, il avait remarqué cela aussi. Elle ne parlait que des autres : de ses enfants, des agents qui travaillaient pour lui, et, maintenant, de sa fille.

— Nous ne devons songer qu'à Megan, poursuivit-elle. Jamais je n'ai connu de mariée aussi triste.

Ce fut au tour de Woodrow de froncer les sourcils.

— Vous voulez dire que vous la trouvez pénible ?

— Bien sûr que non.

Elle esquissa un geste vers lui et, presque comme si elle n'avait pas pu s'en empêcher, lui effleura le bras. Sans doute voulait-elle le rassurer.

— Elle est malheureuse comme les pierres.

La chaleur de sa main se communiqua à lui à travers le tissu de son smoking et de sa chemise, et il éprouva de brusques picotements sur la peau. Que lui arrivait-il donc ?

Peut-être vivait-il seul depuis trop longtemps. Son épouse était morte plus de vingt ans auparavant, alors que leurs filles étaient toutes petites. Depuis, il se consacrait au bonheur de celles-ci. Ellen était mariée à un homme qui l'aimait et avait trois adorables fillettes.

Megan, en revanche…

Il s'était toujours fait du souci pour Megan, surtout lorsqu'elle était sortie avec Gage Huxton. Elle était si amoureuse de lui qu'il avait paru évident qu'elle finirait par souffrir.

— Elle épouse un jeune homme très bien, insista-t-il.

Il n'avait pas honte de dire qu'il s'était renseigné à son sujet. C'était un as de l'informatique, aussi introverti et timide que Megan.

— Ils sont parfaitement assortis.

Ils s'étaient rencontrés à l'université et avaient été amis des années durant avant de commencer à sortir ensemble. Peu de temps après, Gage avait tourné la tête de Megan.

Maudit soit-il !

Penny ne paraissait pas convaincue.

— Très bien assortis, répéta-t-il.

— Peu importe qu'on soit bien assorti, si on n'est pas amoureux, répliqua-t-elle.

— L'amour n'est pas forcément une panacée.

Il savait de quoi il parlait. L'amour ne lui avait pas apporté le bonheur, à lui non plus.

— La compatibilité est plus importante dans un couple. Vouloir les mêmes choses, partager les mêmes buts, voilà ce qui cimente une relation.

Et qui empêche les gens d'aller chercher ailleurs, acheva-t-il à part lui.

— Vous parlez d'expérience ?

Si seulement ! Il secoua la tête.

— Ce n'est pas de moi qu'il est question.

— Non. Megan et son bonheur sont notre seule priorité. Vous devez lui dire que Gage est en vie.

— Pourquoi ?

Rien de bon ne sortirait de cet aveu. La vérité ne changerait rien. Gage et elle avaient rompu près d'un an plus tôt — avant qu'il quitte le FBI et s'engage de nouveau.

La main de Penny se raffermit sur son bras.

— Elle a le droit de savoir que l'homme qu'elle aime est en vie avant d'en épouser un autre.

Woodrow n'avait pas encore vu Gage. Cependant, Nicholas Rus l'avait averti. Gage était en vie, mais changé.

Il secoua la tête.

— Non. L'homme qu'elle aime n'existe plus.

Et il valait mieux qu'elle ne sache jamais la vérité.

Megan Lynch fixait le miroir ovale, étudiant le reflet qu'il lui renvoyait. N'était-elle pas censée être belle ? Toutes les mariées ne l'étaient-elles pas ?

La robe n'était pas son style, mais on ne pouvait nier qu'elle attirait le regard. Le brocart incrusté de strass scintillait de mille feux, et le magnifique voile en dentelle adoucissait les angles de son visage ainsi que la sévérité de son chignon. Cependant, elle n'était pas belle à ses yeux. Elle n'aurait pas dû s'attendre à l'être : elle ne l'avait jamais été. Pourquoi en aurait-il été autrement le jour de son mariage ?

En dépit des efforts de l'esthéticienne, des cernes sombres

restaient visibles sous ses yeux brillants de larmes. Refusant de s'apitoyer sur son sort, elle les refoula. Ces derniers mois, elle s'était trop souvent laissée aller à pleurer.

Elle entendit la porte s'ouvrir derrière elle. Quelqu'un entrait. En hâte, elle rabattit le voile sur son visage afin de cacher les larmes qui persistaient à couler, comme chaque fois qu'elle pensait à lui.

Il était grand temps qu'elle se fasse une raison. Il était mort. Et même s'il était en vie il ne reviendrait jamais à elle, pas après ce qu'elle avait fait. Elle devait cesser de ressasser le passé et songer à l'avenir. Non qu'elle méritât d'en avoir un.

Il n'en avait pas, lui.

Epouser Richard, qui lui avait apporté un soutien sans faille, était la meilleure chose à faire. Même après qu'elle avait rompu avec lui, il était resté son ami. Et, quand elle avait eu le cœur brisé, il avait essayé de le réparer. En fin de compte, il s'était résigné au fait que c'était impossible. Il avait ensuite affirmé que l'amitié était une fondation plus solide et plus sûre que l'amour pour le mariage.

Plus sûre. Elle aspirait à la sécurité, et Richard, silencieux, timide et prudent, la lui apporterait. Jamais il ne s'exposerait ou ne l'exposerait au danger. Il serait toujours là pour elle ; il l'avait toujours été.

Contrairement à Gage.

Elle ne se tourna pas vers la porte. C'était sans doute Ellen, sa sœur, qui allait être aussi sa dame d'honneur. Elle aurait dû arriver en même temps que l'esthéticienne, mais la ponctualité n'était pas son fort. Il fallait cependant lui accorder des circonstances atténuantes : elle avait trois petites filles à habiller aussi.

Le cœur de Megan se gonfla d'affection alors qu'elle songeait à ses nièces. Elle mourait d'envie d'avoir une famille, elle aussi. Elle voulait être le même genre de maman que sa sœur, affectueuse et pleine d'humour.

Elle ne se souvenait pas de sa propre mère. Son père avait été à la fois un père et une mère pour elle.

La personne qui venait d'entrer gardait le silence. Donc, il ne pouvait s'agir de sa sœur et de ses nièces. C'était forcément son père.

— Eh bien, qu'en dis-tu ? demanda-t-elle en se focalisant sur la glace de nouveau.

Bien que la dentelle déformât sa vision, elle vit une ombre s'avancer. Une silhouette élancée, vêtue d'un smoking. Trop svelte pour être celle de son père, trop grande pour être celle de Richard. Perplexe, elle allait se retourner quand le reflet de son visage apparut dans le miroir. Des cheveux blonds et courts, des yeux verts, une barbe naissante ombrant les joues…

Son cœur manqua un battement. Sa vision était vraiment brouillée. Qui était-elle en train de confondre avec un mort ?

Les mains tremblantes, elle saisit son voile, le releva fébrilement, puis fit volte-face.

C'était impossible !

Gage était mort. Il était mort voilà des mois, dans un pays étranger au bout du monde. Cela ne l'avait pas empêchée de le voir partout, chaque fois qu'elle fermait les yeux et cherchait en vain le sommeil.

Elle n'aurait pas dû le voir là, le jour de son mariage avec un autre homme.

— Non…, murmura-t-elle, tandis que ses genoux se dérobaient sous elle. Non…

2

— Ce que j'en dis ? répéta Gage.

Il avait l'impression d'avoir reçu un coup de poing dans l'estomac. Quand il avait ouvert la porte et l'avait vue dans sa robe blanche scintillante, il avait eu le souffle coupé. Ses poumons étaient en feu, une douleur lui comprimait la cage thoracique, comme si on le torturait de nouveau.

Elle était toute pâle, et des cernes marquaient ses grands yeux. Avec ses pommettes saillantes, son menton délicat, elle semblait fragile, vulnérable. Cependant, il savait qu'elle était plus forte qu'il y paraissait. Lors de leur rupture, elle avait été dure avec lui.

Il la vit chanceler, sur le point de s'effondrer.

Instinctivement, il tendit la main vers elle pour la soutenir et passa le bras autour de sa taille. Elle avait maigri, depuis la dernière fois qu'il l'avait vue. Peut-être avait-elle suivi un régime draconien pour mettre cette robe, être belle sur les photos et plaire à son fiancé. Peut-être était-ce pour cette raison qu'elle tremblait.

Parce qu'elle mourait de faim.

Il avait préféré ses courbes sexy d'autrefois. A ses yeux, elle avait été parfaite telle qu'elle était alors.

Une exclamation atterrée lui échappa.

— C'est vraiment toi…, murmura-t-elle. Tu es vivant…

Il eut un petit rire.

— Tu m'avais pris pour un fantôme ?

— Je pensais… Tout le monde pensait… que tu étais mort en Afghanistan.

— J'étais présumé mort. Mais j'avais disparu, c'est tout.

A l'évidence, il ne lui avait guère manqué. Elle était sortie avec un autre homme, s'était fiancée à lui.

La colère le gagna, et il se mit à trembler à son tour. Son bras se resserra autour de la taille fine de Megan.

— Ce que j'en dis ? reprit-il. Eh bien, j'en dis que tu fais une mariée magnifique, Megan Lynch.

Il avait autrefois rêvé de la demander en mariage et avait même acheté la bague. Seulement, l'occasion de la lui donner ne s'était jamais présentée. Elle avait rompu avec lui ; elle l'avait détruit.

Il la vit ciller, comme s'il venait de l'insulter. Jamais elle n'avait pu accepter un compliment sans penser qu'il s'agissait d'un mensonge. En fait, elle l'avait accusé de lui mentir, de se servir d'elle.

Sa colère s'accrut. Voilà pourquoi il ne pouvait la protéger : parce qu'il voulait lui faire aussi mal qu'elle lui avait fait mal, qu'elle lui faisait mal à présent encore en épousant un autre homme.

— Permets-moi d'être le premier à embrasser la mariée…

Il la souleva par la taille. Elle lâcha un petit cri de stupeur, son haleine caressant les lèvres de Gage alors qu'il se penchait pour l'embrasser. Ses lèvres étaient aussi douces que dans son souvenir, sa bouche avait le goût fruité d'autrefois. Elle lui avait tant manqué ! Son baiser se fit plus profond, plus intime.

Elle gémit, noua les mains autour de sa nuque, puis promena les doigts dans ses cheveux courts avant d'interrompre son geste sur l'une de ces cicatrices. Ces blessures-là ne l'avaient pas fait souffrir autant qu'elle.

Se souvenant de la douleur qu'elle lui avait causée, il arracha ses lèvres aux siennes et la reposa sur le sol. Lorsqu'il la lâcha, elle vacilla et plaqua une paume contre son torse. Sans doute perçut-elle le tressaillement de son cœur, car elle retira aussitôt sa main.

— Gage…

Elle leva les yeux sur lui et le dévisagea avec intensité, comme si elle avait encore du mal à croire qu'il soit bien réel. Puis son regard se porta sur le smoking et le nœud papillon.

— Pourquoi es-tu ici ? demanda-t-elle d'une voix où perçaient à la fois la crainte et l'espoir.

Il lut dans ses pensées, et un rire amer lui échappa.

— Ne t'inquiète pas. Je ne suis pas venu t'empêcher de te marier. Je travaille pour l'agence Payne à présent. Penny m'a engagé pour veiller à ce que ce mariage se déroule sans problème.

A vrai dire, il soupçonnait Penny d'avoir désiré précisément le contraire, à savoir des retrouvailles romantiques entre Megan et lui. Organisatrice de mariages, elle croyait sans doute en l'amour pour la vie et tout le tralala. Toutes ces balivernes sur lesquelles il avait fait une croix un an plus tôt.

Ainsi qu'elle l'avait fait si souvent par le passé, Penny aida Nikki à enfiler sa robe et remonta la fermeture.

— Merci d'être venue à mon secours, ma chérie.

Nikki esquissa une moue. Comme si elle avait eu le choix ! Comme si quiconque pouvait résister à Penny Payne… Gage Huxton lui-même en avait été incapable, et il aurait pu invoquer de meilleures excuses qu'elle.

Penny la fit pivoter vers elle.

— Tu es superbe.

Après avoir eu trois garçons, Penny avait dû se réjouir de donner naissance à une petite fille. Cependant, Nikki n'avait manifesté aucun intérêt pour les robes ou les poupées. Enfant, elle avait voulu pratiquer les mêmes sports que ses frères, jouer à la lutte et à se battre, ce qui était impossible dans les tenues que sa mère essayait constamment de lui imposer.

— Maman…

Penny lui effleura la joue.

— Je sais que tu n'aimes pas qu'on te le dise, mais c'est vrai.

Sachant qu'elle était tout le portrait de sa mère, elle rougit mais ne protesta pas.

— Je veux qu'on me prenne au sérieux, expliqua-t-elle.

Ce n'était pas chose facile pour une jeune femme petite et

menue, dotée de grands yeux de biche et de longs cils recourbés. Encore moins si elle portait une robe en satin bleu qui la faisait ressembler à une Barbie brune et bouclée.

— Je veux que tu sois heureuse, murmura Penny.

— Je le suis.

Pour toute réponse, sa mère lui adressa un sourire compatissant. Penny ne pensait pas qu'il soit possible pour sa fille d'être heureuse à moins d'être amoureuse, comme ses frères. Eux avaient eu la chance de trouver leur âme sœur. Nikki, pour sa part, doutait fort de trouver l'homme parfait.

Par le passé, elle avait cru que son père était parfait. Bien sûr, elle ne gardait de lui que de lointains souvenirs, puisqu'elle n'avait que neuf ans lorsqu'il était mort. Ayant fait de lui une idole, elle avait été anéantie en apprenant qu'il avait trompé sa mère. A vrai dire, elle avait été plus affectée que Penny, qui lui avait pardonné. Nikki, non.

A présent, elle ne pouvait plus faire confiance à aucun homme.

— Enfin, rectifia-t-elle, je ne suis pas ravie d'être là.

— J'apprécie que tu sois venue.

— Que s'est-il passé ? Pourquoi une des demoiselles d'honneur a-t-elle été éjectée en dernière minute ? Elle a couché avec le marié ?

Et la mariée avait été assez stupide pour pardonner à son fiancé mais pas à son amie ?

Penny secoua la tête.

— La dame d'honneur est malade. Soit elle souffre d'une intoxication alimentaire, soit…

— … on l'a empoisonnée ?

— Rien d'aussi dramatique, répondit Penny en riant. Tu penses au pire au lieu de penser à l'évidence.

Pour Nikki, le pire était l'évidence.

— C'est-à-dire ?

— Elle est enceinte.

Nikki laissa échapper un gémissement atterré. Elle avait eu quelques petits amis, et même une aventure ou deux. Cependant, quoi qu'en pense sa mère, elle n'avait besoin ni d'un mari ni d'une ribambelle d'enfants.

— Et personne d'autre ne pouvait la remplacer ?

Penny haussa les épaules.

— Je n'ai pas pris la peine de me renseigner.

Voilà qui était étrange de la part d'une organisatrice de mariages qui ne reculait devant rien pour s'assurer que la mariée connaisse le plus beau jour de sa vie !

Mais après tout, elle était toujours la première que Penny enrôlait quand elle avait besoin d'un coup de main à la chapelle. Sans doute s'était-elle attendue à voir sa fille s'associer à elle au lieu de devenir garde du corps.

— Y a-t-il une raison particulière pour laquelle tu voulais que je remplisse ce rôle ?

— C'est à cause de la mariée, expliqua Penny. C'est la fille de Woodrow. Woodrow Lynch.

Woodrow ? Nikki ignorait que sa mère appelait cet homme par son prénom.

— Tu veux dire l'ancien chef de Nick ?

Sa mère rougit légèrement et acquiesça.

En quoi cela faisait-il de sa fille un cas si spécial ? Et pourtant, elle l'était manifestement pour Penny. Jamais Nikki ne l'avait vue aussi soucieuse à propos d'un mariage, pas même celui qu'elle avait organisé dans le cadre d'un traquenard destiné à piéger un tueur en série.

— Tu penses qu'elle est en danger ?

Sa mère l'avait-elle engagée non comme dame d'honneur, mais en tant que garde du corps ?

Penny se mordilla la lèvre inférieure, puis hocha la tête.

— J'ai une sorte de pressentiment…

Une vague d'excitation mêlée de nervosité monta en Nikki. Les intuitions de sa mère étaient légendaires, parce que rarement démenties. Si Penny Payne croyait que la mariée était en danger, alors celle-ci l'était.

*
* *

Megan avait beau mener une existence paisible de bibliothécaire de collège, elle savait ce qu'était la peur. Elle avait eu très peur lorsqu'elle avait rompu avec Gage, car elle sentait confusément qu'elle commettait une grosse erreur. Puis il était retourné dans l'armée et avait été immédiatement envoyé en Afghanistan…

Ensuite, elle avait vécu dans la terreur qu'il lui arrive malheur, une terreur qui n'avait fait que s'intensifier lorsqu'il avait été porté disparu, présumé mort.

Elle avait failli devenir folle.

Maintenant, elle n'en menait pas large, mais sa décision était prise. Elle allait faire échouer la mission de Gage. Il était hors de question qu'elle se marie.

Les minutes s'égrenaient à l'horloge accrochée au mur du salon d'habillage. Bien qu'elle soit seule, elle ne se sentait plus seule. Gage avait beau être parti depuis un moment, sa présence restait palpable dans la pièce, une raison de plus de la quitter. Elle devait trouver son fiancé et lui dire qu'il fallait annuler la cérémonie, qu'elle ne pouvait pas l'épouser.

Elle n'aurait pas dû accepter la demande en mariage de Richard. Il avait admis le fait qu'elle n'était pas amoureuse de lui, la persuadant qu'il était plus sûr d'épouser quelqu'un que l'on n'aimait pas. Ainsi, on ne risquait pas d'avoir le cœur brisé.

Certes, mais on ne pouvait pas non plus connaître la passion. Le genre de passion que Gage et elle avaient partagée…

A la seconde où elle l'avait rencontré, lors d'une fête organisée chez son père à l'occasion du Super Bowl, elle était tombée sous le charme.

Il était grand, bien bâti, musclé. Il avait tout d'un athlète. Tandis que maintenant…

Il avait belle allure dans son smoking, mais il lui avait paru amaigri. Qu'avait-il enduré durant ces longs mois où il avait disparu ?

Elle brûlait de le savoir. Elle le désirait tout autant qu'elle l'avait désiré le jour de leur rencontre.

Pas seulement à cause de son physique, mais de sa personnalité. Ce jour-là, sa voix sonore dominait celle de ses camarades réunis autour de l'énorme écran de télé qu'Ellen et elle avaient offert à leur père le jour de la fête des Mères, parce qu'il avait été à la fois un père et une mère pour elles. Trop timide pour se joindre à ce groupe de jeunes gens exubérants auxquels son père l'avait présentée à son retour d'une brève et ennuyeuse sortie avec Richard, elle avait refusé poliment leur invitation à s'asseoir avec eux.

Gage Huxton était le plus animé, et son rire résonnait entre tous. A moins qu'elle ne l'ait imaginé, captivée comme elle l'était par ses cheveux blonds et ses yeux verts.

Jamais elle n'avait vu plus bel homme. Pourtant, grâce au métier de son père, elle avait rencontré pas mal d'agents au fil des années, mais aucun ne lui avait jamais prêté attention. Contrairement à Gage, qui était venu la retrouver dans la cuisine.

— Voulez-vous boire quelque chose ? lui avait-elle demandé. Une autre bière ?

Il avait secoué la tête.

— Non, merci.

— Vous avez faim ?

Là encore, il avait fait non de la tête. Une lueur brillait dans son regard. Une lueur qui lui avait fait battre le cœur plus vite.

— Dans ce cas, que puis-je vous offrir ?

Il s'était approché, puis penché vers elle.

— Vous…, avait-il murmuré, sa bouche tout près de la sienne.

Pensant qu'il voulait être drôle, elle avait ri car les hommes comme lui, les hommes vraiment séduisants, ne s'intéressaient en aucun cas aux filles comme elle. Les filles aux joues rondes, aux cheveux rebelles…

— Je parle sérieusement, avait-il dit.

Elle avait ri de nouveau, et son rire lui avait paru perçant, un brin hystérique.

— J'ai un petit copain, avait-elle protesté.

— Plaquez-le.

— Pourquoi ferais-je une chose pareille ?

— Voici pourquoi…

Et il l'avait embrassée. Pour la première fois de sa vie, elle avait eu un avant-goût de la vraie passion. Sa chair s'était embrasée. Son cœur avait battu à tout rompre, la pointe de ses seins s'était durcie.

Jamais elle n'avait rien ressenti de tel. Pourtant, ces sensations étaient revenues chaque fois qu'il l'embrassait ou même qu'il la regardait.

Elle les avait éprouvées quelques minutes plus tôt, quand il avait pris ses lèvres.

A aucun moment Richard n'avait éveillé cette passion en elle. Non, elle ne pouvait pas l'épouser. Ce mariage ne devait pas avoir lieu.

Il fallait qu'elle le lui dise. Tout de suite. Avant que la cérémonie commence…

Elle leva les mains et essaya de défaire les minuscules boutons dans son dos. En vain. Avant l'arrivée de l'esthéticienne, Penny Payne avait boutonné sa robe à l'aide d'un petit instrument qu'elle avait apporté. Megan dut se rendre à l'évidence : elle ne pouvait pas se déshabiller toute seule.

Et Ellen n'était toujours pas là…

Sa sœur était vraiment en retard, maintenant. Peut-être n'avait-elle pas la moindre intention de venir ; elle s'était opposée à ce mariage depuis le début. Affectueuse et partiale, elle était persuadée que Megan pouvait trouver mieux que Richard. Elle avait été une fan de Gage.

Mais tout le monde avait cru que Gage était mort.

Elle lâcha un juron et renonça à batailler avec la robe. De toute façon, le fait que Richard allait la voir ne pourrait pas porter malheur à leur union, puisqu'il n'y aurait pas de mariage. Avec un peu de chance, elle parviendrait à s'esquiver sans se faire remarquer. Sans cette robe, personne n'aurait fait attention à elle. Il était rare qu'elle attire les regards. Et aucun homme ne l'avait jamais regardée comme Gage.

D'une main légèrement tremblante, elle tourna la poignée et ouvrit la porte.

Une bouffée de terreur la submergea, qui n'avait rien à voir avec sa confrontation imminente avec Richard.

Un pistolet était braqué sur elle.

3

Lorsque Gage avait compris qui était la mariée, il n'avait plus accordé d'attention aux propos de Penny. Il doutait que Megan Lynch coure le moindre risque, hormis celui de commettre une nouvelle erreur.

La plus grande remontait à près de un an. Ou peut-être bien avant, quand elle l'avait laissé l'embrasser.

Il avait bien failli en commettre une énorme lui-même, bien décidé qu'il était, cette fois, à s'en aller.

Il avait déjà voulu partir après avoir refusé la mission que Penny désirait lui confier, mais il n'avait pu se résoudre à passer devant le salon d'habillage de la mariée sans aller voir Megan.

Aussitôt, il l'avait regretté. Depuis qu'il l'avait découverte dans cette éblouissante robe blanche, il ne parvenait plus à chasser cette vision de son esprit. Il s'était alors dit que l'air frais lui éclaircirait les idées. Ce qu'il cherchait, en réalité, était un moyen de fuir. Six mois de captivité avaient éveillé cet instinct-là en lui, et il n'avait aucune intention de retourner à l'intérieur. Il avait subi assez de tortures. Inutile d'en rajouter en assistant au mariage de Megan avec un autre homme.

Pourtant, il ne pouvait pas partir.

Pas maintenant qu'il avait remarqué les armes.

Ils les portaient discrètement. Un homme en tenue de serveur en avait une dans un sac en toile. Un autre, parmi les invités, en dissimulait une sous le trench-coat qui recouvrait son costume. Il y avait aussi une femme munie d'un sac à main qui semblait anormalement lourd.

Tous ces individus armés…

Gage avait pensé que Penny essayait de le manipuler en prétextant qu'un danger pesait sur Megan, mais elle n'avait pas menti. Woodrow Lynch avait beaucoup d'ennemis, peut-être plus encore que lui.

Et, si ces ennemis voulaient s'en prendre à lui, ils viseraient sa fille. Woodrow et elle avaient toujours été très proches, et il était extrêmement protecteur envers elle.

Elle n'était cependant pas le seul membre de sa famille sur place. Un monospace venait de se garer, et trois fillettes blondes en descendaient, vêtues de versions miniatures de la robe de Megan. Le strass étincelait au soleil, mais semblait briller d'un éclat moins vif que celui sur la robe de Megan.

Megan était éblouissante. Pas seulement à cause de sa tenue. A cause de ses grands yeux foncés, de son visage en forme de cœur.

Elle était magnifique et n'en avait pas conscience. Quand elle se regardait dans la glace, elle voyait toujours une adolescente potelée affligée de lunettes et au teint brouillé. Gage n'avait vu cette Megan-là que sur de vieilles photos. Il ne restait aucun vestige d'elle dans la jeune femme qu'elle était devenue.

Une des petites filles ressemblait à l'enfant que Megan avait dû être. Avec ses joues rondes et roses, elle était adorable. Elle se mit à courir vers la chapelle, suivie de ses sœurs. Gage se précipita en bas des marches pour les arrêter.

— Attendez, les enfants. Attendez vos parents.

— Ma tata Meggie se marie, expliqua une des fillettes.

Non. Plus maintenant. Désormais, il avait une raison d'empêcher la cérémonie. Il espérait seulement en avoir le temps.

— Attendez ici, répéta-t-il.

La petite fille aux joues roses secoua la tête.

— Mais nous sommes en retard. Maman nous a mises en retard !

Leur père était descendu de voiture, à présent, et se hâtait vers elles.

— Ne les laissez pas entrer, lui dit Gage. Attendez ici.

Il avait fait la connaissance du beau-frère de Megan à l'époque où ils sortaient ensemble. Avec une épouse aussi résolue qu'Ellen, Peter avait appris à ne pas discuter inutilement. Il rassembla ses troupes pendant que sa femme s'approchait à son tour.

Elle écarquilla les yeux à sa vue et laissa échapper une exclamation stupéfaite.

Il se dépêcha d'aller à sa rencontre.

— Ellen, chut…

Il ne voulait pas attirer l'attention des individus armés et ne tenait pas davantage à ce qu'elle s'évanouisse. D'ordinaire vive et gaie, elle était blanche comme un linge. Ses yeux bleus étaient dépourvus d'éclat, ses cheveux blond clair ternes.

Elle chancela, et il la rattrapa de justesse.

— Tu as mauvaise mine, toi aussi, murmura-t-elle.

— Ce n'est rien à côté d'il y a quelques mois.

Ces dernières semaines, il avait repris un peu de poids et de muscles. Et, enfin, il commençait à retrouver le sommeil.

— Tu aurais dû venir nous voir dès que tu es rentré. Megan sait que tu es en vie ?

Il hocha la tête.

— Dans ce cas, je n'aurais pas dû m'arracher à mon lit pour assister à un mariage qui ne va pas avoir lieu.

L'air épuisé, elle s'adossa à une voiture.

— Qu'y a-t-il ? Tu es malade ?

— Enceinte, rectifia-t-elle en lançant un regard de reproche en direction de son mari.

Gage n'avait pas de temps à perdre en félicitations ou commisérations.

— Il faut que vous partiez.

— J'aurais adoré rester à la maison, dit-elle en soupirant. Mais Megan est ma seule sœur.

A vrai dire, Ellen l'avait toujours traitée comme si elle était sa fille plutôt que sa sœur, mais Gage s'abstint de le lui faire remarquer.

— Elle ne va pas se marier. Tu peux rentrer chez toi avec ta famille.

Elle secoua la tête.

— Les filles veulent manger du gâteau. Même si la cérémonie est annulée, le buffet sera servi.

D'un geste, elle désigna la camionnette du traiteur, celle d'où était descendu le serveur armé. Pour sa part, Gage n'était pas certain qu'elle contienne autre chose que des armes. Il devait la fouiller pour vérifier. Il devait aussi appeler la police et des renforts. Il tira son téléphone portable de sa poche et constata avec stupeur qu'il n'avait pas de réseau. C'était bien de Mme Payne de brouiller les signaux pour que la cérémonie ne soit pas interrompue par des sonneries intempestives !

— Et s'il n'y a pas de mariage, reprit Ellen, il va y avoir des explications à donner.

Elle étrécit les yeux et le dévisagea.

— Pour quelle raison le mariage est-il annulé, Gage ?

Il n'avait pas le temps de le lui expliquer. Il se pencha vers elle.

— Il se passe quelque chose, et je ne veux pas que ta famille soit exposée au danger.

Elle pâlit.

— C'est déjà fait. Mon père et ma sœur sont à l'intérieur.

L'estomac noué, Gage acquiesça. Il devait les faire sortir, en vie, avant que les tireurs passent à l'action.

Pourvu qu'il ne soit pas trop tard !

Il n'avait pas le temps de s'éloigner pour appeler des secours. Et certainement pas celui d'attendre leur arrivée.

Le cœur de Megan cognait contre ses côtes. Elle recula, s'efforçant de maintenir un peu de distance entre elle et le canon du pistolet qui la visait.

— Que voulez-vous ? demanda-t-elle en levant les mains en l'air.

La femme qui tenait l'arme portait une robe de demoiselle

d'honneur, mais Megan ne l'avait jamais vue. Pourtant, ses yeux noisette et ses boucles auburn lui paraissaient vaguement familiers.

L'inconnue la suivit à l'intérieur et referma la porte, puis braqua son arme sur celle-ci.

Megan n'osa pas encore pousser un soupir de soulagement. Ses poumons la brûlaient.

— Que voulez-vous ? demanda-t-elle de nouveau.

Pourquoi cette femme était-elle habillée en demoiselle d'honneur ? Il ne devait y en avoir qu'une, et c'était sa sœur. Elle avait tenu à ce que le mariage soit très simple, sans doute parce que, au fond, elle n'avait pas du tout envie de se marier.

— Je suis ici pour vous protéger.

— Vous êtes quoi ? Demoiselle d'honneur ou garde du corps ?

— Garde du corps, répondit-elle aussitôt, avec vigueur.

— J'en ai déjà un.

D'après Gage, c'était la seule raison de sa présence ici.

— Et je n'ai pas besoin de celui-là non plus.

La femme secoua la tête. Ses boucles auburn dansèrent autour de son visage délicat.

— Si.

— Je ne suis pas en danger.

— Des hommes armés sont entrés dans la chapelle.

Megan eut un petit rire dédaigneux.

— Mon père est chef du FBI dans la région. Tous ses agents sont invités au mariage ; ils ne vont nulle part sans leur arme.

— Je connais ses agents. Ces types n'en font pas partie.

Le sang de Megan se glaça brusquement.

— Qui sont-ils ?

— Je l'ignore, répondit la femme avec un haussement d'épaules. Peut-être des gens qui en veulent à votre père.

Megan se hérissa aussitôt.

— Pourquoi quelqu'un lui en voudrait-il ?

Son père était un homme d'honneur. Un homme juste.

— Il a mis en prison pas mal de criminels. N'importe lequel d'entre eux pourrait vouloir se venger.

— Bien sûr, murmura Megan, gênée d'avoir été si naïve. Mais pourquoi ici ? Pourquoi maintenant ?

— Votre mariage a été annoncé dans la presse, lui fit remarquer la fausse demoiselle d'honneur. C'est une occasion idéale pour quelqu'un qui cherche à se venger.

— Mais…

— Ne vous inquiétez pas. Je vais vous protéger.

— Comment ? insista Megan.

Sa visiteuse étrécit les yeux, comme si elle pensait qu'elle mettait ses compétences en doute.

— Je veux dire, si ces hommes sont nombreux…

Même en supposant que Gage était encore là, ils seraient en sous-nombre.

— J'ai un plan, répliqua la femme. Il faut que vous retiriez cette robe.

Elle ne demandait pas mieux.

— Personne ne doit savoir que c'est vous la mariée.

— Vous allez devoir m'aider. Je n'arrive pas à défaire les boutons.

La visiteuse releva sa robe et glissa le pistolet dans un holster fixé à sa jambe.

— Tournez-vous.

Elle s'affaira quelques secondes avant de lâcher une exclamation de dépit.

— Bon sang ! J'aurais dû faire plus attention les autres fois où j'ai aidé maman avec ses mariages.

La lumière se fit soudain dans l'esprit de Megan. Voilà pourquoi son visage ne lui semblait pas inconnu.

— Vous êtes la fille de Penny Payne.

Celle-ci avait expliqué que tous ses fils étaient gardes du corps. Elle n'avait pas précisé que sa fille l'était aussi.

— Je m'appelle Nikki.

— Et moi, Megan.

— Je sais.

Elles échangèrent un sourire et, l'instant d'après, convinrent de se tutoyer.

Comme sa mère, Nikki donnait l'impression de savoir tout faire, à part déboutonner la lourde robe de mariée dont Megan était captive. Malgré tous ses efforts, elle n'était parvenue à défaire que deux boutons.

— Coupe le tissu, ordonna Megan en lui tendant une paire de ciseaux restée sur la coiffeuse.

— Non. Ça ne va pas marcher.

— Bien sûr que si.

Même si elle écopait de quelques égratignures, elle s'en moquait. Elle voulait la retirer. Tout de suite. Pas parce qu'elle avait peur des individus armés qui s'étaient introduits dans la chapelle, mais parce qu'elle avait peur de commettre une horrible erreur.

— Je ne pourrai pas la mettre, si elle est abîmée, objecta Nikki.

— Pourquoi voudrais-tu la mettre ? demanda Megan, interdite.

Nikki frissonna.

— Pas pour me marier. Je veux créer une diversion.

— Tu veux te faire passer pour moi ? C'est impossible !

— Pourquoi, impossible ? Nous sommes à peu près de la même taille et nous avons la même couleur de cheveux.

Megan secoua la tête. Elle était plus brune, plus lourde que la superbe garde du corps.

— Avec cette robe, les gens n'y verront que du feu.

Megan en doutait mais, après tout, peu lui importait tant que ce n'était pas elle qui se tenait devant l'autel.

— Personne ne remarquera quelques boutons arrachés.

— Tu veux vraiment la retirer.

— Quand tu es entrée, je m'apprêtais à annuler ce mariage, avoua Megan. Je ne peux pas continuer.

— A cause de Gage ?

Nikki Payne ressemblait vraiment à sa mère. Penny n'avait eu aucun mal à lui soutirer des confidences.

— Où est-il ?

N'avait-il pas fait le serment de veiller à ce que personne

n'empêche le mariage de se dérouler ? S'il avait remarqué les individus dont Nikki avait parlé, il s'était peut-être exposé au danger. Une fois de plus.

— Je ne sais pas, répondit Nikki avec un soupir. Mais j'aurais bien besoin qu'il me donne un coup de main. J'ai laissé mon téléphone dans le bureau de ma mère quand elle m'a demandé de remplacer la dame d'honneur.

— Ellen s'est décommandée ?

Au fond, elle n'était pas vraiment surprise.

— C'est pourquoi je n'ai pas pu appeler de renforts avant de venir m'assurer que tu étais saine et sauve, poursuivit Nikki, ignorant sa question. Tu as un téléphone ?

Megan fit non de la tête.

— Ta mère me l'a pris quand je suis arrivée. Elle ne voulait pas qu'on me dérange.

Et, pourtant, elle avait fait appel à Gage Huxton comme garde du corps ! Pourquoi ? Que s'était-elle imaginé ? Une réconciliation émue ?

Gage n'avait pas été heureux de la voir, au contraire. Il était toujours furieux contre elle. Un peu plus tôt, elle en avait été bouleversée. A présent, elle en tirait un vague réconfort. S'il était furieux, il ne risquerait peut-être pas sa vie pour elle.

Nikki lâcha un juron.

— Il faut que j'appelle des renforts.

— Dans ce cas, oublions la robe et sortons d'ici.

— Tu ne peux pas quitter cette pièce. Pas dans cette tenue. Et je ne vais pas te laisser seule ici sans défense.

Vexée, Megan releva le menton.

— Je ne suis pas une enfant. Je sais me défendre.

Elle était la fille de Woodrow Lynch, après tout. Dès leur plus jeune âge, leur père leur avait enseigné, à Ellen et à elle, des gestes d'autodéfense.

— Tu es armée ?

— Non.

Elle saisit les ciseaux.

— Mais j'ai ça. Tout ira bien. Va chercher de l'aide.

— Un bon garde du corps ne laisse jamais son sujet sans protection.

Un bon garde du corps aurait aussi veillé à fermer la porte à double tour. Elles se raidirent toutes deux au son de la poignée qui grinçait en tournant.

Nikki farfouilla sous sa robe mais n'eut pas le temps de dégainer son pistolet avant que la porte s'ouvre. Lâchant un juron, elle se plaça entre Megan et le danger potentiel.

Megan doutait fort que la frêle jeune femme puisse la protéger d'une véritable menace. En existait-il une ?

Par le passé, le sang avait été versé dans la chapelle. Un marié avait été attaqué et enlevé ; un autre homme avait trouvé la mort.

Des mariées avaient été menacées.

L'instinct de Penny lui disait qu'un danger planait sur Megan Lynch.

Elle connaissait chacun des serveurs et avait immédiatement remarqué que certains ne faisaient pas partie de son personnel habituel. Quelques invités aussi lui étaient inconnus.

Qui étaient ces gens ?

Elle se félicita que Nikki soit armée. Elle avait vu son holster alors qu'elle l'aidait à mettre sa robe.

Gage aussi…

Mais où était-il ? Avait-il vraiment quitté les lieux, ainsi qu'il avait menacé de le faire ? Il avait affirmé ne vouloir aucun contact avec Megan. Malgré tout, en dépit de sa colère et de son amertume, il éprouvait encore des sentiments pour elle. Peut-être des sentiments assez forts pour l'avoir dissuadé de partir.

Penny l'espérait, contrairement à Woodrow. Celui-ci était protecteur à l'excès. D'ailleurs, il avait dû lui aussi remarquer la présence d'individus suspects. Où était-il passé ?

Elle parcourut la réception des yeux, mais une main ferme lui agrippa le bras avant qu'elle ait eu le temps de trouver l'un ou l'autre des deux hommes.

— Vous êtes en danger, murmura une voix grave à son oreille.

4

Gage s'immobilisa, le souffle coupé, comme s'il venait de recevoir un coup de poing dans le ventre. Il n'aurait pas dû être si surpris. Il avait vu Megan dans sa robe de mariée un peu plus tôt, mais c'était toujours un choc. Un choc plus violent que de voir Nikki Payne, qui avait enfin réussi à attrapper son pistolet, le braquer sur lui.

Et tout le monde savait que Nikki avait la gâchette facile. Il avait de la chance qu'elle ne l'ait pas abattu.

— Tu es toujours aussi nerveuse ? demanda-t-il. Ou as-tu remarqué les gars armés, toi aussi ?

D'une main qui tremblait légèrement, elle remit son arme dans son holster, sous sa robe de demoiselle d'honneur. Il ne savait même pas que Megan et elle étaient amies.

— Contente que tu les aies repérés. As-tu appelé des renforts ?

Il secoua la tête.

— Et toi ?

— J'ai laissé mon téléphone dans le bureau de ma mère quand elle m'a demandé de remplacer une demoiselle d'honneur. Où est le tien ?

Il lui montra son appareil.

— Pas de réseau. Ta mère doit être équipée d'un brouilleur pour éviter que les cérémonies soient interrompues par des coups de fil.

Nikki soupira.

— Elle pense vraiment à tout.

— Sauf à une attaque à main armée.

— Si. Elle a un plan pour ça aussi.

Gage prit une profonde inspiration.

— Tant mieux. Nous en avons besoin.

— Nous avons surtout besoin de renforts, remarqua Nikki en entrouvrant la porte pour jeter un coup d'œil à l'extérieur. Combien en as-tu vu ?

— Trois. Mais il pourrait y en avoir d'autres.

S'il s'agissait d'une vengeance dirigée contre Woodrow, les attaquants seraient plus nombreux. Ils sauraient que le chef Lynch était un adversaire redoutable.

— Ellen est là ? souffla Megan, qui était restée silencieuse jusque-là.

— Elle est partie. Je lui ai demandé de prévenir Nick puis de s'en aller avec son mari et les petites.

— Les petites…

Sa voix se brisa, étranglée par la peur. Elle vacilla. Malgré lui, Gage lui entoura les épaules de son bras pour la retenir.

— Ils sont partis, répéta-t-il. Ils sont en sécurité.

Elle le regarda, ses beaux yeux pleins de doute.

— Ellen t'a écouté ?

Il l'espérait. Il lui avait dit que, si elle refusait de suivre ses instructions, elle risquait d'exposer sa sœur et son père à un danger plus grand.

Pour rien au monde Ellen n'aurait voulu cela. Quant à Gage, il souhaitait par-dessus tout protéger Megan. Il la désirait malgré lui. Séparé de la peau de Megan par une fine couche de dentelle, son bras le brûlait.

Il la lâcha et recula d'un pas.

— Elle n'aurait pas mis ses filles en danger.

Ce qu'il ignorait, en revanche, c'était si elle l'avait écouté et si elle n'avait averti que Nick.

Si elle avait cédé à la panique et appelé la police, ils risquaient tous d'être tués. En entendant le hurlement des sirènes, les hommes armés n'hésiteraient peut-être pas à ouvrir le feu.

Nikki avait pâli.

— J'espère que Nick ne va pas appeler Logan. S'ils débarquent tous…

Gage secoua la tête.

— Je lui ai dit de dire à Nick d'attendre que j'entre en contact avec lui. Moi ou quelqu'un d'autre à l'intérieur de la chapelle. Par conséquent, nous devons demander à ta mère de débrancher ce fichu brouilleur.

— Oui. Il faut que tu ailles la trouver.

— Non. Vas-y, toi.

Il était hors de question qu'il laisse Megan alors qu'elle était en danger.

— Il faut que je reste ici et que je l'aide à se débarrasser de sa robe.

— Pourquoi ?

— Parce que personne ne doit savoir que c'est elle la mariée, répliqua Nikki comme si elle s'adressait à un imbécile.

Et peut-être l'était-il parce que, à l'évidence, lui faire retirer cette robe était en effet le meilleur moyen de la protéger.

— Je l'aurais déjà enlevée si tu avais bien voulu te servir des ciseaux, intervint Megan.

Nikki soupira.

— Non. Si elle est endommagée, nous ne pourrons pas échanger nos places.

Gage fut impressionné en constatant qu'elle avait déjà échafaudé un plan pour protéger Megan. Sa première réaction à lui avait été de la faire sortir de là au plus vite, mais Nikki avait raison. Il serait impossible de s'esquiver sans attirer l'attention tant qu'elle porterait cette robe. Et si, comme il le soupçonnait, les individus armés étaient là pour s'emparer d'elle, ils ne la laisseraient pas s'enfuir sans se battre.

— Entendu. Va avertir Nick pendant que j'aide Megan à se changer.

Nikki acquiesça, ouvrit la porte et se faufila dans le couloir. Elle avait disparu lorsqu'il comprit brusquement ce à quoi il venait de s'engager : il allait déshabiller Megan.

*
* *

— Attends…, protesta Megan d'une voix étranglée.

Mais Nikki Payne était déjà partie, et elle était seule avec Gage. A tout prendre, elle aurait préféré affronter les hommes armés. Même à trois, ils étaient moins dangereux qu'un seul Gage Huxton.

— Elle va se débrouiller, assura-t-il.

Elle tressaillit, envahie par une vague de remords. Bien sûr, elle aurait dû s'inquiéter pour Nikki.

— Elle a l'air plutôt coriace, murmura-t-elle.

— Elle a trois frères aînés. Enfin, quatre, avec Nick.

— Je sais. Mme Payne… Penny, rectifia-t-elle, car celle-ci avait insisté pour qu'elle l'appelle par son prénom, Penny m'a tout raconté. Pour elle, Nick fait partie de ses enfants.

Bien qu'elle ne soit pas réellement sa mère. Megan avait pris conscience du fait que Penny était quelqu'un d'assez exceptionnel dès leur première rencontre. Elle était intuitive, compréhensive ; elle avait senti sa douleur, le chagrin qu'elle éprouvait en pensant que Gage était mort. Peut-être parce qu'elle avait perdu son mari.

Mais Gage n'était pas son mari et ne le serait jamais.

— Penny est géniale, commenta Gage avec un léger sourire. Et ses fils sont tous des gars bien. Ils viendront avec Nick. Tout va s'arranger.

Megan lâcha un soupir qu'elle n'avait pas eu conscience de retenir.

— Tu vas quand même pouvoir te marier aujourd'hui, ajouta-t-il.

Elle n'en avait pas la moindre intention. Il était hors de question qu'elle promette d'aimer un autre que Gage. Lui, en revanche, ne voulait pas de son amour. Apparemment, il ne voulait même pas la toucher.

Pourtant, l'instant d'après, il mit les mains sur ses épaules et la fit pivoter dans ses bras pour qu'elle lui tourne le dos. Ses doigts effleurèrent la rangée de boutons.

— Nikki n'en a pas défait beaucoup…, observa-t-il.

Assez cependant pour qu'elle sente la caresse de ses doigts sur son échine. Malgré elle, elle frémit à son contact.

— Ils sont minuscules, murmura-t-elle.

— Et sacrément glissants, marmonna-t-il.

C'étaient des boutons transparents, en cristal ou en strass, comme ceux qui ornaient le corsage de sa robe.

— Les trous semblent trop petits, ajouta-t-il. Je n'arrive pas à les faire passer dedans.

D'une main tremblante, elle lui tendit la paire de ciseaux.

— Je crois qu'il faut que tu coupes le tissu.

Il se plaça face à elle et la dévisagea, les sourcils froncés.

— Pourquoi veux-tu détruire ta robe de mariée ?

Parce que ce n'était pas vraiment la sienne…

Jamais elle n'aurait choisi une robe aussi voyante. Elle aurait préféré une tenue sobre et élégante, comme celle qu'avait portée sa mère. Son père la lui avait montrée. Elle n'avait pas voulu de dentelle, et encore moins de strass.

— Je veux la retirer, c'est tout, dit-elle, saisie par la panique.

Elle se moquait qu'il y ait des hommes armés dans la chapelle ; elle ne voulait pas se marier, voilà tout. Ni maintenant ni jamais…

Après tout, elle n'avait pas besoin d'un mari pour avoir des enfants. Elle pourrait les élever seule. Comme son père. Comme Penny Payne.

— Ne t'inquiète pas, lança Gage. Nikki et moi allons te protéger. Son plan est bon.

Elle en était moins convaincue que lui.

— Je ne trouve pas que ce soit une bonne idée de l'exposer au danger à ma place.

— Nikki est coriace, lui rappela-t-il.

— Pourquoi en arriver là ? Il suffit d'annuler le mariage.

Il secoua la tête.

— Je t'ai dit que je veillerai à ce que la cérémonie se déroule sans problème.

Un frisson la traversa de nouveau mais, cette fois, c'était à cause de la froideur qu'elle lisait dans son regard et qu'elle entendait dans sa voix. Il n'avait pas changé d'avis. Il voulait qu'elle épouse un autre homme, sans doute n'importe qui plutôt que lui.

— Mais si ces gens armés sont venus pour l'empêcher…

Il fronça les sourcils davantage.

— Nous ne savons pas pourquoi ils sont là.

— Nikki croit qu'ils veulent se venger de mon père et qu'ils comptent se servir de moi pour y arriver.

Son estomac se noua alors qu'elle y songeait. Elle ne voulait pas causer de chagrin à son père. Il avait déjà tellement souffert lorsqu'il avait perdu sa femme, tant d'années auparavant.

— Nous n'avons aucune certitude à ce sujet, insista Gage.

S'ils n'avaient pas l'intention de s'en prendre à elle, peut-être allaient-ils viser directement son père, profitant du fait que, tout absorbé par le bonheur de sa fille, il avait baissé sa garde.

Sauf qu'il savait que sa fille n'était pas heureuse. Il s'était beaucoup inquiété pour elle.

A présent, c'était l'inverse : elle s'inquiétait pour lui. Où se trouvait-il ? Etait-il sain et sauf ?

— Il faut que tu trouves mon père, dit-elle d'une voix pressante.

Gage secoua la tête.

— Je ne vais pas te laisser.

Si elle avait pensé qu'il agissait ainsi par affection, elle aurait été touchée, mais il ne faisait que son travail. Elle s'efforça de ne pas l'oublier quand il la fit pivoter de nouveau pour se remettre à défaire les boutons. Elle s'efforça de se rappeler qu'il ne la déshabillait pas pour la raison qui l'avait incité à le faire tant de fois par le passé.

Il ne voulait pas d'elle.

— Pourquoi dites-vous que je suis en danger ? s'étonna Penny Payne en refermant la porte de son bureau derrière Woodrow.

— Vous avez vu les hommes armés.

Il l'observait lorsqu'elle les avait remarqués. C'était pourquoi il l'avait attirée à l'écart, avant qu'elle se mette en tête d'intervenir.

Il n'en aurait guère été surpris ; elle se montrait très protectrice envers sa chapelle et ses mariées.

Cependant, cette mariée-ci était sous sa responsabilité. C'était à lui qu'il incombait de protéger Megan. La seule autre personne à qui il faisait confiance pour cela était Gage. Il savait qu'il ne ferait jamais délibérément souffrir sa fille.

Quelques instants plus tôt, lorsqu'il l'avait vu se glisser dans le salon d'habillage de la mariée, il avait poussé un soupir de soulagement. Certain que Gage allait veiller sur Megan, il s'était senti libre de guider Penny vers l'escalier qui descendait à son bureau — de la préserver de ses propres instincts.

— Vous ne les connaissez pas ? demanda-t-elle. Ce n'est pas vous qui avez engagé ce serveur ?

— Pourquoi l'aurais-je fait ?

— Par souci de sécurité ?

— Je ne pensais pas qu'il soit nécessaire d'avoir une sécurité renforcée le jour du mariage de ma fille.

Sans doute avait-il été naïf. Une annonce était parue dans la presse, publicité tentante pour tous ceux qui avaient des envies de se venger de lui.

— Nous en avons besoin à présent, répondit Penny. Il n'y a que Nikki.

— Et Gage.

Les minces épaules de Penny s'affaissèrent légèrement.

— Il est parti, rappelez-vous, dit-elle avec un sourire attristé.

— Il est revenu.

En dépit de la gravité de la situation, elle lui décocha le sourire plein de certitude qui le fascinait et l'exaspérait en même temps.

— Je savais qu'il ne pourrait pas la laisser en épouser un autre.

Woodrow soupira. Cette femme était une incorrigible romantique. Inutile d'essayer de la faire changer d'avis.

— Il est plus probable qu'il a remarqué les armes, lui aussi.

Le sourire de Penny s'accentua.

— Et il est revenu pour la protéger.

— Il n'y a rien de personnel là-dedans, grommela Woodrow.

Gage a été soldat et agent du FBI avant de devenir garde du corps. Il n'est pas dans sa nature de s'éloigner du danger.

Pour une fois, Penny ne protesta pas, mais son sourire se ternit un peu.

— Et son courage a bien failli le faire tuer. Il faut que vous appeliez des renforts.

Il lui montra l'écran noir de son téléphone.

— Il ne marche plus. J'ai épuisé la batterie à force de chercher un réseau.

Penny fixa l'objet sans comprendre.

— Mais pourquoi…

— J'attends que vous me l'expliquiez. Je suppose que vous avez un brouilleur ?

Les joues délicates de Penny s'empourprèrent.

— Oui, mais je ne l'ai pas allumé aujourd'hui.

— Vous vouliez que le mariage de Megan soit interrompu ?

Il étrécit les yeux et la dévisagea avec attention.

— Ce serveur armé, c'est vous qui l'avez fait venir ?

— Bien sûr que non. Je ne voulais pas que le mariage de Megan soit perturbé. Si elle avait décidé d'aller jusqu'au bout, j'aurais allumé le brouilleur avant le début de la cérémonie.

— Mais vous espériez qu'elle se raviserait.

— Je ne veux pas qu'elle commette une erreur qu'elle regrettera jusqu'à la fin de ses jours.

— Vous l'avez fait ?

— Fait quoi ?

— Commis des erreurs que vous regrettez encore.

Il ne s'attendait pas à ce qu'elle lui réponde. Jamais elle ne parlait d'elle-même.

Pourtant, au lieu de changer de sujet comme elle le faisait chaque fois qu'il lui posait une question personnelle, elle leva vers lui ses yeux noisette. Leur chaleur habituelle avait disparu, laissant place à une froideur prudente.

— Pas encore, répondit-elle.

Représentait-il un risque qu'elle envisageait de courir ? Il brûlait de le lui demander, mais il ne voulait pas commettre une erreur lui-même. Pas maintenant…

Pas alors que sa fille et des innocents, y compris Penny, étaient en danger. Il devait agir, et rapidement, avant qu'il y ait foule dans la chapelle. Pour le moment, en dehors des individus armés, seules quelques personnes étaient arrivées. Il s'agissait des oncles, tantes et cousins de feu sa femme, des civils désarmés qui ne pourraient pas l'aider à protéger les autres.

Si seulement certains de ses agents ou les fils de Penny étaient là…

— Où se trouve ce brouilleur ?

— Personne n'est entré dans mon bureau, affirma-t-elle.

— Où est-il ? insista Woodrow.

Cette femme était vraiment têtue. Au fond, c'était une bonne chose qu'il ne l'ait jamais invitée à sortir avec lui, bien qu'il y ait souvent pensé depuis qu'il avait fait sa connaissance. Mille fois, il avait décroché son téléphone pour l'appeler. Quelque chose l'avait toujours retenu au dernier moment.

La peur. Il n'était pas le genre d'homme qui faisait un bon mari, sa femme le lui avait dit maintes fois. Accaparé par sa carrière, il était trop souvent absent. Certes, tout avait changé lorsqu'elle était tombée malade, mais son travail était toujours aussi important pour lui.

Comme celui de Penny l'était pour elle…

Elle détacha une petite clé du bracelet qu'elle portait et l'introduisit dans ce qui ressemblait à un tiroir intégré au mur perpendiculaire à son bureau. Le tiroir ne s'ouvrit pas. Ce fut le pan de mur qui coulissa, révélant un espace assez vaste pour abriter une vitrine pleine d'armes et un brouilleur industriel.

— Bon sang ! Qu'est-ce que c'est que cet arsenal ?

— Il s'est passé pas mal de choses dans cette chapelle, répondit-elle.

Des mauvaises autant que des bonnes, songea-t-il. Penny avait été mariée en ce lieu. Cette union-là avait-elle été un succès ?

— J'ai d'autres cachettes, ajouta-t-elle. Et il y a un passage secret qui mène à la petite cour à l'arrière du bâtiment.

— Parfait. Vous pouvez vous enfuir par là.

Et s'il y avait d'autres assaillants à l'extérieur ? La verraient-ils ?

Elle secoua la tête.

— Je ne vais pas m'en aller.

— Nous avons besoin de renforts, lui rappela-t-il. Et, si ce n'est pas vous qui brouillez le réseau, c'est forcément quelqu'un d'autre.

Quelqu'un qui avait prévu d'empêcher toute communication entre la chapelle et le reste du monde.

Elle se retourna et ouvrit un tiroir.

— J'ai aussi une ligne fixe.

Elle sortit l'appareil, un modèle ancien relié à son socle par un fil. Pas étonnant qu'elle le range dans un tiroir : il aurait pris trop de place sur son élégant bureau blanc. Elle porta l'écouteur à son oreille et fronça les sourcils.

— Pas de tonalité.

Woodrow ne fut pas surpris. Si les inconnus avaient pris la peine de brouiller les réseaux mobiles, ils n'avaient certainement pas négligé la ligne fixe. Sans doute avaient-ils aussi des renforts postés à l'extérieur. Il ne pouvait pas envoyer Penny seule dans la cour.

Elle pâlit, et ses yeux semblèrent encore plus grands et plus sombres que d'ordinaire quand elle les tourna vers lui. Cette femme si sûre d'elle en temps normal semblait soudain désemparée.

— Qu'allons-nous faire ?

Le cœur de Woodrow se serra brusquement. Il tendit la main vers elle, ne songeant qu'à la réconforter. Au même instant, elle laissa échapper un soupir, ses lèvres s'entrouvrirent, et il éprouva le désir soudain de les goûter.

De la goûter…

Cependant, avant qu'il ait pu se pencher vers elle, il entendit tourner la poignée de la porte. Quelqu'un les avait découverts. Aurait-il le temps de dégainer ?

5

Les muscles noués par la frustration, Gage bataillait avec les boutons minuscules. Ses doigts étaient trop gros pour les saisir, sans parler de les pousser à travers les petites boucles qui les enserraient. Les arêtes du cristal étaient vives et lui éraflaient la peau. A bout de patience, il jeta un coup d'œil vers les ciseaux que Megan avait remis sur la table.

— Je devrais couper les boutonnières, maugréa-t-il.

— Oui, vas-y, répondit-elle aussitôt.

Malgré tout, il était séduit par le plan de Nikki. Peut-être en partie parce que, alors, Megan ne serait plus la mariée.

Que lui importait, bon sang ? S'il avait envisagé de la demander en mariage naguère, il n'y songeait plus et n'y songerait plus jamais. Elle avait dit qu'elle n'aimait pas l'homme qu'il avait été. Elle n'allait certainement pas tomber amoureuse de celui qu'il était devenu.

Il s'acharnait depuis un bon moment et n'était parvenu à défaire qu'un seul bouton. Ils étaient si proches les uns des autres que même avec ceux dont Nikki avait triomphé, à peine quelques centimètres de la peau de Megan étaient visibles.

Elle n'avait jamais aimé montrer son corps. Elle affectionnait les jupes longues, les collants épais, les chemisiers bien sages et recouverts de chandails. En fait, elle s'habillait comme la bibliothécaire qu'elle était. Pour une étrange raison, Gage avait trouvé cela incroyablement sexy. Tout comme il avait toujours aimé prendre son temps pour déballer ses cadeaux, pour prolonger le moment d'excitation et d'attente, il avait pris son temps pour dévêtir Megan.

Au moins, alors, ses efforts étaient-ils récompensés. Il avait caressé et embrassé la peau dorée qui s'offrait à son regard. Il lui avait arraché des gémissements sensuels, des cris de plaisir alors qu'elle pressait son corps brûlant contre le sien.

Au souvenir de ces sensations — la chaleur, la tension, l'extase —, il ne put réprimer un grognement.

— Prends les ciseaux, insista-t-elle.

Mais sa frustration n'avait rien à voir avec les boutons. Il lui était insupportable de penser que, même s'il parvenait à défaire tous ces fichus boutons, il ne pourrait pas embrasser et toucher le corps de Megan. Elle ne lui appartenait plus.

Au fond, elle ne lui avait jamais appartenu, parce qu'elle n'avait jamais eu confiance en lui. Elle n'avait jamais cru en leur relation. Sinon, elle ne l'aurait pas accusé de se servir d'elle.

— Je ne peux pas, dit-il.

Elle tourna la tête et le regarda par-dessus son épaule.

— Tu ne peux pas ?

Malgré lui, il pensait à l'amour qui les avait liés, aux ébats qu'ils avaient partagés. Jamais il n'avait pu se rassasier d'elle.

Une bouffée de désir le submergea, et une chaleur soudaine se répandit en lui. Il n'avait dénudé que quelques centimètres de sa peau soyeuse, mais cela suffisait à lui faire perdre la tête.

Peut-être était-ce sa timidité qui l'avait attiré lorsqu'il l'avait rencontrée. Quand son père les avait présentés, elle avait évité son regard et ignoré sa main tendue, laissant les siennes enfoncées dans les poches de sa jupe. Habitué à ce que les femmes cherchent à éveiller son attention, à flirter avec lui, il avait été intrigué par la nouveauté que représentait Megan Lynch. Elle était un défi pour lui.

Et il n'avait jamais renoncé face à un défi… Il s'était battu jusqu'au bout. Jusqu'au moment où il avait compris qu'il ne réussirait pas à gagner sa confiance ou son cœur.

Il se contenta de secouer la tête.

Elle devint toute pâle.

— Tu vas renoncer une fois de plus ?

— Une fois de plus ? répéta-t-il. Quand ai-je renoncé ?

Faisait-elle allusion à eux deux ? C'était pourtant elle qui ne lui avait pas laissé le choix.

La rougeur se répandit sur les joues de Megan.

— Tu as quitté le FBI.

Après leur rupture, il n'avait pu se résoudre à rester sous les ordres de son père. Non seulement cela aurait été gênant, mais cela l'aurait atteint dans sa fierté. Il avait appris les rumeurs qui circulaient sur son compte, à savoir qu'il couchait avec la fille du chef pour obtenir une promotion. Megan avait cru ces commérages malveillants. Peut-être était-ce aussi pour cela qu'il était parti : pour lui prouver qu'elle se trompait.

— J'avais mes raisons, lui rappela-t-il.

Elle acquiesça nerveusement.

— J'ai pensé que c'était à cause de moi. Que tu avais démissionné à cause de moi, que tu t'étais réengagé à cause de moi, que tu…

Sa voix se brisa, coupant court à ce qu'elle allait ajouter.

— Que je ?

— Que tu étais mort à cause de moi, murmura-t-elle. Je croyais que tu étais mort.

Et elle s'était blâmée. Il n'aurait pas dû en être surpris. Il l'avait blâmée aussi. Sa colère envers elle avait atténué un peu sa souffrance.

— J'ai survécu.

En revanche, il n'était pas certain de survivre à cette situation. Il jeta un coup d'œil vers la porte en se demandant si des hommes s'apprêtaient à faire irruption dans la pièce.

— Tu penses que nous sommes en danger ?

Il n'était pas doté de l'instinct célèbre de Penny ou de Nick Rus, sans quoi il ne serait pas tombé amoureux de Megan. Et il n'aurait pas non plus passé six mois en captivité en Afghanistan.

Mais peut-être ces six mois l'avaient-ils aidé à acquérir malgré tout une sorte de sixième sens.

Car il pressentait que le jour du mariage de Megan Lynch allait mal se terminer.

Elle lâcha un soupir saccadé.

— Le plan de Nikki est bon, assura-t-il.

Cependant, Nikki avait disparu depuis un bon moment. Un des hommes l'avait-il neutralisée ?

Il tira son téléphone portable de sa poche et regarda l'écran noir. Le brouilleur n'avait pas été éteint. Ils n'avaient toujours pas de renforts, et aucun moyen de savoir si Ellen avait pu contacter Nick.

Il fut brusquement reporté dans le passé, dans cette prison où, six mois durant, il s'était demandé si on viendrait à son secours, si quelqu'un savait où il se trouvait ou même qu'il était encore en vie.

Personne n'était venu, de sorte qu'il avait dû se débrouiller seul.

La situation était la même aujourd'hui.

— Il faut qu'on te fasse sortir d'ici.

Peut-être le moment était-il venu de sacrifier la robe de mariée. Il prit les ciseaux.

Elle retint sa main, ses doigts emprisonnant les siens.

— Non.

— C'était ton idée, lui fit-il remarquer.

Elle rougit de nouveau.

— Je sais. Mais je ne suis plus sûre qu'elle soit bonne.

Il crut comprendre, et son estomac se noua. C'était sa robe de mariée. Elle devait tenir à ne pas l'abîmer.

— Tu veux pouvoir la porter de nouveau, murmura-t-il. Pour Richard.

— Richard ! s'exclama-t-elle. Est-il en danger ?

Gage s'en moquait éperdument. Une bouffée de remords l'envahit néanmoins. Richard Boersman ne lui avait jamais rien fait. Au contraire, c'était lui qui lui avait volé Megan.

— Tu penses vraiment que quelqu'un voudrait s'en prendre à lui ? demanda-t-il, incrédule. Je suis sûr qu'il ne risque rien.

Il comprenait parfaitement pourquoi elle avait accepté de l'épouser. Richard était un choix sûr, terne et ennuyeux. Elle n'avait pas à craindre qu'il lui brise le cœur comme elle l'avait constamment redouté avec lui.

Comble d'ironie, c'était elle qui avait brisé le sien.

Elle accentua sa pression sur sa main.

— Je t'en prie, va voir si tout va bien.

— Je ne vais pas te quitter.

S'il la laissait seule et sans protection, il ne la reverrait peut-être jamais. Il ne pouvait prendre ce risque.

Il ne pouvait prendre le risque de ne jamais plus voir son adorable visage, de ne jamais plus caresser sa peau si douce…

De sa main libre, il lui effleura la joue. Il promena le pouce sur son menton et lui fit redresser la tête. Puis il se pencha vers elle… Et la poignée de la porte tourna bruyamment.

Quelqu'un essayait d'entrer.

Nikki ne possédait pas le don de sa mère ou de son demi-frère pour les prémonitions. Pourtant, en franchissant le seuil, elle eut une étrange sensation de déjà-vu.

— Je dérange partout, murmura-t-elle en songeant au moment où elle avait pénétré dans le bureau de sa mère quelques minutes plus tôt.

Gage se raidit et resserra sa prise sur l'arme qu'il avait sortie de son smoking.

— Tu as vu quelque chose ?

Elle soupçonnait Woodrow Lynch d'avoir été sur le point d'embrasser sa mère au moment où elle était entrée. Au grand dam de Penny, il avait braqué une arme sur elle. Et sa mère avait été plus atterrée encore quand il avait approuvé son plan.

S'il lui arrivait quelque chose, sa mère ne pardonnerait jamais au chef du FBI. Par conséquent, elle devait faire en sorte de rester en vie…

Elle secoua la tête.

— Pas encore.

— Que veulent ces hommes ? demanda Megan.

Nikki échangea un regard avec Gage. Ils étaient persuadés tous deux que Megan était la cible ; Woodrow et Penny étaient d'accord sur ce point.

— Peu importe, dit Gage. Nous allons déjouer leurs plans. Tu as trouvé le brouilleur de ta mère ?

— Ce n'est pas le sien. Et sa ligne fixe a été coupée.

Il entrouvrit la porte et jeta un coup d'œil au-dehors.

— Où sont les invités ?

— La cérémonie est censée commencer à midi, intervint Megan. Il reste encore une demi-heure.

— Les gens arrivent souvent avec une demi-heure d'avance.

Fille d'une organisatrice de mariages, Nikki était plutôt bien informée sur le sujet, même si elle n'avait pas l'intention de convoler un jour.

Bien avant d'apprendre la trahison de son père, elle avait décidé de ne pas se marier. Elle avait suffisamment d'hommes protecteurs dans sa vie, merci.

Malgré tout, il lui arrivait de souffrir de la solitude…

— Crois-tu qu'ils aient posté des hommes à l'entrée de la chapelle ? lui demanda Gage.

— Probablement. Ils ont planifié toute l'opération avec soin.

— Ça ne risque pas d'attirer l'attention ? fit Megan.

— Ils racontent sûrement aux invités que le mariage a été annulé. Et comme tout le monde est au courant de votre histoire passée et de son retour, ajouta Nikki en désignant Gage d'un geste, personne ne mettra leur version en doute.

Megan rougit jusqu'aux oreilles.

— Comment ces hommes sauraient-ils… ce qu'il y a eu entre nous ?

— Peu importe, lança Nikki. Ce qui compte, c'est que tout le monde sorte d'ici vivant.

Gage lui adressa un regard empreint de pitié. S'il la jugeait naïve, il se trompait lourdement. Elle avait envisagé les autres possibilités ; elle savait qu'il y avait de fortes chances pour qu'aucun d'entre eux n'en réchappe.

Et pour qu'elle n'éprouve jamais une tension comparable à celle qu'elle avait sentie en entrant dans le bureau de sa mère et dans cette pièce. Enfin, on ne pouvait regretter ce qu'on n'avait jamais connu…

Elle brandit l'outil qu'elle avait récupéré.

— Qu'est-ce que c'est ? demanda Gage, perplexe.

— Un crochet qui va nous aider à défaire ces boutons.

— C'est celui que ta mère a utilisé pour les fermer, déclara Megan.

Elle poussa un soupir saccadé, comme si la robe l'empêchait de respirer. Cela n'aurait rien eu d'étonnant. Elle semblait très serrée, lourde et inconfortable au possible.

Nikki avait hâte de passer à l'action et de mettre son plan à exécution.

Megan tressaillit lorsque Nikki la fit se retourner. Certes, elle voulait se débarrasser de cette robe, au point qu'elle avait été prête à laisser Gage la découper sur elle. Sauf que c'était différent, à présent. Différent parce qu'il avait failli l'embrasser.

C'était bel et bien ce qu'il s'apprêtait à faire lorsque Nikki était entrée inopinément. Il s'était penché vers elle, les yeux assombris par le désir, comme le jour de leur rencontre, dans la cuisine de son père.

Maintenant que les souvenirs et les sensations la submergeaient, elle ne pouvait supporter qu'il la regarde se déshabiller en sachant qu'il n'allait pas la toucher, qu'il n'allait pas l'embrasser.

Non qu'elle en ait envie.

Elle n'avait aucune intention de s'exposer de nouveau à avoir le cœur brisé, même si elle le méritait. Elle avait fait souffrir Gage et elle était sur le point de faire souffrir un autre homme à qui elle avait déjà fait du mal.

— Tu as dit que tu irais voir si Richard va bien, lui rappela-t-elle.

— J'ai dit que je ne pouvais pas y aller, rectifia-t-il.

— Parce que tu ne voulais pas me laisser seule. Mais je ne suis plus seule.

Nikki hocha la tête.

— Je vais la protéger et l'aider à retirer sa robe. Va voir si tout est OK pour le marié. Qui sait ce qui a pu lui arriver ?

Megan porta une main à ses lèvres et laissa échapper un cri étouffé.

Un muscle tressauta dans la joue de Gage. Il croyait qu'elle aimait Richard. Et elle l'aimait, c'était vrai, mais comme un ami de longue date. Rien de plus. Elle se faisait du souci pour lui.

Il acquiesça d'un hochement de tête sec.

— J'y vais.

— Gage…

Elle voulait s'expliquer, lui dire qu'elle n'aimait pas son fiancé. Qu'il était le seul homme qu'elle ait jamais aimé.

La porte claqua derrière lui.

Nikki sursauta.

— Discret, comme départ. Je croyais qu'il voulait éviter d'attirer l'attention sur lui.

Même s'il s'était éclipsé en silence, Gage Huxton n'était pas le genre d'homme qui passait inaperçu. Sa silhouette élancée, ses traits séduisants ne laissaient personne indifférent. Contrairement à Megan, que les gens remarquaient rarement.

Pourquoi s'était-il intéressé à elle ? Il n'était pas étonnant qu'elle ait douté de sa sincérité. Encore maintenant, elle avait du mal à croire qu'il ait pu réellement la désirer.

Richard, lui, affirmait vouloir être son mari, construire un foyer avec elle. Il espérait que cette journée serait la première de leur vie commune. Et voilà que l'homme qui l'avait naguère volée à Richard était sur le point de la lui enlever de nouveau…

Seulement pour sa protection.

Cependant, elle n'était pas sûre qu'il explique cela à Richard. Elle ne savait qu'une chose : c'était à elle de lui annoncer qu'elle ne pouvait pas l'épouser.

— Dépêchons-nous, murmura-t-elle à l'adresse de Nikki.

Même avec l'aide du crochet, la tâche s'avérait fastidieuse. Pendant que Nikki s'escrimait contre les boutons, Megan imaginait Gage se dirigeant vers le salon d'habillage du marié. Elle ne se souciait plus de ce qu'il allait dire à Richard, mais de ce qui se passerait lorsqu'il entrerait. Et s'il se trouvait seul face à des hommes armés ?

Elle se dégagea brusquement.

— Nous perdons trop de temps !

— Il nous reste une demi-heure, protesta Nikki.

Mais Gage était parti depuis trop longtemps, et Megan redoutait qu'il ne revienne pas. Elle avait déjà traversé ce cauchemar. Elle ne voulait pas réitérer l'expérience.

La panique s'empara d'elle, la faisant suffoquer. Elle se rua vers la porte et l'ouvrit à la volée.

Et, exactement comme la fois précédente, elle se trouva face au canon d'un pistolet.

Cette fois, cependant, le canon s'enfonça dans son estomac. Elle sut immédiatement que la femme qui la dévisageait d'un regard bleu et glacial n'hésiterait pas à appuyer sur la détente.

6

Ainsi que Nikki l'avait remarqué, la chapelle était anormalement vide. Sans être un spécialiste des mariages, Gage savait que les gens aimaient arriver en avance à ce genre de cérémonie. A part quelques personnes âgées, les bancs de la chapelle étaient inoccupés.

Ni Logan, ni Parker ni Cooper n'étaient là. Avaient-ils seulement été conviés ? Ils étaient les fils de Penny, et non les agents de Woodrow. De toute l'équipe, seuls Nick et lui avaient travaillé pour le FBI.

Les agents de Woodrow n'étaient pas présents non plus. Pourtant, Gage était certain que ce dernier les avait invités. Tous étaient proches de lui ; ils n'auraient pas manqué le mariage de sa fille.

Gage en repéra tout de même un, Tucker Allison, un novice désespérément ambitieux qui avait été jaloux de lui. C'était lui qui avait répandu les rumeurs l'accusant de sortir avec Megan par intérêt.

Tucker Allison ne ferait pas carrière au FBI, Gage en avait la certitude. C'était un lèche-bottes mais il manquait de cran. Il ne servirait à rien dans cette situation. Gage ne pouvait pas compter sur lui pour l'aider à désarmer les suspects.

Où diable étaient-ils, d'ailleurs ? Il n'en avait vu aucun en traversant l'accueil. En revanche, alors qu'il sortait de la chapelle par la porte de derrière, un homme se détacha du mur. Les contours d'un pistolet étaient visibles sous la veste de son costume trop grand pour lui.

Gage plaqua un sourire sur ses lèvres.

— Bonjour. Vous êtes de la famille du marié ?

Sans cesser de sourire, il dévisagea l'inconnu. Avec ses cheveux coupés court, il pouvait sortir droit de l'armée.

Le type esquissa un sourire moqueur.

— Et vous ? Vous êtes le témoin ?

Se connaissaient-ils ? se demanda Gage. S'étaient-ils croisés, chacun du côté opposé de la loi ? Ou sur un champ de bataille ?

— J'attends ma femme, ajouta l'homme. Elle est partie aux toilettes.

Vraiment ? Gage espérait qu'il disait la vérité. Le type avait parlé tranquillement, comme s'il ne mentait pas. Mais les gens croyaient parfois leurs propres mensonges. Comme Tucker Allison, qui jetait justement vers lui un regard anxieux…

Allison avait cru les ragots qu'il colportait. Peut-être était-ce pour cela que Megan les avait crus aussi.

Cependant, si elle l'avait réellement aimé, elle aurait eu confiance en lui. Elle n'aurait jamais douté de sa sincérité.

— Eh bien, j'espère qu'elle ne va pas tarder. La cérémonie va bientôt commencer.

L'homme arqua un sourcil.

— Ah bon ? Je n'ai jamais vu un mariage commencer à l'heure. D'habitude, la mariée met plus longtemps que prévu à se préparer, surtout si elle est nerveuse.

Comment ce type pouvait-il savoir que Megan était nerveuse ?

— Vous n'avez jamais dû assister à un mariage dans cette chapelle, observa Gage. Mme Payne est toujours ponctuelle. Elle a le don d'apaiser les craintes des jeunes mariées.

Du moins, était-ce ce qu'on lui avait dit. Connaissant Penny, il le croyait volontiers.

A cet instant précis, Woodrow et elle apparurent à l'accueil, venant du sous-sol. Il avait passé un bras autour de sa taille, comme s'il avait dû l'aider à monter l'escalier. Elle marchait avec raideur, mais ne tremblait pas et se dégagea.

— Eh bien, lança Gage à l'homme, je vais aller voir si le marié est prêt.

— C'est lui qui devrait être nerveux, marmonna l'homme entre ses dents.

Gage se retourna.

— Pardon ? Pourquoi dites-vous ça ?

Il haussa les épaules, et un sourire condescendant se dessina sur ses lèvres minces. Comme s'il le considérait comme un imbécile parce qu'il ignorait ce qui se tramait.

Que savait-il ?

— Le marié a plus de raisons que la mariée d'avoir la frousse, répondit-il. Surtout quand le témoin passe son temps à entrer dans le salon d'habillage de la mariée.

Une lueur mauvaise brillait dans ses yeux.

La colère bouillonna en Gage. Tant pis si ce type était armé et accompagné ! Il fit un pas vers lui.

Une petite main se posa alors sur son bras.

— Gage, tu devrais aller voir si Richard est prêt. La cérémonie va commencer.

Il se retourna et vit Penny qui lui souriait. Son sourire n'atteignait toutefois pas ses yeux, ne chassait pas la peur qui s'y lisait.

— Dépêche-toi, le pressa-t-elle.

Il hésita, réticent à la laisser seule avec l'inconnu.

— Vas-y.

Le ton étant sans réplique, il capitula. Sa sœur, Annalise, lui avait appris qu'il ne servait à rien de discuter avec une femme têtue.

Le salon du marié se trouvait au fond de la chapelle. Le soleil filtrait à travers les vitraux, projetant un kaléidoscope de couleurs sur le sol en marbre et les bancs en chêne cérusé blancs. La chapelle était magnifique, l'endroit rêvé pour un mariage. Mais aucune cérémonie nuptiale n'y serait célébrée aujourd'hui.

— Qu'est-ce que vous voulez ? balbutia Megan.

Elle doutait fort que l'inconnue soit venue, comme Nikki,

pour la protéger. A l'évidence, celle-ci ne l'avait jamais vue. Elle ne la salua pas, se contentant de la dévisager avec attention.

La femme rejeta sa longue chevelure brune par-dessus son épaule et sourit.

— Je voulais seulement présenter mes compliments à la mariée.

Etait-ce un euphémisme ? A la manière dont elle la tenait en joue, cela paraissait vraisemblable.

Elle déglutit avec peine alors que la visiteuse entrait et refermait la porte derrière elle.

Elles étaient prisonnières. Mais Nikki aussi était armée, bien qu'elle n'ait pas dégainé son pistolet. Elle n'avait pas eu le temps de réagir quand Megan avait ouvert la porte sans crier gare, sans penser au danger qui pouvait rôder de l'autre côté.

— Je ne vous connais pas. Et je ne vois pas pourquoi vous avez un pistolet. Qui êtes-vous ?

La femme poussa un soupir compatissant.

— Voilà le problème, quand on se marie en grande pompe. On ne peut pas connaître tout le monde.

— C'est Richard qui vous a invitée ?

Elle en doutait fort. Richard n'avait convié qu'une poignée d'amis à la cérémonie. Fils unique de parents décédés, il n'avait pas de famille et consacrait tant de temps à son travail qu'il n'avait que peu de relations.

— Vous ne pouvez sans doute pas savoir qui votre famille a invité, reprit la femme sans prêter attention à sa question. De vieilles connaissances, par exemple.

La peur noua l'estomac de Megan. Il s'agissait de son père. Et il était là, quelque part dans la chapelle. Pourvu que Gage soit avec lui !

— Mieux vaut se marier dans l'intimité, comme je l'ai fait, ajouta l'inconnue. Il n'y avait que mon mari et moi. Les deux seules personnes qui comptent vraiment dans un mariage.

Megan hocha la tête.

— C'est vrai. Vous avez raison. Je ne voulais pas d'une cérémonie en grande pompe.

Elle ne voulait pas de ce mariage, tout simplement.

— La chapelle est superbe, continua la femme sur un ton presque nostalgique. Les fleurs… Et la robe…

Elle enfonça le canon de son arme dans le corsage de Megan et étrécit les yeux.

— La robe…

Cette satanée robe ! Megan mourait d'envie de la retirer. En dépit des efforts de Nikki, elle était toujours trop serrée, trop étouffante…

— C'est une erreur, dit-elle.

— La robe ?

— Le mariage. Vous n'aviez pas besoin de venir armée pour l'empêcher. Je n'ai aucune intention de me marier.

La femme pâlit et eut un rire nerveux.

— Oh ! Je n'ai nullement l'intention de perturber le mariage !

— Dans ce cas, pourquoi ce pistolet ? intervint Nikki pour la première fois.

L'inconnue baissa les yeux sur le canon de son arme, comme si elle avait oublié qu'elle l'avait à la main.

— Il ne s'agit pas d'empêcher le mariage, répéta-t-elle. Mais de faire en sorte qu'il se déroule exactement comme prévu.

— Non, fit Megan en secouant la tête.

— C'est absurde ! objecta Nikki. Avec votre pistolet, vous troublez le déroulement de la cérémonie au lieu de le faciliter.

La femme émit un petit reniflement méprisant.

— Elle vient d'avouer qu'elle n'avait aucune intention de se marier.

Megan se maudit intérieurement d'avoir été aussi imprudente.

— Vous ne pouviez pas le savoir avant d'entrer ici, lui fit remarquer Nikki. A moins que…

Elle parcourut la pièce du regard. Si ces gens avaient dissimulé un brouilleur, ils avaient peut-être aussi installé une caméra quelque part.

— L'homme qui entre et sort sans cesse de ce salon n'est pas le marié, dit la femme.

— Vous connaissez Richard ?

— Je sais que vous devez vous marier aujourd'hui. Et vous n'allez pas laisser un autre homme vous en dissuader.

Megan fronça les sourcils.

— Gage n'a rien fait de tel.

Son interlocutrice afficha une expression sceptique.

— Un homme comme lui n'a aucun mal à troubler une femme, fit-elle en soupirant.

— Il ne me trouble pas.

Cette fois, elle avait menti sciemment. Sans doute aurait-elle dû adopter cette attitude dès le début. L'honnêteté n'avait abouti qu'à la mettre davantage en danger.

Elle n'avait menti qu'une seule fois dans sa vie, avec d'effroyables conséquences. Gage avait quitté son travail et s'était réengagé dans l'armée à cause de cela.

Elle s'était juré de ne plus jamais mentir et se rendait compte à présent qu'elle avait commis là une autre erreur.

— Dans ce cas, pourquoi vouliez-vous le suivre ?

— Je ne voulais pas !

Une gifle s'abattit sur sa joue, lui coupant le souffle. Des larmes lui picotèrent les yeux.

— Ne me racontez pas de bobards ! Vous avez ouvert cette porte, non ?

Voilà donc pourquoi cette femme était intervenue. Pour l'empêcher de quitter le salon d'habillage avant le début de la cérémonie.

— Vous tenez vraiment à ce que ce mariage ait lieu, murmura-t-elle, stupéfaite.

Que diable cette inconnue pouvait-elle avoir à gagner à la voir se marier ?

— Oui. Et il aura lieu, affirma-t-elle, les yeux brillant d'une détermination si intense qu'elle confinait à la folie. Ou vous mourrez ici.

Megan se tut.

Elle préférait mourir plutôt que d'épouser un homme qu'elle n'aimait pas et qu'elle ne pourrait jamais aimer, parce que son cœur appartenait à un autre.

7

Gage jeta un coup d'œil en direction de Penny et constata avec soulagement qu'elle s'était éloignée de l'inconnu. A l'évidence, celui-ci n'avait rien fait pour l'en empêcher.

L'homme le fixa en retour et hocha lentement la tête avec un air narquois. Qui donc était-il ?

Gage aurait pu l'éliminer, mais cela présentait un risque trop grand : il ignorait combien d'individus armés se trouvaient sur les lieux, et où précisément. Quant à la femme de ce type…

Son sang se glaça subitement dans ses veines. Megan était-elle en danger ?

Il n'aurait pas dû la laisser seule, même avec Nikki. Pourtant, c'était elle qui avait insisté pour qu'il aille voir Richard. Et, après la remarque sibylline de l'inconnu, cela s'imposait, en effet.

Il leva le poing et tambourina à la porte.

— Il est grand temps que tu arrives ! lança une voix d'homme alors que le battant s'ouvrait. Qu'est-ce qui…

Richard Boersman s'interrompit net et resta bouche bée.

— Tu… Tu es revenu du monde des morts ?

Gage émit un grognement en guise de réponse, puis s'avança et referma la porte derrière lui. Richard poussa un soupir incertain.

— Ça m'est arrivé, à moi aussi, autrefois.

— Quoi ?

Gage étrécit les yeux et l'observa. Son smoking pendait lâchement sur sa silhouette maigre ; ses grosses lunettes avaient glissé sur son nez long et étroit. Son visage était mince et quelconque, comme ses cheveux châtains et son teint pâle. Sans doute avait-il passé le plus clair de son enfance à être la cible de moqueries. Mais peut-être n'était-il pas le premier de classe inoffensif que Gage avait toujours vu en lui.

— Que veux-tu dire par là ?

Il haussa ses épaules décharnées.

— Rien… Seulement que j'ai frôlé la mort voilà quelques années.

Megan avait évoqué cet incident par le passé, expliquant que Richard avait survécu à un terrible incendie. En le regardant avec plus d'attention, Gage décela quelques cicatrices sur son front.

— Je crois que tu es sur le point de la frôler de nouveau.

Richard fit un pas en arrière et déglutit.

— Que fais-tu ici ? En smoking ? Tu n'es pas mon témoin.

— Je le suis maintenant. Même si ce mariage ne va pas avoir lieu.

— Espèce de salaud ! s'exclama Richard, tandis que des taches rouges se répandaient sur ses joues. Comment oses-tu essayer d'empêcher mon mariage ?

— Je n'ai aucune intention de faire ça, répondit Gage.

— Mais… Tu viens de dire qu'il n'aura pas lieu…

— Pas à cause de moi. La chapelle est assiégée.

Richard éclata de rire.

— C'est ridicule ! Assiégée ! De quoi parles-tu ?

— Des hommes et une femme armés sont dehors.

— Le père de Megan est le chef du FBI à Chicago, répliqua Richard sur un ton supérieur, comme si Gage n'en savait rien. Il est évident qu'il y aura des gens armés parmi les invités.

— Ceux-là ne font pas partie des agents de Woodrow. Ce sont des inconnus. Et ils sont dangereux.

Richard pâlit.

— Que… Qu'est-ce que tu veux dire ?

— Il ne s'agit pas d'une action improvisée. Ils ont planifié cette opération. Quelqu'un a installé un brouilleur. Nos téléphones sont hors d'usage, et seuls quelques invités ont pu entrer dans la chapelle. Nous sommes encerclés.

— Pourquoi ? Qu'est-ce que tu as fait ? lança Richard, accusateur.

Ce fut au tour de Gage de rire.

— Cette histoire n'a rien à voir avec moi.

Richard émit un grognement méprisant.

— Tu n'as été qu'une source d'ennuis pour Megan dès l'instant où tu l'as rencontrée. Ce qui se passe est forcément lié à toi.

— Je n'ai été qu'une source d'ennuis pour elle ? répéta Gage.

C'était elle qui avait détruit sa vie, qui lui avait brisé le cœur et l'avait empêché de continuer à travailler pour son père, un homme qu'il respectait plus que tout autre.

— Pourquoi ne pouvais-tu pas la laisser en paix ?

— Je ne veux pas d'elle, assura Gage.

Richard ne crut pas une seconde à son démenti.

— Sale menteur ! C'est toi qui es derrière tout ça. Tu as tout manigancé pour l'empêcher de m'épouser !

En dépit de sa petite taille, il se rua sur Gage. Celui-ci mit les mains sur ses épaules et l'arrêta aisément.

— Je n'aurais pas eu à me donner tant de mal.

Il était furieux lui aussi, au point qu'il ne put résister à l'envie de narguer le futur marié.

— Il m'aurait suffi de l'embrasser, comme la dernière fois que je te l'ai prise.

Fou de rage, Richard tenta de lui décocher un coup de poing. Il manqua son but, mais tendit la main vers le holster de Gage.

Des bruits de lutte lui parvenaient de l'autre côté de la porte. Woodrow n'hésita pas. L'arme au poing, il fit irruption dans la pièce. Alors qu'il s'attendait à trouver un des inconnus armés, il constata avec surprise qu'il s'était trompé. Il connaissait les deux protagonistes, encore que moins bien qu'il l'avait cru, sans doute. Il n'aurait jamais pensé que Richard puisse être assez courageux ou assez stupide pour se mesurer à Gage Huxton.

Il avait failli s'emparer de l'arme de Gage, mais ce dernier l'avait plaqué au mur et l'immobilisait, l'avant-bras contre sa gorge. Richard suffoquait.

— Lâche-le, Gage, ordonna Woodrow d'une voix douce et calme.

Il savait quelles épreuves ce dernier avait endurées. Lorsque Nicholas Rus lui avait appris qu'il avait survécu à plusieurs mois de captivité, il s'était renseigné auprès de ses contacts dans l'armée. Il avait alors découvert par quel enfer il était passé, une épreuve à laquelle bien peu d'hommes auraient survécu. Et dont personne ne se remettait jamais complètement.

Voilà pourquoi il n'avait pas dit à Megan que Gage était vivant. Il savait que sa fille aimait cet homme, et qu'elle voudrait renouer avec lui. Cependant, il le soupçonnait de souffrir de stress post-traumatique, et la manière dont il plaquait Richard au mur en était la confirmation.

— Gage !

Il avait élevé la voix et, cette fois, Gage réagit. Il recula d'un pas. Richard se laissa glisser à terre, hors d'haleine.

— Tu es cinglé, lança-t-il d'une voix rauque.

Il se tourna vers Woodrow.

— Il a failli me tuer.

— Tu as de la chance qu'il ne l'ait pas fait, répliqua Woodrow sans s'émouvoir. Ne cherche jamais à prendre l'arme d'un homme.

Pas à moins d'être certain d'y parvenir sans se faire tuer, sans quoi il se serait déjà attaqué lui-même à leurs assaillants.

— Il menace d'empêcher le mariage ! protesta Richard.

Woodrow secoua la tête.

— La menace ne vient pas de lui.

Une lueur d'irritation surgit dans les yeux de Richard.

— Bien sûr que si ! C'est lui qui a tout manigancé.

— Qu'est-ce que tu racontes ? fit Gage.

Richard le fusilla du regard derrière ses lunettes à verres épais.

— Je dis que tu as monté toute cette histoire pour empêcher le mariage.

— Et je t'ai dit que je n'aurais pas eu besoin de me donner tout ce mal pour y parvenir, rétorqua Gage.

En voyant Richard s'empourprer, Woodrow comprit pourquoi il avait tenté de prendre l'arme de Gage. Ce dernier pouvait être exaspérant. Peut-être la captivité ne l'avait-elle pas changé tant que cela.

— Nous n'avons pas le temps de nous chamailler ! coupa-t-il. Il faut que nous travaillions ensemble.

Deux grognements sceptiques lui répondirent.

— Je parle sérieusement. Nous n'avons pas le choix. Nous ne savons pas combien ils sont.

— Demandez-le-lui ! lança Richard avec colère.

Ce n'était pas la première fois que Woodrow remarquait que celui-ci avait tendance à s'emporter. Enfant unique, Richard Boersman avait sans doute été habitué à ce qu'on ne lui refuse jamais rien. Comme pour cette fichue robe. Megan avait voulu porter celle de sa mère, mais Richard avait insisté pour qu'elle accepte de mettre la tenue qu'il avait conçue pour elle.

Woodrow comprit alors que Richard l'avait manipulée — exactement comme la mère de Megan l'avait manipulé autrefois. Penny Payne avait-elle raison de dire qu'il n'était pas l'homme qu'il fallait à sa fille ?

Probablement, mais elle se trompait au sujet de Gage. Woodrow ne croyait pas qu'il soit un bon choix pour Megan lui non plus. Il doutait qu'il puisse jamais se rétablir entièrement des épreuves qu'il avait subies.

Malgré tout, à cet instant précis, il semblait totalement concentré.

— Je n'ai vu qu'un seul homme armé à l'arrière de la chapelle, dit-il.

— Celui à qui Penny a parlé.

Richard lâcha un nouveau grognement dédaigneux.

— Un seul type ?

— Je n'ai pas revu la femme, reprit Gage sans lui prêter attention. Ni celui qui était habillé en serveur.

— Moi non plus, avoua Woodrow, l'estomac noué.

— Nous devons aller vérifier que Megan est en sécurité.

Bien que moins musclé que naguère, Gage n'eut aucun mal à l'écarter de la porte et à sortir.

— Gage…

Woodrow se hâta à sa suite. Quelques instants plus tard, il sentit une main se poser sur son bras. Ç'aurait pu être Penny, mais il sut aussitôt qu'il ne s'agissait pas d'elle. Son pouls ne s'était pas accéléré, sa peau ne le picotait pas. Il n'éprouvait qu'une chose, de l'irritation.

L'homme qui l'avait retenu était armé, le contour de son pistolet visible sous sa veste. Woodrow le connaissait. Avec son visage poupon, ses yeux écarquillés et sa petite stature, Tucker Allison ressemblait davantage à un enfant qu'à un homme adulte.

— Je n'ai pas le temps…

— Je vois que vous avez mis Gage Huxton à la porte, monsieur, coupa le jeune agent tout excité. Je m'apprêtais à le faire moi-même…

Woodrow réprima un rire. Ce gringalet n'était pas de taille à affronter Gage, sans parler de le contraindre à faire quoi que ce soit.

— Gage ne s'en va pas.

— Vous avez besoin que je vous aide à vous débarrasser de lui de nouveau ?

— De nouveau ? répéta Woodrow, les sourcils froncés. Que veux-tu dire par là ?

Allison rougit.

— Euh…

— En racontant des ragots ? acheva Woodrow à sa place.

Il se dégagea brusquement. Il n'avait pas apprécié le rôle du jeune agent à l'époque et ne l'appréciait pas davantage maintenant.

— Je… Je n'ai dit que la vérité, lâcha celui-ci nerveusement.

— Tu n'avais aucune idée de ce qu'était la vérité, rétorqua Woodrow.

Lui non plus, d'ailleurs. Que diable se passait-il ? Gage pouvait-il avoir imaginé ce scénario pour troubler la cérémonie, ainsi que Richard l'en accusait ? Ou les individus armés voulaient-ils se venger de lui, Woodrow ?

Si tel était le cas, Megan courait le plus grand danger. Il devait aller à elle avant qu'il soit trop tard.

Megan fixait le pistolet que la femme serrait entre ses mains.

— Allez-vous me forcer à aller jusqu'à l'autel avec un pistolet dans le dos ?

L'inconnue eut un petit rire, mais son teint d'ivoire se colora légèrement.

— Ce serait peut-être un peu trop évident.

— En effet. Vous ne pouvez pas me contraindre à me marier.

— Peut-être que non. Mais, si vous ne le faites pas, vos invités finiront à la morgue. C'est ce que vous voulez ?

— Bien sûr que non.

Elle ne voulait qu'une chose : Gage. Même le croyant mort, elle n'aurait jamais dû accepter d'épouser Richard, se résigner à un mariage sans amour. Certes, elle espérait avoir des enfants et avait cru pouvoir les élever avec un homme pour qui elle avait de l'affection et du respect. A l'évidence, elle s'était trompée. Une fois de plus. Sa précédente erreur avait failli coûter la vie à Gage. Celle-ci allait sans doute lui coûter la sienne.

— Vous n'avez qu'une arme, intervint Nikki. Comment pensez-vous nous éliminer tous ?

La femme s'esclaffa de nouveau.

— Vous croyez que je suis seule ?

Nikki feignit la stupeur.

— Il y a quelqu'un d'autre ?

— Nous sommes plusieurs. Par conséquent, si vous ne voulez pas que tout le monde ici meure, vous irez jusqu'à l'autel. Vous ferez comme si de rien n'était. Et vous épouserez votre fiancé.

C'était hors de question, songea Megan. Pourtant, elle ne voulait pas non plus mettre en danger des innocents.

— Pourquoi ? demanda-t-elle, la mort dans l'âme.

L'inconnue fronça les sourcils. Elle était jeune ; elle devait avoir le même âge qu'elle, à peu de chose près.

— Pourquoi tenez-vous tant à ce que je me marie ? insista Megan. Pourquoi êtes-vous prête à tuer pour m'y obliger ?

— Et comment pouvons-nous être sûrs que vous ne nous tuerez pas même si elle accepte ? demanda Nikki.

Elle vint se placer presque derrière Megan, comme si elle comptait faire d'elle un bouclier humain.

Quel genre de garde du corps était Nikki Payne ?

En entendant un infime froissement de soie, elle comprit soudain pourquoi Nikki se conduisait ainsi : elle était en train de sortir le pistolet de son holster. Megan tendit la main derrière elle. Au lieu de l'arme qu'elle escomptait, Nikki lui mit la paire de ciseaux dans la paume. Bien qu'elle eût préféré le pistolet, elle referma les doigts dessus.

— Tant que personne ne s'oppose à notre plan, reprit la femme, il n'y aura pas de blessés.

— Votre plan ? répéta Megan. Quel plan ?

— Concernant votre mariage…

— Mon mariage fait partie d'un plan ? Quel genre de plan ?

S'agissait-il d'une vengeance ?

Contre qui ? Son père ? Gage ? Ou contre elle-même ?

La seule personne qu'elle ait vraiment fait souffrir était Gage. Et, même s'il refusait de lui pardonner, il ne se prêterait jamais à de telles manœuvres pour la punir. Un an plus tôt, il n'avait même pas cherché à la retenir. Pourquoi se donnerait-il tant de mal à présent ?

La femme rougit.

— J'en ai trop dit. Cela ne vous regarde pas. Vous n'avez qu'à aller jusqu'à l'autel et à dire oui.

Megan secoua la tête.

— Je ne peux pas.

— Vous le ferez. A moins que vous ne soyez prête à souffrir.

Megan resserra sa prise sur les ciseaux, prit une profonde inspiration et, rassemblant son courage, se précipita sur elle.

Elle n'entendit pas la détonation. Peut-être l'arme avait-elle un silencieux intégré.

En revanche, elle sentit le sang, épais et poisseux, qui s'échappait de la plaie.

8

Quel piètre garde du corps elle faisait !

Nikki était figée, la main crispée sur la crosse du pistolet. Elle n'avait même pas ôté le cran de sûreté. Elle fixait les femmes qui gisaient sur le sol à ses pieds. L'instant d'avant, Megan était debout, forte, résolue. Maintenant, elle était sans connaissance…

Ou pire.

L'inconnue était immobile mais peut-être toujours dangereuse. Se reprenant, Nikki arma son pistolet, prête à tuer si nécessaire. Elle l'avait déjà fait, du moins le pensait-elle. Ses frères ne le lui avaient jamais confirmé.

Cependant, même si elle pressait la détente à présent, elle ne sauverait qu'elle-même. Sans doute était-il trop tard pour Megan.

Son voile était tombé. De longues mèches brunes s'étaient échappées de son chignon, dissimulant son visage et celui de la femme étendue sous elle.

Nikki s'agenouilla près d'elles.

— Megan ?

Un gémissement lui répondit, puis Megan roula sur elle-même et s'assit. Elle avait la main couverte de sang.

Un juron échappa à Nikki.

— Tu es blessée ?

Megan baissa les yeux. Il y avait du sang sur sa robe, mais ce n'était qu'une traînée. Si elle avait été touchée, le tissu aurait été imprégné.

D'ailleurs, Nikki n'avait pas entendu de coup de feu et ne sentait aucune odeur de poudre.

Megan poussa un long soupir.

— Je n'ai rien, je crois.

Toutes deux se tournèrent vers l'inconnue. Elle était allongée sur le dos, les yeux clos, les joues pâles. Peut-être s'était-elle cogné la tête en tombant. Ou peut-être était-elle morte. Un filet de sang coulait sous elle.

— Je... Je l'ai tuée ? balbutia Megan.

Elle semblait plus effrayée que lorsque la femme braquait son arme sur elle. La fille de Woodrow Lynch avait du cran. Nikki était impressionnée. Elle se pencha en avant et tâta le cou de la femme. Un pouls battait régulièrement sous la peau.

— Non. Je crois que la lame lui a entaillé l'épaule, voilà tout.

— C'est grave ?

— Je ne pense pas. Le sang commence déjà à coaguler.

— Mais elle est inconsciente, objecta Megan.

— Elle a dû heurter la table en tombant.

Megan poussa un soupir tremblant.

— Quelle idiote je suis !

— Pas du tout.

— J'aurais pu nous faire tuer toutes les deux.

— Tu as fait ce qu'il fallait. Tu l'as désarmée sans alerter personne. Tu as été fantastique.

Un petit rire, un rien hystérique, jaillit des lèvres de Megan.

— C'est juste que je n'ai vraiment aucune envie de me marier !

Nikki se mit à rire à son tour. Elle avait grandi entourée de ses frères et avait toujours voulu leur ressembler. Jamais elle n'avait regretté de ne pas avoir de sœur. A présent, elle avait des belles-sœurs et quelques amies géniales. Pour la première fois de sa vie, elle se demanda si elle aurait aimé avoir une sœur aussi cool que Megan.

— Je croyais que c'était la robe qui ne te plaisait pas, plaisanta-t-elle. Maintenant, je vois que c'est le mariage aussi.

Elle frissonna à cette pensée.

— D'ailleurs, je te comprends.

La femme bougea et gémit, signe qu'elle allait reprendre

connaissance. Elle demeurait une menace, et pas la seule, d'ailleurs. Voyant la porte s'ouvrir, Nikki s'empara de l'arme de l'inconnue et se posta face au battant, un pistolet dans chaque main.

— Bon sang ! fit Gage, interloqué. Qu'est-ce qui se passe ici ? Ne tire pas, d'accord ?

— Tu nous prends constamment par surprise, répliqua Nikki, comme si c'était lui qui était en faute. Tu es exactement comme ton meilleur copain, ajouta-t-elle en secouant la tête.

— Meilleur copain ? répéta Megan, toujours assise par terre.

— Mon frère, Nicholas Rus.

Gage retint une exclamation de surprise. Ainsi, Nikki avait enfin accepté son demi-frère.

Elle sourit.

— J'ai failli tirer sur lui au moins dix fois.

— Je ne suis pas sûr que ç'ait été par accident, lança Gage avec ironie. Que s'est-il passé ici ?

Sûrement pas un accident non plus. Le cœur battant encore à la pensée du danger que Megan avait pu courir, il s'avança et se laissa tomber à genoux à côté d'elle.

— Tu vas bien ?

Elle acquiesça. Elle était plus pâle que d'ordinaire et paraissait plus vulnérable. Le ressentiment de Gage s'évanouit aussitôt, cédant la place à l'inquiétude et à une autre émotion qu'il se refusa à nommer.

— Elle a été géniale, dit Nikki. Elle a neutralisé cette femme qui braquait un pistolet sur nous.

Un frisson le parcourut.

— Tu n'as pas voulu que je me serve des ciseaux pour ôter la robe, lui fit remarquer Megan, avec une pointe de moquerie dans la voix — celle qu'elle avait lorsqu'elle flirtait avec lui.

Une bouffée de désir l'envahit, puis il prit conscience de ce que les deux femmes disaient.

— Vous l'avez maîtrisée à vous deux ?

— Non. C'est Megan toute seule, rectifia Nikki. C'est une dure.

Megan sourit avec une fierté que Gage n'avait jamais vue chez elle auparavant, mais son sourire s'effaça alors que l'inconnue gémissait de nouveau.

— Je ne voulais pas lui faire de mal.

Puisque Nikki avait les mains occupées par les pistolets, Gage attrapa le mètre ruban que Mme Payne ou la couturière avait laissé sur la coiffeuse et ligota les mains de la femme. Puis il ramassa un morceau de tissu avec l'intention de l'utiliser pour lui lier les chevilles et la bâillonner. Ses paupières commençaient à frémir ; elle n'allait pas tarder à reprendre ses esprits et se mettrait sans doute à hurler.

Megan, qui s'était levée, lui prit le tissu vaporeux des mains.

— Tu ne peux pas utiliser ça. C'est mon voile.

— Quelle importance ? fit-il.

De toute façon, il était taché de sang. Elle n'allait pas pouvoir le mettre.

— Prends ça, intervint Nikki.

Elle avait posé l'un des pistolets sur la coiffeuse et déniché un rouleau de ruban adhésif.

— Ma mère en a dans toutes les pièces, ici et à la maison.

Gage s'exécuta et bâillonna la femme au moment même où elle ouvrait complètement les yeux. Elle le fixa avec stupeur.

— Que voulait-elle ? demanda-t-il. Empêcher le mariage d'avoir lieu ?

— Tout le contraire. Elle voulait s'assurer qu'il aurait lieu quoi qu'il arrive.

— Pourquoi ?

Peut-être aurait-il dû la questionner, mais il doutait fort qu'elle soit prête à lui expliquer ses raisons, d'autant que ses complices étaient toujours en liberté et à même d'exécuter leur plan.

— Il n'y a qu'une manière de le découvrir, dit Megan en examinant le voile.

Gage reconnut l'expression de son beau visage et sentit l'appréhension le gagner. Elle avait relevé le menton, et son regard s'était durci. C'était son air têtu, et l'expérience lui avait appris qu'il était inutile d'essayer de la faire changer d'avis.

— Laquelle ? demanda-t-il à regret.

— Je me marie exactement comme prévu.

Son estomac se noua.

— Non. C'est trop dangereux.

— Elle a raison, dit Nikki. Il faut que j'avertisse ma mère et Woodrow qu'il n'y a pas de temps à perdre. La cérémonie devrait commencer d'une minute à l'autre.

Elle entrebâilla la porte et jeta un coup d'œil au-dehors. Puis elle l'ouvrit entièrement et s'en alla, refermant le battant derrière elle.

— Tu veux vraiment faire ça ? Tu veux vraiment épouser Richard ?

Megan baissa les yeux vers la femme qui bataillait en vain pour se libérer de ses liens.

— Elle saigne toujours, murmura-t-elle d'un ton empreint de remords.

Gage se pencha et regarda la plaie de plus près.

— C'est superficiel.

Il coupa un morceau du rouleau adhésif, rapprocha les bords de la plaie et l'appliqua par-dessus. La femme se tordit de douleur.

— Ça va empêcher le saignement, expliqua-t-il.

Elle lui renvoya un regard plein de haine. Par mesure de précaution, il renforça ses liens, mais il n'avait qu'une seule pensée en tête.

— Tu ne m'as pas répondu, dit-il à Megan. Tu veux vraiment te marier ?

— Je n'ai pas le choix, murmura-t-elle. S'il te plaît, va chercher mon père.

— Pour qu'il te conduise à l'autel ?

Il secoua la tête.

— Il ne voudra pas.

Woodrow Lynch n'accepterait jamais d'exposer délibérément sa fille au danger.

Megan posa la main sur son bras.

— Il le faut.

— Je ne comprends pas pourquoi tu es si déterminée à le faire.

Aimait-elle Richard ? Même si elle ne l'avait pas réellement aimé, lui, cela ne prouvait pas qu'elle était incapable d'amour. Et elle avait plus de choses en commun avec Richard qu'elle n'en avait jamais eu avec lui.

Elle retira sa main et désigna l'inconnue.

— Elle a dit que, si le mariage n'avait pas lieu, personne ne sortirait vivant de la chapelle.

Il poussa un soupir. Il avait cru que les hommes armés étaient venus pour empêcher le mariage, et non le contraire. Apparemment, il était le seul à vouloir dissuader Megan d'épouser Richard.

— Elle ne peut guère mettre sa menace à exécution, lui fit-il remarquer.

Megan frissonna.

— Tu sais comme moi qu'elle n'est pas seule.

Il baissa de nouveau les yeux sur la femme. Et s'il l'interrogeait ? Il s'apprêtait à lui retirer son bâillon, mais Megan retint son geste.

— S'il te plaît, va chercher mon père.

— Je ne vais pas te laisser seule. Regarde ce qui s'est passé la dernière fois que je l'ai fait.

— Comme Nikki te l'a dit, je me suis défendue.

Elle prit le pistolet que Nikki avait laissé sur la coiffeuse.

— Et maintenant, j'ai une arme.

Elle savait tirer. Woodrow avait plus d'une fois vanté les talents de sa fille cadette en la matière. A moins qu'il n'ait voulu le décourager de la fréquenter ?

Si c'était une mise en garde, il aurait dû y prêter attention.

— Je t'en prie. Va le chercher.

Etait-ce Woodrow qu'elle voulait ? Ou Richard ? Après avoir frôlé la mort, s'était-elle rendu compte qu'elle ne pouvait pas vivre sans son fiancé ?

— Nous avons déjà dit à Richard que la cérémonie était annulée.

Elle étouffa un cri.

— Tu n'aurais pas dû faire ça !

— C'est toi qui m'as envoyé le voir.

— Je t'ai demandé d'aller voir s'il allait bien, rectifia-t-elle.

Il ne put réprimer plus longtemps l'envie de savoir.

— Il compte à ce point pour toi ?

Elle jeta un coup d'œil vers la femme qui les observait, le regard haineux.

— Je ne veux pas que quelqu'un soit blessé.

Il lâcha un grognement. Elle l'avait blessé, lui, cruellement. Apparemment, elle l'avait oublié.

— Tu as raison. Tu es capable de te défendre, dit-il en se dirigeant vers la porte.

Elle le saisit par le bras, l'obligeant à se tourner vers elle.

— Qu'est-ce que tu veux, Megan ?

— Gage…

— Tu ne veux pas de moi. Tu l'as dit clairement voilà quelques mois et tu l'as redit aujourd'hui. Je vais aller chercher ton père pour que tu puisses épouser l'homme que tu aimes.

Il n'eut pas le temps d'atteindre la porte. Elle avait fait un pas et comblé la distance qui les séparait.

De sa main libre, elle saisit le revers de son smoking et le força à se pencher vers elle. Puis, se hissant sur la pointe des pieds, elle pressa ses lèvres sur les siennes et l'embrassa avec fougue. Il dut lutter contre le désir de plaquer son corps contre le sien. Au prix d'un effort surhumain, il parvint à garder les bras le long du corps.

Enfin, elle recula, à bout de souffle.

Quant à lui, il avait cessé de respirer. Il n'était même plus certain que son cœur battait encore.

Elle ne dit rien.

Ce baiser était-il censé être un message ? Devait-il en conclure que c'était lui qu'elle aimait ? Il était trop avisé pour s'y tromper.

Elle voulait seulement qu'il accède à sa requête, qu'il aille chercher son père pour ce que celui-ci la conduise à l'autel.

Derek Nielsen sentait la sueur perler entre ses omoplates et couler le long de sa colonne vertébrale. Il avait trop chaud dans son costume, mais ce n'était pas pour cette raison qu'il transpirait.

Andrea était partie depuis trop longtemps. Depuis son évasion quelques jours plus tôt, elle ne l'avait pas quitté d'une semelle. Si elle n'était pas encore revenue, c'était parce qu'elle n'avait pas pu.

Lui était-il arrivé quelque chose ?

Peut-être était-elle tout simplement allée faire le point avec les autres membres de l'équipe qu'elle avait recrutée. Elle était résolue à ce que le plan se déroule sans anicroche et tenait sans doute plus que la mariée elle-même à ce que la cérémonie ait lieu.

Il était bien placé pour savoir qu'il était vital que chaque élément du plan fonctionne avec précision. C'était lui qui, de l'intérieur, avait planifié sa propre évasion, mais Andrea avait veillé à ce que son plan soit exécuté exactement comme il l'avait ordonné. Si elle ne l'avait pas fait, il serait toujours derrière les barreaux.

Un nouveau filet de sueur dégoulina le long de son dos. Il ne voulait pas retourner en prison.

Jamais.

Heureusement, personne n'irait imaginer qu'un détenu évadé se trouvait là. A l'exception d'un seul individu, peut-être, et encore faudrait-il qu'il ait entendu parler de son évasion, ce dont Derek doutait. Il avait dû avoir d'autres préoccupations ces derniers temps…

Maintenant, c'était son tour d'être préoccupé.

— Andrea, marmonna-t-il, où es-tu passée ?

Il traversa l'accueil, se dirigeant vers l'arrière de la chapelle où il l'avait aperçue pour la dernière fois.

Le type à la coupe militaire venait de sortir de là. Lui aussi avait un pistolet sous son smoking, et il n'était pas le seul à être armé.

C'était précisément pour cette raison qu'Andrea avait engagé une équipe. Derek pressentait qu'il allait en avoir besoin. Mais, surtout, il avait besoin d'Andrea. S'il lui était arrivé malheur, il en finirait sur-le-champ, et peu lui importait qui tomberait sous les balles.

9

Penny avait des papillons dans l'estomac. Pas seulement à cause de l'irruption d'individus armés dans la chapelle, ni du danger qu'ils couraient.

C'était à cause de Woodrow Lynch.

Après avoir traversé la chapelle en toute hâte, il était venu la rejoindre à l'entrée et l'avait entraînée dans le vestiaire adjacent.

— Que faites-vous ? demanda-t-elle tout bas, au cas où l'inconnu au pistolet serait dans les parages. Je vous ai vu sortir du salon du marié après Gage. Où allait-il ?

— Avez-vous vraiment besoin de me poser la question ?

Elle sourit.

— Il allait retrouver Megan. Je suis contente que vous ayez décidé de le laisser lui parler seul à seul.

— Je doute fort qu'il soit en train de parler, grommela-t-il, secouant la tête lorsqu'il la vit sourire de nouveau. Ce n'est pas ce que je voulais dire. Il allait simplement s'assurer qu'elle n'était pas en danger. Et il était impossible de l'en empêcher.

— Nous n'avions pas besoin de son aide, intervint Nikki, qui venait de les rejoindre. Megan et moi avons maîtrisé la femme.

Woodrow blêmit.

— Quoi ? Quelle femme ?

— Celle qui nous menaçait d'une arme.

Penny posa une main apaisante sur le bras de Woodrow, qui paraissait sur le point de défaillir sous le choc.

— Tout va bien. N'est-ce pas, Nikki ? demanda-t-elle à sa fille.

— Oui. Grâce à Megan. Elle a été fantastique. Elle a planté

les ciseaux dans l'épaule de la femme avant même que j'aie eu le temps de dégainer.

Penny avait espéré que Nikki et Megan se lieraient d'amitié. Cependant, elle aurait préféré que ce ne soit pas en affrontant une femme armée. Et elle n'était même pas sûre de savoir pourquoi elle désirait qu'elles deviennent amies, car elles avaient peu de chances de se revoir. Nikki vivait à River City, Megan à Chicago, et elle avait seulement décidé de se marier dans la chapelle de Penny parce que son père le lui avait suggéré.

Pourquoi l'avait-il fait ?

Bien sûr, elle avait déjà organisé le mariage de plusieurs de ses agents mais, cette fois, il lui avait confié le soin de préparer le grand jour de sa fille bien-aimée.

Et elle avait échoué.

Pourquoi ne s'était-elle pas rendu compte qu'elle aurait besoin d'une protection rapprochée ? Au fil de sa carrière, Woodrow s'était attiré nombre d'ennemis, des criminels qu'il avait fait incarcérer et qui attendaient le moment de se venger.

— Megan va bien ? demanda-t-il d'un ton anxieux.

— Très bien, assura Nikki. Elle est intelligente et solide. Elle est aussi résolue à se marier.

— C'est hors de question ! s'exclama Woodrow. Je ne le lui permettrai pas.

Penny ne put s'empêcher de penser qu'il aurait dû le lui interdire dès le début. Qu'il aurait dû dire à sa fille qu'elle ne pouvait pas épouser un homme qu'elle n'aimait pas. Elle dut laisser échapper un soupir éloquent, car il la regarda comme s'il savait précisément ce qu'elle pensait. A en juger par ses sourcils froncés, il n'était pas très content.

— Si vous ne le lui permettez pas, répondit Nikki sur le ton têtu et plein de défi que sa mère connaissait si bien, vous allez faire tuer tout le monde.

— Nikki ! la réprimanda Penny.

— Je ne fais que répéter ce que cette femme nous a dit.

En voyant l'inquiétude dans les yeux bleus de Woodrow, Penny sentit son cœur se mettre à battre plus vite.

— Non. Il doit y avoir une autre solution, dit-il.

— Non.

Gage venait de franchir le seuil.

Woodrow jeta un coup d'œil derrière lui.

— Tu as laissé Megan seule ? demanda-t-il d'une voix rendue rauque par l'angoisse.

— Elle n'est pas seule, lui fit remarquer Nikki. La femme est avec elle.

— Elle est ligotée. Et Megan a son pistolet.

Woodrow secoua la tête.

— Tu n'aurais quand même pas dû la laisser.

Penny acquiesça intérieurement. Comment Gage et Megan pourraient-ils se rendre compte qu'ils s'aimaient encore s'ils ne cessaient de se fuir ?

— Elle ne sera pas seule longtemps. Elle voulait vous voir.

— Bien sûr. Après ce qui vient d'arriver…

Il était normal qu'elle aspire à être réconfortée par son père.

Penny ne put s'empêcher de songer à Nikki. Elle était si jeune quand son père était mort qu'il n'avait jamais pu lui apporter son secours ou son réconfort. Elle n'avait jamais sollicité le secours ou le réconfort de quiconque. Pas même celui de ses frères ou de sa mère.

— Megan veut vous voir parce qu'elle veut que vous l'escortiez à l'autel. Comme l'a dit Nikki, elle est résolue à se marier.

Malgré tout, Penny était persuadée que ses raisons n'étaient pas celles que Gage imaginait. Le visage de ce dernier était tendu, ses yeux verts étaient sombres, ses lèvres pincées. Il souffrait manifestement à la pensée qu'elle voulait épouser un autre que lui.

Woodrow secoua la tête de nouveau.

— Il est hors de question qu'elle se marie.

Nikki promena un regard inquiet autour d'elle.

— Il le faut. Cette femme n'est pas seule, et ces gens-là sont déterminés. Je ne crois pas que ses menaces soient des paroles en l'air.

Gage hocha la tête en signe d'assentiment.

Une sensation de nausée envahit Penny. Peut-être s'était-elle trompée. Si Gage était prêt à laisser Megan épouser un autre homme, cela signifiait-il qu'il ne l'aimait plus ?

Un délicieux picotement perdurait sur les lèvres de Megan. Elle ne savait pas vraiment pourquoi elle avait embrassé Gage. Mais il avait paru si fâché contre elle… Comme le jour où elle avait rompu avec lui.

Tout comme ce jour-là, il avait eu l'air d'un homme trahi.

A l'époque, elle était tellement sûre d'être celle qui avait été trahie, trompée, qu'elle n'y avait pas prêté attention. Toutefois, lorsque Gage avait démissionné du FBI pour se réengager dans les commandos, elle avait craint d'avoir commis une erreur. Désormais, elle n'en doutait quasiment plus.

— Gage, murmura-t-elle, priant pour qu'il revienne.

Il n'en ferait sûrement rien. Il ne comprenait pas qu'elle tienne à aller jusqu'au bout de cette cérémonie. Il pensait que c'était pour Richard, alors qu'elle ne songeait qu'à lui. Elle craignait par-dessus tout qu'il soit blessé ; il n'avait déjà que trop souffert.

Par sa faute ? S'était-il réengagé à cause d'elle ? Si elle lui avait causé tant de douleur, jamais elle ne se le pardonnerait.

Oui, elle avait dû le faire souffrir, mais il était impossible de remonter le temps ; elle ne pouvait changer le passé. En revanche, elle pouvait faire en sorte que personne d'autre ne souffre à cause d'elle.

Un coup frappé à la porte la fit tressaillir, lui arrachant une exclamation de surprise. Elle avait fermé à clé derrière Gage. C'était sûrement son père. Pourvu qu'il ait compris ses raisons de vouloir se plier à la cérémonie ! Elle n'avait pas le choix.

Avant qu'elle ait eu le temps d'ouvrir, une voix grave s'éleva.

— Andrea, tu es là ?

Ce n'était pas son père. Un inconnu tournait la poignée avec vigueur, cherchant à entrer. Elle sentit s'accélérer les battements de son cœur alors que la peur la gagnait. Elle resserra sa prise sur le pistolet de la femme.

— Andrea, tu es là ? répéta l'homme.

A côté d'elle, la femme s'était mise à s'agiter, marmonnant dans son bâillon. De sa main libre, Megan lui couvrit la bouche.

— Chéri, répondit-elle, feignant de s'adresser à son fiancé, je sais que tu as hâte que je sois ta femme, mais il faudra que tu attendes notre nuit de noces. Ce ne sera plus long, maintenant.

Elle retint son souffle, espérant avoir trompé l'inconnu, mais la poignée tourna de nouveau, et le battant de la porte vibra. La serrure n'était pas particulièrement solide. Si quelqu'un tenait vraiment à entrer, elle ne résisterait pas longtemps.

Elle crispa la main sur le pistolet et défit le cran de sûreté. Elle savait tirer — sur des cibles. Jamais elle n'avait visé un être humain et elle n'était pas certaine de pouvoir le faire, de pouvoir prendre une vie…

Elle n'avait pu maîtriser la dénommée Andrea qu'avec l'aide de Nikki. Seule, elle n'avait aucune chance de se défendre contre cet homme, à moins de trouver le courage d'appuyer sur la détente. Même alors, elle n'était pas sûre de faire mouche. Les cibles ne bougeaient pas, ne ripostaient pas non plus. Elle imaginait aisément que cet homme n'hésiterait pas à faire feu.

Et sans doute ne raterait-il pas son coup…

Woodrow resserra sa prise sur son pistolet qu'il s'apprêtait à tirer de son holster, puis le lâcha à regret. Le type n'était pas seul. S'il l'abattait, il forcerait les autres à passer à l'action. Il opta donc pour une autre approche.

— Hé ! Les toilettes ne sont pas là !

L'homme se raidit. Sa main était dissimulée sous sa veste. Cependant, au lieu de sortir son arme, il se tourna vers lui, un sourire forcé sur les lèvres.

Ses cheveux étaient coupés si court qu'on ne pouvait en déterminer la couleur. Ses yeux sombres et froids lui parurent vaguement familiers, mais sans doute parce qu'il ressemblait à une foule d'autres délinquants qu'il avait arrêtés ou fait arrêter.

Etait-ce pour cette raison que cet homme se trouvait là ? Pour se venger ?

S'efforçant de ne trahir aucune émotion — ni colère ni crainte —, Woodrow désigna le couloir d'un geste.

— Les toilettes des hommes sont par là. Mais vous devriez vous dépêcher. La cérémonie est sur le point de commencer.

Le type étrécit les yeux, visiblement sceptique.

— Vraiment ?

— Bien sûr.

L'inconnu hocha la tête.

— Oui, j'ai entendu dire que les mariages organisés par Mme Payne étaient toujours parfaits.

Woodrow espérait que ce serait vrai cette fois aussi, et que le plan qu'ils avaient échafaudé à la hâte quelques instants plus tôt se déroulerait sans anicroche.

— En effet. Il faut vous dépêcher d'aller prendre votre place dans la chapelle.

Le type hésita et jeta un regard vers la porte.

— En fait, je cherchais ma femme. Je croyais qu'elle était entrée ici.

Woodrow se força à rire.

— J'en doute fort. Ma fille tenait absolument à ce que personne ne voie sa robe de mariée. Elle n'a dû laisser entrer personne.

— Le témoin ne cesse d'entrer et de sortir de là, répliqua l'individu en s'esclaffant.

— Le témoin ?

— Le blond à l'air sévère.

Il avait décrit Gage à la perfection, mais ne semblait pas le connaître. En tout cas, il ne l'avait pas appelé par son nom. Et, s'il n'était là ni pour se venger de lui ni pour se venger de Gage, que voulait-il donc ? Pourquoi sa femme et lui tenaient-ils tant à ce que ce mariage ait lieu ?

Le type esquissa un sourire narquois.

— La mariée l'a laissé entrer, lui.

Woodrow fronça les sourcils.

— Y a-t-il une raison particulière pour laquelle vous surveillez cette pièce ?

L'homme jeta un coup d'œil autour de lui, puis fit un pas en arrière.

— Non. J'attendais le début de la cérémonie, c'est tout.

Enfin, il fit demi-tour et s'éloigna.

— Megan, c'est moi, dit Woodrow en frappant à la porte.

Il entendit la clé tourner dans la serrure, puis la porte s'ouvrit. Dès qu'il fut à l'intérieur, Megan se jeta dans ses bras, tremblante.

— J'ai cru que j'allais devoir tirer sur lui.

Il doutait que sa douce petite fille ait été capable de presser la détente. Certes, elle avait neutralisé la femme qui gisait à présent ligotée sur le sol, mais de là à prendre une vie…

C'était à lui de veiller à ce qu'elle ne soit plus jamais confrontée à une telle situation.

— Tout va bien, fit-il en la serrant contre lui comme lorsqu'elle était enfant et qu'elle avait fait un cauchemar. Tout va bien, ma chérie.

Bien qu'il ait fait en sorte qu'Ellen et elle sachent se défendre en cas de besoin, il avait aussi essayé de les protéger de la laideur de son quotidien.

Et voilà que cette laideur était venue jusqu'à elle.

Elle se dégagea et le regarda, les yeux brillants de larmes contenues.

— Ne me mens pas, papa, répliqua-t-elle, irritée.

— Nous avons un plan. Tout va s'arranger.

Du moins l'espérait-il.

Megan secoua la tête. Son chignon s'était défait, et ses cheveux tombaient librement sur ses épaules. Son visage encadré de mèches brunes était encore plus beau qu'avant. Elle paraissait effrayée.

— Eux aussi ont un plan, dit-elle en désignant l'inconnue.

Si Woodrow en avait eu le temps, il aurait essayé de l'interroger.

C'est alors que de la musique leur parvint.

— Ça va être à nous.

10

Mal à l'aise, Gage attendait devant l'autel dans la chapelle quasiment vide. Jamais il n'avait tenu le rôle de témoin, pas même lors du mariage de Nicholas Rus, son meilleur ami. Nick avait choisi sa demi-sœur, Nikki. Pour sa part, il avait escorté sa sœur, Annalise, à l'autel, afin de la donner en mariage à celui qu'elle aimait depuis toujours.

La perspective d'être témoin au mariage de Megan était un calvaire.

Richard ne paraissait pas enchanté non plus. Sans doute aurait-il refusé si Mme Payne n'avait pas insisté.

Personne ne disait non à Penny, même pas Woodrow. D'ailleurs, Gage se serait peut-être demandé ce qu'il y avait entre eux s'il avait été moins préoccupé par ce qui se passait autour de lui.

Pourquoi ces gens armés étaient-ils là ?

Le seul qui ait quelque chose à gagner à ce mariage était Richard : il aurait Megan pour épouse. En un sens, ce serait une bonne chose pour lui aussi, songea Gage. Une fois mariée, elle serait définitivement hors d'atteinte.

Seulement... Son baiser l'avait tenté. Son baiser, sa beauté, son courage.

Elle n'était pas la créature fragile qu'il avait cru. Cette prise de conscience le troublait. Il avait été furieux naguère qu'elle ne lui fasse pas confiance, mais peut-être ne le connaissait-elle pas mieux que lui ne la connaissait.

Quoi qu'il en soit, il ne pouvait oublier qu'il était un homme changé. Même si Megan s'avérait plus forte qu'il l'avait pensé, elle ne l'était pas assez pour gérer un comportement qu'il ne comprenait pas toujours lui-même.

Une musique d'orgue s'éleva, venant du balcon qui surplombait la chapelle. Les invités se tournèrent vers le fond.

Pour regarder entrer la mariée qui s'avançait, le visage dissimulé par son voile, au bras de son père.

Gage et Richard étaient déjà debout à côté du révérend. Richard se trouvait devant lui, mais Gage le dominait d'une bonne tête, de sorte qu'il avait une vue dégagée jusqu'au fond de l'allée. Pourtant, c'était Richard qu'il observait. La sueur coulait le long de son cou, imprégnant le col de sa chemise, et son visage était couvert de plaques rouges.

Sa nervosité était-elle normale ? Etait-il terrifié par la présence d'individus armés ?

Il s'était opposé à leur plan avec vigueur, sans obtenir gain de cause. S'il aimait vraiment Megan, pourquoi n'était-il pas prêt à tout pour la protéger ?

Gage, lui, était prêt à tout, y compris à être le témoin d'un homme qui lui était tout sauf sympathique. Désormais, les soupçons s'ajoutaient à l'antipathie.

Qui était Richard Boersman ?

Sûrement pas le premier de classe inoffensif que tout le monde voyait en lui.

Au cours de ses vingt-cinq années d'existence, sa mère l'avait obligée à mettre nombre de robes, mais celle-ci en était une que Nikki s'était promis de ne jamais revêtir.

La robe de mariée était magnifique, en dentelle incrustée de perles, mais elle n'avait pas porté bonheur à Penny et à Nicholas Payne. Elle n'avait pas empêché son père de tromper son épouse ni de mourir prématurément.

Elle espérait ne pas connaître le même sort.

Ses doigts tremblaient légèrement sur le bras de Woodrow Lynch tandis qu'elle avançait vers l'autel à son côté.

Personne ne l'avait forcée à se jeter dans la gueule du loup. Au contraire, elle avait dû argumenter avec force pour qu'on lui permette d'échanger sa place avec celle de Megan. En fin de compte, elle avait convaincu les autres que son plan était bon et qu'il allait fonctionner.

Elle avait eu de la chance que Logan, son frère aîné, ne soit pas là. A coup sûr, il aurait mis son veto. Peut-être était-elle si habituée à ce qu'il le fasse qu'elle n'avait pas envisagé toutes les conséquences de sa décision…

Megan avait l'estomac noué et se sentait affreusement coupable. Elle aurait dû être au bras de son père, dans la chapelle. Au lieu de cela, elle s'était faufilée hors du salon et avait emprunté l'escalier de service à la suite de Penny.

Celle-ci n'avait pas pris le temps de l'aider à retirer sa satanée robe de mariée. Elle s'était contentée de lui faire enfiler le trench-coat de Woodrow, qui était assez long pour la cacher. Ensuite, elle l'avait entraînée au sous-sol, en direction de son bureau, mais elles étaient passées devant sans s'arrêter.

Penny lui prit la main pour la guider dans le couloir obscur. Cette partie de la chapelle semblait très ancienne. Elle était aussi étrangement silencieuse. On distinguait à peine l'écho de l'orgue qui jouait au-dessus d'elles. La traditionnelle *Marche nuptiale*…

Au comble de la nervosité, tenaillée par un sentiment de culpabilité, Megan pressa la main de Penny.

— Je suis désolée, murmura-t-elle. Je n'aurais pas dû accepter que Nikki prenne ma place.

Penny s'immobilisa et se tourna vers elle. De sa main libre, elle lui tapota doucement la joue.

— Ne vous torturez pas. Vous n'aviez pas le choix.

C'était précisément ce qu'elle avait pensé, qu'elle n'avait pas d'autre choix que de se résigner à ce mariage. Cependant, ses compagnons avaient échafaudé un tout autre plan pour la protéger.

— Je n'aurais pas dû la laisser mettre sa vie en danger pour moi.

Penny soupira.

— Je connais ma fille. Il n'y a pas plus têtu qu'elle.

— Si. Gage.

Le nom avait jailli de lui-même des lèvres de Megan. Peut-être parce que, depuis le jour où elle avait fait sa connaissance chez son père, il occupait constamment ses pensées.

— Il est plus têtu que Nikki.

Trop têtu pour lui pardonner.

Ce fut au tour de Penny de lui presser les doigts.

— C'est peut-être vrai. Gage est un homme obstiné. Cela dit, dans son cas, c'est une vertu.

Megan la dévisagea, stupéfaite.

— L'obstination est sans doute ce qui lui a permis de rester en vie pendant ses mois de captivité, expliqua Penny. Il ne serait pas là, il ne vous serait pas revenu, s'il n'avait pas été obstiné.

— Gage ne m'est pas revenu, lui fit remarquer Megan. Il préférerait de loin que ce soit moi qui me marie en ce moment.

Ne s'était-il pas engagé à garantir le bon déroulement de la cérémonie ? Certes, il avait enfreint cette promesse en acceptant le plan proposé par Nikki.

Penny eut un petit rire.

— Seulement si c'était lui que vous alliez épouser.

Cela avait peu de chances de se produire. Peut-être ne pouvait-on exercer la profession d'organisatrice de mariages sans être une indécrottable romantique. C'était sans doute un risque du métier, comme affronter le danger pour un garde du corps.

— Croyez-vous…

Elle n'osa même pas achever sa question. Elle était ridicule. Leur rupture avait été si amère…

— … que Gage vous aime toujours ? termina Penny à sa place.

— Non.

Elle rougit de confusion. Si elle avait rompu avec Gage, c'était parce qu'elle n'avait pu croire qu'il l'aimait sincèrement. Il avait encore moins de raisons de l'aimer maintenant.

— Non. Je sais que c'est impossible.

Elle leva les yeux, écoutant les sons étouffés de la musique qui leur parvenait depuis la chapelle.

— Croyez-vous que le plan va fonctionner ?

Penny n'eut pas besoin de parler. La réponse à sa question apparut au bout du couloir. La silhouette corpulente d'un homme en habit de serveur leur barrait le passage.

Il braquait aussi un pistolet droit sur elles.

Megan leva son arme, celle qu'elle avait prise à son assaillante. Jusqu'à cet instant, elle avait douté d'être capable de faire feu.

Mais, maintenant, elle devait protéger Penny Payne ainsi qu'elle-même.

Avant qu'elle ait pu presser la détente, le canon froid d'un pistolet appuya contre sa tempe.

Non, le plan n'allait pas fonctionner.

11

Les dernières notes de musique résonnèrent dans la chapelle, et l'angoisse étreignit Gage. Le plan était voué à l'échec. Ils savaient que, dès que Woodrow relèverait le voile de Nikki, la substitution serait révélée. L'opération n'avait visé qu'à donner à Megan et à Penny le temps d'arriver en lieu sûr et d'alerter les secours.

En regardant autour de lui, il comprit qu'ils n'avaient sans doute trompé personne. L'individu armé auquel il avait parlé, celui que Woodrow avait surpris devant le salon d'habillage de la mariée, n'était pas là. En revanche, deux autres hommes, l'un à l'arrière de la salle et l'autre à l'avant, semblaient fébriles, et leurs mains glissaient fréquemment sous leur veste, comme s'ils voulaient s'assurer que leur arme était prête à faire feu. Gage ne les avait pas vus auparavant. Sans doute venaient-ils tout juste d'entrer.

Pourquoi le type à l'air arrogant, qui semblait être le chef, manquait-il à l'appel ? Parce qu'il avait déjà compris le subterfuge ?

Dans ce cas, Megan et Penny étaient en danger.

Il se mit à tousser, feignant de suffoquer. Les têtes se tournèrent vers lui, mais il se contenta de marmonner qu'il avait besoin d'un verre d'eau et se hâta vers l'arrière de la chapelle.

Sa ruse fonctionna. Personne ne le suivit. Tous les regards convergeaient vers la mariée, dont le visage était encore invisible sous son voile.

Il avait encore un peu de temps.

Il descendit rapidement l'escalier menant au sous-sol. Il

devait faire sortir Megan et Penny avant que le chef de la bande les trouve.

A condition qu'il ne soit pas déjà trop tard.

N'osant pas bouger d'un millimètre avec le pistolet appuyé sur sa tempe, Megan retint son souffle. L'arme qu'elle tenait lui fut arrachée des mains.

— C'est celui d'Andrea ! Où l'avez-vous eue, bon sang ?

L'homme fit un pas en avant et vint se placer en face d'elle, retirant d'un coup sec le manteau qui lui couvrait les épaules.

— Vous l'avez tuée ?

— N… Non.

— Elle raconte des histoires, maugréa le serveur. Andrea se serait fait tuer plutôt que de lui donner son arme.

— Je l'ai assommée, murmura Megan.

L'homme étrécit les yeux et la regarda d'un air sceptique.

— Que s'est-il passé au juste ?

— Je l'ai bousculée…

Elle déglutit péniblement et rassembla son courage pour continuer.

— … Et je lui ai enfoncé une paire de ciseaux dans l'épaule.

Le type prit une inspiration choquée.

— Elle s'est cogné la tête en tombant.

Il la gifla si violemment qu'elle eut soudain un goût de sang à la bouche. Elle avait dû se mordre la langue ou l'intérieur de la joue.

— Arrêtez ! s'écria Penny Payne en tentant de s'interposer.

— Espèce de garce ! Tu l'as poignardée avec des ciseaux ? C'est vrai ?

— Oui…

L'homme fit mine de lui asséner un nouveau coup, mais Penny lui saisit le bras. Il leva sa main libre, celle qui tenait le pistolet, prêt à s'en prendre à elle.

— Non ! cria Megan. Votre amie a besoin de votre aide. Elle est blessée mais en vie. Pour le moment.

Il suspendit son geste.

— Où est-elle ?

— Dans le salon d'habillage de la mariée. Vous devez faire venir un médecin.

Gage avait fait en sorte d'arrêter les saignements, mais la femme souffrait sans doute, surtout si elle continuait à se débattre.

Le type se tourna vers le serveur.

— Si elles font le moindre geste, abats-les.

Il tourna les talons, mais Megan le rappela.

— Non !

Il lui fit face, les yeux étincelant de colère.

— Quoi ?

— Vous n'y arriverez pas tout seul.

— Parce que vous vous souciez de l'aider, à présent ? ironisa-t-il. Vous l'avez laissée se vider de son sang pour vous enfuir, non ?

Il promena son regard sur le couloir.

— Où couriez-vous comme ça ?

Elle secoua la tête.

— On voulait se cacher, c'est tout.

— Si elle est morte…

La voix de l'homme se fêla.

— Elle risque de l'être si vous continuez à perdre du temps, mentit Megan. Si vous voulez la sauver, vous avez besoin de votre ami pour la porter.

— Et vous resteriez là toutes seules ? demanda-t-il d'un ton narquois.

— Vous pourriez nous ligoter.

Le sourire moqueur de l'homme s'élargit.

— Vous espérez gagner du temps pour qu'on vole à votre secours, c'est ça ? Le grand blond ou le type aux cheveux gris qui a l'air d'être un ancien soldat ?

Il s'esclaffa.

— Ils ne sortiront pas vivants de cette chapelle.

La panique serra le cœur de Megan. Elle allait perdre Gage pour de bon, et son père aussi, sans doute.

— Votre amie non plus, murmura-t-elle. Son état doit empirer de minute en minute.

Il accusa le coup, puis fit signe à son acolyte.

— Attache-les et enferme-les dans un placard ou un bureau pour que personne ne les trouve. Ensuite, viens me rejoindre là-haut.

Il pointa une arme sur Penny et l'autre sur Megan.

— Ne me faites pas regretter de vous avoir laissé la vie sauve.

Dès qu'il eut disparu, le serveur lâcha un soupir incertain. A l'évidence, il était presque aussi effrayé qu'elles.

— Il va revenir nous tuer, n'est-ce pas ? demanda Penny d'une voix frémissante.

Sans doute était-elle submergée par la peur. Megan était terrifiée, elle aussi, mais pas encore prête à capituler.

L'homme rougit.

— D est un gars dangereux. J'ai entendu dire qu'il avait torturé et tué son meilleur ami.

— Pourquoi travaillez-vous pour lui ? N'avez-vous pas peur qu'il vous réserve le même sort ?

Il frissonna.

— Je n'ai pas confiance en lui, mais ce n'est pas pour lui que je travaille. Je suis aux ordres d'Andrea. Elle le contrôle.

Penny soupira.

— Mais si Andrea meurt…

— Vous feriez mieux de vous dépêcher, intervint Megan. Elle a besoin de soins.

— Il faut que je vous ligote.

Megan jeta un coup d'œil autour d'eux. A cet endroit, le couloir était plus large et servait visiblement de coin rangement. Des cartons étaient empilés le long du mur. Un rouleau de ruban était posé sur l'un d'eux.

— Laissez-moi faire, suggéra-t-elle. De cette manière, vous n'aurez pas à jongler avec le pistolet.

Il la dévisagea d'un air méfiant. Sans doute redoutait-il la réaction de celui qu'il appelait D si elles venaient à s'enfuir.

— Vous vérifierez que les liens sont solides, reprit-elle.

— Vous ne pouvez pas vous ligoter l'une l'autre.

— Non, bien sûr. Je vais attacher Mme Payne.

Elle s'empara du rouleau et lia les chevilles et les poignets délicats de Penny comme on le lui avait appris. Quand ce fut chose faite, elle tendit le ruban à l'homme, qui la ligota à son tour, avant de chercher des yeux une cachette.

— Il faut que je vous mette hors de vue.

Megan tenta d'avancer, trébucha et tomba à genoux. Le lourd tissu de sa robe aurait dû amortir sa chute, mais un des ornements en strass le transperça et lui entailla la peau. Une exclamation de dépit lui échappa. Elle haïssait cette fichue robe !

— Nous ne pouvons pas marcher, fit-elle remarquer à leur garde.

— Personne ne vient ici, intervint Penny. C'est un endroit où je range des vieilleries, des choses que j'aurais sans doute dû jeter voilà des années.

Le serveur émit un grognement sceptique.

— Sauf que si vous criez à l'aide…

— Nous ne crierons pas, promit Megan.

Le type promena un regard dans le couloir, puis les contourna afin d'inspecter les cartons.

Il tira des serviettes en tissu de l'un d'eux.

— Non, vous ne crierez pas, dit-il en les bâillonnant tour à tour. Et n'essayez pas de me rouler. Si vous le faites, vous n'aurez pas à vous inquiéter pour D. Je vous tuerai de mes propres mains.

La bouche sèche, Penny avait l'impression de suffoquer, mais cela ne dura pas longtemps. En le voyant farfouiller du côté des cartons, elle avait craint qu'il découvre l'entrée menant au passage secret. Dieu merci, il n'avait rien vu.

Dès qu'il eut disparu au bout du couloir, Megan cracha son bâillon et se servit de ses dents pour lui retirer le sien.

— Maintenant, vous pouvez vous détacher.

Penny regarda ses mains, que Megan avait liées devant elle.

— Comment ?

— Tirez sur le ruban avec vos dents.

Suivant ses instructions, Penny obéit. Aussitôt, le ruban se dénoua. Puis elle se hâta de tirer sur celui qui retenait ses chevilles.

— Comment avez-vous fait ça ? demanda-t-elle, admirative.

— Mon père nous a appris, à ma sœur et à moi, quand nous étions toutes petites, expliqua Megan comme si c'était tout ce qu'il y avait de plus normal.

— Ça ne vous a pas fait peur ?

— Il a présenté ça comme un jeu, répondit Megan d'un ton empreint de nostalgie.

Elle sourit et ajouta :

— Un genre de cache-cache amélioré.

Penny sourit à son tour.

— Nikki aurait adoré.

— C'est certain.

Elle n'avait donc pas été la seule à élever ses enfants dans la crainte qu'il leur arrive quelque chose d'affreux, songea Penny. Woodrow avait lutté contre le crime en sachant que son travail risquait de faire de sa famille une cible. Par conséquent, il avait fait de son mieux pour donner à ses filles des armes pour se défendre.

— Malheureusement, le serveur ne m'a pas ligotée de la même manière, reprit Megan.

En effet, ses liens étaient si serrés qu'ils lui entaillaient la peau. Par chance, Penny avait l'habitude de porter un petit canif qu'elle s'empressa de tirer de la poche de sa veste en soie. La lame était étroite mais bien affûtée. Avec précaution, elle trancha le ruban.

Megan poussa un petit soupir tremblant et se frictionna les poignets.

— Merci.

— C'est moi qui vous remercie, répondit Penny en la serrant

contre elle. La manière dont vous avez manipulé ces hommes était brillante.

Cette Megan-là ne ressemblait en rien à la fiancée morose dont elle avait planifié le mariage. Quoi d'étonnant ? A ce moment-là, elle pleurait toujours la perte de l'homme de sa vie. Maintenant qu'elle le savait vivant, Megan Lynch était redevenue la jeune femme qu'elle avait dû être naguère, tenace et débrouillarde.

— Je nous ai fait gagner un peu de temps, c'est tout. Il faut qu'on file d'ici avant leur retour. Surtout si cette Andrea est avec eux, ajouta-t-elle avec un frisson.

Penny acquiesça. Elle avait vu la femme étendue sur le sol, irradiant la haine et la fureur, et ne doutait pas qu'elle soit la plus dangereuse de leurs adversaires.

— Oui. Il faut qu'on sorte d'ici et qu'on aille chercher de l'aide.

A vrai dire, elle était surprise que Nick ne soit pas déjà là. Même si Ellen n'était pas parvenue à le prévenir, il aurait dû être en route pour la cérémonie. Il avait été invité. Et, s'il avait été refoulé par des hommes postés à l'extérieur, il avait dû comprendre que quelque chose ne tournait pas rond. Il connaissait son personnel et les agents de Woodrow, il n'avait pas pu se laisser abuser.

L'angoisse la gagna. Nick ne serait pas reparti sans s'assurer qu'ils étaient sains et saufs. Il se serait exposé au danger pour eux. Pourvu qu'il ne lui soit rien arrivé ! Annalise et leur futur bébé avaient besoin de lui.

Avec un peu de chance, il s'était esquivé sans encombre et avait alerté ses frères. Logan, Cooper et Parker viendraient à leur aide, mais elle devait leur expliquer ce qui se passait. Car, si tous étaient en danger, Nikki était la plus menacée.

Elle se dirigea vers la pile de cartons. Ils n'étaient rangés là que pour dissimuler la porte menant au passage secret qui débouchait dans la cour. C'était pour cette raison qu'elle avait craint le pire en voyant le serveur fouiner autour.

Heureusement, il n'avait rien remarqué. Mais, dès que lui et l'autre homme auraient retrouvé Andrea et compris que sa blessure était sans gravité, ils reviendraient.

Megan dut avoir la même pensée.

— Dépêchons-nous, dit-elle.

Avant que Penny ait pu tendre la main vers le premier carton, une silhouette apparut au bout du couloir, et un reflet métallique troua la pénombre.

Elles n'avaient pas été assez rapides.

12

Le révérend parlait d'une voix lente et douce. Nikki, pour sa part, espérait avec ferveur que les choses n'iraient pas jusqu'au moment de prononcer les vœux. Elle n'avait absolument pas l'intention de se marier. Jamais. Et surtout pas avec ce type.

Woodrow Lynch se pencha, releva son voile et l'embrassa sur la joue. Quelque chose se noua en Nikki, son cœur se serra. Son propre père ne pourrait jamais faire cela, ne pourrait jamais la donner en mariage.

Elle prit une brève inspiration.

Peu importait, puisqu'elle comptait ne jamais se marier.

D'ailleurs, après ce qu'elle avait appris récemment au sujet de son père, elle n'était pas sûre qu'elle aurait voulu qu'il la conduise à l'autel. Il était mort depuis près de seize ans et, lorsqu'elle avait découvert qu'il avait trompé sa mère, ç'avait été comme si elle le perdait de nouveau.

Woodrow l'observa, le regard assombri par la sollicitude. Il avait voulu protéger sa fille, mais pas en la sacrifiant, elle. Nikki le savait. Elle les avait persuadés, lui et tous les autres, que son plan était le seul moyen de donner à Megan et à sa mère le temps de sortir de là.

Elles devaient être en sécurité, à présent. Elle hocha la tête et chuchota à Woodrow :

— Allez-y.

Il devait s'assurer qu'elles étaient saines et sauves. Pour une raison quelconque, Gage en doutait. Sans cela, il n'aurait pas feint cette quinte de toux pour s'éclipser avant même que Woodrow et elle soient arrivés à l'autel.

Tandis que Woodrow s'éloignait, elle se tourna vers celui qui était censé l'épouser. C'était la première fois qu'elle voyait Richard Boersman, et une bouffée de déception l'envahit. Comment la femme qu'elle commençait à considérer comme une amie avait-elle pu envisager d'épouser un type aussi insignifiant ?

Il était tout pâle et tremblait visiblement, seul à côté du révérend. Nikki doutait fort que son témoin revienne de sitôt. Et maintenant, le père de la mariée se dirigeait vers le fond de la chapelle, la laissant seule.

Enfin, presque. Le révérend était discrètement armé, lui aussi. Il avait officié ici assez souvent pour savoir qu'il valait mieux être prêt à toute éventualité. En revanche, le fiancé risquait d'être un boulet plutôt qu'un atout.

— Faites comme si j'étais Megan, lui murmura-t-elle.

Il semblait perdu, terrorisé, incapable de jouer le moindre rôle. Non que cela fasse une grande différence… Déjà, des murmures s'élevaient dans l'assistance. Les invités s'étaient aperçus qu'elle avait remplacé la mariée.

Elle ne voyait pas les hommes armés qu'elle avait repérés plus tôt mais, à l'évidence, d'autres les avaient remplacés. Non loin du premier rang, un homme avait glissé la main sous sa veste, prêt à sortir une arme.

Non, elle n'avait pas à redouter de prononcer ses vœux. En revanche, elle pouvait redouter de ne pas sortir de là vivante. Enfin, si le pire arrivait, elle n'aurait pas à entendre Logan grogner : « Je te l'avais bien dit. »

Son frère aîné n'avait jamais cru qu'elle avait l'étoffe d'un garde du corps. Peut-être avait-elle échafaudé ce plan dans le but de lui donner tort. Mais l'important était que Megan et Penny soient saines et sauves.

Elles étaient forcément à l'abri, maintenant. Même si elle devait perdre la vie dans cette opération, cela en vaudrait la peine. Elle aurait rempli sa mission.

***

— Gage ! s'exclama Penny, une main sur le cœur. Tu m'as fait une peur bleue. Je croyais que c'était un des hommes qui revenait.

Il avait bien failli croiser le serveur alors qu'il descendait au sous-sol et avait tout juste eu le temps de se faufiler dans le bureau de Penny pour l'éviter. Dès que l'homme avait été hors de vue, il avait repris sa descente, le cœur cognant dans la poitrine, la gorge nouée par l'appréhension. Penny et Megan étaient-elles blessées, voire pire ?

Il ne savait pas comment il aurait réagi s'il avait trouvé Megan inerte, son regard sans vie semblant lui reprocher de ne pas être arrivé à temps pour la sauver…

Heureusement, elles étaient indemnes. Il poussa un profond soupir de soulagement.

— Ils ne vont sans doute pas tarder, dit-il. Vous devez filer tout de suite.

Pourtant, au lieu de déplacer les cartons, Penny resta tournée vers lui.

— Que fais-tu ici ? demanda-t-elle, le visage blême. Tu es censé être dans la chapelle. Tu es censé être le témoin.

— J'ai remarqué que le type au pistolet n'était pas là. Celui à qui vous avez parlé plus tôt.

— D, fit Penny. C'est ainsi qu'il se fait appeler. Il était avec le faux serveur. Megan l'a convaincu d'aller porter secours à la femme.

— Andrea, intervint Megan.

— Elle n'est pas en danger.

— Précisément, acquiesça Penny. Dès qu'il l'aura détachée, ce sera l'enfer.

Il n'en doutait pas. La femme était furieuse que Megan l'ait maîtrisée. Une fois libre, elle n'aurait qu'une pensée en tête, se venger.

Penny fit mine de se diriger vers l'escalier, mais il la retint par le bras.

— Vous devez partir avec Megan, insista-t-il. Comme prévu.

Elle lui donna une tape sur la main, comme s'il était un garnement surpris à chiper un petit gâteau avant le dîner.

— Nous avions aussi prévu que tu serais devant l'autel avec ma fille, pour la défendre en cas de besoin.

— Woodrow est là-haut, et le révérend est armé, lui rappela-t-il, bien qu'il se sentît un peu coupable d'avoir abandonné son poste. Et Nikki a un pistolet. Elle est capable de se défendre.

Penny secoua la tête.

— Je n'en suis pas si sûre.

Gage réprima un petit rire. En dépit de son intuition légendaire, surtout pour tout ce qui touchait à ses enfants, Penny Payne connaissait bien mal sa propre fille. Comment pouvait-elle douter de la force de caractère de Nikki, de sa compétence ?

— Je vais remonter là-haut et veiller à ce que tout se passe bien, assura-t-il. Partez avec Megan.

Il comprit cependant que sa promesse arrivait trop tard. Penny ne lui faisait plus confiance pour protéger sa fille. Avant qu'il ait eu le temps de s'interposer, elle alla vers l'escalier.

Aussitôt, Megan lui emboîta le pas. Cette fois, il ne se laissa pas prendre de vitesse. Il l'entoura de ses bras et la serra étroitement contre lui.

Il était hors de question qu'elle s'expose au danger de nouveau.

Etourdie par le contact du corps puissant de Gage, Megan étouffa un cri. Elle sentait sa chaleur à travers leurs vêtements. Et sa tension…

— Il faut qu'on se dépêche, dit-elle. Qu'on aille les aider…

— Il faut que tu sortes d'ici ! la coupa-t-il. C'était le but du plan : te mettre en sécurité. C'est pourquoi je suis descendu, pour m'assurer que ce type ne vous avait pas interceptées.

— Il l'a fait, mais nous avons réussi à nous détacher…

— Et tu veux retomber entre ses griffes ?

— Ce serait peut-être moins dangereux pour moi qu'être avec toi, marmonna-t-elle.

Elle n'avait pas eu l'intention de penser à voix haute, mais les paroles lui avaient échappé. A présent, elles flottaient dans l'air entre eux.

Gage accusa le coup comme si elle l'avait giflé.

— Je ne veux pas te faire de mal.

— Tu m'as aussi promis de ne jamais me mentir. Mais je sais que tu voulais me faire mal quand tu es entré dans le salon d'habillage tout à l'heure.

— C'est vrai, admit-il. Mais c'était avant que je sache que tu étais en danger.

Elle avait été en danger alors, en danger de commettre une épouvantable erreur, parce qu'elle ignorait que Gage était encore en vie. Il lui avait fallu de longues secondes pour comprendre qu'elle ne se trouvait pas face à un spectre mais à un homme de chair et d'os. Qui la regardait avec haine.

— Tu veux me faire souffrir, insista-t-elle, refusant de croire qu'il avait changé d'avis. Mais tu ne veux pas que quelqu'un d'autre le fasse ?

Il émit un grognement de frustration, puis prit ses lèvres. Le cœur battant à tout rompre, Megan sentit la passion déferler en elle. Pourtant, l'instant d'après, il se détacha d'elle, légèrement, juste assez pour la laisser reprendre haleine.

Plus tôt, elle avait tenté de lui communiquer ses sentiments à travers un baiser. Maintenant, c'était à son tour. Malgré tout, elle ne comprenait pas ce qu'il essayait de lui dire, pas plus sans doute qu'il ne l'avait comprise. Elle leva les mains et les posa sur son torse. Ses paumes la picotaient, elle mourait d'envie de le caresser… Au lieu de cela, elle le repoussa.

— Il faut aller aider les autres.

— Que tu remontes là-haut n'aidera personne. Ça ne fera que te mettre en danger.

— Tant pis ! Tout ce qui compte, c'est que la personne que j'aime le plus est en danger.

Gage cilla. Avait-il cru qu'elle parlait de Richard ? Après les baisers qu'ils avaient échangés, pouvait-il encore penser qu'elle aimait un autre homme ?

— Mon père, précisa-t-elle.

Woodrow Lynch avait toujours été tout pour elle. A la fois père et mère, aimant et protecteur. C'était lui qui l'avait réconfortée quand Gage lui avait brisé le cœur et qu'elle l'avait cru mort.

— Je ne peux pas partir s'il est en danger. Et tu sais qu'il l'est. C'est peut-être pour se venger de lui que ces hommes sont ici.

— Nous n'en savons rien. Il est aussi possible qu'ils aient de tout autres raisons.

— D'accord. La seule chose qui importe, c'est que des gens à qui je tiens sont en danger.

— Des gens ?

— Nikki, Mme Payne… Et Richard.

Richard avait toujours été son ami.

Gage cilla de nouveau. Manifestement, il croyait qu'elle avait voulu épouser Richard par amour. Mais elle n'avait pensé qu'à avoir une famille, avec l'espoir que des enfants réussiraient à combler le vide que la perte de Gage avait laissé en elle.

— Et comment comptes-tu leur venir en aide ? demanda-t-il en prenant ses mains dans les siennes. Tu n'as même plus d'arme.

— Cet homme, D, me l'a prise, avoua-t-elle en rougissant, gênée qu'il ait pu l'en déposséder si aisément.

Gage lâcha un grognement.

— A l'heure qu'il est, Andrea l'aura récupérée, et tu es la première personne contre qui elle voudra s'en servir. Il faut que tu sortes d'ici.

Elle secoua la tête. Les boucles qu'elle avait toujours vainement tenté d'apprivoiser dansèrent autour de son visage.

— Je ne peux pas, dit-elle d'une voix étranglée. S'il arrive quelque chose à mon père…

Elle ne savait pas ce qu'elle ferait sans lui. Elle ne pouvait imaginer un monde sans lui alors que, pendant le plus clair de sa vie, il avait représenté tout son univers et celui de sa sœur. Non. Elle ne pouvait pas le perdre.

Des bras puissants se refermèrent autour d'elle, et Gage la serra contre lui de nouveau. Il lui caressa doucement le dos, lui offrant son réconfort.

— Tout ira bien, affirma-t-il. Woodrow Lynch n'aurait pas été nommé chef du FBI à Chicago s'il n'avait pas été un agent hors pair.

Mais cela faisait des années qu'il ne travaillait plus sur le terrain. Il y avait renoncé parce qu'il avait voulu être là pour Ellen et pour elle, et Megan savait que ne pas prendre part à l'action lui manquait.

— Je ne peux pas rester les bras ballants, murmura-t-elle, les larmes aux yeux.

— Tu peux agir, lui rappela-t-il. T'enfuir par ce tunnel et aller chercher de l'aide.

Elle se dégagea de son étreinte à regret.

— C'est vrai.

Pourtant, lorsqu'elle se retourna vers les cartons que Penny s'était apprêté à déplacer, Gage la retint par le bras.

— Attends. Ce n'est peut-être pas une bonne idée, après tout. Tu ne peux pas partir seule. Nous ne savons pas ce qui pourrait t'attendre à la sortie.

— Des secours.

— Ou des hommes armés. S'il n'y avait personne au-dehors, les invités seraient plus nombreux qu'ils ne le sont.

— Je serai prudente. Il faut que tu remontes dans la chapelle. Que tu aides mon père et Nikki.

Il soupira.

— Et que j'empêche Penny de s'en prendre à ces hommes toute seule.

Toutefois, il ne la lâcha pas. Sa main retenait encore son poignet, et il caressa du pouce la veine qui y palpitait.

Il semblait sur le point de l'embrasser. Elle désirait ce baiser follement, peut-être à cause du danger qu'ils couraient, parce qu'elle ignorait si elle pourrait jamais l'embrasser de nouveau.

Elle se fit violence pour refouler ce désir égoïste.

— Vas-y, souffla-t-elle.

La musique s'était tue. Les hommes armés savaient certainement, maintenant, que la mariée n'était pas la bonne.

— Qui sait ce qui se passe là-haut…

A cet instant, un coup de feu claqua, résonnant au-dessus de leur tête.

Il ne se passait rien de bon…

13

Cette femme était cinglée ! Derek avait été incarcéré assez longtemps pour oublier à quel point Andrea pouvait être violente. Il resserra sa prise sur son poignet qu'il venait de saisir, veillant à ce que le pistolet reste pointé vers le plafond voûté de la chapelle au cas où elle presserait encore la détente. Elle se débattit mais, par chance, elle n'était pas très forte, en partie à cause de sa blessure à l'épaule.

— Calme-toi ! cria-t-il.

Au bout d'un moment, elle parut se calmer, mais dès qu'il fit mine de la relâcher elle tenta d'abaisser le canon du pistolet.

— Non ! Cette garce mérite la mort !

— Ce n'est pas elle.

Andrea se pencha davantage vers la mariée qu'elle venait d'essayer d'abattre et la dévisagea.

— C'est l'autre, la demoiselle d'honneur, grommela-t-elle, fronçant les sourcils d'un air perplexe.

La fille secoua la tête.

— Non, c'est moi la mariée, répliqua-t-elle.

Obstinément. Stupidement.

— Où est la vraie ? fit Andrea d'un ton sec. Celle qui m'a planté les ciseaux dans l'épaule ?

— Au sous-sol, avec l'organisatrice, lui apprit Derek. Ralph les a ligotées et mises en lieu sûr.

— Va la chercher !

Le sang de Derek se mit à bouillonner dans ses veines. Il lui serra le poignet si fort qu'elle esquissa une grimace de douleur.

— Ce n'est pas toi qui donnes les ordres, lui rappela-t-il.

Peut-être lui avait-il confié trop de responsabilités car, à l'évidence, elle se prenait pour le chef. Et il semblait bien que la plupart des hommes qu'elle avait engagés la considéraient aussi comme tel. Ils lui obéissaient plus volontiers qu'à lui, ce qui était insupportable. Peut-être aurait-il dû la laisser attachée.

D'un autre côté, ce ne serait pas une mauvaise chose que ce soit elle qui appuie sur la détente. Ainsi, ce serait elle qui se trouverait accusée de meurtre. Quant à lui, il retournerait en prison pour purger le reste de sa peine pour vol à main armée. Il pourrait toujours prétendre qu'il ignorait totalement qu'elle allait prendre tous ces gens en otage. Et, même si on l'inculpait pour enlèvement, la peine serait moins lourde que pour un meurtre.

Durant ces cinq années passées derrière les barreaux, il avait été content de lui, certain d'avoir commis le crime parfait… Jusqu'au jour où il avait vu cette photo. Il était tombé de haut ; contre toute attente, ce salaud avait survécu.

A présent, le comportement d'Andrea l'incitait à s'interroger. Il avait été attiré par cette femme parce qu'elle était intelligente. Sans elle, les cambriolages qu'il avait commis par le passé n'auraient pas forcément réussi, et elle l'avait aidé à s'évader.

En revanche, il n'était pas sûr qu'elle l'aidait maintenant.

Elle lui sourit, mais son sourire n'atteignit pas tout à fait ses yeux froids. Il eut la désagréable impression qu'elle cherchait à le manipuler.

— S'il te plaît, D, demande à Ralph d'aller la chercher. Je veux qu'elle soit ici.

Ni elle ni lui ne pouvaient quitter la chapelle alors qu'ils venaient de prendre tout le monde en otage. L'idée d'envoyer Ralph au sous-sol déplaisait à Derek. Il avait besoin de l'équipe au complet, car certains hommes semblaient avoir disparu. Le témoin s'était volatilisé, de même que le père de la mariée. Où étaient-ils donc passés ?

Il ne s'était pas attendu à ce que ces deux-là filent sans se battre. Ils n'avaient pas l'air d'être du genre à reculer devant le danger, au contraire. Ils devaient mijoter quelque chose — quelque chose qui risquait de causer l'échec de son plan.

Il secoua la tête.

— Ce n'est pas…

— S'il te plaît, D, insista Andrea.

Puis elle baissa la voix et ajouta dans un souffle :

— Nous avons besoin d'elle pour le plan.

Il commençait à se demander s'ils allaient vraiment pouvoir mener l'opération à bien comme prévu, mais il n'était pas davantage prêt à capituler tout de suite. Il adressa un signe de tête à Ralph. Aussitôt, le faux serveur se dirigea vers l'arrière de la chapelle.

— Merci, dit-elle avec un sourire.

Elle avait obtenu ce qu'elle désirait ou n'allait pas tarder à l'obtenir.

Il relâcha son poignet, et elle braqua aussitôt son arme sur la mariée et lui lança :

— Tu étais là quand cette garce m'a attaquée !

— Andrea !

Derek tendit de nouveau la main vers elle. Cette fois, il n'était pas certain de pouvoir l'empêcher de tirer.

— Tu vas mourir aussi ! hurla-t-elle, furieuse.

Gage rattrapa Megan avant qu'elle se précipite dans le couloir, mais elle se débattait trop violemment pour qu'il puisse la serrer contre lui.

— Quelqu'un a été tué ! Il faut qu'on remonte. Tout de suite ! Il faut qu'on les aide !

— On ne sait pas si quelqu'un a été touché, lui fit-il remarquer. C'est peut-être une ruse.

— Mais si quelqu'un a besoin de nous ?

— Nous n'aiderons personne si nous sommes abattus aussi.

La sécurité de Megan était son absolue priorité. Pour une raison qu'il ignorait, c'était elle qui courait le plus grand danger, mais le pourquoi était sans importance pour le moment. Ce qui comptait, c'était d'assurer sa protection.

— Tu ne peux pas remonter avec moi. Tu dois…

— Je ne vais pas m'en aller ! Je ne peux pas partir avant de savoir…

Si elle avait perdu un être qu'elle aimait.

Pensait-elle à son père ou à son fiancé ?

Cela n'importait pas non plus. Bien qu'il l'ait embrassée, il ne commettrait pas l'erreur de lui confier son cœur. Il chassa ces pensées, car ce coup de feu résonnait encore à ses oreilles. Et si Nikki, Mme Payne ou Woodrow avait été touché ?

Il ne pouvait pas les abandonner, d'autant qu'il ne savait pas ce qui les attendait dans la cour. Si d'autres membres de la bande montaient la garde, il serait impossible d'aller chercher des secours.

Non, mieux valait ne compter sur personne.

— Je vais y retourner, annonça-t-il. Mais je ne leur serai d'aucune utilité si je m'inquiète pour toi.

Elle pâlit et prit une brève inspiration.

— Je veux que tu te caches, reprit-il. Que tu te caches si bien que personne ne pourra te trouver.

Elle hocha la tête.

— Promis. Ne t'en fais pas pour moi.

Comme si elle ne comprenait pas pourquoi il s'inquiétait, elle fronça légèrement les sourcils.

Croyait-elle toujours qu'il voulait lui faire du mal, même après ce baiser ? Même quand il avait été furieux contre elle, il n'avait pas eu l'intention de la faire souffrir. Au contraire, il la désirait toujours…

Bon sang ! Il devait lui dissimuler à quel point il était vulnérable. Il opta pour un mensonge.

— Ton père me tuera s'il t'arrive quelque chose, prétendit-il. Je lui ai promis de te protéger.

Elle hocha la tête. L'explication devait lui paraître logique.

— Je ne risque rien, assura-t-elle. Je vais trouver une bonne cachette.

Il acquiesça et fit mine de partir. Cependant, avant qu'il ait pu faire un pas, elle lui attrapa le bras. S'était-elle ravisée ? Voulait-elle qu'il la conduise à l'abri ?

— Si tu as peur, je peux te faire sortir d'ici.

— Je n'ai pas peur pour moi.

Il n'en doutait pas. Si elle avait eu peur, elle n'aurait pas envisagé de remonter dans la chapelle où Andrea devait l'attendre avec un pistolet et une paire de ciseaux.

— Tu as peur pour ton père. Et pour Richard.

Malgré lui, le ressentiment avait percé dans sa voix. Elle secoua la tête de nouveau, et ses boucles sexy tombèrent sur ses épaules. Elle était si belle…

— J'ai peur pour toi.

Elle se haussa sur la pointe des pieds et posa un baiser sur ses lèvres. Incapable de se retenir, il enfouit une main dans ses cheveux et l'embrassa avec fougue. Le désir monta au creux de son ventre, nouant des muscles déjà tendus par l'adrénaline. Enfin, au prix d'un effort suprême, il se détacha d'elle et, haletant, se dirigea vers l'escalier au pas de course.

Etait-il en train de se ruer vers le danger ou, au contraire, le fuyait-il ?

Un coup de coude lui meurtrit les côtes, et un talon lui écrasa le pied. Penny se débattait dans les bras de Woodrow, exactement comme la femme qui venait de lutter avec son partenaire dans la chapelle.

— Lâchez-moi ! marmonna-t-elle contre la main qu'il avait plaquée sur sa bouche.

— Chut !

Ils ne pouvaient se permettre d'attirer l'attention sur leur cachette, dans ce vestiaire contigu à la chapelle. Il l'avait attirée à l'intérieur in extremis.

— Vous ne pouvez pas entrer dans la chapelle. C'est trop dangereux.

Peut-être avait-il fini par la convaincre, car elle cessa enfin de se débattre. Mais, à l'instant où il la lâcha, elle se dirigea vers la porte. Il la prit par les épaules et la ramena contre lui.

— Vous croyez que je vais rester ici les bras ballants pendant que ma fille se fait tuer ? demanda-t-elle, le corps frémissant de peur et d'indignation.

Il la serra plus étroitement, au point de sentir les battements désordonnés de son cœur.

— Elle ne se fait pas tuer.

Du moins, pas encore.

— Le type a empêché sa femme de tirer sur elle, lui fit-il remarquer. D'ailleurs, si Nikki se croyait menacée, elle aurait utilisé son arme.

Woodrow s'abstint de dire que, si elle l'avait fait, le criminel n'aurait sûrement pas levé le petit doigt pour empêcher sa femme de l'abattre. Et Nikki était assez intelligente pour l'avoir compris.

— J'ai deux types là-dedans, moi aussi, ajouta-t-il.

Difficile de savoir si le révérend ou Tucker Allison lui seraient d'une grande aide. Ni l'un ni l'autre n'avaient fait mine de sortir leur arme non plus, et il soupçonnait que leurs raisons n'avaient rien à voir avec celles de Nikki.

Ils étaient terrifiés, voilà tout. Nikki, en revanche, était intrépide. Elle ferait un excellent agent, bien meilleur qu'Allison. Il fallait seulement qu'elle survive à ce satané mariage. C'était parce qu'il s'inquiétait pour elle qu'il avait renoncé à aller au-delà du vestiaire. Il pouvait faire confiance à Gage pour protéger Megan ; c'était à lui de protéger Nikki.

— Il faut que j'y aille, protesta Penny en recommençant à batailler contre lui.

Elle tentait de le repousser, ses seins plaqués contre son torse, ses hanches tout contre les siennes.

Il ravala un grognement. Comment pouvait-il penser au plaisir de la sentir contre lui alors qu'ils couraient un tel danger ?

— Vous ne pouvez pas entrer là-dedans, répéta-t-il. Vous ferez tuer tout le monde, à commencer par vous.

— Que suis-je censée faire ? se récria-t-elle, d'une voix étranglée par l'émotion. Laisser ma fille mourir ?

— Penny…

Sa peine lui serrait le cœur, le touchait au plus profond de lui-même.

— Tout ira bien, assura-t-il imprudemment.

Elle secoua la tête.

— C'est facile à dire, pour vous. Ce n'est pas votre fille qui est là-dedans !

Il perçut la pointe de ressentiment qui s'ajoutait à son angoisse.

— C'est vrai, concéda-t-il.

— C'est pour ça que vous ne voulez pas que j'entre ? Parce qu'ils comprendraient qu'elle s'est libérée, elle aussi ?

La panique priva momentanément Woodrow de l'usage de la parole.

— Quoi ? Vous étiez prisonnières ?

Bien sûr ! Voilà qui expliquait que Penny ne soit pas dans la cour. Megan ne s'y trouvait sûrement pas non plus.

— Vous n'êtes pas sorties ?

Elle se tourna vers lui, et son regard se réchauffa.

— Megan est probablement dehors, à l'heure qu'il est. Gage l'aura obligée à partir.

Il lâcha un léger soupir de soulagement.

— Merci.

Malgré sa propre détresse, elle avait voulu le réconforter. Penny était vraiment une femme remarquable.

Elle s'approcha du petit vitrail qui donnait sur la chapelle.

— Jamais je n'aurais dû autoriser Nikki à servir de diversion.

— Nos enfants ne font pas toujours ce que nous voulons qu'ils fassent. Ou ce que nous croyons être le mieux pour eux.

Alors même qu'il prononçait ces paroles, son estomac se noua. Il eut soudain la certitude que Megan ne s'était pas enfuie.

Qu'elle était toujours en danger.

Pendant que Penny se focalisait sur la scène qui se déroulait dans la chapelle, Woodrow entrebâilla la porte qui donnait sur l'accueil. Le type déguisé en serveur passa devant sans jeter un coup d'œil dans leur direction.

Quelques instants plus tard, Gage faillit faire de même, mais Woodrow l'intercepta.

— Pourquoi as-tu laissé Megan ?

— Nous avons entendu la détonation. Elle a voulu que je m'assure que vous étiez sain et sauf.

L'angoisse comprima la poitrine de Woodrow. Ainsi, son instinct ne l'avait pas trompé.

Elle attendait quelque part ou, pire, elle était déjà en train de monter l'escalier pour venir voir elle-même ce qui se passait.

14

Megan inclina la tête et tendit l'oreille. Aucun son ne parvenait jusqu'à la réserve où elle se tenait, paralysée par la crainte et l'indécision. Depuis le coup de feu, un silence menaçant pesait sur les lieux.

Quelqu'un avait-il été touché ? Ou ne s'agissait-il que d'une ruse, comme Gage l'avait suggéré ? Il était parti, à sa demande. L'avait-elle envoyé droit dans un piège ?

Le pire était qu'elle ne lui avait pas dit ce qu'elle éprouvait pour lui. Et s'il lui arrivait malheur ? Il ne le saurait jamais.

Ces six derniers mois, elle avait été hantée par le souvenir de leur dispute. Elle se reprochait amèrement de ne pas lui avoir révélé à quel point il comptait pour elle.

« Je sais que tu te sers de moi pour que mon père te donne de l'avancement, lui avait-elle reproché. Mais ne t'inquiète pas. Moi aussi, je me suis servie de toi. »

— Tu t'es servie de moi ?

Sa stupeur manifeste n'avait fait qu'aviver sa colère. Elle avait pensé qu'il la jugeait trop peu attirante ou trop stupide pour se servir de quiconque. A présent, elle se demandait si elle avait mal interprété sa réaction.

« Oui, pour le sexe, avait-elle précisé. Je savais bien que tu ne voulais pas vraiment d'une fille comme moi, ronde et quelconque… »

Du moins s'était-elle convaincue de cela depuis que plusieurs personnes lui avaient laissé entendre qu'un homme tel que lui ne s'intéresserait pas à une fille dans son genre, à moins d'avoir quelque chose à y gagner.

Une promotion rapide, par exemple.

« Megan… »

Il avait murmuré son nom et tendu la main vers elle, comme s'il s'apprêtait à la réconforter.

Incapable d'accepter ce contact alors qu'elle souffrait tant, elle s'était dégagée avec brusquerie. Et son chagrin lui avait fait prononcer des paroles détestables.

« Je ne t'ai jamais vraiment aimé. »

La douleur s'était peinte sur ses traits.

Pourquoi ces mots lui auraient-ils fait mal s'il ne s'était pas soucié d'elle, s'il n'avait songé qu'à se servir d'elle ? Il avait eu la promotion qu'il convoitait, ou que certains l'accusaient de convoiter. Mais, si c'était cela qu'il voulait, pourquoi avait-il démissionné ? Pourquoi avait-il quitté un poste pour lequel il avait été prêt à tout — y compris la séduire ?

Parce qu'il ne s'était jamais servi d'elle ?

Parce qu'il l'avait réellement aimée ?

Et elle lui avait renvoyé son amour en pleine face, refusant d'accepter l'idée qu'il pouvait être sincère et qu'il disait la vérité. Elle l'avait blessé non seulement dans son amour-propre, mais dans son cœur.

Etait-ce à cause d'elle qu'il s'était réengagé ? Qu'il avait mis sa vie en danger ?

Le remords et la peur la submergèrent. C'était déjà un miracle qu'il ait survécu ; elle n'aurait pas dû le persuader de tenter le sort de nouveau.

Elle se tourna vers les cartons que Penny avait commencé à déplacer. Elle avait promis à Gage de ne pas prendre le risque de sortir seule dans la cour. Penny avait sans doute dans son bureau quelque chose qui pourrait lui servir d'arme. Telle qu'elle la connaissait, elle devait avoir un pistolet.

Un calme inquiétant continuait à régner au-dessus d'elle. Il n'y avait pas eu d'autre coup de feu. Par conséquent, Gage n'avait pas tiré, et on n'avait pas tiré sur lui, sauf si quelqu'un avait une arme munie d'un silencieux.

Dans ce cas, ils étaient peut-être tous morts. La panique et le chagrin déferlèrent en elle à la pensée qu'elle avait peut-être perdu les deux hommes de sa vie : son père et Gage. Et les femmes qu'elle avait déjà commencé à aimer : Penny et Nikki. Et combien d'autres qui se trouvaient dans la chapelle ?

Il fallait qu'elle sache ! Si elle trouvait une arme, elle monterait au rez-de-chaussée à son tour.

Elle se hâta vers le bureau. Elle était venue plusieurs fois rendre visite à Penny, non parce qu'elle tenait à avoir un mariage parfait, mais parce qu'elle appréciait sa compagnie. Bien sûr, son père avait joué le rôle de mère de son mieux, mais il n'était pas doté de ce genre de compréhension maternelle et d'intuition féminine qu'elle avait trouvé chez Penny.

Alors qu'elle s'approchait de la porte menant à l'accueil, on lui empoigna le bras.

Avant même de s'être retournée, elle sut que ce n'était pas Gage. L'homme la serrait au point de lui faire mal.

— Comment vous êtes-vous libérée, bon sang ? grogna-t-il, la voix altérée par la colère. Où est l'autre femme ?

— Je ne sais pas.

Elle poussa un imperceptible soupir de soulagement. Au moins, Mme Payne n'avait pas été capturée.

Il la tira sans ménagement vers la porte.

— Où m'emmenez-vous ? protesta-t-elle en réprimant un gémissement de douleur.

Le faux serveur lui adressa un regard presque compatissant.

— Voir Andrea.

Alors elle comprit : il l'emmenait à la mort.

Gage avait l'impression d'avoir une corde autour du cou. La poitrine comprimée par la panique, il était incapable de respirer.

L'arme au poing, il voulut suivre le faux serveur, mais un

bras puissant le retint, et on l'entraîna dans une pièce voisine du bureau de Penny, toute proche de l'endroit où l'homme s'était emparé de Megan.

Il ne tenta pas de résister. Il savait que c'était Woodrow.

— Chut ! fit ce dernier.

Précaution inutile. Il savait garder le silence ; sa vie en avait dépendu. Et maintenant, celle de Megan en dépendait. Si l'homme se rendait compte qu'il était observé, il la tuerait avant qu'ils aient la moindre chance de l'arracher à ses griffes.

Gage s'accablait de reproches. Il n'aurait pas dû la quitter. Il aurait dû savoir qu'elle n'allait pas se cacher. Elle s'inquiétait trop pour son père pour songer à sa propre sécurité.

Sans doute s'inquiétait-elle aussi pour Richard.

Et pour Penny, et Nikki.

— Il ne faut pas qu'il l'emmène en haut, murmura Penny. Cette femme la tuera, c'est certain.

Elle avait parlé tout bas, mais la panique perçait dans sa voix.

Elle avait été réticente à s'éloigner de la chapelle où sa fille était détenue. Cependant, elle avait aussi été inquiète pour Megan, et Woodrow avait insisté pour qu'ils restent tous ensemble.

Gage n'avait besoin que de quelques instants pour passer à l'action. Il ferait ce qu'il avait appris à faire dans les commandos, ce qui lui avait sauvé la vie.

Megan se débattait pour ne pas se laisser entraîner, mais le type était bien bâti, et sa prise devait être solide. Quoi qu'il en soit, elle ne montrait pas qu'elle avait mal. Seule la peur se lisait sur son visage. Elle savait que, s'il la livrait à Andrea, elle n'en réchapperait pas.

Il ne s'était jamais douté qu'elle possédait une telle force de caractère.

Le type leva la main pour la frapper. Gage voulut s'élancer, mais Woodrow le retint une fois de plus. Comment pouvait-il laisser sa fille se faire brutaliser ?

Anticipant le coup, Megan se recroquevilla.

Soudain, Gage entendit un bruit que Woodrow avait manifestement entendu avant lui : le grésillement d'une radio. Le type porta la main à sa poche pour en sortir un talkie-walkie. Saisissant sa chance, Megan s'arracha à lui et prit la fuite.

Oui, elle était infiniment plus résolue qu'il l'avait imaginé. Serait-elle assez rapide pour atteindre le passage secret ?

Il fit de nouveau un pas vers la porte, mais Woodrow lui fit signe de s'immobiliser. Une voix de femme s'éleva dans le talkie-walkie.

— Ralph, tu l'as ?

— Oui, Andrea. Oui, bien sûr, répondit le faux serveur en hâte.

A l'évidence, cette femme lui inspirait une peur bleue. Gage comprenait pourquoi. Il avait vu la haine briller dans ses yeux froids.

— Qu'est-ce que tu fabriques ? Pourquoi tu n'es pas revenu ?

— Je… euh… Je n'en ai pas pour longtemps. J'ai… euh… juste un petit problème avec l'organisatrice de mariages.

— Ne perds pas ton temps avec elle, répliqua Andrea. C'est la mariée qu'on veut.

Derek arracha le talkie-walkie des mains d'Andrea comme il avait arraché son pistolet à la mariée. Il avait du mal à croire qu'Andrea avait été maîtrisée si facilement par une fille aussi frêle.

Elle cilla et le foudroya du regard.

Où était l'amour qu'elle prétendait lui vouer lorsqu'elle venait lui rendre visite en prison ? Plus le temps passait, plus il doutait de pouvoir lui faire confiance.

Bien sûr, elle l'avait aidé à s'évader et avait planifié cette opération. Mais c'était à cause d'elle que le plan avait mal tourné. Pourquoi était-elle allée dans le salon de la mariée ? Et ensuite, lorsqu'il l'avait libérée, elle n'avait rien trouvé de mieux à faire que se ruer dans la chapelle et faire feu, avec son arme à lui, qui n'était pas pourvue d'un silencieux.

Il pressa la touche du talkie-walkie pour entrer en contact avec l'homme chargé de l'équipe postée au-dehors.

— La police est là ? demanda-t-il dès que celui-ci eut répondu.

Quelqu'un à l'extérieur avait pu entendre la détonation. Si tel était le cas, il était possible qu'une patrouille soit envoyée. S'il voulait éviter de retourner en prison, il n'avait pas de temps à perdre.

— Non. Mais les jardiniers se sont pointés.

— Les jardiniers ?

— Oui, fit le type d'une voix à la fois perplexe et amusée. Un groupe de gars qui se ressemblent comme des gouttes d'eau. Ça doit être une entreprise familiale.

— Tu les as renvoyés ?

— Oui. Je leur ai dit qu'il y avait un mariage en cours et qu'on ne pouvait pas faire de bruit pendant la cérémonie.

Derek avait vaguement envisagé de retirer un des hommes de garde à l'extérieur pour qu'il vienne leur prêter main-forte, mais la mention des jardiniers l'avait mis mal à l'aise. Si l'organisatrice était aussi compétente que le blond l'avait prétendu, pourquoi aurait-elle prévu de faire venir une équipe de jardinage un jour de mariage ?

La réponse était claire : elle n'aurait rien fait de tel. Et il aurait parié que les types qui s'étaient présentés n'étaient pas plus jardiniers que lui.

— Ne laisse personne approcher, ordonna-t-il à son interlocuteur.

— C'est ce qu'Andrea nous a dit de faire.

Derek coupa la communication.

— Quelque chose ne va pas ? demanda Andrea.

« Tout », fut-il tenté de répondre. Mais il se contenta de secouer la tête.

— Il faut qu'on se tire d'ici.

— Ralph amène la vraie mariée.

— Si c'est elle que vous voulez, intervint celle qui l'avait remplacée, ne pouvez-vous nous laisser partir ?

Andrea pointa son arme vers elle.

— Tu n'iras nulle part !

— D'accord, rétorqua-t-elle sans s'émouvoir. Mais les autres invités ?

Derek secoua la tête de nouveau.

— Personne ne bouge.

Si la police arrivait, ce qui n'allait probablement pas tarder, il aurait besoin d'otages.

Il lut dans le regard de la fille brune qu'elle avait compris. A l'évidence, elle était intelligente. Peut-être trop intelligente… Et sûrement trop courageuse. Il étrécit les yeux et la dévisagea.

Qui était-elle en réalité ?

— Je veux qu'on fouille tout le monde, décréta-t-il. Il faut vérifier que personne n'est armé.

Deux types au moins l'étaient : le témoin et le père de la mariée.

Où étaient-ils donc passés ?

Un mouvement sur un des bancs attira son attention. Le soleil qui filtrait à travers les vitraux se refléta sur du métal. Mû par l'instinct, Derek pivota et tira à trois reprises…

Le pistolet d'Andrea était muni d'un silencieux. Aucune détonation ne brisa le silence. On n'entendit que les cris de frayeur des otages.

— Il y en a d'autres qui veulent jouer au héros ? demanda-t-il en parcourant l'assistance des yeux.

Personne n'avait dégainé. La mariée, en revanche, fit mine de s'avancer. Il la repoussa sans ménagement, et elle s'effondra sur le sol.

Certain qu'Andrea allait la garder à l'œil, il se dirigea vers l'homme qui gisait sur le tapis blanc, désormais maculé de taches de sang. Il se pencha et ramassa l'arme que le type avait laissée échapper sans avoir tiré un seul coup de feu. La crosse était humide de sueur. Il avait dû tenir le pistolet un bon moment, guettant l'occasion de s'en servir.

Il aurait dû attendre davantage. Il était jeune, âgé d'une vingtaine d'années. A moins qu'il ne soit plus âgé et qu'il n'ait gardé un visage juvénile. Il se tortilla sur le sol en gémissant.

Derek lui assena dans le flanc un coup de pied qui lui arracha un grognement de douleur.

— Qui êtes-vous ?

Apparemment, le type était trop grièvement blessé pour lui répondre. Il semblait d'ailleurs avoir sombré dans l'inconscience.

Derek se pencha, palpa ses poches et en tira non pas un portefeuille, mais une plaque d'identité. Un juron lui échappa.

Réticente à s'éloigner de la fausse mariée, Andrea la traîna derrière elle jusque dans l'allée.

— Quoi ? Qu'est-ce qu'il y a ?

— C'est un agent du FBI.

Il venait de tirer sur un agent du FBI, l'avait peut-être mortellement blessé. Si ce type mourait, il ne retournerait pas en prison : il irait directement à la chaise électrique.

— Pourquoi êtes-vous surpris ? demanda la fausse mariée en s'agenouillant à côté du jeune agent pour examiner ses blessures.

Il avait été touché à l'épaule et au côté. Si les organes vitaux n'étaient pas atteints, le pire pourrait être évité.

— Pourquoi ne le serais-je pas ? rétorqua-t-il, prenant soudain conscience qu'Andrea, elle, ne paraissait pas étonnée.

— Si vous n'aviez pas empêché les invités d'entrer dans la chapelle, elle grouillerait d'agents fédéraux.

Une soudaine appréhension s'empara de Derek.

— Quoi ? Pourquoi ?

Elle roula en boule la veste de l'agent et la pressa contre son flanc, avant de la maintenir en place à l'aide de sa ceinture. Etait-elle médecin ou agent du FBI, elle aussi ?

Elle leva les yeux vers lui, un léger sourire aux lèvres.

— Le père de la mariée est Woodrow Lynch, chef du FBI à Chicago. Tous les membres de son service étaient invités au mariage de sa fille.

Derek eut l'impression d'entendre se refermer sur lui la porte de sa cellule. Oui, il allait retourner en prison. Il avait le sentiment d'être tombé dans un piège. Il foudroya Andrea du regard.

Elle recula d'un pas.

— D…

Non. Il ne retournerait pas en prison.

Il préférait mourir, mais il ne mourrait pas seul. Il emmènerait en enfer tous ceux qui se trouvaient dans cette satanée chapelle.

15

« C’est la mariée qu’on veut. »

Les mots résonnaient aux oreilles de Megan tandis que, entravée par sa lourde robe, elle courait aussi vite qu’elle le pouvait dans le passage. Elle s’empêtra dans la traîne, faillit tomber, se rattrapa de justesse au mur en pierre. Elle s’égratigna les paumes et retint un cri de douleur.

L’homme ne la poursuivait pas. Il pensait sans doute qu’elle était acculée au fond du couloir. Espérant pouvoir se faufiler dans le souterrain avant qu’il la rattrape, elle se mit à déplacer des cartons. Un soupir tremblant lui échappa lorsqu’elle découvrit l’encadrement en bois. Fébrilement, elle repoussa le dernier carton et s’apprêtait à mettre la main sur la poignée quand une ombre masqua le peu de lumière dont elle disposait.

— Qu’est-ce que c’est que ça ?

Elle prit une brève inspiration et se retourna.

— R… Rien.

— Où mène cette porte ?

A la liberté. Aux secours.

Le faux serveur l’écarta et poussa le battant.

— Un tunnel… C’est par là que l’organisatrice a filé ?

Si seulement c’était vrai !

Megan acquiesça.

— Oui. Elle est partie chercher de l’aide.

L’homme ricana.

— Elle va se faire tuer. La chapelle est encerclée par nos gars.

Andrea a pensé à tout. Personne ne peut entrer ici, et personne ne peut en sortir.

— Mais qu'est-ce que vous voulez ? Pourquoi faites-vous ça ?

Il haussa les épaules.

— Aucune idée, ma belle. Du moment qu'on me paie, je fais ce qu'on me dit de faire, c'est tout.

— On vous paie pour tuer ? On vous paie cher, pour ça ?

Il se contenta de la fusiller du regard.

— Sûrement pas assez, dit-elle, répondant à sa propre question. Pas assez pour que vous risquiez votre liberté. Votre vie.

— Laissez tomber, fit-il en secouant la tête. Vous n'allez pas me rouler encore une fois.

Il le fallait, pourtant. C'était sa seule chance de s'échapper.

— Je n'aurai pas besoin de le faire. La police ne va pas tarder.

— Vous n'avez pas pu les avertir, répliqua-t-il avec mépris. Andrea a brouillé tous les signaux.

Bien sûr.

Elle lui adressa un sourire condescendant.

— J'ai entendu le coup de feu. Vous croyez que personne ne l'a signalé ?

Il déglutit avec peine et sembla tendre l'oreille, comme s'il redoutait d'entendre hurler des sirènes.

Puis il haussa les épaules de nouveau.

— Si les flics arrivent, nous avons tout intérêt à nous dépêcher.

— Je vous en prie, supplia-t-elle, ne faites pas ça ! Elle me tuera, si vous me ramenez là-haut.

— Je me fous de ce qu'elle vous fera.

Megan se souvint brusquement d'un des jeux que son père lui avait appris. Elle se laissa tomber sur le sol et resta immobile.

— Levez-vous, cria-t-il. Levez-vous, bordel !

De sa main libre, il la saisit par les cheveux et tira. Les larmes aux yeux, elle se força à ne pas bouger.

Furieux, il pointa son arme sur elle.

— Levez-vous ou je vous descends ici même.

— Mais Andrea…

— Andrea veut se débarrasser de vous. Je ne ferai que lui épargner une corvée.

Sur quoi il arma le pistolet.

Megan ferma les yeux et attendit la fin.

Le canon était si proche de la tête de Megan que Gage redoutait que le coup parte accidentellement. Cependant, il n'avait pas le choix. S'il ne faisait rien, le type allait appuyer sur la détente et la tuer là, sous ses yeux.

Il se déplaça à la vitesse de l'éclair, comme on le lui avait appris dans les forces spéciales. Le type ne l'entendit ni ne le vit arriver. Il ne sentit sans doute rien quand Gage enroula le bras autour de son cou, lui saisit le menton et le tordit d'un coup sec. Un craquement, et ce fut terminé. Le corps sans vie de l'homme s'affaissa dans ses bras. Il le laissa glisser sur le sol, à côté de Megan.

Elle ouvrit les yeux et lâcha un petit cri stupéfait et effrayé. Avait-elle peur du mort ? Ou de lui à cause de ce qu'il venait de faire ? Etait-elle choquée qu'il ait pu tuer si aisément ?

Elle se tourna vers lui, et la peur reflua dans son regard. Ne sachant si elle l'accepterait après l'acte qu'il venait de commettre, il tendit la main vers elle pour l'aider à se lever. Sans la moindre hésitation, elle prit sa main, se redressa, et se jeta à son cou.

— Merci ! Merci ! Tu m'as sauvé la vie.

Il n'eut pas le temps de la serrer contre lui. Elle se dégagea aussitôt, pâle et tremblante. Le choc, peut-être ?

— C'est mon père qui a été touché ?

Gage avait presque oublié l'incident du coup de feu, la raison pour laquelle elle l'avait convaincu de la laisser. Il ouvrit la bouche pour la rassurer, mais fut devancé.

— Je vais bien, ma chérie.

Megan le contourna pour se jeter dans les bras de son père.

— C'est bien vrai ? Tu n'es pas blessé ?

— Non, dit-il. Je vais très bien. Mais j'irai encore mieux dès que Gage t'aura fait sortir d'ici.

Par-dessus son épaule, le regard de Woodrow croisa celui de Gage. Son expression en disait long. Il lui était reconnaissant de l'avoir sauvée mais lui reprochait aussi de ne pas l'avoir déjà conduite en lieu sûr.

Pour sa part, Gage était tenaillé par le remords, et une émotion similaire se lisait sur les traits de Megan.

— C'était Nikki ? Elle a été touchée ?

— Non. Personne n'a été atteint. Andrea a tiré dans le plafond, c'est tout.

Du moins était-ce tout au moment où ils s'étaient éclipsés. Ils n'avaient aucun moyen de savoir ce qui s'était passé dans la chapelle depuis leur départ. Quelques instants plus tôt, Gage avait cru entendre l'écho lointain de hurlements, comme si quelqu'un avait, l'espace d'un instant, ouvert la porte de l'enfer.

Après les épreuves qu'il avait endurées, il avait une idée de ce à quoi pouvait ressembler l'enfer, de la peur et de la souffrance des âmes tourmentées.

Il ne voulait pas que les otages retenus dans la chapelle subissent le même sort que lui.

Ils devaient leur venir en aide.

Mais comment ? Si le faux serveur avait dit la vérité à Megan, il était impossible de quitter la chapelle.

— C'est moi qu'Andrea veut, intervint-elle, coupant court à ses réflexions.

Son père acquiesça, le visage sombre.

— Oui. C'est pourquoi il faut que Gage te fasse sortir d'ici.

Elle secoua la tête.

— C'est pourquoi je refuse de partir.

Les mains tremblantes, Penny prit un talkie-walkie. Ce n'était pas celui que Gage avait récupéré sur l'homme qu'il avait tué, mais un des siens. Elle en sortit un autre du compartiment dissimulé dans le mur, puis se retourna et le posa sur son bureau.

Woodrow tripotait celui que le faux serveur avait utilisé, veillant à ne presser aucun bouton qui l'aurait mis en contact avec l'équipe postée dans la chapelle.

Penny était surprise que personne n'ait rappelé. Surprise qu'Andrea ne se demande pas pourquoi le dénommé Ralph mettait si longtemps.

Parce qu'il était mort.

Elle n'avait pas assisté à la scène, mais avait deviné ce qui s'était passé en voyant l'expression grave de Gage et celle, soulagée, de Woodrow.

Quant à Megan… Elle était sous le choc. Pâle et tremblante, elle s'accrochait à Gage, quêtant consciemment ou non sa chaleur et sa force. Il la serrait contre lui d'un geste protecteur, comme s'il redoutait qu'on vienne la ravir d'entre ses bras.

Ce qui avait failli arriver.

Elle se demanda comment Woodrow avait pu résister à l'impulsion de voler au secours de sa fille alors qu'il la savait menacée. Non seulement il s'était abstenu de réagir, mais il avait aussi empêché Gage de le faire. Son attitude trahissait une patience et une foi qu'elle ne possédait pas.

Elle se tourna de nouveau vers le compartiment et en sortit un pistolet. Son intuition lui disait que ses fils avaient deviné qu'ils avaient été pris en otages. Sans doute étaient-ils en train de mettre au point un plan pour les libérer.

Dans des circonstances normales, Nikki aurait tenté de participer à l'opération. Ses frères auraient voulu l'exclure pour la protéger, par égard pour leur mère. Ils n'ignoraient pas qu'elle n'avait jamais été favorable à ce que sa fille devienne garde du corps.

Elle avait espéré que Nikki travaillerait avec elle en tant qu'organisatrice de mariages. Et voilà que c'était précisément dans la chapelle qu'elle s'était exposée au danger…

La main de Woodrow se referma doucement sur la sienne.

— Nous allons la sauver. Nous trouverons le moyen de la tirer de là.

Elle n'osait lui faire confiance. Il ne lui disait pas la vérité, seulement ce qu'il pensait qu'elle avait envie d'entendre. Et peut-être avait-elle en effet besoin d'entendre des mensonges, des paroles rassurantes et vides de sens.

Le courage de Nikki était son pire ennemi. Elle risquait d'être tuée, et ce serait par sa faute, songea Penny. Jamais elle n'aurait dû faire appel à sa fille pour la seconder.

Elle s'était si souvent immiscée dans la vie de ses enfants que c'était presque une seconde nature chez elle.

Cette fois, son intervention allait-elle coûter la vie à Nikki ?

16

Nikki avait mal au bras à force d'être tirée de-ci de-là. Mais au moins Andrea l'avait-elle entraînée vers l'agent blessé.

Que lui était-il donc passé par la tête ? Il avait sorti son arme au mauvais moment, si bien que ni le révérend ni elle n'avaient eu la possibilité de réagir. S'ils l'avaient imité, les hommes d'Andrea les auraient abattus sans hésiter.

En dépit de ses connaissances limitées, elle avait fait de son mieux pour soigner ses blessures avant que D l'oblige à retourner près de l'autel. Elle aurait préféré rester avec lui afin de l'aider au cas où, mais elle n'avait pas eu le choix. Elle avait plaidé en vain pour qu'on fasse appel à un médecin.

Andrea lui avait ri au nez.

— Tu me prends pour une idiote ou quoi ?

Nikki avait répondu par un rire, ce qui lui avait valu une nouvelle gifle. Elle avait léché le sang qui avait jailli de sa lèvre sans s'émouvoir.

Car ce n'était rien à côté de ce qui se passerait quand Megan serait ramenée. A moins, bien sûr, qu'on n'en arrive pas là. Elle avait saisi les mots du type posté au-dehors.

Cette équipe de jardiniers qui se ressemblaient tous…

Il s'agissait forcément de ses frères. Même si on les avait renvoyés, ils trouveraient un autre moyen d'entrer. Ils ne renonceraient pas.

Et elle non plus.

A côté d'elle, le marié renifla. Elle lui jeta un regard irrité. Il n'était pas le seul à pleurer dans la chapelle. Mais il ne s'apitoyait pas sur le jeune agent probablement blessé à mort. Il pleurnichait sur son sort.

— Ne vous inquiétez pas, murmura-t-elle pour le faire taire. On va s'en tirer.

Ses frères viendraient à son secours comme ils l'avaient toujours fait. Pour une fois, elle avait presque hâte d'entendre Logan soupirer : « Je te l'avais bien dit. »

— Et Megan ? demanda-t-il, l'air anxieux. Vous croyez qu'elle va bien ?

Peut-être aimait-il sincèrement sa fiancée…

— Oui.

— Mais vous les avez entendus ! Le type qui est allé la chercher a dit qu'il la ramenait.

Nikki sourit.

— Si c'était vrai, ils seraient déjà là.

Le visage de Richard s'empourpra.

— Qu'est-il arrivé, d'après vous ?

— Il est tombé sur Gage et Woodrow.

Une exclamation choquée échappa à Richard. Avait-il oublié le témoin et son futur beau-père ?

Pas elle. Elle comptait sur eux même si, bien sûr, elle savait que leur priorité était la sécurité de Megan, et à juste titre.

— Ils mourraient l'un et l'autre pour la protéger, reprit-elle. Je suis sûre qu'elle est en sécurité.

Un instant, elle l'envia. Contrairement à Megan, elle n'avait pas de père pour la protéger, pas d'ex-amoureux pour voler à son secours. Cela dit, elle avait ses frères et elle ne doutait pas qu'ils se débrouillent pour s'introduire dans la chapelle.

Elle espérait seulement qu'ils arriveraient à temps.

La femme s'approcha et pointa le canon de son arme sur elle.

— De quoi parlez-vous ?

Nikki haussa les épaules.

— J'essaie de le persuader que ce petit contretemps ne va pas porter malheur à notre mariage.

— Ce n'est pas votre mariage, rétorqua Andrea avec irritation.

Ce n'est pas toi qui portais la robe de mariée quand je suis entrée dans le salon d'habillage.

— C'est moi qui la porte à présent.

Sachant à quel point sa mère y tenait, elle avait veillé à ne pas la tacher en s'occupant de l'agent.

D les rejoignit, braquant lui aussi son arme sur elle, comme si elle était la principale menace.

Elle en ressentit une bouffée de fierté. C'était sans doute le cas, et il ne savait même pas qu'elle était armée. Le coup d'éclat de l'agent avait fait diversion, et il n'avait plus évoqué la fouille des invités.

— Qui êtes-vous ? demanda-t-il.

— Nikki Payne. Ma mère est la propriétaire de la chapelle.

Il ricana.

— Je suppose que fournir la mariée ne fait pas partie de ses prestations habituelles…

Nikki gloussa.

— Vous seriez surpris.

Il étrécit les yeux et la dévisagea avec attention.

— Je le suis. Pourquoi avez-vous changé de place avec la mariée ?

Elle désigna Andrea de la tête.

— A cause d'elle.

Un muscle tressauta dans la joue de l'homme. Il était en colère contre Andrea. L'était-il suffisamment pour qu'elle puisse les monter l'un contre l'autre ? se demanda Nikki.

— Je sais qu'elle veut faire du mal à Megan, ajouta-t-elle.

Andrea s'esclaffa.

— Et comment !

— Pourquoi ?

Etait-ce à cause de Woodrow ? Probablement pas, puisque D avait été stupéfait d'apprendre que le père de la mariée était un chef du FBI.

A cause de Gage ?

Ou du marié pleurnichard ? Avait-il mis sa future femme en danger ?

Cette dernière pensée la fit sourire. Non, c'était difficilement imaginable. Megan avait dû se faire des ennemis.

— C'est moi qu'ils veulent, répéta Megan, tenaillée par le remords.

Jamais elle n'aurait dû accepter que Nikki prenne sa place.

Que se passerait-il lorsque les malfaiteurs se rendraient compte que le faux serveur ne revenait pas avec elle ? Allait-on la torturer ? La tuer ?

De plus, Nikki n'était pas la seule en danger. Les autres invités aussi étaient menacés.

Un frisson d'angoisse la parcourut.

— Il faut que je retourne dans la chapelle, murmura-t-elle.

Ses compagnons la regardèrent comme si elle avait perdu l'esprit. Son père secoua la tête.

— Peut-être qu'ils s'en iraient, ajouta-t-elle.

Alors, tout le monde serait sain et sauf.

— Oui, sans doute, répondit Gage. Soit avec toi, soit après t'avoir tuée.

En dépit de la chaleur qui émanait de lui, un nouveau frisson la secoua. Avant cet instant, elle n'avait pas pris conscience qu'elle se blottissait contre lui. Elle se raidit et se redressa.

— Nous n'allons pas laisser ces gens te faire du mal, dit son père.

— Et s'ils s'en prennent aux autres ?

Elle ne s'inquiétait plus pour elle. Quand elle avait rompu avec Gage, elle n'avait songé qu'à elle-même, et son égoïsme avait fait souffrir quelqu'un d'autre.

Elle avait fait du mal à Gage et, même s'il parvenait à lui pardonner, elle n'était pas certaine de pouvoir se pardonner à elle-même.

— Nous réfléchissons à un plan, répondit son père.

Elle l'aimait de tout son cœur et appréciait qu'il soit si protecteur mais, cette fois, elle se hérissa. Il y avait trop longtemps qu'il la traitait comme une enfant.

— Non, répliqua-t-elle. Je suis concernée. Tu ne vas pas me laisser à l'écart.

— C'est précisément parce que tu es concernée que je dois te laisser à l'écart.

Une bouffée de nausée envahit Megan. Sans chercher à discuter davantage, elle courut vers la porte.

— Megan !

La voix de son père était sèche, altérée par la crainte.

Elle ne voulait pas qu'il la poursuive, mais elle sut que quelqu'un le faisait. Et elle sut de qui il s'agissait sans même avoir besoin de se retourner. Elle fixa la silhouette inerte qui gisait au bout du couloir.

Gage avait tué un homme pour elle. Pour la protéger.

Elle devait mettre fin à tout cela. Au danger. A la mort.

— Il faut que tu me laisses partir ! dit-elle.

Un soupir saccadé s'échappa des lèvres de Gage.

— C'est ce que je désire le plus au monde.

L'estomac noué, Woodrow s'élança derrière sa fille.

— Non, fit une voix empreinte de douceur.

La voix de Penny était aussi délicate que son apparence. Elle n'était pas forte, physiquement parlant.

Mentalement, émotionnellement, c'était une tout autre histoire. Certes, il avait dû l'empêcher de voler au secours de sa fille plus tôt mais, depuis, elle s'était ressaisie. Son contrôle d'elle-même lui inspirait un immense respect.

— Il faut que j'y aille, argua-t-il. Elle va monter là-haut et se sacrifier. Je ne peux pas la laisser faire.

Il cilla, soudain conscient de son hypocrisie.

— Vous ne voulez pas laisser faire à votre fille ce que vous avez accepté de la mienne ? lança-t-elle avec amertume.

Il la prit par les épaules.

— Pardon.

— Il est trop tard, à présent.

Elle avait raison. Il était trop tard pour ce qu'il aurait pu y avoir entre eux. Il avait détruit ses chances auprès d'elle, à supposer qu'elle ait été prête à lui en donner. Tout le monde pensait qu'elle ne s'était jamais remariée parce qu'elle aimait toujours son premier mari, tout comme on s'imaginait que lui-même était toujours amoureux de feu sa femme.

Il comprenait maintenant que, comme lui, Penny avait peur de souffrir de nouveau.

Et il venait de la blesser.

— Le mal est fait, reprit-elle. Ma fille a déjà été prise en otage.

— Votre fille est garde du corps, lui rappela-t-il. Elle est entraînée, armée et courageuse. Et, surtout, elle est intelligente. Elle ressemble à sa mère.

Il n'avait jamais rencontré de femme plus impressionnante que Penny Payne ; elle était aussi belle que brillante. Il l'avait pensé chaque fois qu'il avait eu l'occasion de la rencontrer par le passé, au mariage de ses agents. C'était pour cette raison qu'il avait fait appel à elle pour le mariage de Megan.

Peut-être avait-ce été un prétexte pour la revoir. Pour tout dire, il n'avait pas été ravi que Megan accepte d'épouser Richard, mais il s'était dit qu'en épousant un ami elle mettait son cœur à l'abri.

A aucun moment il n'avait prévu la tournure que prendraient les événements…

— Megan est différente, ajouta-t-il.

— Non. Elle vous ressemble.

Il aurait aimé que ce soit vrai. En réalité, Megan n'était pas sa fille. Pas du point de vue biologique, en tout cas. Pendant ses absences, sa jeune épouse s'était consolée auprès d'autres hommes. Se sentant coupable, il lui avait pardonné et avait aimé la petite fille née de sa liaison comme si c'était la sienne.

Penny soupçonnait-elle la vérité ? Il la savait terriblement intuitive…

— Vous l'avez bien élevée, reprit-elle. Megan est aussi forte et aussi intelligente que vous. Et elle a aussi hérité de votre sens exacerbé des responsabilités.

Il émit un grognement, mais ne protesta pas. Par certains côtés, Megan avait plus en commun avec lui que sa véritable fille. Et il savait que Penny avait raison : Megan serait prête à donner sa vie pour les autres.

Il se tourna de nouveau vers la porte.

— Il faut que j'aille la chercher.

— Gage est déjà avec elle, dit Penny. Il ne la laissera pas se mettre en danger.

C'était vrai. En dépit de ce qu'il avait enduré, ou peut-être à cause de cela, Gage était l'homme qu'il fallait pour protéger Megan. Et Penny.

— Quand ils reviendront…

Il s'interrompit. Peut-être Gage avait-il déjà conduit Megan à l'entrée du souterrain. Jamais il n'avait vu un homme aussi torturé que Gage lorsque le faux serveur avait menacé Megan. Il avait été plus bouleversé que lui-même, car lui était persuadé qu'ils parviendraient à la sauver.

— Megan et vous sortirez par le passage secret, poursuivit-il. Exactement comme nous l'avions prévu.

Elle secoua la tête.

— Non. Nous avons essayé votre plan. Il n'a pas fonctionné. Nous allons tenter le mien, maintenant.

Elle attrapa un sac et y fourra les pistolets et les talkies-walkies qu'elle avait déposés sur le bureau.

— Penny !

Il l'intercepta alors qu'elle se dirigeait vers la porte.

— Où allez-vous comme ça ?

Il la voyait déjà en train de jouer les Rambo et de s'en prendre seule à tous les assaillants. Pour sa fille, elle était prête à tout, sauf à lui faire confiance. Elle ne lui pardonnerait jamais d'avoir permis à Nikki de se jeter dans la gueule du loup.

— Je vais en finir. Tout ça a suffisamment duré. Je vais reprendre ma chapelle et sauver mon enfant, dit-elle d'une voix étranglée.

— Et vous avez l'intention de faire ça toute seule ? demanda-t-il, le cœur serré.

Elle secoua la tête, les larmes aux yeux.

— Je ne peux pas…

Il comprit qu'aucun aveu n'avait jamais autant coûté à Penny Payne. Elle était farouchement indépendante.

— Je vais vous aider.

Il ne pouvait qu'espérer qu'il n'était pas déjà trop tard.

17

— J'aimerais pouvoir te laisser partir…, dit Gage.

Il s'était attaché à elle dès le moment où ils s'étaient rencontrés. Même après qu'elle lui avait brisé le cœur, il n'avait pu renoncer à elle.

Durant tous ces mois de captivité, il avait été hanté par le souvenir de Megan, tourmenté par la vision de son sourire, de la lueur qui brillait dans son regard, de ses cheveux qui tombaient en cascade sur ses épaules, libérés du nœud qui les retenait d'ordinaire. Il songeait à la sensation de sa peau contre la sienne… Douce comme la soie.

Le désir l'envahit, répandant une vague de chaleur en lui.

— Rien ne t'en empêche, répondit-elle.

Ignorant sa remarque, il la souleva aisément dans ses bras et se dirigea vers le bureau de Penny. La porte était ouverte, et ni Penny ni Woodrow n'étaient là. Ils avaient dû penser qu'il l'avait emmenée en lieu sûr et se rendre à la chapelle.

En voyant que Ralph tardait à revenir avec Megan, Andrea et D avaient forcément compris que quelque chose avait mal tourné. Allaient-ils réagir en éliminant les otages un à un ?

L'arsenal rassemblé par Penny avait disparu. Woodrow et elle étaient donc armés, mais, il leur fallait de l'aide.

Il hésita, savourant la présence de Megan blottie contre lui.

— Il faut que tu me laisses partir, répéta-t-elle tandis qu'il la déposait sur le sol.

— J'ai essayé.

Il attira à lui son corps frémissant. Elle se raidit.

— Gage…

Il s'obligea à prendre une profonde inspiration. Son désir ne reflua pas pour autant. Il respirait le parfum de Megan, cette senteur enivrante qui n'appartenait qu'à elle. Il goûtait presque ses lèvres.

— Il y a quelque chose que je voudrais te demander, murmura-t-elle.

— Quoi ?

Que voulait-elle savoir ? Elle devait bien se douter qu'il la désirait toujours.

— Es-tu retourné dans l'armée à cause de moi ?

La question le prit au dépourvu, et il ne sut que répondre. Il ne voulait pas qu'elle se sente coupable ou responsable. A quoi bon ? Cela ne changerait rien au passé.

— Tu m'as promis de ne jamais me mentir, lui rappela-t-elle.

— C'est vrai. Mais tu ne m'as pas cru.

— J'aurais dû, admit-elle, les yeux brillants de larmes. Je te demande pardon.

Incapable de supporter la vue de son beau visage bouleversé, il détourna le regard.

— Megan…

— Dis-le-moi. Dis-moi la vérité comme tu m'as promis de le faire. C'est à cause de moi que tu t'es réengagé ?

Jamais il n'avait failli à sa parole envers elle. Il n'allait pas commencer maintenant. Il se força à plonger son regard dans le sien.

— Oui.

Elle lâcha un cri étouffé.

— J'avais espéré que ce n'était pas ma faute.

— Tu ne m'as pas dit de le faire. C'est moi qui ai fait ce choix.

— De quitter un poste que tu aimais ?

— Je ne l'aimais pas autant que…

Autant qu'il l'aimait, elle.

Bon sang ! Il l'aimait toujours, et c'était précisément pour cette raison qu'il devait s'éloigner d'elle. Il n'avait plus rien à lui offrir.

Les larmes roulèrent sur les joues de Megan. Il les essuya du pouce.

— Je suis tellement désolée… J'ai été si stupide ! Je n'aurais jamais dû écouter ce que les gens racontaient.

— Les gens ?

— Tucker Allison n'était pas le seul, dit-elle en soupirant.

— Qui d'autre ?

Ses amis l'avaient-ils trahi ? Avaient-ils douté de lui, comme elle ?

Pas Nick. Nul ne le connaissait mieux que Nick, pas même sa propre sœur qui savait qu'il aimait Megan.

— Peu importe, fit-elle. Ce qui compte, c'est que je les ai crus. J'aurais dû te faire confiance. Avoir foi en toi. Foi en nous deux.

Ce fut au tour de Gage d'accuser le coup.

— Peut-être que nous… que nos sentiments n'étaient pas aussi solides que nous l'avions cru.

Elle leva la main et lui effleura la joue du bout des doigts.

— Si, souffla-t-elle. C'était…

Elle l'attira plus près et pressa ses lèvres sur les siennes.

Le désir déferla en lui. Il lui rendit son baiser avec passion, mordillant doucement sa lèvre inférieure. Elle laissa échapper un petit gémissement.

Il brûlait de la posséder là, sur le canapé qui se trouvait derrière eux. Mais, alors qu'il caressait son corsage, un strass lui érafla la main, le ramenant brutalement à la réalité.

Elle portait une robe de mariée ; elle allait épouser un autre homme.

Elle ne serait jamais sienne.

Le moins qu'il puisse faire était de la protéger. Des individus armés… Et de lui-même.

Il se détacha d'elle.

— Gage, protesta-t-elle.

Elle lui tourna le dos, comme si elle s'attendait à ce qu'il déboutonne sa robe.

Mais il n'avait plus l'intention de la dévêtir ; il ne songeait qu'à la mettre à l'abri du danger. Le réduit qui abritait l'armurerie de Penny était ouvert. Gage attrapa des menottes en plastique oubliées sur le bureau et les passa autour des poignets de Megan qui le regarda faire, éberluée.

— Qu'est-ce que tu fais ?

— Je te protège de toi-même.

Et peut-être se protégeait-il par la même occasion. Sauf qu'il était trop fier pour admettre qu'il avait été à deux doigts de perdre tout contrôle et de lui faire l'amour.

Il la poussa dans le réduit, où les présentoirs vitrés ne contenaient plus d'armes, désormais.

Penny avait vraiment pensé à tout.

— Non !

Gage fit la sourde oreille à ses protestations et l'enferma. La petite clé était encore dans la serrure. Il l'y laissa. Personne ne la remarquerait.

Depuis l'intérieur, Megan ne pouvait l'atteindre. Elle ne pourrait pas s'échapper ni s'exposer au danger. Cette certitude l'aiderait. Rien ne devait le déconcentrer alors qu'il s'apprêtait à risquer sa vie.

Cela étant, il préférait de loin risquer sa vie que son cœur. Et, s'il était resté là plus longtemps avec Megan, il aurait perdu son cœur pour de bon.

Megan bouillait de colère. L'esprit embrumé par l'amour et le désir, elle ne s'était pas rendu compte que Gage lui tendait un piège. Il l'avait attachée. Enfermée.

Elle banda ses muscles, luttant contre les liens qui lui enserraient les poignets. Le plastique rigide lui mordillait la chair.

Comme Gage avait mordillé sa lèvre.

Ses caresses n'avaient-elles été qu'une ruse ? Une manière de la distraire afin de pouvoir la ligoter ? Peut-être n'y avait-il rien eu de sincère dans cette scène. Ni ses aveux ni ses baisers.

Elle n'aurait pas dû lui faire confiance. Richard l'avait pourtant mise en garde. Il lui avait dit qu'il savait que Gage avait des arrière-pensées et qu'il finirait par lui briser le cœur.

Et sa lucidité était suffisante pour qu'elle sache que Richard avait raison. Elle n'avait rien d'une beauté et n'était pas une amante particulièrement excitante. Sauf avec Gage. En faisant l'amour avec lui, elle était devenue passionnée, audacieuse. Elle l'avait caressé, embrassé, chevauché avec abandon.

Un gémissement lui échappa à ce souvenir. Sa peau la picotait, son corps tout entier était douloureux. Elle le désirait malgré ce qu'il venait de faire. Il l'avait trompée…

L'avait-il aussi trompée par le passé ? S'était-il servi d'elle comme Richard et Tucker l'avaient prétendu ?

Elle avait commencé à en douter. Elle avait commencé à croire qu'il l'avait réellement aimée. Il avait renoncé à sa carrière, s'était réengagé à cause d'elle. Il l'avait admis. Il n'avait aucune raison de lui mentir.

Et si Gage avait dit la vérité…

Richard lui avait-il menti ?

Pourquoi l'aurait-il fait ? Contrairement à Tucker Allison, il n'était pas d'un naturel jaloux. D'ailleurs, il n'avait jamais été amoureux d'elle, si bien qu'il n'avait aucune raison d'être jaloux. Il s'était simplement inquiété pour elle parce qu'il était son ami.

Une bouffée de remords l'envahit. Elle n'avait guère pensé à Richard. Pourtant, il était en danger lui aussi, tout comme Nikki et les invités.

La différence, c'était que Richard n'allait pas s'exposer au danger. Il ne tenterait pas de jouer les héros. Au contraire, il se ferait discret. S'il n'était pas le marié, il passerait sans doute complètement inaperçu.

Derek appuya sur la touche du talkie-walkie.

— Ralph ?

— Où il est passé, celui-là ? s'impatienta Andrea. Il devrait être ici depuis longtemps.

Son corps mince, que Derek avait toujours trouvé incroyablement sexy, était tendu à craquer. Sa voix était cassante lorsqu'elle reprit :

— Tu crois qu'elle a filé ?

— Je crois qu'elle serait là, si ce n'était pas le cas.

— Qu'est-ce qui s'est passé, à la fin ? cria Andrea.

Il ne pouvait le savoir avec certitude, mais il avait une petite idée.

— Le père de la mariée, le chef du FBI…

Comment se faisait-il qu'il n'en ait rien su, bon sang ? Certes, il était coincé en prison, avec un accès limité au monde extérieur. Andrea s'était chargée des recherches. Comment avait-elle pu passer à côté de cette information ?

— … Et le témoin. Je suppose que c'est un agent aussi.

— Plus maintenant, lança la petite brune assise sur le sol.

— Il a été renvoyé pour avoir couché avec la fille du chef ? ironisa Andrea.

La fausse mariée secoua la tête.

— Il a quitté le FBI pour retourner dans l'armée. Il a survécu à six mois de captivité et de torture. Il est comme Rambo.

— Le fait qu'il ait survécu à la torture ne fait pas de lui un héros, grogna Derek en jetant un coup d'œil en direction du marié. Il y a des gens qui sont comme la vermine, on a du mal à se débarrasser d'eux.

La sueur dégoulinait sur les tempes du marié.

— Gage n'en fait pas partie, répliqua la jeune femme. C'est un tueur. Peu importe que vous soyez entouré de gardes armés. Il les éliminera tous.

Andrea éclata de rire. En revanche, le sang de Derek se glaça. Il ne put s'empêcher de frissonner.

Andrea l'attira à l'écart.

— Ne la laisse pas semer le doute en toi, dit-elle en levant son pistolet. Tu veux que je la fasse taire pour de bon ?

Il lui fit baisser son arme.

— Non.

Pour une raison étrange, il aimait bien Nikki Payne. Il respectait son attitude, son courage. Elle était le genre de femme qu'il croyait avoir épousée.

Seulement, il se rendait compte qu'Andrea était une inconnue pour lui.

Il désigna d'un geste le marié couvert de sueur.

— Il s'imagine vraiment que je ne l'ai pas reconnu ?

— Il ne ressemble pas à la photo. Tu es certain que c'est lui ?

— Oui.

Il l'avait reconnu d'après le cliché annonçant ses fiançailles. A présent qu'il le voyait en chair et en os, il n'avait plus aucun doute.

— D'ailleurs, tu me l'as confirmé.

Andrea acquiesça.

— Bien sûr.

Elle avait retrouvé le chirurgien qui avait soigné les brûlures de Richard. Même le recours au chalumeau n'avait pu le forcer à avouer où il avait caché le butin de leur dernier cambriolage. Le plus ambitieux de tous.

Cracherait-il le morceau s'ils torturaient sa future femme ? Andrea en était persuadée, mais Derek commençait à en douter. Il fit mine de braquer son pistolet sur lui. Cette fois, Andrea retint son geste, exactement comme il l'avait fait avec elle quelques instants plus tôt.

— Ne fais pas ça !

— C'est à cause de lui que je suis allé en prison.

Elle secoua la tête.

— Il n'a jamais témoigné contre toi. Tu es allé en prison parce qu'on t'a reconnu sur la bande-vidéo prise par les caméras de surveillance.

— Il était censé pirater le système et effacer les enregistrements.

C'était pour cette raison que Richard avait été intégré dans l'équipe, en tant qu'expert en informatique. Il n'avait jamais eu de pistolet en main, ni servi de chauffeur lors des cambriolages. Mais sa participation avait été capitale, car il leur avait donné accès à des endroits où ils n'avaient jamais rêvé de s'introduire.

Il était doué — trop doué pour avoir commis l'erreur de ne pas effacer les bandes des caméras de surveillance.

Derek tenta de nouveau de lever son arme. Il mourait d'envie d'abattre ce salaud.

— Je sais que tu veux le tuer, mais il ne s'agit pas que de vengeance, lui rappela Andrea. Ne l'oublie pas.

— Mais où sont-ils ?

Richard les avait-il en sa possession ? Ou les avait-il vendus et avait-il dépensé l'argent ?

18

A de rares exceptions près, concernant en général les agents de Woodrow ou ses propres enfants, les mariages organisés dans la petite chapelle blanche de Penny se déroulaient parfaitement bien. Elle avait sa propre équipe de cuisiniers et serveurs, basés au sous-sol, près de la salle de réception. C'était là qu'elle avait apporté son sac plein d'armes.

— On savait que quelque chose ne tournait pas rond, dit Jimmy, le barman. Un type en tenue de serveur prétendait que vous l'aviez engagé parce que vous manquiez de personnel.

Penny frissonna, heureuse que l'homme n'ait pas éliminé Jimmy pour avoir posé trop de questions.

— Je ne sais pas où il est passé, ajouta ce dernier.

— Il est hors d'état de nuire, intervint Gage, qui venait de les rejoindre.

Il jeta un coup d'œil à la salle superbement décorée de guirlandes et de fleurs. Songeait-il que Megan avait failli épouser un autre homme ici même, alors que c'était lui qu'elle aurait dû épouser ?

— Où est Megan ? demanda Woodrow d'un ton anxieux. Tu ne l'as pas envoyée seule dans le souterrain ?

— Bien sûr que non. Je l'ai laissée dans un endroit où personne ne la trouvera.

Dans la cache, devina aussitôt Penny. Megan devait fulminer. Avec un peu de chance, elle ne resterait pas captive longtemps.

— Qui est ce type ? demanda le barman, soupçonneux.

— Gage Huxton, expliqua Penny. Il travaille pour Logan.

— Un garde du corps ! soupira Jimmy avec soulagement. Et lui ?

Il désignait Woodrow.

— C'est le père de la mariée. Et le chef du FBI à Chicago.

— OK. Allons-y.

Penny hésita et regarda le petit groupe de cuisiniers et de serveurs qui s'étaient réunis autour d'eux.

— Ce sera dangereux, les avertit-elle.

— Vous avez dit que Nikki est là-haut, lui rappela Jimmy. Qu'elle est menacée.

— Je me demandais pourquoi nos téléphones ne fonctionnaient plus…, remarqua une serveuse.

— Ils ont un brouilleur. Nous ne pouvons ni téléphoner ni recevoir d'appels. Et toutes les portes extérieures sont bloquées.

— Donc, nous ne pouvons pas appeler à l'aide et nous ne pouvons pas en attendre, grommela Jimmy. Autant dire que nous n'avons pas le choix.

— Si. Vous pouvez vous cacher.

Comme Gage avait caché Megan. Outre la cache et le passage souterrain, il y avait d'autres recoins où tous pourraient se réfugier.

Jimmy secoua la tête.

— Pas question. Nikki est en danger. Nous sommes sa famille.

C'était un sentiment que Penny avait toujours partagé. Pour elle, les membres de son personnel faisaient partie de sa famille. C'était précisément pour cela qu'elle était réticente à les exposer au danger.

Woodrow, lui, n'hésita pas et se hâta de leur exposer leur plan.

— Il faut qu'on y aille, s'impatienta Gage. Nous n'avons pas de temps à perdre.

Sans doute avait-il hâte de retourner vers Megan, mais rien ne garantissait qu'il puisse le faire. Rien ne garantissait qu'aucun d'entre eux survive.

Malgré tout, ils suivirent Gage sans discuter. Quand Penny fit mine de leur emboîter le pas, Woodrow la prit par les épaules.

— Vous restez ici.

Elle secoua la tête.

— Je ne peux pas demander à mes employés de risquer leur vie si je ne suis pas moi-même prête à le faire.

— Et moi, je ne suis pas prêt à vous laisser faire ! rétorqua-t-il.

Elle aurait pu répliquer qu'il n'avait pas cherché à dissuader Nikki, mais elle savait qu'il n'avait pas agi à la légère. Nikki avait insisté pour jouer son rôle, et elle s'était montrée très convaincante.

Penny comptait bien l'être tout autant.

— J'y vais, affirma-t-elle. Personne ne connaît les lieux aussi bien que moi.

— Nous savons où aller, objecta Woodrow. Et nous savons ce que nous avons à faire.

— Moi aussi, s'entêta-t-elle en essayant de se dégager.

Les mains de Woodrow raffermirent leur prise sur ses épaules.

— Vous êtes têtue ! Faut-il que je vous enferme, comme Gage l'a fait avec Megan ?

Sans doute n'aurait-il aucun mal à la jeter sur son épaule. Malgré elle, Penny éprouva un frisson d'excitation à cette idée.

— Votre fille est à l'abri. Pas la mienne. La mienne est là-haut, avec une folle qui a déjà essayé de la tuer.

— Penny…

— Et je sais me servir d'un pistolet. Je tire bien.

Son mari le lui avait appris au début de leur mariage. Plus tard, elle avait fait de même avec ses enfants, parce qu'il était mort avant d'en avoir eu le temps.

— Vous avez besoin de moi là-haut.

Woodrow commençait à penser qu'il tenait trop à elle pour lui permettre de s'exposer au danger. D'un autre côté, elle était trop obstinée et trop résolue pour qu'il continue à discuter avec elle. Comme elle s'apprêtait à le contourner, il la retint et l'obligea à lui faire face.

Comme elle ouvrait la bouche pour protester encore, il l'embrassa. Ses lèvres glissèrent sur les siennes, caressantes. Il savoura des sensations qu'il n'avait pas éprouvées depuis une éternité. La chaleur monta en lui, son pouls se mit à battre plus vite. Jamais il n'avait été aussi troublé par un simple baiser. Mais quoi d'étonnant ? Penny Payne était une femme remarquable.

Il l'avait su à la seconde où il l'avait rencontrée.

Enfin, il se détacha d'elle et la regarda.

— Je te promets que nous allons tirer Nikki de là.

— Tu ne sais pas si c'est possible, répliqua-t-elle. Ne me fais pas de promesses que tu ne peux pas tenir.

Un autre l'avait fait avant lui. Il avait promis, ici même, dans la chapelle, de lui être fidèle. Mais il avait eu un fils avec une autre femme ; il l'avait trahie.

Woodrow comprenait sa douleur. Il l'avait éprouvée lui-même. Peu lui importait que Megan ne soit pas sa véritable fille. Il avait veillé à ce que personne ne le sache, mais il craignait que Megan n'ait des doutes. Contrairement à Ellen qui, avec ses cheveux blonds et ses yeux bleus, était tout le portrait de sa mère, Megan ne lui ressemblait pas du tout.

Peut-être était-ce pour cette raison qu'elle ne se jugeait pas jolie.

Cependant, bien qu'elle ne partageât pas son ADN, elle était sa fille. Il l'aimait comme telle.

Il aimait Penny Payne aussi, d'une tout autre manière.

— Je ne te décevrai pas, affirma-t-il.

Il avait promis à sa femme sur son lit de mort qu'il élèverait Megan comme sa fille et il avait tenu parole. Non par devoir mais par amour. Il tiendrait parole envers Penny pour la même raison — parce qu'il l'aimait.

Il garda la main sur son menton, caressant du bout des doigts sa peau soyeuse jusqu'à ce qu'elle croise son regard. Elle le dévisagea longuement avant de hocher la tête, acceptant enfin de le croire.

Conscient des responsabilités qu'il venait d'endosser, il prit une brève inspiration. Avant qu'il se détourne, elle se haussa sur la pointe des pieds et effleura ses lèvres d'un baiser.

*
* *

Avec un sourire, Gage pivota sur ses talons et s'éloigna. Intrigué de ne pas voir Woodrow et Penny les rejoindre, il avait fait demi-tour et les avait aperçus en train de s'embrasser.

Les voir enlacés lui donna l'envie de revoir Megan avant de se rendre à la chapelle. Il voulait s'assurer qu'elle allait bien, qu'elle ne s'était pas coupée en essayant de se libérer. Qu'elle n'avait pas été prise de panique dans le réduit exigu.

Surtout, il voulait la contempler, plonger son regard dans ses yeux sombres, caresser sa peau soyeuse, ses cheveux fins et doux. Il éprouvait le besoin d'être avec elle une dernière fois, au cas où il ne survivrait pas à sa mission.

Mais, s'il la sortait de sa cachette, il doutait fort de pouvoir l'inciter à y retourner. Comme Penny, elle insisterait pour se mettre en danger.

Mieux valait ne pas courir ce risque. Ne pas se laisser distraire, ne pas penser à quel point elle était belle dans cette satanée robe de mariée…

Il avait eu toutes les peines du monde à ne pas la lui retirer, et pas seulement pour l'empêcher d'épouser un autre homme. Malgré tout ce qu'il avait enduré à cause d'elle, Megan éveillait toujours la même passion en lui.

Pourtant, elle n'était pas à lui.

Elle avait eu l'intention d'épouser un autre homme. Il devait se forcer à repousser cette pensée, sinon il ne ferait peut-être pas autant d'efforts pour sauver Richard que pour sauver les autres.

Et, s'il laissait mourir le marié, Megan ne le lui pardonnerait jamais. Elle ne voulait pas le perdre.

Souffrirait-elle si elle le perdait, lui ? Elle n'avait pas souffert la dernière fois. Sinon elle n'aurait pas été ici, sur le point de se marier.

Il ne devait pas l'oublier. Il l'aimait, certes, mais elle ne l'avait jamais aimé.

Elle l'avait dit elle-même.

19

— Gage ! hurla Megan.

Elle avait envie de hurler, de l'accabler d'injures, de lui crier qu'elle le haïssait parce qu'il l'avait trompée.

Attachée.

Enfermée dans un placard obscur.

Mais, quoi qu'il ait fait, elle ne pourrait jamais haïr Gage Huxton. Elle l'aimait trop.

Pour autant, elle n'avait pas réussi à le lui dire. Si elle lui avait demandé pardon d'avoir douté de lui, elle n'avait pas reconnu qu'elle avait menti. Elle n'avait pas admis la vérité, à savoir qu'elle l'avait aimé de tout son cœur.

Et qu'elle l'aimait encore, même quand il l'exaspérait.

La colère bouillonnant dans ses veines, elle batailla contre le lien en plastique et grimaça de douleur en le sentant mordre sa chair. Il était trop dur pour qu'elle puisse en venir à bout avec ses dents. Peut-être pouvait-elle le frotter contre quelque chose…

Elle tâtonna devant elle, et ses doigts rencontrèrent la paroi vitrée d'un présentoir. Elle chercha une arête, en vain. Peut-être pouvait-elle trouver un moyen de casser la vitre ?

Elle décida de passer de l'autre côté du meuble en espérant trouver un objet quelconque et se glissa dans l'espace étroit qui le séparait de la cloison. Au passage, son corsage frotta contre la vitre du présentoir. Le strass produisit un crissement aigu sur le verre qui se brisa soudain et tomba sur le sol, à ses pieds.

Une exclamation stupéfaite lui échappa. Comment cela avait-il bien pu arriver ?

La lumière se fit tout à coup dans son esprit. Elle se rappela la manière dont Andrea avait contemplé cette robe. Elle avait dû comprendre, comme elle-même venait de le faire, que le strass n'était pas réellement du strass.

Ce n'était pas elle que ces hommes voulaient : c'était sa maudite robe ! Dire que son père et Gage se faisaient des reproches pour ce qui arrivait ! Ce raid n'avait rien à voir avec eux. Ils n'étaient pas responsables du danger qu'elle courait — que tous les invités couraient.

Elle seule était fautive. Elle avait commis une épouvantable erreur. Et, s'il arrivait malheur à l'un des hommes qu'elle aimait, ou à quelqu'un d'autre, elle ne pourrait jamais se le pardonner.

Nikki avait beau tendre l'oreille, elle ne parvenait qu'à saisir des bribes de la conversation entre D et Andrea. Cependant, aux regards répétés qu'ils portaient sur Richard, elle parvint rapidement à une conclusion.

— C'est vous, lui dit-elle. C'est à cause de vous qu'ils sont ici.

Il secoua la tête, et quelques gouttes de sueur tombèrent de son front sur le sol en marbre. Comme le sang du jeune agent avait éclaboussé le tapis blanc.

Etait-il mort ? Ce jeune homme était-il mort à cause de Richard ?

— Je vous prenais pour un accro d'informatique, reprit-elle, songeuse.

Elle en était une, elle aussi. Quand Logan avait refusé de la laisser participer aux actions sur le terrain, il l'avait chargée de la sécurité informatique de l'agence. Elle ne s'était pas contentée de protéger leurs systèmes ; elle avait appris à pirater ceux des autres. Le piratage était bien plus dangereux que ses frères le soupçonnaient.

— Qu'est-ce que vous avez fait, bon sang ?

— Rien.

A son regard fuyant, elle comprit qu'il mentait.

— Vous mentez, insista-t-elle. Vous connaissez ces gens.

Eux le connaissaient, en tout cas. Elle le lisait sur leurs traits. Qui était-il donc ? Sûrement pas celui qu'il prétendait être, car Woodrow, en père poule, avait dû se renseigner sur le fiancé de sa fille adorée. Tout comme ses frères se seraient renseignés sur quiconque serait sorti avec elle.

— Qui êtes-vous ?

Il secoua la tête de nouveau.

Une goutte de sueur atterrit sur la joue de Nikki. Elle grimaça de dégoût.

— Je ne suis plus cet homme-là. Il est mort.

— Il aurait dû mourir, rectifia D en s'approchant de lui, le pistolet braqué sur son visage. Comment un pauvre type comme toi a-t-il survécu à ce que je t'ai fait subir ?

Richard se redressa, et ce fut comme si ses épaules s'élargissaient brusquement. Comme s'il avait changé de stature.

Sa posture voûtée, cette façon qu'il avait de se tasser sur lui-même… Avait-il donc joué la comédie ?

— Tu as commis l'erreur de croire qu'un homme intelligent ne pouvait pas être un dur.

Si Nikki n'avait pas eu envie de le tuer de ses propres mains, elle aurait peut-être eu pitié de lui. Après tout, elle luttait depuis toujours contre le même préjugé.

— Oh ! Je ne sais pas si tu es aussi intelligent que tu le prétends, rétorqua D. Cette annonce de fiançailles dans la presse était une sacrée bourde.

Richard se passa la main sur le menton.

— Vraiment ? Tu m'as reconnu ?

Il jeta un coup d'œil par-dessus l'épaule de D en direction d'Andrea, qui pâlit.

Il se passait quelque chose. Quelque chose que D lui-même ne soupçonnait pas.

— Le chirurgien a soigné tes cicatrices, mais il ne t'a pas changé au point de m'empêcher de te reconnaître.

Richard soupira.

— Je ne croyais pas te revoir.

— Je m'en doute, puisque tu as fait exprès de laisser les enregistrements dans les caméras de surveillance pour que je sois arrêté.

Un sourire supérieur se dessina sur les lèvres de Richard.

— Je constate que tu as appris à couvrir tes tatouages. Ce n'est pas très intelligent de les exhiber, surtout pour le genre d'affaires que tu traites.

— Quel genre d'affaires ? demanda Nikki.

— Rien qui te regarde, rétorqua Andrea. Viens, D, filons. Les flics ne vont pas tarder.

— Oui, maugréa-t-il. A cause du coup de feu que tu as tiré.

Il la toisa d'un air soupçonneux.

— Tu l'as fait pour que les flics viennent. Tu voulais que je retourne en taule, c'est ça ?

— Bien sûr que non ! Pourquoi t'aurais-je fait évader si c'était mon intention ?

Nikki supposait qu'Andrea était une de ces femmes qui ne savaient pas vraiment ce qu'elles voulaient, si ce n'est être l'objet d'attentions. Elle émit un petit grognement dédaigneux.

Andrea l'ignora, mais D jeta un coup d'œil vers elle.

— Quoi ?

— Les flics sont le cadet de vos soucis, lança-t-elle. Par contre, vous vous souvenez des jardiniers, ceux qui se ressemblaient ?

D acquiesça.

— Eh bien ?

— Ce sont mes frères.

Andrea s'esclaffa.

— C'est mignon, ça ! Tu crois que tes grands frères vont venir te sauver, hein ?

— J'en suis sûre, répondit Nikki calmement. Ils vont nous sauver, et vous deux finirez en prison ou à la morgue, ajouta-t-elle avec un soupir compatissant.

Andrea s'esclaffa de nouveau, mais un peu nerveusement.

— Ils sont au FBI ? demanda D.

— L'un d'eux l'a été. Nick a travaillé pour le père de la

mariée. C'est lui qui a nettoyé River City de la corruption. Cooper était dans les commandos. Les jumeaux sont d'anciens flics. Maintenant, ils sont tous gardes du corps à l'agence Payne.

D cilla à la mention du nom. Même en prison, il avait dû entendre parler d'eux. Ses frères avaient envoyé bon nombre de criminels derrière les barreaux.

— Mais c'est surtout de Gage Huxton que vous devriez avoir peur, poursuivit-elle.

— Gage ?

— Le grand blond.

Il jeta un coup d'œil autour de lui, comme s'il s'attendait à voir ce dernier surgir soudain.

— Rambo ? ironisa-t-il.

Nikki eut un léger rire.

— Oui. Un ancien du FBI, ancien membre des forces spéciales, et désormais garde du corps. Et croyez-moi, la protection de la mariée est une mission qui lui tient plus à cœur que toutes celles qu'il a effectuées jusqu'ici.

D ne put réprimer un frisson.

— Il faut qu'on s'en aille, dit Andrea en lui prenant le bras.

Il se dégagea sans ménagement.

— Je ne partirai pas tant qu'il sera encore vivant, lança-t-il en braquant son pistolet sur la tempe de Richard. Et pas sans les diamants.

Le moment était venu. Nikki glissa discrètement la main sous sa robe. Mais, avant qu'elle ait pu atteindre son holster, D la saisit par le bras.

— Vous êtes garde du corps ! s'exclama-t-il. Exactement comme vos frères. Voilà pourquoi vous avez changé de place avec la mariée. Pour la protéger !

Il pointa son arme sur elle.

— Et qui va vous protéger, hein ?

Vive comme l'éclair, Nikki lui assena dans l'entrejambe un violent coup de genou qui le fit s'effondrer. Elle entendit des crans de sûreté se relever et plongea sur le sol, se préparant à une fusillade.

L'instant d'après, des coups de feu claquaient autour d'elle, venant de toutes parts. Du balcon, de l'accueil…

Elle avait l'impression d'être au milieu d'une scène de guerre. Avant qu'elle ait eu le temps de s'emparer de son arme, quelqu'un la tira derrière l'autel, en direction du salon du marié. Elle n'osa pas relever la tête.

Elle savait qu'on n'était pas en train de la secourir. On la prenait en otage.

On allait se servir d'elle comme d'un bouclier humain.

Les secours étaient enfin arrivés.

Mais il était trop tard pour elle.

Quand la fusillade éclata, Gage attendit l'instant de paralysie qui n'allait pas manquer de le saisir. Depuis son évasion, chaque fois qu'il avait été confronté à une scène similaire, il s'était figé, assailli de flash-back qui le ramenaient à d'autres batailles perdues.

Cette fois, cependant, ce ne fut pas le cas. Son instinct le guida, comme lors de son évasion. Il visa, pressa la détente et abattit les hommes qui gardaient l'entrée. Puis il pivota vers les portes extérieures au moment où elles s'ouvraient et fit feu sur les deux individus qui tentaient de se ruer dans la chapelle. Les portes se refermèrent sur eux, les laissant au-dehors, blessés ou pire.

Le type debout près de l'autel s'avança dans l'allée en tirant sur eux. Gage écarta Woodrow et riposta. L'homme s'écroula. Songeant qu'il avait peut-être tout simplement trébuché, Gage s'avança lentement, le canon de son pistolet braqué sur sa tête.

D gisait sur le tapis et, déjà, une flaque de sang s'étalait sous lui, se répandant sur le dallage de marbre. Gage avait dû toucher une artère. Il s'agenouilla à côté de lui, tout en sachant qu'il était trop tard pour le sauver.

— Je vais mourir, dit-il calmement.

Gage acquiesça.

— Oui. Les secours sont en route…

Après une telle fusillade, la police allait forcément être alertée.

— Je serai mort avant qu'ils entrent.

Gage entendait des coups de feu au-dehors. Une fois de plus, il se prépara à avoir des flash-back, mais rien ne se produisit. Il ne voyait que l'homme qui se mourait sous ses yeux.

— C'est à cause de moi que vous êtes là ?

Le type secoua la tête. Un filet de sang coula au coin de sa bouche.

— Non.

— A cause de Woodrow ?

— Qui ?

— Etes-vous ici à cause de moi ? répéta Woodrow en se penchant sur lui.

L'homme secoua la tête de nouveau, et un flot de sang s'échappa de ses lèvres.

— Dans ce cas, que voulez-vous ? Pourquoi avez-vous mis ma fille en danger ?

— Le vrai danger ne vient pas de moi…, murmura le type avec un semblant de sourire.

— Megan est toujours menacée ? demanda Gage, le cœur battant à tout rompre, plus nerveux à présent qu'il l'avait été lors de la fusillade.

Le moribond tenta de hocher la tête. L'instant d'après, il rendit son dernier souffle.

Gage en éprouva un pincement de regret. Non pour l'homme lui-même, mais parce que, maintenant, ils ne connaîtraient peut-être jamais la vraie raison de cette prise d'otages.

Et, de toute évidence, Megan était toujours en danger. En dépit de leurs efforts, tous leurs adversaires n'avaient pas été maîtrisés.

Il se tourna vers son ancien mentor. Woodrow lut dans son regard la question qu'il lui posait.

— Vas-y, lui dit-il. Sors Megan d'ici.

Son instinct lui hurlait de le faire. Malgré tout, il hésita.

— Nous ne savons pas s'il disait la vérité.

Woodrow hocha la tête.

— Nous ne pouvons pas nous fier à lui. Ni à lui ni à personne.

Il avait raison. Gage se redressa. Cette fois, il veillerait à ce que Megan soit conduite en lieu sûr.

Mais lui ferait-elle confiance ? Accepterait-elle de partir avec lui ou avait-elle déjà disparu ? Certes, il l'avait attachée, mais il la savait capable de se débarrasser de ses liens.

Avait-elle pu sortir de sa cachette ?

Il devait aller la trouver, avant qu'un autre le fasse.

20

— Elle n'est pas là.

Le cœur serré, Penny scrutait les rangées de bancs à la recherche de sa fille chérie, en vain.

Les invités étaient blottis les uns contre les autres. Quelques femmes pleuraient, mais la plupart des regards exprimaient le soulagement, maintenant que le danger était écarté. Penny savait qu'elle ne trouverait pas Nikki en pleurs. Même enfant, elle ne pleurait presque jamais, trop fière pour faire preuve de faiblesse devant ses frères.

Penny se tourna vers Woodrow, accroupi à côté des deux hommes qui gisaient dans l'allée. Elle ne voulait pas poser les yeux sur eux, ne voulait pas songer à leur mort.

Au fait que Nikki avait peut-être elle aussi perdu la vie.

Quand il se redressa, elle le regarda avec rancœur. S'il n'avait pas insisté pour qu'elle attende dans l'entrée que la fusillade ait pris fin, elle aurait peut-être pu voir ce qui était arrivé à sa fille.

Elle enjamba les corps et se hâta vers l'autel. Aucune tache de sang ne maculait le sol à cet endroit. Nikki n'était pas là non plus.

Richard avait disparu lui aussi, mais il ne figurait pas en tête de liste de ses préoccupations. Il y avait quelque chose chez cet homme qui la mettait mal à l'aise. Elle avait senti qu'il n'était pas le mari qu'il fallait à Megan. Peut-être n'était-ce que parce qu'elle savait que le cœur de celle-ci appartenait à un autre.

Woodrow l'avait suivie.

— Je ne vois pas la femme. Peut-être son mari lui a-t-il dit de partir pour la protéger.

— Elle n'a pas besoin de protection, rétorqua Penny avec amertume. Ce sont les autres qui doivent être protégés d'elle, surtout Megan.

Andrea avait tenu dur comme fer à ce que le serveur lui ramène Megan. Etait-elle descendue la chercher elle-même ?

Woodrow parut lire dans ses pensées.

— Gage est allé s'assurer que Megan va bien.

Penny le savait déjà. Gage l'avait croisée en sortant de la chapelle. Il lui avait tout juste accordé un regard tant il était pressé de retourner au sous-sol. Il était pâle, visiblement troublé.

— C'est lui qui les a abattus ? demanda-t-elle en désignant les deux victimes dans l'entrée.

Woodrow acquiesça.

— Je comprends à présent comment il a pu survivre à ces six mois de captivité. Il est presque surhumain.

Nikki, elle, n'était pas surhumaine. Elle était menue, fragile. Allait-elle survivre ?

— Où est-elle ? murmura Penny, au bord des larmes.

Au loin, des sirènes retentirent. Les secours arrivaient. Serait-il trop tard ?

Soudain un hurlement s'éleva, tout proche. Une voix de femme. Penny n'était pas certaine qu'elle appartienne à Nikki ; jamais elle n'avait entendu sa fille hurler. Mue par l'instinct maternel, elle se rua vers ce cri.

Le hurlement frappa Woodrow en plein cœur. Il ignorait si c'était sa fille ou celle de Penny qui criait avec tant d'effroi, mais peu importait.

Il se mit à courir et dépassa Penny, bien déterminé à l'empêcher d'entrer dans le salon du marié.

Il ne voulait pas qu'elle découvre ce qui se passait à l'intérieur. Elle était déjà bouleversée par la scène de carnage dans sa jolie petite chapelle. Il était hors de question qu'elle voie Nikki blessée.

Ou pire.

Des coups de feu claquèrent. Les gens qui étaient encore là se ruèrent vers la sortie, trébuchant sur les corps dans leur hâte. Pourtant, ils n'avaient aucune raison d'avoir peur. Les détonations venaient de la pièce où il se rendait.

Il tourna la poignée, en vain. C'était verrouillé.

A l'intérieur, la femme hurla de nouveau. Woodrow fit un pas en arrière puis donna un violent coup de pied dans le battant. Il y eut un craquement de bois, et la porte s'ouvrit.

— Nikki ?

C'était forcément elle. Gage avait caché Megan. Rien n'avait pu lui arriver.

C'était la fille de Penny qui était en danger — à cause de lui, parce qu'il avait accepté qu'elle se sacrifie pour protéger la sienne. S'il lui arrivait malheur, Penny ne le lui pardonnerait jamais.

Il ne se le pardonnerait pas non plus.

Nikki n'était pas un de ses agents. Elle n'était même pas réellement garde du corps. Elle n'aurait pas dû se charger d'une mission aussi dangereuse.

— Nikki !

Une rafale de détonations lui répondit. Le vacarme lui parut assourdissant, si proche qu'il sentit une brûlure. Avec un choc, il comprit qu'il avait été touché.

Avant d'entrer au FBI, il avait été dans les commandos. Au cours de sa carrière, il avait participé à des dizaines d'opérations périlleuses, mais c'était la première fois qu'il était blessé. Pas un instant il n'avait imaginé qu'il pourrait avoir besoin d'un gilet pare-balles au mariage de sa fille. Il aurait dû être mieux préparé… Il aurait dû savoir que tout pouvait arriver, même dans la chapelle de Penny.

La chaleur irradiait dans son torse. Perdait-il du sang ou était-il en train de faire une crise cardiaque ? Il leva la main et la porta à sa poitrine. Un filet rouge et poisseux coulait entre ses doigts.

Ses genoux se mirent à trembler, menaçant de se dérober sous lui. Il recula sur le seuil pour ne pas être touché de nouveau.

Peut-être cela ne ferait-il aucune différence.

Parfois, une seule balle suffisait.

Enfermée dans son réduit, Megan n'aurait pas dû entendre les coups de feu. Pour une raison étrange, ils résonnaient dans l'espace restreint, comme si on tirait juste au-dessus de sa tête. Pourtant, la chapelle se trouvait de l'autre côté, au-dessus de l'entrée du passage souterrain.

Gage l'avait cachée là pour qu'elle soit en sécurité. Mais chaque détonation la faisait tressaillir d'effroi, comme si elle s'attendait à sentir la balle pénétrer dans sa chair.

Grâce à Gage, elle ne risquait rien. En revanche, tous les autres étaient en danger.

Gage.

Son père.

Les Payne.

Richard ? Etait-il en danger ?

Elle palpa le corsage de sa robe. Comment avait-elle pu ne s'apercevoir de rien ? La réponse était simple : elle n'y avait guère accordé d'attention.

Elle aurait voulu porter la robe de sa mère, mais Richard, qui jusque-là n'avait jamais manifesté le moindre intérêt pour la mode, avait tenu à concevoir sa robe de mariée. Bien que surprise, elle n'avait pas voulu le contrarier.

Au fond, à l'époque, cela lui avait paru sans importance. Plus rien ne pouvait être parfait, puisqu'elle pensait que Gage était mort.

Et maintenant ? Etait-il encore vivant ?

Il avait juré de la protéger, et cette mission serait sans doute la plus dangereuse de toutes. Pourquoi Richard avait-il fait une chose pareille ?

Il fallait qu'elle sorte de là, qu'elle avertisse Gage, son père et Nikki, s'il n'était pas déjà trop tard. Richard n'était pas l'homme que tous croyaient.

Peut-être le savaient-ils déjà. Un nouveau coup de feu lui fit relever la tête, et elle comprit qu'il devait y avoir un haut-parleur au-dessus de sa tête. Mme Payne, qui pensait à tout, avait dû faire installer un système audio pour suivre ce qui se passait dans la chapelle quand elle se trouvait dans son bureau.

Megan entendait les tirs, mais aucune voix ne lui parvenait. Quelqu'un avait-il été blessé ? Ou tué ?

Elle ne pouvait qu'imaginer le pire.

Gage étendu sans vie dans la chapelle, ses beaux yeux verts déjà voilés par la mort… Gage mourant sans savoir à quel point elle l'avait aimé. Sans savoir qu'elle l'aimerait toujours.

Elle ne pouvait pas le perdre.

Elle se remit à batailler avec le lien en plastique puis se souvint de la vitre brisée. Elle trouva l'arête déchiquetée et frotta le lien dessus. Le verre lui griffa les poignets, mais elle n'en avait cure. Quelques secondes plus tard, elle avait les mains libres.

Un soupir de soulagement qui résonna dans le réduit lui échappa. Elle pouvait sortir, à présent. Elle tâtonna encore, à la recherche d'une poignée, d'un système qui permette d'ouvrir la porte, mais ne trouva rien.

Peut-être que si elle la poussait…

Au même moment, quelqu'un de l'autre côté ouvrit le battant. On l'avait trouvée ! Elle n'eut pas le temps de ramasser un morceau de verre qui aurait pu lui servir d'arme, pas le temps de se protéger du danger.

Par conséquent, elle opta pour la seule stratégie dont elle disposait : elle se jeta tête baissée contre la personne qui l'avait découverte, bien résolue à se défendre jusqu'au bout.

Pas pour sa vie, mais pour aider les autres.

Pour sauver Gage.

21

Des poings rageurs martelaient son torse et ses épaules. Des coups de pied lui meurtrissaient chevilles et tibias. Gage saisit à bras-le-corps la tornade de dentelle, brocart et strass, et la serra étroitement contre lui.

— Hé ! Calme-toi ! fit-il, stupéfait par sa violence. Je t'ai enfermée là pour te protéger.

Et pour se protéger, lui. S'il avait pensé qu'elle était en danger, il n'aurait pas pu se concentrer. Et peut-être D l'aurait-il abattu plutôt que le contraire.

Enfin, Megan cessa de se débattre et murmura son nom dans un souffle qui lui caressa le cou.

Ainsi, lorsqu'elle s'était ruée dehors, elle ignorait que c'était lui. Elle avait cru que quelqu'un d'autre l'avait découverte et l'attaquait.

Il lui encadra le visage de ses mains et l'inclina vers lui. Des larmes brillaient dans ses yeux ; elle avait dû être terrifiée. Il se pencha et lui effleura les lèvres d'un baiser.

— Tout va bien. C'est moi.

Elle frémit contre lui et lui rendit son baiser avec fougue, nouant les bras autour de son cou.

— Tu vas bien !

Il comprit qu'elle n'avait pas eu peur pour elle mais pour lui.

— Oui, ne t'inquiète pas.

Malgré tout, elle s'écarta et promena les mains sur lui, comme pour s'assurer qu'il disait vrai.

— Tu n'es pas blessé.

Au grand dam de Gage, elle, en revanche, l'était. Il prit doucement ses mains dans les siennes. Du sang avait coulé de ses poignets, imprégnant la dentelle de ses manches. Elle avait dû tant lutter pour se détacher qu'elle s'était fait mal. Une bouffée de remords et de regret l'envahit.

— Excuse-moi. Je n'aurais pas dû t'attacher.

Il ne s'était pas douté qu'elle serait si résolue à s'enfuir.

Elle secoua la tête.

— Je l'ai fait avec le verre brisé.

Il jeta un coup d'œil par-dessus son épaule.

— Pourquoi voulais-tu tellement te libérer ?

— J'ai entendu les coups de feu…

Sa voix s'étrangla.

— … Et j'ai pensé que tu avais été blessé.

Il secoua la tête. Il avait eu de la chance, mais la fusillade continuait. Une nouvelle détonation retentit dans le haut-parleur de Penny.

— Et mon père ? Et les Payne ?

Il attendit qu'elle mentionne Richard, mais elle ne le fit pas. L'étau qui lui comprimait la poitrine se desserra un peu. Il n'avait pas cherché Richard. Il ignorait s'il avait été blessé.

Ou pire.

Après avoir neutralisé D, il ne s'était pas soucié des autres. Troublé par les ultimes paroles du mourant, il n'avait songé qu'à Megan.

— Il faut qu'on sorte d'ici, dit-il. C'est encore trop dangereux.

La plupart des hommes qui gardaient la chapelle avaient dû entrer. Tôt ou tard, ils viendraient fouiller le sous-sol. Certes, il pouvait leur tirer dessus, mais il ne voulait pas que Megan se retrouve prise entre deux feux.

Quand il passa un bras autour de ses épaules pour l'emmener, elle se raidit.

— Non, protesta-t-elle. On ne peut pas partir.

— Il le faut, insista-t-il en l'attirant vers lui pour la faire avancer.

Elle recommença à résister. Cette fois, sachant que c'était lui, elle ne donna ni coups de pied ni coups de poing mais se plaqua contre lui pour l'immobiliser. Submergé de désir, il sentit son corps se raidir.

— Megan…

— Je ne m'en irai pas. Pas avant d'être sûre que mon père va bien.

— C'est lui qui m'a dit de te faire sortir d'ici.

— Tu n'es plus sous ses ordres, lui fit-elle remarquer. Tu n'es pas obligé de lui obéir.

— Ce n'est pas seulement pour lui que je veux te protéger.

Elle rougit, gênée.

— C'est vrai. Tu es garde du corps. Tu as une mission à remplir.

La protéger n'était pas une mission à ses yeux, mais une nécessité. Ignorant ses protestations, il la souleva et la hissa sur son épaule à la manière d'un pompier, puis sortit du bureau et se dirigea vers le passage secret.

Arrivé à l'entrée du tunnel, il dut la déposer, car il ne pouvait pas la porter à l'intérieur — il pouvait à peine s'y tenir debout. Par mesure de sécurité, il la tint fermement par la main pour l'empêcher de fuir.

Ils longèrent le boyau étroit et obscur qui lui rappelait douloureusement celui par lequel il s'était évadé quelques mois plus tôt. L'espace confiné et l'odeur d'humidité le faisaient suffoquer. Il savait aussi que, s'ils étaient découverts, leurs adversaires n'auraient qu'à tirer dans le tunnel pour les tuer tous les deux. Ils étaient particulièrement vulnérables, ici.

Il serrait la main de Megan dans la sienne, la tirant derrière lui. Sa chaleur le rassérénait. Cette fois, il n'était pas seul.

Pourtant, il aurait préféré être seul plutôt que de risquer la vie de Megan avec la sienne.

— Gage, murmura-t-elle, ça va ?

Elle avait dû entendre sa respiration saccadée ou peut-être même les battements frénétiques de son cœur. Il cognait si fort que cela n'aurait rien eu d'étonnant. A moins qu'il n'ait serré sa main trop fort et lui ait fait mal. Elle était blessée… Il se força à relâcher sa prise.

Elle pressa ses doigts en retour, lui offrant un réconfort qui lui avait cruellement manqué ces six derniers mois. Seigneur ! Comme elle lui avait manqué !

Sa main tremblait dans la sienne. Elle avait peur. Elle était consciente du danger.

Soudain, ses pires craintes se réalisèrent. Au bout du passage, une silhouette qui se découpait à contre-jour les attendait, le canon de son pistolet pointant vers eux. Gage se félicita d'être devant. Les balles l'atteindraient le premier.

Eblouie par le soleil de l'après-midi, Megan cilla. Elle n'avait passé que quelques minutes dans le tunnel, mais l'obscurité avait été intense.

Elle focalisa son regard sur Gage qui, livide, venait de s'agenouiller sur le sol pavé de la cour. Il inspira une profonde goulée d'air, comme s'ils avaient passé des heures dans le souterrain. Elle comprit soudain que leur évasion avait réveillé d'affreux souvenirs.

— De l'oxygène ! Apportez de l'oxygène tout de suite, bon sang ! ordonna un homme aux cheveux bruns.

Elle reconnut Nicholas Rus. Par chance, Gage aussi l'avait reconnu avant d'ouvrir le feu sur lui.

Quelqu'un courut vers elle, et des bras minces l'enlacèrent.

— Dieu merci, tu es saine et sauve ! s'écria Ellen, soulagée. Je me faisais un sang d'encre…

— Je vais bien, assura-t-elle, avant de se dégager pour se retourner vers Gage. Ça va ?

Il inspira de nouveau à fond et acquiesça. Puis il se releva et redressa les épaules, manifestement délivré de son cauchemar. Il s'adressa à son meilleur ami.

— Qu'est-ce que tu fabriquais, bon sang ?

— Je n'arrivais pas à le joindre, expliqua Ellen, les larmes aux yeux. Son téléphone était sur répondeur. Et tu m'avais dit de ne pas appeler la police, de ne faire confiance qu'à Nick.

Quelles épreuves Gage avait-il endurées pour ne faire confiance à personne excepté son meilleur ami ? Etait-elle à blâmer ? Réagissait-il ainsi parce qu'il avait eu confiance en elle et qu'elle lui avait brisé le cœur ?

Elle comprenait enfin l'étendue du mal qu'elle avait fait en choisissant de croire d'autres que lui. Evidemment, elle ne pouvait pas se douter alors que Richard était indigne de sa confiance. Elle avait encore du mal à le croire…

— C'était une erreur de ma part, grogna Gage. Mais je ne pouvais pas savoir qu'il serait assez irresponsable pour éteindre son fichu téléphone !

— Je n'avais pas le choix. Ta sœur m'aurait découpé en rondelles si j'avais répondu à des appels pendant qu'elle accouchait.

— Quoi ?

Gage écarquilla les yeux.

— Annalise a eu son bébé ? Elle va bien ?

Nick hocha la tête.

— Oui, sauf qu'elle t'en veut à mort de ne pas répondre au téléphone.

— Les signaux étaient brouillés…

— Je sais, coupa son beau-frère. J'ai compris que quelque chose clochait avant même de recevoir les messages d'Ellen. Penny non plus ne répondait pas.

— Elle est toujours à l'intérieur. Avec Nikki.

— Et papa.

Des larmes brillèrent de nouveau dans les yeux d'Ellen. Ils étaient bleus, comme ceux de leurs parents. Megan était la seule à être brune aux yeux foncés. Elle avait compris en cours de biologie ce que cela signifiait sans doute, mais n'avait jamais eu le courage de demander à quiconque de le confirmer.

Elle ne voulait pas savoir.

Peu importait si Woodrow Lynch n'était pas son père biologique.

Il était le seul parent qu'elle ait jamais connu, et elle ne voulait pas le perdre.

Mais n'était-il pas trop tard ?

Saisie d'angoisse, elle se dirigea vers la petite chapelle blanche.

Gage la rattrapa et la retint.

— Où vas-tu ? Nous allons te conduire en lieu sûr. Tu ne vas pas retourner là-bas.

— Mais…

— C'est trop dangereux.

— Pour mon père aussi.

Nicholas Rus lâcha un petit rire.

— Rien n'est trop dangereux pour votre père. C'est le meilleur agent que je connaisse.

Gage acquiesça. Ces deux hommes respectaient infiniment Woodrow Lynch. Elle poussa un léger soupir de soulagement.

— Il est plus en sécurité que toi, ajouta Gage. Le type qui se faisait appeler D…

— Derek Nielsen, précisa Nick. Il s'est évadé de prison il y a quelques jours.

— Comment le sais-tu ? demanda Gage, interdit.

— Un des gars que nous avons capturés nous a expliqué qui avait monté l'opération.

Gage secoua la tête.

— Je ne crois pas que ce soit lui.

— Non. C'est sa femme, Andrea Nielsen.

Megan ne put réprimer un frisson.

— Juste avant de mourir, Nielsen a dit que le vrai danger ne venait pas de lui…

— Que voulait-il dire par là ?

— Que nous ne pouvons nous fier à personne, répondit Gage. Il faut que j'emmène Megan en lieu sûr.

— Non, protesta-t-elle. Je ne partirai pas avant de savoir si mon père va bien.

— Megan, intervint sa sœur, s'il t'arrive quelque chose, il

sera anéanti. Ça le détruira. Tu le sais. Et tu sais qu'il se fierait à Gage pour te protéger.

Ellen se tourna vers Gage et le regarda droit dans les yeux.

— Je te fais confiance. Veille sur ma petite sœur.

— Tu peux compter sur moi.

— Tu sais où l'emmener ? demanda Nick.

Gage hocha la tête.

Il attendit que l'un des hommes de Nick ait fini de panser les poignets de Megan, qui heureusement n'avait que des coupures superficielles, puis lui passa un bras autour des épaules. Lorsqu'il voulut l'entraîner, elle résista, songeant qu'elle devait parler à Nick de la robe et de Richard. Mais, soudain, Gage prononça des paroles qui lui rappelèrent l'essentiel :

— Ne vous inquiétez pas pour nous. L'important, c'est que vous entriez pour sauver les autres.

— On y va, dit Nick.

C'était le plus important, en effet. Elle expliquerait tout à Gage et laisserait Nick et ses hommes se concentrer sur leur mission.

— A propos, comment s'appelle mon neveu ? lança Gage avant de partir.

En dépit de la situation, le visage de Nick se fendit d'un sourire.

— Woodrow Gage Payne.

Nikki se pencha et tâta le cou de la femme à la recherche d'un pouls, en vain.

Elle était morte.

Andrea levait vers elle un regard vide, le choc et la haine encore visibles sur ses traits. Peut-être avait-elle cru jusqu'au bout qu'elle serait incapable de la tuer. Mais Nikki n'avait pas eu le choix. Ç'avait été Andrea ou elle.

Elle baissa les yeux sur la robe de mariée de sa mère, à l'affût de traces de sang. N'avait-elle pas été touchée ? Compte tenu de toutes les balles qui avaient été tirées, comment se faisait-il que pas une n'ait atteint sa cible ?

Elle entendit un gémissement étouffé et reporta aussitôt son attention sur la silhouette étendue sur le sol. S'était-elle trompée ? Andrea était-elle encore en vie ?

Non. Andrea était bel et bien morte, les doigts encore crispés sur son arme.

Le gémissement se mua en cri d'alarme. Nikki fit volte-face et découvrit sa mère, pâle comme un linge et les yeux écarquillés, sur le seuil.

— Maman ! Ça va ?

Si sa mère était arrivée quelques secondes plus tôt, elle aurait pu être touchée par une balle perdue.

Après l'avoir tirée dans le salon d'habillage, Andrea avait refermé et verrouillé la porte. Nikki se souvenait vaguement que celle-ci s'était ouverte peu après à la volée et qu'Andrea avait fait feu dans cette direction avant de se retourner vers elle.

C'était alors que Nikki l'avait tuée. Elle avait dû l'atteindre en plein cœur, car la mort avait été instantanée.

Sa mère avait-elle assisté à la scène ?

— Je n'ai pas eu le choix, maman. J'ai été obligée de la tuer.

— Je sais, dit Penny. Mais tu ne l'as pas fait assez tôt.

L'estomac de Nikki se noua. Quelqu'un avait été blessé. Un de ses frères ? Avaient-ils finalement réussi à s'introduire dans la chapelle ?

— Qui ? demanda-t-elle d'une voix étranglée.

Des larmes roulèrent sur les joues de Penny.

Nikki s'avança et jeta un coup d'œil dans le couloir. Logan et Parker, debout près des portes du vestibule, s'entretenaient avec un policier en uniforme.

Garek et Milek Kozminski étaient là aussi, mais se tenaient à l'écart de la police. Ils avaient leurs raisons de garder leurs distances.

Où était Cooper ? Et Nick ?

Elle fit un pas de plus, et sa mère se jeta dans ses bras, bouleversée.

Interdite, Nikki la serra contre elle. Que s'était-il passé ? Nick avait-il été touché ?

Elle jeta un nouveau coup d'œil par-dessus l'épaule de sa mère. Des ambulanciers se penchaient sur un homme étendu dans le couloir.

— Qui est-ce ?

— Woodrow, fit sa mère, d'une voix étranglée. Woodrow est blessé.

Une bouffée de remords et de regret envahit Nikki. Elle ne regrettait pas d'avoir tué Andrea. Au contraire, elle s'en voulait de ne pas l'avoir fait plus tôt. Cette garce avait peut-être entraîné un homme dans la mort.

Un homme qui comptait beaucoup pour sa mère.

Penny avait déjà tant perdu.

Elle ne pouvait pas perdre Woodrow aussi.

22

Quand la porte blindée coulissa derrière eux, Gage poussa un soupir de soulagement. L'ancien entrepôt converti en loft arborait toujours murs en brique apparente, poutrelles métalliques et sol en béton. Le décor avait son charme, mais il appréciait surtout le système d'alarme ultra sophistiqué conçu par les Kozminski, célèbres voleurs de bijoux en leur temps. Quelque mois plus tôt, Nick y avait amené sa sœur, Annalise, afin qu'elle soit en lieu sûr.

Gage avait fait de même avec Megan. Il espérait qu'elle y serait en sécurité, même si les paroles de Derek Nielsen ne cessaient de résonner à ses oreilles.

« Le vrai danger ne vient pas de moi... »

Comme si elle avait lu dans ses pensées, Megan frissonna. A moins qu'elle n'ait froid ? Il pressa quelques touches sur le boîtier de contrôle, vérifia que portes et fenêtres étaient bloquées, puis augmenta le thermostat.

— Il va bientôt faire plus chaud.

Elle secoua la tête.

— Peu importe. Nous ne pouvons pas rester ici.

— Si. Personne ne peut entrer ici. Tu n'as rien à craindre.

Sauf lui. Il la désirait plus que jamais.

La manière dont il avait été affecté par le tunnel lui avait prouvé qu'il n'était plus le même homme. Certes, il allait de mieux en mieux et n'avait pas souffert de flash-back durant la fusillade, mais il avait bien failli craquer dans ce boyau. Si Megan n'avait pas été là pour lui tenir la main, il aurait peut-être cédé à la panique.

Elle lui avait temporairement apporté du réconfort, mais il ne pouvait compter sur elle pour réparer ses blessures. Depuis son évasion, il avait lutté pour les surmonter. Bien qu'il ait accompli des progrès, il ne serait plus jamais le même. Voilà pourquoi il devait renoncer à Megan : il ne serait pas juste de lui imposer un tel fardeau.

Ses grands yeux s'emplirent de larmes.

— Qu'y a-t-il, Megan ? Tu penses être toujours en danger ?

Elle se mordit la lèvre et acquiesça.

Il la regarda, l'estomac noué par le désir. Il mourait d'envie de mordiller sa lèvre inférieure, de goûter sa bouche. Après l'épreuve du tunnel, il sentait sa volonté le déserter.

Incapable de résister à la tentation, il se pencha et prit ses lèvres.

Il l'embrassa exactement comme il en avait envie. Ardemment. Passionnément. Et elle lui rendit son baiser, les bras passés autour de son cou, l'attirant vers elle, lui offrant timidement sa bouche.

Mais il voulait davantage.

Il brûlait de la prendre, de s'enfouir au plus profond d'elle, d'éprouver ce lien exceptionnel qui les unissait naguère, lorsqu'ils faisaient l'amour.

Elle le lâcha alors et recula d'un pas. Gage, qui jusque-là ne s'était même pas rendu compte qu'il l'avait enlacée, laissa retomber ses bras le long de son corps. Il prit une longue inspiration pour se ressaisir.

Elle était fiancée à un autre homme. Si la chapelle n'avait pas été prise d'assaut, elle serait à présent l'épouse de Richard. Elle serait sur le point de partir en lune de miel.

Cette pensée lui fit l'effet d'un coup de poing dans le ventre.

Megan ne lui appartenait plus.

— Pardon, murmura-t-il.

Il n'aurait pas dû l'embrasser ; il n'en avait pas le droit.

— N'aie pas peur, ajouta-t-il.

Elle jeta un coup d'œil en direction de la porte blindée.

— Tu as dit que nous étions en sécurité, ici.

— Oui. Je ne veux pas que tu aies peur de moi.

— Je n'ai pas peur de toi, répondit-elle trop vite.

— Tu devrais.

Elle l'avait vu tuer un homme à mains nues et avait été témoin de son malaise dans le tunnel. Elle devait savoir qu'il avait abattu plusieurs hommes lors de la fusillade. Elle aurait été folle de ne pas avoir peur de lui.

Ses lèvres esquissèrent un petit sourire triste.

— J'ai eu peur de toi, avant, avoua-t-elle.

— Quand ?

Jamais elle ne l'avait montré. Cela dit, elle était beaucoup plus courageuse qu'il ne l'avait soupçonné.

— La première fois que nous nous sommes vus. Chez mon père. J'étais terrifiée.

— Vraiment ? Pourquoi ?

— A cause de la manière dont tu me regardais.

Il pouvait se l'imaginer. Sans doute l'avait-il dévorée des yeux. Et sans doute la regardait-il de la même manière à présent, parce qu'il la désirait encore plus qu'alors.

Elle frissonna de nouveau.

— Personne ne m'a jamais regardée comme ça.

Elle déglutit.

— Ni avant… Ni depuis.

Gage s'autorisa enfin à poser la question qui le torturait.

— Dans ce cas, pourquoi as-tu accepté d'épouser Richard ?

— Parce que… je me sentais en sécurité avec lui. Je croyais qu'il ne me ferait jamais de mal…

Gage décela un doute dans sa voix.

— Tu ne le crois plus ?

Elle prit une brève inspiration.

— J'ai quelque chose à te dire.

— Quoi ? demanda-t-il, l'estomac noué.

— Je vais te le dire. Mais d'abord, il faut que tu m'aides à enlever cette robe.

La passion qui faisait briller les yeux verts de Gage était telle que le cœur de Megan se mit à battre à toute allure. Il s'avança vers elle, pensant sans doute qu'elle voulait ôter sa robe pour faire l'amour avec lui. Elle ouvrit la bouche pour s'expliquer, mais aucun mot n'en sortit. Elle désirait Gage, elle aussi.

Finalement, il garda les bras le long du corps et secoua la tête.

— Ce n'est pas une bonne idée.

Elle en était consciente. Elle avait peur de lui, peur des sentiments qu'il éveillait en elle. Des sentiments trop forts. Trop intenses.

— Je ne peux pas la garder, dit-elle néanmoins.

Il eut un mouvement de recul, comme si elle venait de lui jeter un seau d'eau glacée.

— Je sais. Ça fait des heures que tu veux la retirer.

A présent qu'elle savait ce que cette robe représentait réellement, elle le voulait plus encore. Et dire que, dès le départ, elle n'avait pas eu la moindre envie de la revêtir…

— Je t'en prie. Aide-moi.

Il porta la main à sa poche et en retira un couteau qui se déplia avec un claquement.

— Tourne-toi.

Elle pivota et lui présenta son dos. Il enfouit les mains dans ses cheveux et les souleva afin de dégager sa nuque. Elle vint à son aide, maintenant sa chevelure en place pour qu'elle ne le gêne pas.

— Dommage que j'aie perdu toutes mes épingles, marmonna-t-elle.

— Je te préfère ainsi.

Une vague de chaleur l'envahit. Elle le revit en train de dénouer ses cheveux comme il l'avait fait tant de fois par le passé. Il aimait voir ses boucles danser librement sur ses épaules ; il trouvait cela incroyablement sexy.

Elle sentait ses doigts à travers le tissu. Elle avait hâte d'être délivrée de cette robe. Elle voulait que rien ne sépare sa peau de celle de Gage, et surtout pas cette satanée robe.

— Je vais couper ces petits nœuds qui retiennent les boutons.

Ceux-ci tombèrent sur le sol en tintant. Elle prit une brusque inspiration.

— Attends !

Ces boutons étaient-ils pareils à ceux qui ornaient son corsage ? Elle les vit rouler et disparaître sous le canapé en cuir.

— Tu as changé d'avis ? Tu veux la garder ?

— Sûrement pas ! répondit-elle avec fougue.

Gage émit un petit rire, du moins un petit bruit qu'elle prit pour tel. Mais peut-être s'était-elle trompée car, quand la robe tomba à ses pieds et qu'elle se retourna vers lui, il ne riait pas, loin de là.

Son visage était tendu, un muscle tressautait dans sa mâchoire crispée. Il la regardait comme lui seul savait la regarder ; un désir intense se lisait dans ses yeux. Plus que du désir. Du besoin.

Elle reconnut cette émotion-là parce qu'elle la partageait. Quand il tendit les bras vers elle, elle oublia la robe et les diamants. Sans un mot, il la souleva et la porta jusque dans la chambre.

Il l'étendit sur le lit, puis l'embrassa. Ses lèvres se pressèrent contre les siennes, chaudes et insistantes.

Se cramponnant à son cou, elle lui rendit son baiser. Elle ne portait plus qu'un slip et un soutien-gorge en soie tandis qu'il était encore en smoking. Impatiente de sentir sa peau, elle tira sur les pans de sa chemise.

Il retint ses mains.

— Gage…, protesta-t-elle, atterrée.

Il ne pouvait la laisser ainsi, submergée de désir au point qu'elle en tremblait.

Avec un soupir, il appuya son front contre le sien.

— Je ne crois pas pouvoir m'arrêter…

— Oh ! Je pensais…

— Je voulais juste me débarrasser de ça.

Il retira sa veste et la laissa tomber sur le sol à côté du lit. Il fut plus prudent avec son holster et son pistolet, qu'il déposa sur la table de chevet.

Quelques secondes plus tard, il était nu devant elle.

Les stores étaient tirés, si bien que seule la lumière provenant du salon éclairait faiblement la chambre. Cependant, en dépit de la pénombre, elle distinguait les cicatrices qui zébraient son corps.

Il surprit son regard et se raidit.

— Pardon, murmura-t-il. J'avais oublié.

Il tendit la main vers sa chemise, mais elle arrêta son geste.

— Je suis contente, souffla-t-elle.

— Contente que j'aie été blessé ?

Pas seulement blessé. Torturé.

— Contente que, pendant quelques instants, tu aies pu oublier ce que tu as enduré.

Quant à elle, elle ne pensait pas pouvoir oublier combien il avait souffert. Ni qu'elle avait failli le perdre.

Elle le regarda, songeuse. Etait-il vraiment là ? Le Gage qu'elle aimait avait-il disparu pour toujours ?

— Je n'oublierai sûrement jamais. Ni ce que j'ai vu ni ce que j'ai dû faire pour survivre.

Elle frissonna.

— Je ne suis pas l'homme dont tu te souviens.

Il tendit de nouveau la main vers sa chemise, résolu à la remettre et à dissimuler ses cicatrices.

Et peut-être les blessures de son âme.

Cette fois encore, elle retint son geste puis se pencha et l'embrassa.

— Tu as changé, admit-elle. Mais j'ai changé, moi aussi.

Gage esquissa un léger sourire.

— Tu ne me connais plus.

— Je sais que tu es l'homme que je veux.

Pas seulement ce soir, mais pour toujours.

Il acquiesça.

— Nous avons besoin l'un de l'autre, dit-il, comme s'il essayait de s'en persuader. La journée a été rude.

Sur quoi il referma ses bras autour d'elle et l'attira à lui.

Même avec ces cicatrices, il était magnifique. Puissant et musclé.

Elle se frotta contre lui tandis qu'il dégrafait son soutien-gorge.

L'instant d'après, il se détacha d'elle pour capturer la pointe d'un sein avec sa langue. Il les lécha et les titilla tour à tour, décuplant le désir de Megan.

— Gage…

— Il y a si longtemps… Je ne vais pas tenir.

Néanmoins, il prit son temps avec elle. Il lui retira son slip et la caressa des mains et des lèvres, s'assurant qu'elle était prête à l'accueillir. Elle frissonna, secouée par le plaisir.

Il y avait si longtemps, en effet. Elle n'avait fait l'amour avec personne depuis leur rupture. Elle avait dit à Richard qu'elle voulait attendre le soir de leurs noces. Maintenant, elle savait qu'elle n'aurait pas pu faire l'amour avec lui. Elle ne l'avait pas aimé.

Elle n'avait aimé que Gage.

Il lui écarta les jambes et la pénétra lentement. Elle s'arqua à sa rencontre et se mordit la lèvre.

Il s'immobilisa.

— Je t'ai fait mal ?

Elle secoua la tête.

— Non. Ça fait longtemps, c'est tout.

Il fronça les sourcils et la regarda, une lueur de surprise — et d'espoir — dans les yeux.

— Il n'y a eu personne d'autre que toi.

— Tu n'es pas obligée de me mentir.

— Je ne t'ai menti qu'une seule fois, murmura-t-elle. Quand je t'ai dit que je ne t'avais jamais aimé. C'est le seul mensonge que je t'ai raconté.

Comme submergé par l'émotion, il ferma les yeux.

— Megan…

Il avait dit n'être plus le même homme. Pourtant, rien n'avait changé. Leurs corps s'épousaient toujours parfaitement, comme s'ils avaient été faits l'un pour l'autre.

Elle suivit son rythme, consciente de la tension qui montait inexorablement au creux de son ventre. Gage allait et venait lentement, déposant des baisers sur ses lèvres, son cou et ses épaules, taquinant aussi ses mamelons.

— Gage…, souffla-t-elle, au bord du précipice.

Alors, il glissa une main entre eux et effleura du pouce le centre de sa féminité. Secouée par le plaisir, elle cria son nom.

A son tour, il s'abandonna à l'extase, après quoi il se détacha d'elle et se laissa tomber à son côté.

Se sentant soudain glacée, elle frissonna. Un instant plus tôt, ils étaient si proches qu'ils semblaient ne faire qu'un.

Puis il passa un bras sous ses épaules et l'attira contre lui, en même temps qu'il posait sa main libre sur sa hanche.

— Gage ? fit-elle au bout d'un instant.

Il avait les yeux clos. Son menton, recouvert d'une barbe naissante, paraissait moins crispé dans son sommeil. Elle n'eut pas le cœur de le réveiller pour lui dire ce qu'étaient vraiment les ornements de strass.

Elle se laissa aller contre son épaule. Elle savait qu'elle était encore en danger à cause de cette robe mais là, au creux des bras de Gage, elle se sentait en sécurité.

Mère de trois hommes qui mettaient régulièrement leur vie en danger pour protéger celle des autres, Penny avait connu plus que sa part de visites à l'hôpital. Mais jusqu'à présent, jamais elle n'avait fait les cent pas dans la salle d'attente pour quelqu'un qui n'était pas un membre de sa famille.

Nick, Logan, Cooper et Parker étaient là, ainsi que les frères Kozminski. Tous attendaient avec elle, le regard plein de sollicitude et d'incompréhension.

Ils se demandaient pourquoi elle était aussi bouleversée. Elle se le demandait aussi. Ce n'était pas comme si elle connaissait particulièrement bien Woodrow Lynch. Ils s'étaient rencontrés un peu plus d'un an auparavant, mais il vivait à Chicago et elle à River City. Ils n'étaient jamais sortis ensemble.

Il ne l'avait pas invitée. Et, s'il l'avait fait, elle n'était pas sûre qu'elle aurait accepté. Elle s'était déjà trouvée dans cette situation ; elle ne voulait pas aimer un homme qu'elle risquait de perdre à cause de sa carrière.

Son mari était mort avant même d'arriver à l'hôpital. Sa disparition avait été brutale. Peut-être était-ce pour cette raison qu'elle ne se rappelait pas avoir souffert autant qu'à présent. Elle lui avait pardonné son infidélité, mais elle n'avait plus jamais pu lui faire totalement confiance ni l'aimer librement après cela.

Non qu'elle soit amoureuse de Woodrow Lynch. C'était impossible.

Certes, c'était un homme remarquable, un excellent père, visiblement adoré par ses deux filles. Ellen, souffrant de nausées matinales, était affaissée sur une chaise, le bras de son mari autour de ses épaules. Ils avaient déposé leurs petites filles chez les parents de ce dernier plus tôt, lorsque Gage les avait renvoyés de la chapelle.

Les agents de Woodrow étaient tous là, eux aussi. Non seulement ils respectaient leur chef, mais ils lui vouaient une affection sincère.

Aucun agent n'était plus attaché à lui que Nicholas Rus. Ou plutôt Nicholas Payne, à présent, puisqu'il avait fini par prendre le nom de son père, accédant ainsi au souhait de Penny. Et il avait baptisé son fils Woodrow.

Justement, Nick se dressa devant elle, de sorte qu'elle dut cesser d'arpenter la pièce. A la seconde où elle s'immobilisa, l'angoisse s'empara d'elle. Son fils adoptif la prit dans ses bras et la serra contre lui tandis qu'elle éclatait en sanglots.

Elle ne voulait pas perdre Woodrow — pas alors qu'elle venait de comprendre ce qu'elle éprouvait pour lui.

23

Quelque chose de doux caressait le menton et le cou de Gage. Il ouvrit les yeux et vit la tête de Megan nichée contre son épaule. Son cœur se gonfla d'amour pour elle.

C'était dans cette position qu'ils dormaient naguère, quand il parvenait à la persuader de passer la nuit chez lui. Cela semblait si naturel, si normal, de s'endormir avec elle au creux de ses bras.

Peut-être était-ce l'absence de Megan qui l'avait empêché de trouver le sommeil depuis son évasion. En tout cas, il y avait une éternité qu'il n'avait pas dormi aussi profondément.

En jetant un coup d'œil à sa montre, il se rendit compte que deux heures seulement s'étaient écoulées. Mais, pour lui, c'était déjà beaucoup.

Il ne devait pas s'habituer à avoir Megan dans ses bras. Même si elle voulait renouer avec lui, il ne lui permettrait pas de faire un tel sacrifice. Parce qu'il l'aimait, il ne pouvait lui imposer une vie au côté de l'homme brisé qu'il était.

D'ailleurs, rien ne prouvait qu'elle désirait vraiment être avec lui. Elle avait simplement traversé une épreuve et eu besoin de quelqu'un. Il avait été là pour elle.

Qu'était-il advenu de Richard ?

Etait-il sorti vivant de la chapelle ?

Il attrapa sa veste et sortit son téléphone de sa poche. En voyant l'écran noir, il ne put réprimer un juron. Le brouilleur avait eu raison de sa batterie. Par chance, un chargeur se trouvait à côté du lit. Il se hâta de le brancher.

— Qu'est-ce que tu fais ? demanda Megan d'une voix ensommeillée.

— Mon portable est complètement mort. Il va me falloir un petit moment pour le recharger.

Elle hocha la tête, puis prit une inspiration.

— C'est bien. J'ai quelque chose à te dire avant.

— Quoi ?

— Je sais pourquoi ces hommes ont attaqué la chapelle.

Il se raidit.

— C'était à cause de toi ?

— Je n'ai rien fait, rétorqua-t-elle, sur la défensive. Ce n'était pas vraiment moi qu'ils voulaient.

— Pourtant…

Elle pressa les doigts sur ses lèvres pour le faire taire.

— Ce n'était pas moi. Ils voulaient ma robe.

Il émit un petit bruit dédaigneux. Megan aurait été belle vêtue d'un sac, mais cette robe ne lui ressemblait pas. Elle était trop prétentieuse, trop ostentatoire à son goût.

— Je trouvais que le strass était de mauvais goût, reprit-elle.

— Dans ce cas, pourquoi l'as-tu choisie ?

— Ce n'est pas moi qui l'ai choisie. C'est Richard.

L'estomac de Gage se noua, et une bouffée de colère monta en lui. Jamais il n'aurait eu l'arrogance de dicter à Megan ce qu'elle devait porter le jour de son mariage. Il n'aurait désiré qu'une chose : qu'elle soit à l'aise et heureuse.

— Et ce n'est pas du strass, ajouta-t-elle.

— Qu'est-ce que c'est ?

— Des diamants.

Il la dévisagea, incrédule.

— Tu plaisantes ?

— Comment crois-tu que j'ai brisé la vitrine dans la cache ?

Il lâcha un juron.

— Bon sang ! D'où sortent ces pierres ?

Il jeta un coup d'œil vers le salon, où la robe gisait sur

le plancher. Elle étincelait de mille feux au soleil de la fin d'après-midi.

Une fortune se trouvait là.

Pas étonnant que ces hommes aient assailli la chapelle. Le jeu en valait la chandelle.

Mais, pour mettre la main sur le trésor, ils devaient s'emparer de Megan.

Elle avait été si stupide ! Gage lui pardonnerait-il toutes ses erreurs ? Au lieu de lui faire confiance, elle s'était laissé berner par un homme qui avait mis en danger sa vie et celle de tous les êtres qui lui étaient chers.

— Ton téléphone est chargé, maintenant ?

Elle avait hâte d'avoir la confirmation que son père et les Payne étaient sains et saufs. Nikki avait risqué sa vie en prenant sa place. Par chance, elle n'avait pas revêtu sa robe.

Si elle l'avait fait…

Megan refoula cette pensée. La voix de Gage la ramena au présent.

— Oui.

Cependant, il ne fit pas mine de téléphoner.

— Vas-tu m'expliquer comment ces diamants se sont retrouvés sur ta robe ? demanda-t-il sur un ton soupçonneux.

Elle frissonna.

— Richard a dessiné le modèle. Il a engagé la couturière.

— Tu penses qu'il a volé ces diamants ?

— Sans doute.

— « Le vrai danger ne vient pas de moi », marmonna-t-il.

— Pardon ?

— Ce sont les dernières paroles que D a prononcées.

— Il te donnait un avertissement.

— Oui.

— A propos de Richard.

— Oui. Par conséquent, ils se connaissaient.

— Et moi, je ne connaissais pas Richard du tout.

Elle avait toujours pensé à lui comme à un crack en informatique, taciturne mais inoffensif.

Et si elle s'était trompée ? S'il était aussi un tueur ?

— Je n'aurais jamais pensé te voir en robe de mariée, lança Logan à Nikki lorsqu'elle le rejoignit dans la salle d'attente de l'hôpital.

Elle le dévisagea, surprise. Elle avait complètement oublié sa tenue.

— Moi non plus, admit-elle.

Pourtant, cette robe lui avait porté chance.

Si elle avait mis celle de Megan, elle ne serait sans doute pas sortie de la chapelle vivante. Elle en avait suffisamment entendu des échanges entre D et Richard pour comprendre qu'il était question de diamants et avait fini par deviner où ils étaient cachés.

— Où sont Gage et Megan ?

— En lieu sûr, intervint Nick.

— Parfait, dit-elle, soulagée. Il faut qu'on leur parle. Qu'on les mette en garde contre Richard.

— Richard ? répéta Logan.

— Le marié, expliqua Nick. Tu ne l'as pas vu à la chapelle ?

Logan fit non de la tête.

— Tu n'as pas vu de type en smoking ? insista Nikki. Pas très grand, avec des lunettes ?

Parker s'avança à son tour.

— Woodrow était le seul à porter un smoking.

Et il gisait sur le sol, en sang, se souvint Nikki avec un frisson. Elle avait été si occupée à réconforter sa mère et à s'inquiéter pour le chef Lynch qu'elle n'avait pas songé à chercher Richard.

— Il a dû s'enfuir ! s'exclama-t-elle, consternée.

Ou pire, il avait suivi Gage et Megan.

— Tant que nous ne l'aurons pas arrêté, Megan sera en danger.

Elle avait ce qu'il voulait : les diamants.

Richard avait enduré la torture plutôt que de révéler où ils étaient cachés. Il ne laisserait personne le priver de sa fortune.

Ni Megan ni Gage.

24

— Ils sont déjà au courant, pour Richard ?

Par chance, Gage avait pris l'appel dans le salon pendant qu'elle s'habillait dans la chambre. Comme l'agence Payne utilisait cet appartement comme refuge, les placards contenaient un assortiment de tenues de tailles différentes.

Pour sa part, il avait déniché un jean et un pull noir qui lui convenaient parfaitement. Megan, debout sur le seuil, portait une robe en tricot rouge et des bottes maxi en daim.

Très sexy.

Il se força à se concentrer sur sa question.

— Oui. Et pour les diamants aussi, répondit-il.

En revanche, Nick lui avait appris quelque chose qu'il ignorait, et qui l'avait bouleversé.

Woodrow avait été blessé et se trouvait dans un état critique.

Il ne savait pas comment l'annoncer à Megan. Il ne savait même pas s'il devait le lui dire. S'il le faisait, elle insisterait pour aller à son chevet, et sortir était trop dangereux tant que Richard n'aurait pas été arrêté.

— Comment ont-ils su ?

— Nikki a entendu une dispute entre Derek Nielsen et Richard à la chapelle.

— Derek Nielsen ?

— D, rappelle-toi. Nick nous a dit son nom quand nous sommes sortis du tunnel. Il venait de s'évader de prison. Il avait été condamné à quinze ans pour vol à main armée.

— Laisse-moi deviner. Dans une bijouterie ?

Il hocha la tête.

— Que vient faire Richard là-dedans ?

— C'est lui qui piratait les systèmes de sécurité pour la bande.

— Richard ?

Il acquiesça.

— Les Kozminski ont reconnu Nielsen. Ils savaient qu'il avait été impliqué dans d'autres cambriolages, pas seulement celui pour lequel il a été condamné.

— Ils ont reconnu Richard aussi ?

— Non. Ils avaient juste entendu dire que Nielsen avait recruté un étudiant en informatique. Et puis, il y a eu un ratage : des bandes-vidéo ont été récupérées sur une caméra, et Nielsen a été arrêté.

Un petit cri de surprise échappa à Megan.

— Richard l'a trahi ?

— Apparemment.

Elle fronça les sourcils et le regarda avec attention.

— Qu'est-ce qu'il y a ?

— Que veux-tu dire ? marmonna-t-il, cherchant à gagner du temps.

Elle aimait tant son père ! S'il succombait, elle serait anéantie.

Elle étrécit les yeux.

— Tu me caches quelque chose ?

— Megan…

— Réponds-moi, Gage !

Il devait impérativement attendre que les renforts arrivent à l'appartement et vérifient que Richard ne rôdait pas aux alentours. Il ne pensait pas avoir été suivi jusque-là, mais il avait sous-estimé Richard une fois déjà. Il ne referait pas cette erreur.

— Si tu lis si bien en moi, dit-il, comment se fait-il que tu ne m'aies pas cru quand je te disais que je t'aimais ?

Elle eut une inspiration choquée.

— Tu veux qu'on parle de ça maintenant ?

Il hocha la tête.

— J'ai admis que j'avais tort, reprit-elle. Je n'aurais pas dû écouter Richard et Tucker.

A la mention de l'agent, il cilla.

— Quoi ? Qu'y a-t-il ?

— Tucker Allison… Il est mort.

Il avait encore du mal à le croire. Pourtant, Nick le lui avait affirmé.

— D'après Nikki, il a essayé de sortir son arme quand Nielsen a ordonné la fouille des invités.

Il avait dû être pris de panique ou alors il avait voulu jouer au héros.

Les yeux de Megan s'étaient emplis de larmes.

— Il ne méritait pas de mourir, surtout pas pour ces fichues pierres !

Face à son émotion, Gage se décida. Il ne pouvait pas lui cacher la vérité plus longtemps. Si Woodrow mourait sans qu'elle ne l'ait revu une dernière fois, elle ne le lui pardonnerait jamais.

Personne ne l'avait jamais intimidée autant que Gage. Lorsqu'il avait commencé à flirter avec elle, elle avait été effrayée parce que c'était la première fois qu'un homme tel que lui — séduisant, sexy — s'intéressait à elle. Par conséquent, elle avait douté de sa sincérité.

A présent, elle était effrayée pour une tout autre raison. A en juger par la manière dont il évitait son regard, quelque chose n'allait pas. Il avait des informations qu'il était réticent à partager avec elle.

— Qu'est-ce qu'il y a ? répéta-t-elle. Dis-le-moi !

— Megan…

A bout de patience, elle chercha à deviner.

— Richard s'est enfui ?

Il acquiesça.

— Oui. Personne ne l'a vu à la chapelle. Il a dû filer pendant la fusillade.

Elle grimaça au souvenir des coups de feu qu'elle avait entendus dans le haut-parleur du placard.

— Tucker et D sont morts, résuma-t-elle. Il y a eu d'autres blessés, d'autres morts ?

L'expression de Gage lui glaça le sang.

— Oui. La femme. Andrea.

Megan étouffa un cri. Elle avait eu peur de cette femme, mais elle n'avait pas désiré sa mort. Ni celle de personne.

— Nikki a été obligée de l'abattre.

— C'est affreux.

Elle osait à peine imaginer ce que Nikki devait ressentir.

— Comment va-t-elle ?

— Ça va.

La panique s'empara de Megan. Il y avait manifestement autre chose. Quelqu'un d'autre… Elle eut l'impression que son cœur cessait de battre alors que l'évidence s'imposait soudain à elle.

— Mon père !

Incapable de parler, Gage acquiesça.

Des larmes lui picotèrent les yeux. Tout le monde lui avait toujours dit et répété que son père était un survivant, qu'il ne lui arriverait rien. Elle avait fini par s'en persuader ; c'était pour cette raison qu'elle avait accepté de partir avec Gage avant de savoir ce qui s'était passé dans la chapelle.

— Je n'aurais pas dû m'en aller, gémit-elle. C'est… C'est grave ?

Gage cilla, comme s'il souffrait du seul fait d'y penser. Il avait toujours eu une grande estime pour son père, comme tous ses agents. Il n'était pas seulement leur chef, mais un mentor, un ami — voire un père.

— Andrea a tiré sur lui avant que Nikki la tue.

Elle tremblait de peur et de colère.

— Il a été opéré, et la balle a été extraite. Elle était proche de son cœur, si bien qu'il a des lésions à un poumon, expliqua Gage. Et il a perdu beaucoup de sang.

— Il… Il va s'en tirer ?

Gage redevint silencieux et baissa les yeux, réticent à la regarder en face.

— Gage ! Dis-le-moi.

— On ne sait pas, répondit-il d'une voix assourdie par l'émotion.

Elle comprit alors la profondeur de l'affection qu'il vouait à son père. Sans leur rupture, il n'aurait sans doute pas quitté le FBI. Il aurait continué à travailler pour son père. Elle avait tout déclenché…

Si elle n'avait pas rompu avec lui…

Si elle n'avait pas accepté d'épouser un homme qu'elle n'aimait pas…

Tout était sa faute.

Des images défilaient derrière les paupières closes de Woodrow. Il revit un éclair, attendit que la douleur le terrasse, mais rien ne se produisit.

Etait-il mort ?

Et Penny ? Elle était juste derrière lui. Avait-elle été touchée aussi ?

Megan était en sécurité. Gage y aurait veillé. Il l'avait promis. Il donnerait sa vie pour elle.

Woodrow aurait fait la même chose pour Penny s'il avait pu. Il tenta de bouger, mais quelque chose était blotti contre lui, une forme chaude et douce qui lui donnait l'étrange impression d'être en sécurité. Pourtant, il était en danger. On avait tiré sur lui, il avait perdu connaissance.

Il ne savait pas si quelqu'un d'autre avait été tué…

— Penny…

— Chut ! fit une voix tout près de lui. Je suis là.

Quand il parvint enfin à ouvrir les yeux, il comprit qu'il ne rêvait pas. Elle était bien là, pelotonnée à côté de lui sur le lit d'hôpital.

Jamais il ne s'était senti aussi bien, et ce n'était pas grâce aux médicaments ou aux perfusions. C'était grâce à elle, Penny Payne.

Elle avait rougi, comme si elle était gênée qu'il l'ait surprise ainsi, à côté de lui. Ses boucles étaient emmêlées, sa robe couleur bronze toute froissée, et son maquillage avait coulé sous ses yeux, mais jamais elle ne lui avait paru plus belle qu'à cet instant.

— Tu vas bien ? murmura-t-il.

— Oui. Et toi ?

— Je suis vivant…

Il était encore incrédule, le corps engourdi mais le cœur débordant d'amour pour elle.

Il voulait s'endormir chaque nuit avec Penny dans ses bras, se réveiller chaque matin à côté d'elle.

Un sourire étira les lèvres de Penny. Elle cilla pour refouler ses larmes.

— Oui, tu es vivant.

— On dirait que tu es surprise.

Elle secoua la tête.

— Non, je n'ai jamais douté que tu allais survivre.

— Menteuse.

Son sourire s'accentua. Incapable de résister, il se pencha vers elle et l'embrassa.

— J'ai eu si peur, dit-elle dans un souffle. J'espérais, mais je ne savais pas.

— Toi qui sais toujours tout, la taquina-t-il.

Elle secoua la tête.

— Pas tout.

Le cœur de Woodrow se serra.

— Nikki ?

— Elle va bien. Tu avais raison à son sujet. Elle est beaucoup plus solide que je ne le pensais. Elle a abattu la femme qui a tiré sur toi.

— Elle n'a pas été blessée ?

— Pas une égratignure.

— Elle a eu de la chance.

Penny sourit de nouveau.

— Elle pense que c'est grâce à la robe.

— Celle qu'elle portait ?

— Ma robe de mariée.

— Dans ce cas, elle a raison.

— Je n'en suis pas si sûre. Je n'ai pas eu le mariage de conte de fées dont je rêvais.

— Moi non plus…

— Je sais.

Bien sûr. Elle avait dû comprendre que Megan n'était pas sa fille. Peu importait. Il ne l'en aimait pas moins et il n'en voulait pas à sa mère de l'avoir trahi. Après tout, il n'avait jamais été là pour elle, pas comme elle le désirait. Son travail était toujours passé avant elle.

Penny, en revanche…

Si elle lui demandait de démissionner, il le ferait sans l'ombre d'une hésitation. Il savait désormais que l'amour comptait plus que tout. Peut-être parce que, pour la première fois de sa vie, il était vraiment amoureux.

— Tout le monde s'en est sorti ? demanda-t-il, désireux d'en avoir le cœur net avant de lui avouer ses sentiments.

— Oui.

— Alors, c'est fini, soupira-t-il, soulagé.

Les yeux de Penny, ses magnifiques yeux noisette, se détournèrent subitement, comme si elle ne voulait pas qu'il y lise la vérité.

— Tu dis que tout le monde s'en est sorti ?

— Oui, mais ce n'est pas fini.

Les paroles de D résonnèrent aux oreilles de Woodrow. « Le vrai danger ne vient pas de moi… »

Un gémissement lui échappa.

Penny se redressa et le regarda.

— Tu te sens mal ?

— Non, ça va.

Cependant, sa confession allait devoir attendre.

— Nick et mes autres fils font tout ce qu'ils peuvent pour retrouver Richard, dit-elle avec douceur.

— Richard ?

— Oui. Il était le complice de D. Et il l'a trahi. C'est comme ça qu'il s'est retrouvé en possession d'une fortune en diamants volés.

Il prit une brève inspiration.

— Tu es sûr que ça va ? insista Penny.

— Oui. Je suis choqué, c'est tout. Je me suis renseigné sur Richard. Son casier judiciaire était vierge.

— Il n'a jamais été arrêté ?

Woodrow secoua la tête.

— Je ne comprends pas…

— Quoi ? Tu ne pouvais pas deviner. Personne ne l'aurait cru capable de ce genre de choses.

— Pourquoi D ne l'a-t-il pas dénoncé ? S'il l'avait fait, il aurait peut-être bénéficié d'une remise de peine.

— D'après ce que Nikki a entendu, D le croyait mort.

— Nikki pense qu'Andrea l'a aidé. Qu'elle jouait sur les deux tableaux.

Cependant, elle était morte et D aussi. Avec un peu de chance, Richard s'était enfui sans demander son reste.

— Je suis sûr qu'il a filé droit à l'aéroport.

Penny secoua la tête.

— J'en doute. Il ne partira pas sans les diamants.

— Eh bien, il va aller les chercher et disparaître dès qu'il les aura.

Elle pâlit.

— Qu'y a-t-il ? demanda Woodrow, subitement inquiet.

— Les diamants sont cousus sur la robe de Megan.

Il savait ce que cela signifiait. Richard ne partirait pas sans les diamants, et sûrement pas sans Megan non plus.

— Gage va la protéger, murmura Penny.

Woodrow ne répondit pas. Il avait toute confiance en Gage, mais Richard Boersman était plus dangereux qu'aucun d'entre eux ne l'avait soupçonné. Et il était aux abois.

Il n'hésiterait pas à tuer pour ces maudits diamants.

25

Gage avait connu des batailles épiques dans sa vie, mais aucun adversaire ne lui avait donné autant de fil à retordre que Megan. Il resserra les bras autour d'elle et l'éloigna du boîtier de contrôle.

— Tu ne peux pas me garder ici ! cria-t-elle en lui martelant les épaules de ses poings serrés. Tu ne peux pas me traiter comme une prisonnière !

Il comprenait parfaitement ce qu'elle ressentait, et son cœur débordait de compassion. Il ne voulait pas lui faire de mal ; il ne voulait que la protéger.

— Tu ne peux pas sortir tant que nous ne saurons pas où est Richard.

— Richard ne me fera rien.

Gage n'en était pas si sûr.

— Il veut les diamants, c'est tout, insista-t-elle devant son expression sceptique.

— Pourquoi les a-t-il fait coudre sur ta robe ?

Megan haussa les épaules.

— Je n'en sais rien. Et d'ailleurs, je m'en moque. Je veux aller voir mon père.

Sa voix se brisa, et des larmes embuèrent son regard.

— Tu le verras. Nous partirons dès que les renforts seront là.

Même alors, il n'était pas certain qu'il soit prudent de la faire sortir. Nul ne savait de quoi Richard était capable, et Gage n'arrivait pas à comprendre pourquoi il avait fait coudre les diamants sur la robe.

Plus il y réfléchissait, plus il lui semblait risqué de quitter l'appartement. Il n'était pas prêt à mettre la vie de Megan en danger.

— Tu mens, l'accusa-t-elle. Tu n'as aucune intention de m'emmener le voir !

— C'est trop dangereux.

Elle secoua la tête.

— Non. Et quelle importance ? Pourquoi te soucies-tu de ma sécurité ?

Une autre question à laquelle il ne pouvait répondre honnêtement. Il était hors de question de lui avouer qu'il l'aimait, de lui imposer le fardeau de ses sentiments.

— C'est mon travail, répondit-il. Je suis chargé de ta protection.

Elle prit une brève inspiration.

— C'est tout ce que je suis pour toi ?

Elle jeta un regard par-dessus son épaule vers la chambre où ils avaient fait l'amour.

— C'était une erreur, murmura-t-il. Je n'aurais pas dû.

— Tu fais ça à chacune de tes missions ?

— Non…

Il s'obligea à poursuivre. Il ne pouvait l'autoriser à rêver d'un avenir à deux. Après ce qui lui était arrivé, il n'avait rien à lui offrir.

— Ça ne signifiait rien. Et ça ne se renouvellera pas.

Il n'avait pas le droit de lui infliger ses cauchemars, ses incertitudes.

Elle accusa le coup et hocha la tête.

— Je le savais. Je savais que tu ne pourrais jamais me pardonner.

— Megan…

Trop tard. Elle s'était dégagée et courait vers la porte d'entrée.

Il attendit qu'elle se rende compte qu'elle ne pouvait pas s'enfuir. Chez les Kozminski, la sécurité était une priorité. Il fallait taper un code pour entrer, mais aussi pour sortir.

Elle composa le numéro sans hésiter. Atterré, Gage comprit qu'elle l'avait mémorisé. Il se rua en avant, mais elle s'était déjà faufilée à l'extérieur. Que s'imaginait-elle ? Qu'elle allait se rendre à l'hôpital à pied ? Elle n'avait pas de clés de voiture, pas d'argent pour un taxi…

— Megan ! Reviens !

Accélérant l'allure, elle tourna au coin de l'entrepôt sans un regard en arrière. Même si elle avait eu de l'argent, il n'y avait ni bus ni taxis dans ce quartier de la ville. Autrefois zone industrielle, il était désormais quasi abandonné, hormis pour le bâtiment que Milek avait converti en loft et atelier d'artiste.

— Megan !

Pas de réponse.

Il déboucha au coin et se figea, comprenant pourquoi elle n'avait pas répondu.

Une main était pressée sur sa bouche, et le canon d'un pistolet appuyé contre sa tempe. Richard l'avait capturée. Une berline noire était garée le long du trottoir, la portière grande ouverte.

Gage portait son holster. Il lui suffirait de tendre la main pour faire feu, mais Richard le prendrait-il de vitesse ?

— Laisse-la partir, ordonna-t-il.

— Ça te plairait, hein ? répliqua Richard d'une voix teintée d'amertume. Tu me l'as prise une fois, mais ça ne se reproduira pas.

— Tu l'aimes à ce point ? demanda Gage avec une pointe d'espoir.

Si Richard l'aimait, il ne lui ferait pas de mal.

Celui-ci éclata de rire.

— Si je l'aime ? Je laisse ça aux imbéciles dans ton genre. Je ne l'aime pas.

— Dans ce cas, laisse-la partir.

— J'ai besoin d'elle.

— Elle n'a plus les diamants, rétorqua Gage.

Richard s'empourpra.

— Quoi ? Où sont-ils ?

— Dans l'appartement. Du moins ils y étaient.

— Qu'est-ce que tu veux dire ?

— J'ai laissé la porte ouverte. N'importe qui a pu entrer.

— J'espère pour toi que non, gronda Richard. Sinon, j'appuie sur la détente.

Megan écarquilla les yeux. Manifestement, elle n'avait jamais cru que son fiancé puisse être capable d'une telle violence. Gage non plus, d'ailleurs.

— Ne lui fais pas de mal, sinon tu ne vivras pas assez longtemps pour profiter de tes diamants, l'avertit Gage en retour.

Le visage de Richard devint cramoisi.

— Encore un qui se prend pour un dur, hein ? Derek aussi croyait qu'il était plus coriace que moi. Mais je l'ai brisé. Il s'est retrouvé en prison sans comprendre ce qui lui arrivait.

— Tu l'as pris en traître. Tu t'es comporté exactement comme avec Megan. Tu lui as caché ta véritable nature.

Richard s'esclaffa.

— C'est vrai qu'elle était trop préoccupée par toi pour me poser des questions. Ç'a été un jeu d'enfant de la manipuler.

— Pour lui faire porter cette robe hideuse.

— Cette robe vaut des millions, se vanta Richard. Peut-être des milliards.

— Dans ce cas, laisse-la partir et va chercher tes chers diamants.

— Oh ! Je vais y aller ! Mais d'abord…

Mû par un soudain pressentiment, Gage tendit la main vers son arme. Il n'eut pas le temps de s'en servir.

Richard avait déjà tiré.

Sous le choc, Megan hurla. Gage gisait face contre terre sur le trottoir. Richard venait de l'abattre de sang-froid.

Comment avait-elle pu être aussi aveugle ? Cet homme était un monstre.

— Si je vérifiais qu'il est bien mort ?

Il abaissa le canon de son arme, prêt à tirer une balle dans la tête de Gage.

Megan hurla de nouveau et fit ce qu'elle aurait dû faire la première fois : elle lui attrapa le bras. Le coup partit, mais manqua

Gage, du moins l'espéra-t-elle. Aucune tache de sang n'était visible dans son dos. Cependant, son pull était noir. Peut-être avait-il été touché malgré tout.

Richard était plus fort qu'il n'y paraissait. Il se dégagea sans difficulté et braqua son pistolet sur elle.

— Tu ne peux plus rien pour lui. Mais tu peux encore te sauver.

Peu lui importait, si elle avait perdu Gage.

— Si tu penses que je vais t'aider, tu as perdu la tête !

— Avant qu'il revienne d'entre les morts, tu allais m'aider, lui fit-il remarquer.

Il pointa de nouveau son arme sur Gage.

— Non ! cria-t-elle afin qu'il reporte son attention sur elle. Je n'aurais jamais accepté de faire quelque chose d'illégal.

Il lui adressa un sourire moqueur.

— En m'épousant, tu m'aurais aidé à sortir ces diamants du pays.

— Je ne savais même pas que tu les avais !

— Que *tu* les avais, rectifia-t-il. Tu aurais porté cette robe à l'aéroport.

— La police les aurait trouvés !

— Tu crois qu'on aurait fouillé la fille du chef du FBI ?

Car il aurait fait en sorte que l'on sache qui elle était.

— C'est pour ça que tu t'es intéressé à moi, comprit-elle soudain. A cause de mon père.

Il ne prit pas la peine de nier.

— Laisse-moi partir, supplia-t-elle. Monte dans ta voiture et va-t'en.

Alors, elle pourrait appeler des secours pour Gage. Peut-être n'était-il que blessé…

— Pas sans les diamants. Allons les chercher. Ensuite, je verrai si je te laisse partir.

Elle n'en crut pas un mot. Enfin, elle avait appris à discerner le vrai du faux. Dommage que cela arrive trop tard. Si elle avait écouté Gage, si elle ne s'était pas enfuie, ils seraient en sécurité à l'intérieur. Ensemble. Il ne serait pas en train de se vider de son sang sur le trottoir. Cela, comme tout le reste, était arrivé par sa faute.

Richard lui empoigna le bras et la poussa en avant, assénant au passage un coup de pied à Gage. Ce dernier ne bougea pas.

Des larmes jaillirent des yeux de Megan. Elle l'avait perdu de nouveau et, cette fois, il ne reviendrait pas.

Richard la tira vers l'entrée du loft. La porte métallique était restée ouverte, ainsi que Gage l'avait dit. Il ne s'était pas soucié des diamants. Il n'avait songé qu'à la protéger.

— Les voilà ! lança Richard, triomphant, les yeux rivés sur la robe de mariée.

Aussitôt, il pivota et braqua son arme sur Megan.

— Je croyais que tu avais besoin de moi pour sortir du pays.

— Il est trop tard pour ça.

Un sourire supérieur se dessina sur ses lèvres.

— J'ai un autre plan, à présent. Avec tout cet argent, je peux obtenir tout ce que je veux. Je n'ai plus besoin de toi.

— Richard…

— Je te rends service, coupa-t-il. Comme ça, tu n'auras pas à pleurer Gage Huxton. Tu seras avec lui pour l'éternité.

Megan ferma les yeux.

Sans Penny à côté de lui, Woodrow ne parvenait pas à trouver la paix. Elle était partie depuis trop longtemps.

Il n'avait droit qu'à une seule visite à la fois, de sorte qu'elle avait momentanément cédé sa place à Ellen, puis à son gendre, et enfin à Nick qui, exceptionnellement, avait eu le droit d'amener son fils nouveau-né.

Enfin, la porte s'ouvrit, et il afficha un sourire rassurant. Il avait présenté ce visage à chacun de ses visiteurs. Comme si penser à elle l'avait fait venir, Penny entra.

Le sourire de Woodrow s'élargit, mais elle ne lui sourit pas en retour. Son regard était assombri par l'inquiétude et le regret.

Elle lui apportait de mauvaises nouvelles, comprit-il, le cœur serré.

Il secoua la tête.

— Attends !

Elle s'immobilisa, la main sur la poignée.

Il lui fit signe d'avancer, et la porte se referma derrière elle.

— Je veux que tu sois là, dit-il tandis qu'elle s'approchait du lit. Mais je ne veux pas entendre ce que tu as à me dire.

Elle retint un cri.

— Woodrow…

— Attends. Avant que tu parles, je veux te poser une question.

— Mais…

Il enroula un bras autour de sa taille et l'attira contre lui.

— Je crois que c'est toi qui m'as sauvé, murmura-t-il.

— Quoi ?

— Les médecins sont surpris que je m'en sois tiré. Ils pensaient que j'avais perdu trop de sang.

Des larmes brillèrent dans les yeux de Penny.

— Mais il fallait que je survive, ajouta-t-il. Pour toi.

Il prit sa main et la pressa contre son cœur. Il ne la sentait pas à travers le pansement, mais il savait qu'elle était là.

— Il m'a fallu cinquante-cinq ans pour te trouver. Je n'allais pas renoncer sans me battre.

Penny esquissa un sourire tremblant.

— J'avais si peur de t'avoir perdu.

Elle se pelotonna contre lui, s'agrippant à ses épaules. Puis elle leva la tête et déposa un baiser sur ses lèvres.

— Je ne voulais pas tomber amoureuse de toi, poursuivit-elle. Mais je l'ai fait.

— Je t'aime, répondit-il. Et je veux t'épouser.

Le regret voila le regard noisette de Penny.

— Woodrow, il faut que je te dise…

Il pressa sa bouche contre la sienne, puis ses doigts.

— Ça n'a pas d'importance. Rien n'a d'importance hormis que tu acceptes d'être ma femme. Pour le meilleur et pour le pire. Si le pire commence aujourd'hui… je veux le surmonter avec toi à mes côtés. Je t'en prie, Penny, dis-moi oui.

Une autre femme aurait peut-être eu peur de risquer son cœur de nouveau, surtout pour un homme tel que lui, mais Penny était la femme la plus courageuse qu'il connaisse.

Elle acquiesça, les yeux noyés de larmes.

— Oui, bien sûr que oui.

Woodrow lâcha un profond soupir de soulagement. Puis il l'embrassa avec passion.

— Je t'aime et je veux t'épouser le plus vite possible. Mais d'abord, dis-moi ce que tu étais venue me dire.

Il se prépara mentalement. Si mauvaises que soient les nouvelles, il pourrait les affronter avec l'amour et le soutien de Penny.

— Richard a trouvé Megan et Gage à l'appartement.

Il retint son souffle.

— Et ?

— Il a tiré…

Woodrow la serra plus étroitement contre lui.

Quelqu'un était mort, il le savait.

26

Le jeune médecin poussa une exclamation stupéfaite à la vue du torse de Gage.

— Oh ! Mon Dieu ! Que vous est-il arrivé ?

Gage baissa les yeux et vit un filet de sang couler de la plaie qu'il avait à l'épaule.

— Ce n'est qu'une égratignure. La balle n'a fait que me frôler.

Par chance, Richard était un piètre tireur, et Gage avait feint d'être mort pour gagner du temps. Il serait peut-être bel et bien mort si Megan n'avait pas empêché Richard de tirer de nouveau. Elle lui avait sauvé la vie, ce qui lui avait permis de la sauver à son tour.

Il frissonna au souvenir de l'arme braquée sur elle. Il avait pris un risque, car Richard aurait pu presser la détente par réflexe en tombant. Cependant, il avait fait feu à l'instant où Richard avait levé son arme.

Bien que physiquement indemne, Megan n'allait pas bien. Elle avait à peine prononcé un mot depuis que Richard avait été abattu. Lorsque Nick et les autres gardes du corps de l'agence Payne étaient arrivés sur les lieux, ils lui avaient posé des questions, mais elle n'avait répondu que par monosyllabes.

— Je n'ai rien, insista Gage.

S'ils étaient venus à l'hôpital, c'était pour que Megan puisse voir son père et pour qu'un médecin puisse l'examiner. A l'évidence, elle était traumatisée.

— Occupez-vous d'elle.

Le médecin regarda Megan, debout à côté d'eux. Elle avait

le visage anormalement pâle, et quelques gouttes du sang de Richard maculaient son front.

— On a tiré sur vous aussi ?

— Non, répondit-elle.

Mais il s'en était fallu de peu. Gage cilla à cette pensée. Maudit soit Richard ! Au moins, il ne pourrait plus jamais lui faire de mal.

— Elle est en état de choc, dit-il.

Megan secoua la tête.

— Je vais bien.

Ce n'était pas vrai, et ils le savaient tous les deux. Peut-être ne se remettrait-elle jamais de ce qu'elle avait vu.

— Elle a traversé des moments très durs.

Le regard du médecin alla de l'un à l'autre, ses sourcils froncés reflétant sa perplexité.

— Elle se trouvait à la chapelle où la fusillade a eu lieu.

L'homme écarquilla les yeux.

— C'est de là que vient le sang ?

Gage décida de ne pas perdre de temps à expliquer la suite des événements.

— Elle était la mariée, répondit-il simplement.

Elle était censée épouser l'homme qu'il avait tué. Que ressentait-elle envers lui à présent ? Il ne parvenait pas à déchiffrer son expression.

— Votre père a été amené ici en début d'après-midi. Il est hors de danger.

— Il est coriace, commenta Gage en adressant un sourire rassurant à Megan.

Sans doute se faisait-elle encore du souci. Elle ne serait pas tranquillisée tant qu'elle ne l'aurait pas vu de ses propres yeux.

Le médecin entreprit de nettoyer sa plaie.

— Je n'ai pas besoin d'une injection antitétanique, dit Gage. Un pansement suffira.

— Vous avez des cicatrices impressionnantes. D'où proviennent-elles ?

Gage hésita. Ce fut Megan qui répondit à sa place.

— Il était dans les commandos, expliqua-t-elle d'une voix où perçaient à la fois la fierté et le regret.

Son père avait été transféré du service de réanimation à une chambre individuelle. Quoique soulagée, Megan était encore bouleversée à la pensée qu'elle avait failli le perdre. Comme elle avait perdu Gage…

Dans l'ascenseur, elle se tourna vers lui.

— Tu ne vas jamais me pardonner, n'est-ce pas ?

— Te pardonner quoi ? demanda-t-il comme s'il n'en avait pas la moindre idée.

— D'avoir rompu avec toi.

Une brève exclamation lui échappa.

— Ainsi, tu crois enfin que je t'aimais.

« Que je t'aimais. »

Il avait parlé au passé. Le cœur de Megan se brisa. Il ne l'aimait plus. Et, après ce qu'elle lui avait fait subir, il ne pourrait plus jamais l'aimer.

— J'étais stupide, murmura-t-elle.

— Non, tu n'étais pas stupide. Tu manquais de confiance en toi. C'est pour ça que tu t'es laissé convaincre par Richard et par Tucker Allison. Tu ne te voyais pas telle que tu es réellement.

— Comment suis-je ?

— Superbe.

— Ne dis pas de bêtises.

Gage tendit la main et pressa la touche d'arrêt. La cabine s'immobilisa dans un soubresaut, la projetant dans ses bras. Il la serra étroitement contre lui et prit possession de ses lèvres. D'abord tendre, son baiser se fit intime, passionné.

Lorsqu'il la lâcha enfin, elle était à bout de souffle, et son cœur battait la chamade.

— Tu es convaincue, maintenant ?

Elle lui adressa un sourire taquin.

— Pas tout à fait. Mais j'aimerais l'être…

Il se mit à rire et ses yeux verts pétillèrent, comme s'il venait de se libérer d'une partie du fardeau qu'il portait en lui.

— Je n'en ai pas terminé. Mais d'abord nous avons quelque chose à faire.

Il remit l'ascenseur en marche.

— Aller voir mon père, acquiesça-t-elle.

Quelques instants plus tard, une infirmière les conduisait à la porte du patient.

Quand ils entrèrent, Penny était allongée contre Woodrow sur l'étroit lit d'hôpital. Aussitôt, elle fit mine de se relever, mais Woodrow garda le bras autour de ses épaules. En dépit de sa blessure, il semblait au comble du bonheur.

Des larmes de joie et de soulagement brûlèrent les yeux de Megan. Elle se hâta d'aller l'embrasser.

— Je suis si heureuse que tu sois hors de danger !

Il la serra contre lui avec émotion.

— Ma chérie, je n'arrive pas à croire que tu es saine et sauve.

— Comment ça ? lança Gage, feignant l'indignation. Je vous avais juré de la protéger. Vous doutiez de moi ?

— C'est toi qui doutais de toi-même, répondit Penny en souriant.

Gage eut un petit rire.

— Allez au diable ! dit-il affectueusement à Penny. Vous avez toujours raison !

— C'est pénible, non ? renchérit Woodrow. Je ne sais pas ce qui m'est passé par la tête quand je lui ai demandé sa main. Ça ne va pas être une sinécure d'avoir une femme qui ne se trompe jamais.

— Vous êtes fiancés ! s'exclama Megan, ravie.

Pas étonnant que son père ait l'air aux anges. Il allait épouser une femme merveilleuse. Emue, elle étreignit Penny à son tour.

Celle-ci lui effleura la joue.

— Vous êtes sûre que cela ne vous ennuie pas ? Après ce qui s'est passé à votre mariage…

— Je suis vraiment contente que quelque chose de bien soit sorti de tout ça.

Penny acquiesça.

— Nos fiançailles vont-elles être le seul point positif ?

Gage haussa les épaules.

— Je suppose que cela va dépendre de Woodrow.

— De moi ? J'ai déjà fait ma demande !

— Oui. Mais me permettrez-vous de faire la mienne ?

Le pouls de Megan s'emballa. Avait-elle bien compris ?

Son père sourit jusqu'aux oreilles.

— A toi de me convaincre que tu es digne de ma fille.

— Je l'aime. Je l'ai toujours aimée.

Megan se tourna vers lui, incrédule.

— Tout à l'heure, tu as parlé au passé, lui rappela-t-elle. Comme si tu ne m'aimais plus.

— Je n'ai jamais cessé, soupira-t-il. Et pourtant, j'ai essayé…

Elle cilla.

— Pardon, murmura-t-elle. Pardon pour tout.

Si seulement elle n'avait pas été si stupide ! Comment pouvait-elle s'attendre à ce qu'il lui pardonne alors qu'elle ne parvenait pas à se pardonner à elle-même ?

Gage la prit dans ses bras.

— C'est moi qui te demande pardon, dit-il en plongeant son regard dans le sien. Je me suis conduit comme un idiot parce que j'étais blessé dans mon amour-propre. J'aurais dû rester et me battre pour te garder.

Elle acquiesça.

— C'est vrai.

— Je te promets de ne plus jamais renoncer à nous.

— Moi aussi, je te le promets.

— Ce ne sera pas facile, l'avertit-il. Je ne suis pas encore complètement rétabli. Mais avec toi, et pour toi, je ferai tout pour redevenir moi-même.

Comment avait-elle pu douter de son amour ?

Puis elle se souvint.

— Mais tu allais me laisser épouser Richard…

— Parce que je pensais qu'il ferait un meilleur mari pour toi. Je savais que j'étais mal en point. Mes cauchemars, mes insomnies, mes flash-back… Je me disais que je ne pouvais pas t'imposer tout ça.

— C'était noble de ta part, remarqua Woodrow.

— C'était idiot ! protesta Megan. Et condescendant…

Gage recula d'un pas, comme si elle l'avait giflé.

— Je croyais…

— Tu croyais que je n'étais pas assez solide pour t'aider à les surmonter.

Il hocha la tête.

— Tu as raison. J'avais tort, et tu me l'as prouvé. Tu m'as montré à quel point tu es forte.

Jusqu'à ce jour-là, elle n'en avait pas eu conscience elle-même. Jamais elle ne se serait crue capable d'attaquer quelqu'un avec une paire de ciseaux ou de manipuler des individus armés…

Cependant, elle savait aussi que Gage avait eu d'autres raisons de douter d'elle.

— Tu pensais sans doute que je ne t'aimais pas assez, déclara-t-elle. Et c'est ma faute.

— Jamais je n'aurais dû croire ce que tu m'as dit ce jour-là. J'aurais dû comprendre que tu essayais seulement de te protéger. Que tu avais peur.

— J'avais peur de souffrir, c'est vrai. C'est seulement quand je t'ai cru disparu à jamais que j'ai compris ce que souffrir voulait dire. Jamais je ne veux repasser par là.

— Alors, tu acceptes de m'épouser ?

— Tu ne le lui as pas demandé, lui fit remarquer Penny en désignant le sol, voulant apparemment l'inciter à se mettre à genoux.

— Et je n'ai pas donné ma permission, ajouta Woodrow.

Gage se tourna vers lui.

— Monsieur, je vous promets de consacrer le reste de ma

vie à faire tout ce qui sera en mon pouvoir pour rendre votre fille heureuse.

— Tu m'as prouvé à maintes reprises que tu étais un homme d'honneur, Gage Huxton. Ta parole me suffit. Tu as ma permission.

Gage le remercia d'un signe de tête, les yeux brillant d'émotion. Megan savait à quel point l'opinion de son père comptait à ses yeux.

Woodrow tendit la main vers elle et prit la sienne.

— Et toi, Megan ? La parole de Gage te suffit-elle ?

A son tour, elle acquiesça. Jamais plus elle ne douterait de la parole de Gage.

— Oui.

Son père lâcha sa main, comme s'il la laissait partir. Elle fit face à Gage, qui avait mis un genou à terre.

Des larmes lui picotèrent les yeux, mais elle les refoula pour se focaliser sur son beau visage.

— Veux-tu m'épouser ? Veux-tu être ma femme ?

— Oui, Gage, répondit-elle en nouant les bras autour de son cou. Mille fois oui !

— Que se passe-t-il ? demanda Nikki à l'infirmière qui sortait de la chambre de Woodrow. Tout va bien ?

La jeune femme souriait jusqu'aux oreilles.

— Deux annonces de fiançailles en une journée ! C'est tellement romantique !

Nikki la suivit du regard, songeuse. Elle était heureuse pour sa mère. Très heureuse…

Penny et Woodrow avaient l'un et l'autre élevé leurs enfants seuls, en leur apportant un soutien et un réconfort sans faille, sans personne pour les aider à surmonter leur propre solitude.

Tout cela était du passé, désormais.

Comme la souffrance de Gage et de Megan appartenait au passé. Après les épreuves qu'ils avaient traversées, leur amour serait infiniment plus fort. Invincible.

Les larmes aux yeux, Nikki se détourna et s'éloigna. Elle reviendrait plus tard, avec une bouteille de champagne pour fêter l'événement.

Depuis qu'elle avait découvert l'infidélité de son père, elle avait cessé de croire en l'existence de l'amour.

Jusqu'à cet instant…

Elle cilla, chassant les larmes qui brouillaient sa vision. Elle ne doutait pas que Gage et Megan soient profondément épris l'un de l'autre, et elle était convaincue que sa mère avait enfin trouvé son âme sœur en la personne de Woodrow Lynch.

Le véritable amour existait.

Pour les autres…

Mais pas pour elle. Du moins, pas encore.

Un jour, peut-être ?

PAULA GRAVES

Troublante collaboration

Traduction française de
ALEXANDRA TEISSIER

BLACK ROSE

HARLEQUIN

Titre original :
MAJOR NANNY

1

Soudain, une explosion assourdissante.

En un éclair, Harlan se retrouva sur une piste de terre en Irak, les oreilles bourdonnantes, tandis que tout bougeait au ralenti autour de lui. Les débris volaient dans tous les sens, les corps s'effondraient sur le sol.

Et ces cris ! Toujours, après un très bref silence, les cris, les hurlements. Même les plus aguerris ne pouvaient s'empêcher de crier.

Tu n'es pas *en Irak. Tu es à Austin, Texas, et une bombe vient d'exploser. Bouge !*

Après un instant de flottement, ses dix années d'entraînement chez les marines reprirent le dessus dans le chaos général. Il balaya des yeux la zone pour une rapide évaluation des dégâts. Voiture piégée. Souffle modeste, rien de comparable avec l'attentat d'Oklahoma City… Mais l'estrade sur laquelle se tenait quelques instants plus tôt Lila Lockhart n'était plus qu'un tas de décombres émaillé de pièces métalliques et de bouts de bois.

La gouverneure était-elle ensevelie quelque part sous ces gravats ?

La foule des spectateurs en panique se dispersait, abandonnant sur place les moins chanceux qui étaient tombés. Parmi ces derniers, certains rampaient tant bien que mal en quête d'un abri, d'autres gisaient dans l'herbe au pied de l'estrade, ou de ce qu'il en restait.

Triage médical. Harlan sortit son portable et composa le 911. Son appel n'était pas le premier, apprit-il avec soulagement. Les secours étaient déjà en route. Impossible néanmoins de rester les bras ballants jusqu'à l'arrivée de la cavalerie, l'attente pouvait être fatale pour ces blessés.

Alors qu'il se hâtait vers les vestiges de l'estrade, une femme brune et mince passa devant lui en courant. Une tache de sang lui barrait la joue sans gâcher la délicatesse de son profil. *Mignonne*, songea Harlan, *et visiblement terrifiée.* Il l'avait déjà croisée, mais où ?

— Gouverneure ! hurla-t-elle en se penchant pour déplacer une pièce de métal dans le tas de décombres.

Harlan se précipita pour l'en empêcher. Un mouvement mal calculé, et tout s'effondrerait sur les personnes coincées en dessous. Or son patron, Bart Bellows, se trouvait aux côtés de Lila Lockhart juste avant l'explosion…

— Ne touchez à rien ! commanda-t-il d'une voix plus rogue qu'il ne l'aurait voulu.

La jeune femme lui jeta un regard farouche.

— La gouverneure est là-dessous !

— Mais, en bougeant un seul morceau de ferraille, vous risquez de l'enterrer pour de bon.

Ses narines frémirent.

— Vous étiez avec Bart, non ?

— Harlan McClain.

Il hocha la tête, se remémorant soudain où il l'avait vue. C'était quelques minutes plus tôt.

— Et vous, vous êtes l'aide de camp de la gouverneure, n'est-ce pas ?

— Stacy Giordano.

Elle se passa une main sur les tempes et comprit qu'elle saignait. Elle pâlit un peu plus.

— Que s'est-il passé ? C'était une bombe ?

— Oui.

— Mais Frank Dorian est en prison ! s'écria-t-elle, manifestement aussi incrédule qu'effarée.

La même pensée était venue à Harlan. Tout le monde au Corps

Security Investigations avait cru le problème de la gouverneure Lockhart réglé avec l'arrestation de Frank Dorian, qui avait failli l'assassiner avant d'être stoppé par Wade Coltrane. A commencer par Bart, pourtant si méfiant de nature…

Harlan se reprocha amèrement sa légèreté. Un problème pouvait toujours en cacher un autre.

— Il faut aider les blessés, déclara-t-il en saisissant le bras de la jeune femme.

Elle étouffa une exclamation. Aussitôt, il desserra sa prise et tenta d'adoucir sa voix.

Elle semblait déjà sous le choc, inutile de l'effrayer davantage.

— Rassemblez le plus de personnes valides possible. Nous devons commencer un triage.

A ces mots, elle redressa fièrement le menton, comme si elle venait de recouvrer un cœur d'acier.

— D'accord, fit-elle en s'éloignant d'un pas déterminé.

Il la suivit un instant du regard, puis entreprit de s'occuper des personnes qui ne bougeaient plus. Mais Stacy revint presque aussitôt, en compagnie de plusieurs rescapés aux vêtements couverts de poussière et de débris divers. Certains souffraient comme elle de coupures et d'égratignures, mais tous semblaient soulagés d'avoir un but pour les arracher à la sidération devant ce bouleversement subit.

Parfois, Harlan le savait, se rendre utile d'une manière ou d'une autre était la seule façon de garder la tête froide dans un monde devenu fou.

Il envoya Stacy et sa petite armée faire le tour des blessés qui s'agitaient çà et là, tandis que lui-même reprenait son travail auprès de ceux qui semblaient décédés. A la différence de ses compagnons civils, il avait une longue expérience de la mort. Trop longue…

Il dégagea deux corps sans vie et deux blessés graves aux chances de survie minimes. Comme il s'approchait d'un homme en uniforme de policier d'Etat étendu près des décombres de l'estrade, des sirènes déchirèrent le silence. Elles approchaient à vive allure.

— C'est Chip !

Stacy l'avait déjà devancé auprès du blessé.

— Un membre des forces de sécurité qui protègent la gouverneure, précisa-t-elle, un peu essoufflée.

Harlan s'agenouilla à côté d'elle, devant le corps du policier. Elle avait déjà les doigts posés sur sa carotide.

— Il est vivant, déclara-t-elle d'un ton brusque.

Ses mains se déplacèrent sur la victime, apparemment à la recherche de blessures. L'assurance de ses gestes surprit Harlan.

— Vous êtes infirmière ou…

Elle lui lança un bref regard.

— Non. Juste formée aux opérations de secours médical.

Elle reporta son attention sur le dénommé Chip.

— Il a une bosse ici, sur la nuque. Crâne a priori intact, mais commotion cérébrale possible.

Elle examina ensuite les yeux du blessé à l'aide d'une petite lampe stylo accrochée à son porte-clés.

— Pupilles réactives. Bon signe.

Le policier geignit faiblement.

— Les secours arrivent. Nous devrions nous retirer pour les laisser travailler, suggéra Harlan.

— Ils ne seront pas assez nombreux pour s'occuper de tout le monde…

D'autorité, il attrapa la jeune femme par le bras et la hissa sur ses pieds.

— Nous allons les gêner… Et rien ne prouve que nous ne risquons plus rien.

Stacy écarquilla les yeux.

— Vous pensez qu'il pourrait y avoir une autre…

— Une autre bombe, oui, admit Harlan. Un surattentat est toujours possible.

— Pour faucher les premiers secours arrivés sur les lieux…, renchérit Stacy.

Elle serra les dents.

— Alors nous ferions mieux de trouver la gouverneure et de la sortir de là vite fait !

Elle détala avant que Harlan ait pu l'arrêter. Il s'élança à sa suite.

— Avant l'explosion, elle se tenait là-bas derrière ! lança Stacy par-dessus son épaule tout en contournant le tas de décombres.

Le regard de Harlan se posa sur une tache bleue émergeant de l'amas de tubes et de planches qui avaient constitué l'estrade. C'était sur celle-ci, entre deux drapeaux officiels, que Lila Lockhart avait annoncé son intention de se présenter à de plus hautes fonctions… Vêtue d'un tailleur bleu clair, oui, effectivement.

— Lila !

Stacy se précipitait.

— Lila, est-ce que vous m'entendez ?

— Je suis coincée sous ce bazar ! répondit la gouverneure d'une voix étonnamment forte. J'ai dû me cogner la tête, j'ai perdu connaissance pendant quelques secondes…

— Ne bougez surtout pas, intervint Harlan. La blessure pourrait s'aggraver. Vous savez où est Bart ?

— Il était juste à côté de moi…

Une voix masculine, faible, tendue, s'éleva alors derrière Harlan.

— Je suis là.

Harlan se retourna. Sous le souffle de la bombe, un large morceau d'estrade s'était détaché et envolé vers un petit fossé à l'écart.

— Bart ?

— Vol plané et atterrissage pile sur le dos ! Mais je n'arrive pas à redresser mon fauteuil.

— Empêchez la gouverneure de bouger, ordonna Harlan à Stacy avant de courir vers cet autre tas de décombres.

Une chance que le vieil homme ait été projeté loin des gravats. Lui et son fauteuil roulant gisaient dans l'herbe, couchés au bord du fossé.

— Il est sûrement fichu, commenta Harlan en redressant le fauteuil pour libérer les jambes inertes de Bart.

Puis, de sa main droite balafrée, il attrapa un accoudoir.

— Et Lila ? demanda Bart.

— Elle est vivante. Coincée sous les décombres, mais plutôt en forme. Les secours arrivent.

— Qui a fait ça ? Frank Dorian est en taule…

— Je ne sais pas.

Harlan palpa le corps de Bart sans déceler de fracture évidente. Le patron semblait indemne.

— Mal quelque part ?

Bart secoua la tête.

— L'explosion m'a fait décoller comme une poupée de chiffon, mais j'ai atterri de la même manière, en douceur. C'est sûrement ce qui a épargné mes vieux os…

Harlan examina le fauteuil de plus près. L'impact avait endommagé le panneau de commande, mais les roues et le cadre semblaient intacts, contre toute attente.

— Allez, on remonte dans le fauteuil et on pousse, à l'ancienne !

Il redressa Bart, l'installa sur le siège et en profita pour l'examiner subrepticement une nouvelle fois. Le visage parcheminé était sale et éraflé, mais dénué de blessure inquiétante, Dieu merci.

— Arrête de me regarder comme si j'allais m'évanouir, grommela Bart.

Harlan dissimula un sourire.

— Allons voir comment va Lila.

Le fauteuil fit de la résistance sur le terrain herbeux et inégal, d'autant que Harlan avait de nouveau mal à la main, comme si les éclats d'obus avaient pénétré sa chair à l'instant, et non des mois plus tôt.

Lorsqu'ils arrivèrent près des décombres, Stacy était accroupie près de la gouverneure. Elle scrutait l'enchevêtrement de bois et de métal.

— On dirait que c'est cette poutre qui l'entrave, indiqua-t-elle à Harlan.

Il se baissa à côté d'elle tandis qu'elle pointait du doigt une grosse barre de soutènement calée sous une montagne de débris de toutes tailles. Lila était bel et bien clouée sur place et son espace vital plus que restreint.

— Un grand gaillard comme vous peut sûrement déplacer cette barre ? minauda la gouverneure.

Harlan sourit.

— J'ai bien peur qu'il faille la cisailler pour vous tirer de là.

Surtout avec sa main à demi impotente…

— En l'approchant par l'arrière, peut-être ? suggéra Stacy. Si j'arrivais à ramper sous ces débris qui l'empêchent de se retourner pour en déplacer quelques-uns…

— Pas question que je vous laisse entrer là-dessous !

— Me *laisser entrer* ?

Stacy le considéra d'un air outré.

— La décision ne vous appartient pas, monsieur McClain ! Pour peu qu'une seconde bombe ait été posée…

— Ce n'est sans doute pas le cas.

Mais Stacy continuait :

— Il faut évacuer la gouverneure tout de suite !

Sur ce, la jeune femme recula tout en fouillant des yeux les restes de la structure, en quête sûrement du point d'entrée le plus judicieux.

De deux choses l'une, songea Harlan, cette fille était soit totalement cinglée, soit incroyablement courageuse.

— Là ! Une brèche. En passant par là, je peux atteindre par-derrière les débris qui bloquent la gouverneure, dit-elle en lui jetant un regard teinté de défi.

Ravalant son opinion sur cette idée folle, il s'efforça de réfléchir. Elle avait au moins raison sur un point — le passage choisi offrait vraiment le meilleur angle d'attaque et elle seule, mince comme elle l'était, serait capable de se faufiler dans un boyau aussi étroit.

Malgré tout, ce plan était terriblement risqué.

La gouverneure reprit la parole :

— Stacy, rien ne vous oblige à mettre bêtement votre vie en

danger. Ils finiront bien par me tirer de là tôt ou tard. C'est un des avantages du métier…

Stacy se pencha devant le trou pour la regarder.

— Il serait dangereux d'attendre, Lila. Vous devez être évacuée au plus vite.

— Pensez à Zachary, la belle.

L'espace d'une seconde, le visage de Stacy fondit de tendresse et ses yeux sombres se liquéfièrent.

Qui donc pouvait être ce Zachary ? se demanda Harlan.

Mais déjà, Stacy avait repris son sérieux, carrant les épaules, le menton pointé en avant.

— Je peux le faire ! Attendre ne rendra pas plus stable cette montagne de débris, et j'ai sans doute plus d'entraînement au secours en milieu souterrain que n'importe quel urgentiste.

A cet instant, un secouriste surgit justement derrière elle et écarquilla les yeux en découvrant la gouverneure ensevelie sous les décombres. Il s'agenouilla près de Stacy.

— Je ne suis pas sérieusement blessée, enfin je ne crois pas, déclara Lila d'une voix dont la fermeté rasséréna visiblement le sauveteur. Je suis juste coincée.

— J'ai un plan pour arriver jusqu'à elle, ajouta Stacy avant d'expliquer son projet au nouveau venu.

Harlan retint un léger sourire. Cet homme allait assurément lui dire qu'elle avait perdu l'esprit. Et peut-être l'écouterait-elle, lui…

Mais le secouriste hocha la tête.

— Ça devrait marcher, oui. Tant que vous ne déplacez aucun élément qui soutient l'ensemble. Je vais vous trouver un casque et un équipement de protection.

— Le casque oui, mais pas la combinaison, elle me gênerait pour passer.

— Je reviens tout de suite.

Le secouriste partit au pas de course.

— Et moi qui pensais qu'il vous dissuaderait ! maugréa Harlan.

— Il me connaît. J'ai animé un séminaire, il y a deux mois, pour les pompiers d'Austin sur le sauvetage en milieu souterrain.

Harlan ne put masquer son étonnement.

— Mais *qui* êtes-vous donc ?

Stacy lui décocha un petit sourire.

— Mon père était coordinateur des secours dans les monts Ozark. Avant mon entrée au lycée, j'aidais déjà à remonter des spéléologues en détresse.

— Vous êtes sûre de vouloir faire ça ?

— Oui.

Elle semblait aussi déterminée que tendue.

— Et nous ferions mieux d'accélérer la manœuvre, ajouta-t-elle, ses yeux dérivant vers un point derrière lui.

Harlan pivota pour suivre son regard. Un convoi de camions de la télévision approchait du site.

— Sortez votre sourire le plus confiant, marmonna Stacy. Nous allons devenir des vedettes.

Avisant le secouriste qui revenait un casque sous le bras, elle se précipita à sa rencontre, clairement impatiente de se mettre au travail.

Harlan reporta son attention sur les équipes de télévision. Tout ce bazar allait encore empirer…

Là tout de suite, songea-t-il, *je préférerais être en Irak.*

Tu peux le faire, Stacy. C'est exactement comme une grotte.

Une grotte, peut-être, mais faite de tubes d'acier et de débris de planches de bois… En outre, pour une intervention classique, le casque aurait été équipé d'une lampe frontale qui lui aurait permis de voir au-delà d'un petit mètre devant elle. Celui-ci ne lui servait pas à grand-chose. En outre, il pinçait le sparadrap que le secouriste avait posé sur sa tempe écorchée, juste avant qu'elle se faufile dans les décombres de l'estrade.

— Tout va bien là-dessous ?

La voix grave et traînante de Harlan McClain résonna très loin, alors qu'elle avait rampé sur quelques mètres à peine.

— Jusqu'ici, oui, répondit-elle, au moment où sa paume rencontrait une chose pointue.

Du métal. Une pièce tordue, méconnaissable, parmi les centaines d'autres qui l'entouraient. Si elle n'avait pas vu de ses yeux l'estrade dans toute sa majesté avant le drame, drapée dans les couleurs américaines, elle n'aurait jamais deviné de quoi il s'agissait.

Tout en déplaçant avec précaution quelques morceaux de bois qui lui bloquaient le passage, elle lança à Lila :

— Toujours là, avec moi, gouverneure ?

— Bien sûr, la belle !

Stacy sourit.

— Je suis à dix mètres environ de votre position. Prête pour la photo ?

— Et zut, j'ai laissé mon rouge à lèvres dans mon autre sac !

Quelle femme ! se dit Stacy. *Et c'est elle qui sera peut-être la prochaine présidente des Etats-Unis…*

Lentement, elle se fraya un chemin à travers les débris en suivant une carte mentale. Tout droit sur environ quatre mètres, puis à gauche sur trois autres mètres. Là, elle serait normalement à portée de la grande pièce métallique qui entravait Lila. Il suffirait alors de dégager un espace suffisant autour pour offrir une voie de sortie à la gouverneure.

— Encore un peu de mou ! lança-t-elle au secouriste.

Le câble de sécurité qui lui sciait la taille se détendit. Elle avança encore un peu avec précaution, et enfin apparurent des boucles blondes ternies par la poussière et les débris de l'explosion.

— Je vous vois, gouverneure !

— J'ai l'air d'une folle, non ?

Stacy pouffa malgré elle.

— Jamais de la vie !

Devant elle, une sorte de poteau courbé selon un angle improbable soutenait encore une vaste portion de l'estrade en équilibre instable. Contournant prudemment l'obstacle, elle tourna à gauche comme prévu et soudain se figea, glacée.

Un petit boîtier électronique était scotché à la poutre qui bloquait la gouverneure, relié par des fils colorés à ce qui ressemblait à des briques orange.

Sur ce boîtier, un voyant clignotait de façon très inquiétante.

— Gouverneure, ne bougez plus. Pas un geste, surtout !

— Qu'est-ce qui se passe ? demanda Lila d'une voix moins assurée qu'un instant plus tôt.

Stacy ne répondit pas immédiatement. Il y avait du mouvement à l'extérieur des décombres : des jambes habillées d'un jean s'avançaient vers la position de la gouverneure. Soudain, le visage rude de Harlan McClain se dessina dans le fouillis de tôle et de bois. Il s'était accroupi, manifestement pour apprécier la situation.

Stacy croisa son regard.

— Un problème ? s'enquit-il.

Elle s'humecta les lèvres. Les journalistes devaient être en train de se presser là-bas dehors. Une parole malheureuse de sa part, et ce serait la débandade générale…

La peur au ventre, elle baissa la voix, veillant à garder un ton aussi calme que possible.

— Il y a un second explosif ici. Un gros. Il faut évacuer la zone. Immédiatement. Sans créer la panique, si possible.

Harlan disparut aussitôt.

Quelques secondes plus tard, on s'agita de l'autre côté de l'enchevêtrement de bois et d'acier — secouristes et badauds suivaient les consignes données par Harlan.

— Sortez de là, souffla Lila d'une voix grave. Zachary a besoin de vous plus que moi.

— Je ne peux pas, gouverneure, rétorqua Stacy à regret.

Si seulement ! Bien sûr que Zachary avait besoin de sa mère, davantage que la plupart des enfants de son âge… Elle était sa meilleure avocate, son admiratrice la plus dévouée.

Mais ce qu'elle voulait ne changeait rien aux faits.

— Les démineurs auront besoin de mon aide ici.

— Parce que vous êtes experte en explosifs, maintenant ? répliqua Lila. D'autres talents cachés dont je devrais être informée ?

— Ce n'est pas ça… Là, il y a un pilier de soutien qui est à deux doigts de s'effondrer en entraînant sur nous l'amas de décombres. J'ai pu le contourner de justesse sans y toucher…

— Qu'est-ce que vous êtes en train de nous dire, au juste ?

Au son de la voix de Harlan McClain, Stacy leva les yeux. Il la fixait d'un air anxieux.

— La gouverneure et moi, nous sommes peut-être assez minces pour ramper hors d'ici sans que tout ne s'écroule sur nos têtes. Mais un homme n'y arrivera jamais. Surtout en tenue de déminage.

Elle ravala la boule d'angoisse qui lui obstruait la gorge avant de conclure :

— Je pense qu'il n'y a aucun moyen de désamorcer cette bombe sans moi.

2

Stacy Giordano n'avait pas tort, trancha Harlan tout en levant les yeux vers la masse compacte de bois et de métal. Celle-ci était posée en équilibre précaire sur le pilier chancelant décrit par la jeune femme. Aucune corpulence plus forte qu'une femme de taille moyenne ne pouvait se faufiler dans l'étroit passage entre ce pilier et le tas de décombres sans que tout ne s'effondre.

Elle apparut dans le trou devant lui, nettement plus crasseuse que quelques minutes plus tôt, et lui tendit son portable. Une photo s'affichait sur le petit écran.

— Voici la bombe.

Il saisit le téléphone en évitant d'effleurer le pilier, se concentra sur l'image et s'efforça de ne pas réagir à la vue des briques de couleur orange reliées à la bombe.

— Semtex, déclara-t-il. De type bon marché, mais ça ne fait pas une grande différence.

— C'est grave, n'est-ce pas ?

Harlan acquiesça.

— Les démineurs sont en route. Ils sauront quoi faire.

Leurs regards se rivèrent l'un à l'autre.

— Sortez de ce fatras, monsieur McClain. Les sauveteurs n'ont pas besoin d'un corps supplémentaire à déterrer.

— Vous aussi, vous devez sortir d'ici.

Elle secoua la tête.

— S'il existe un moyen de désamorcer cet engin, ils auront besoin de moi pour le mettre en œuvre. Plus nous créons de mouvement ici, plus nous risquons de provoquer une catastrophe. Retournez donc vous occuper de M. Bellows.

— Bart va bien. Un de nos hommes est ici, Parker McKenna… Vous le connaissez ?

— Oui. Lui et Bailey viennent de se fiancer.

Quel idiot ! songea Harlan. Le mariage n'était jamais qu'un jeu de dupes.

— Eh bien, il a mis Bart et Bailey à l'abri, ajouta-t-il.

Bailey Lockhart ne voulait pas quitter sa mère, mais Parker l'avait convaincue que la gouverneure serait moins angoissée en sachant sa fille en sécurité.

— Bien. Maintenant, à vous d'aller vous mettre à l'abri…

— Monsieur, veuillez quitter les lieux pour nous laisser travailler !

Harlan se retourna. Agenouillé devant l'entrée du boyau, un policier en uniforme étudiait les gravats, les yeux plissés.

— On ne peut pas aller plus loin, répliqua Harlan avant d'expliquer en quelques mots la situation au policier. Tout ce que vous pourrez tenter pour consolider l'ensemble ne fera que le déstabiliser.

— Qui êtes-vous ?

— Harlan McClain. Je travaille pour la gouverneure.

C'était presque vrai — il était sous les ordres de Bart qui, lui, faisait partie de son équipe rapprochée.

— L'agence qui m'emploie assure la sécurité de la gouverneure, précisa-t-il.

Quelques fioritures ne feraient pas de mal…

Surtout, pour des raisons qu'il était incapable de définir précisément, il répugnait à laisser Stacy Giordano seule dans ce piège instable.

Il pivota vers elle, mais elle rampait déjà vers Lila Lockhart. Un soupir de frustration lui échappa.

Derrière lui, le policier reprit d'une voix posée :

— Je vais quand même devoir entrer là-dedans, quitte à ne

pas dépasser ce pilier de soutien. Il faut que je me rapproche de la bombe pour aider votre amie à la neutraliser.

Bien sûr. Et Harlan, tel qu'il était placé, lui bloquait le passage.

Rebroussant chemin à quatre pattes, il émergea quelques secondes plus tard à l'air libre, au beau milieu de l'équipe de démineurs.

— Il y a tout un amas de débris là-dedans, prêt à s'écrouler, indiqua-t-il à celui qui semblait diriger l'équipe.

Puis il lui tendit le téléphone de Stacy.

— Tenez, c'est une photo de la bombe.

Le technicien fronça les sourcils.

— Semtex, dit-il. Télécommandée, à première vue.

— Ce qui signifie que ce fumier est encore dans les parages, prêt à émettre un signal…

Devant l'air étonné de son interlocuteur, Harlan ajouta :

— Trois missions en Irak.

— Ah…, fit l'autre en hochant la tête. Elle n'explosera pas si on la touche, je pense, puisqu'il n'y a pas de fil de détente apparent. Le mieux serait de faire parvenir une couverture anti-bombe à l'aide de camp…

— Stacy Giordano, murmura Harlan.

— Mlle Giordano pourra détacher l'explosif, qui semble simplement scotché au poteau, et poser la couverture dessus. Nous en avons une équipée d'un brouilleur de fréquences pour bloquer les signaux envoyés à distance.

— S'il nous observe, il risque d'envoyer le signal dès qu'il verra la couverture…

— Alors elle sera dissimulée pour ne pas éveiller les soupçons. Sous une combinaison protectrice, par exemple.

— Je me charge de lui apporter le paquet, proposa Harlan. On se méfiera moins de moi que de vous autres. Et puis, je sais comment fonctionne la couverture, je le lui expliquerai.

Le technicien soupesa un instant sa proposition. Pour finir, il hocha la tête.

— Dites-lui simplement de s'assurer que le côté jaune est dessous.

— Compris.

Sur ce, les secouristes entreprirent de camoufler le sac contenant la couverture entre les plis d'une combinaison. Cela prit du temps. Harlan n'en pouvait plus de patienter. Il balaya frénétiquement des yeux la zone. Etaient-ils observés ?

Des effectifs de police importants maintenaient la foule des curieux à distance respectable de la zone à risque, mais un signal radio venu de très loin pouvait achever le travail à chaque seconde. D'autant que le brouillage d'ondes ne serait que partiel, pour ne pas interférer avec les communications entre les services d'urgence — un scénario catastrophe à éviter à tout prix.

Si bien que, d'ici à ce que Stacy ait emballé la bombe avec la couverture, le plastiqueur avait tout le temps d'agir.

Qu'attendait-il, d'ailleurs ? La gouverneure faisait une cible facile. Pourquoi n'avait-il pas déclenché le second explosif dès qu'il avait compris qu'elle était encore vivante ?

— Parés !

Le technicien coupa court à ses interrogations en lui tendant la combinaison. Après s'être assuré que Harlan tenait fermement la poignée du sac de la couverture qui dépassait d'un pli, il lui intima de retourner dans les décombres.

— De mon côté, je fais le tour pour expliquer à Mlle Giordano ce que nous sommes en train de faire.

Harlan acquiesça, puis rejoignit le boyau d'entrée. Personne d'autre que les secouristes ne pouvant le voir, il posa la combinaison et ne conserva que la couverture anti-bombe pliée dans un sac de nylon grand comme un carton à dessins. Puis il s'achemina aussi vite que possible jusqu'au pilier de soutien.

Stacy l'y attendait déjà, l'explosif posé près d'elle sur l'herbe.

Il n'avait pas envisagé qu'elle ait apporté la bombe. Une bonne idée, sans doute — l'endroit où elle se tenait accroupie était sûrement le plus large qu'elle pouvait trouver sous les vestiges de l'estrade.

— Allons-y en douceur, dit-elle, ses yeux sombres dilatés de peur, mais l'expression très décidée.

Une fois de plus, Harlan ne put qu'admirer sa bravoure.

Il l'aida à faire glisser le sac par l'étroit passage entre le pilier branlant et le champ de ruines qui bloquait l'espace tout autour, en prenant grand soin de ne toucher à aucun moment le pilier.

Une fois le sac dans les mains, Stacy releva les yeux vers Harlan.

— Que dois-je faire ?

— A l'intérieur, vous trouverez une couverture et un encoffrement qui ressemble à un petit collier…

Elle ouvrit le sac et en sortit le matériel.

— Il faut passer ce collier autour de la bombe sans la toucher. Il se ferme à l'aide d'attaches velcro.

Tandis qu'il lui expliquait comment recouvrir l'engin étape par étape, le calme avec lequel elle suivait les consignes le frappa. Ses mains tremblaient un peu, mais elle réussit à tout faire comme il fallait du premier coup. En un rien de temps, la bombe fut enfouie sous la couverture et le brouilleur de basses fréquences en marche.

Harlan exhala un soupir de soulagement.

— Allez voir maintenant si vous pouvez faire sortir la gouverneure. J'attendrai ici.

Il se retrouva à fixer la couverture bleu marine gisant sur le sol de l'autre côté de l'étroit passage, le front en sueur. Il en avait connu une version plus ancienne en Irak, avec des capacités de brouillage passives et non actives. La plupart du temps, le stratagème avait fonctionné…

Une fois, une seule, il avait échoué. Les cicatrices sur sa main droite en attestaient — ainsi qu'un certificat de démobilisation honorable des marines se résumant à : *Merci pour tout, et maintenant, du balai !*

Une certaine agitation perça du côté où Stacy avait disparu. Une poignée de secondes plus tard, le visage blême et transpirant de la gouverneure apparut dans la trouée. Elle eut un sourire bref en le voyant qui la regardait.

— Vous êtes diablement plus séduisant que dans mon souvenir, dit-elle avec un petit rire enroué.

— Alors il faut vous faire examiner d'urgence, répliqua Harlan sur le même ton.

Il était soulagé que la gouverneure soit capable de se déplacer seule.

Fermant la marche, Stacy semblait anéantie, à croire que seule sa détermination inébranlable à extraire la gouverneure des décombres l'avait aidée à tenir le coup durant la dernière heure.

Lila contourna avec précaution le pilier précaire, puis un secouriste se faufila jusqu'à elle pour la prendre en charge et la sortir de là.

Harlan reporta alors son attention sur Stacy. Elle tanguait dangereusement vers le pilier. Il la rattrapa de justesse. Les doigts de la jeune femme accrochèrent sa chemise, leurs yeux se rencontrèrent…

D'un coup, l'air du réduit se réchauffa, devenant si explosif que Harlan craignit, l'espace d'une seconde folle, que cela suffise à déclencher la bombe qu'ils venaient de neutraliser avec tant de soin.

Puis Stacy reprit son équilibre et le lâcha. La tension ambiante s'allégea à peine. Elle le remercia d'une voix enrouée avant de le précéder vers l'ouverture.

A l'extérieur, ils furent aussitôt entourés de policiers qui les guidèrent à vive allure vers une voiture de patrouille garée à distance respectable, en sécurité. Stacy referma la main sur le bras de Harlan, rallumant instantanément les étincelles entre eux.

— Ma place est auprès de la gouverneure…

Harlan baissa les yeux sur ses doigts. Des doigts fins, menus, aux ongles manucurés quoique très abîmés par les épreuves des dernières heures.

Il se remémora la première fois qu'il l'avait vue, un peu plus tôt dans la journée, alors qu'elle aidait la gouverneure à préparer son annonce. Elle arborait alors tous les attributs de la parfaite aide de camp : strict chemisier gris perle, veste plus foncée, boutonnée jusqu'au col et assortie au pantalon, cheveux maintenus en un chignon bas. Rien qui ne dépassait… Tout en discrétion. A des années-lumière de la lionne qui venait de sauver une dizaine de vies au bas mot par son acte de bravoure et en ressortait les cheveux tout emmêlés et le chemisier souillé de boue et de sang.

Il se pencha un peu vers elle.

— Ils ne vous laisseront pas l'approcher avant de l'avoir examinée. Et elle aura droit à toute la palette de tests. Mieux vaut nous débarrasser d'abord des déclarations à la police, vous ne croyez pas ? Nous serons de retour à l'hôpital bien avant qu'ils la libèrent.

La suite lui donna raison. La police comprit assez vite que Harlan et Stacy n'avaient pas grand-chose à ajouter au récit des événements déjà exposé par Parker McKenna et Bart Bellows.

Harlan se posait en réalité les mêmes questions que les enquêteurs sur l'attentat. Notamment, pourquoi un explosif à impact aussi faible ? Celui-ci avait certes détruit l'estrade et projeté des éclats mortels sur les spectateurs les plus proches, mais son rayon d'action avait été somme toute modeste…

Une autre énigme le tracassait. Stacy la formula à voix haute alors qu'ils roulaient vers l'hôpital, installés à l'arrière d'une voiture de police.

— Pourquoi la deuxième bombe était-elle beaucoup plus puissante que la première ?

Bonne question…

— Elles étaient peut-être censées exploser en même temps ? Et quelque chose aura bloqué le signal vers la deuxième…, suggéra-t-il. Les démineurs nous en diront davantage.

— Peut-être.

Stacy ne semblait guère convaincue.

— Des nouvelles de l'hôpital ? s'enquit-elle.

— Aucune.

— J'espère que tout va bien là-bas, soupira-t-elle, les yeux tournés vers le campus de l'université du Texas qu'ils longeaient.

De profil, elle semblait pâle et fragile, mais Harlan la savait désormais infiniment plus solide qu'elle n'en avait l'air.

— Et vous, vous avez pu joindre Zachary ? demanda-t-il, dans l'espoir qu'elle lâcherait le morceau sur l'identité de ce mystérieux Zachary.

Elle lui jeta un regard circonspect.

— Oui. Il n'était pas au courant des événements, il n'était donc pas inquiet.

— Bien, bien…, fit Harlan.

Mais il était plus que perplexe. Comment quelqu'un pouvait-il avoir raté la nouvelle de l'attentat au Capitole du Texas ? Ce quelqu'un ne devait avoir ni télé, ni radio, ni accès Internet…

A l'hôpital, Parker McKenna les attendait dans le hall.

— Nous sommes tous là-haut, dans l'attente de nouvelles, expliqua-t-il en les précédant vers l'ascenseur. Ils ont effectué plusieurs tests. Jusqu'ici tout va bien. Ils penchent pour une légère commotion cérébrale. Elle devrait passer la nuit ici en observation.

— Et Bart ? s'enquit Harlan.

— Lui aussi. Pas de blessure grave a priori. Un vrai miracle, si tu veux mon avis !

Il pressa une touche dans la cabine avant d'ajouter :

— Ils installeront Lila dans une chambre individuelle dès que les tests seront terminés. Nous restons groupés dans la salle d'attente du quatrième étage jusqu'à ce qu'ils l'amènent là-haut.

A leur arrivée dans la salle les sœurs Lockhart, qui discutaient dans un coin, relevèrent la tête. Les yeux de Bailey s'illuminèrent à la vue de son fiancé, ceux de Chloé, très bleus, s'étrécirent en se posant sur Harlan. Elle n'était pas exactement sa plus grande fan depuis qu'il avait travaillé comme garde du corps auprès d'elle, quelques mois plus tôt.

— Tiens ! Dirty Harry en personne…

— Ravi de te revoir, Chloé. Jolie coiffure.

La main de Chloé s'éleva vers ses épis striés de rose, dans un geste défensif.

— J'avais besoin de changement.

Bailey se défit de l'étreinte de Parker pour toucher le bras de Stacy.

— Maman nous a raconté ce que vous avez fait pour elle là-bas. Je ne sais comment vous remercier…

— Remerciez plutôt les démineurs d'Austin, bafouilla Stacy, visiblement gênée.

— Bien sûr, mais je vous suis tellement reconnaissante… Y a-t-il quoi que ce soit que je puisse faire pour vous ?

— Il faut que je m'occupe de réserver des chambres pour ceux qui passeront la nuit à Austin, murmura Stacy.

A son expression, elle n'avait aucune envie d'endosser ce rôle d'assistante pour l'entourage de la gouverneure. Il faisait néanmoins partie de son travail, à n'en pas douter, et l'attentat avait évidemment compromis le projet initial du petit groupe de sauter dans le jet privé de la gouverneure pour regagner la base de Freedom, Texas.

— Laissez-moi m'en charger, proposa Chloé d'une voix douce qui prit Harlan au dépourvu.

Il était plus habitué aux sarcasmes de la cadette de la gouverneure.

— Non, fit Stacy assez sèchement.

A tel point que Chloé tressaillit.

Visiblement horrifiée par sa propre brusquerie, Stacy se reprit aussitôt.

— Pardon… Je suis encore un peu sous le choc, je crois…

— C'est compréhensible, la rassura Chloé d'un ton compatissant.

— J'ai ce qu'il faut pour régler ces détails par téléphone. Et puis, la diversion me fera du bien.

Stacy esquissa un faible sourire à l'adresse des deux sœurs, puis elle passa sur la terrasse, referma la porte-fenêtre avec soin derrière elle et sortit son téléphone.

Harlan la suivit du regard. Elle avait le teint vraiment pâle, et il en fut un peu alarmé. Peut-être que sa blessure à la tête n'était pas une simple égratignure. Elle pouvait aussi bien souffrir d'une hémorragie interne. Les secouristes avaient à peine pris le temps de lui poser un pansement…

— La police t'a donné de nouvelles infos ?

La question de Parker ramena brutalement Harlan à d'autres réalités. Il entraîna Parker à l'écart avec un regard d'excuse vers Bailey.

— Je lui rapporterai mot pour mot cet échange tout à l'heure, tu sais, murmura Parker.

Harlan se retint de lever les yeux au ciel. La moitié des agents du CSI étaient englués dans une relation sentimentale ces temps-ci ! Une véritable épidémie, à laquelle il comptait fermement échapper. Son ex-femme l'avait immunisé avec une efficacité redoutable contre le virus de l'amour. Il se promit de la remercier à l'occasion, dès qu'il se déciderait à lui adresser de nouveau la parole.

— Les filles de la gouverneure n'ont pas besoin de nous entendre nous interroger sur qui veut éliminer leur mère et pourquoi, répliqua-t-il. La situation est déjà assez effrayante.

— C'est peu de le dire, grogna Parker. Je pensais que tout était fini depuis qu'on avait mis la main sur Frank Dorian.

— Quelle probabilité pour qu'il ait un complice dont nous ignorons tout ?

— Crois-moi, j'ai envisagé moi aussi cette hypothèse. Mais elle n'a aucun sens. Le mobile de Dorian était purement personnel. On l'imagine mal transmettre son obsession à un terroriste quelconque déniché dans l'annuaire…

Parker avait raison. Frank Dorian en voulait à Lila Lockhart de ne pas avoir gracié son frère condamné à mort. Leur mère éplorée n'avait pas survécu à l'exécution, et Dorian imputait aussi à Lila son décès. Sa décision de lui régler son compte n'avait rien de politique, et son arrestation avait mis un terme aux menaces dont il abreuvait la gouverneure et ses proches.

Cette piste-là était donc une impasse. Ils n'avaient aucune idée de l'identité du type qui venait de poser deux bombes au

Capitole du Texas, faisant plusieurs morts et davantage encore de blessés, dont quelques-uns dans un état grave.

Pour quel motif ? se demanda Harlan encore une fois. Parce que Lila Lockhart avait décidé qu'elle souhaitait servir son pays autrement ? Pas plus ?

Ce monde était complètement fou.

Son regard dériva vers la grande baie vitrée. Stacy Giordano ne parlait plus au téléphone, elle était assise sur un des trois bancs entourant un grand conifère en pot, dos à la fenêtre. Ses épaules affaissées, sa tête basse la faisaient paraître si petite et fragile…

L'angoisse serra la gorge de Harlan.

— Est-ce qu'elle va bien ? s'enquit Parker, qui avait manifestement suivi son regard vers la terrasse.

— Elle avait une égratignure sur la tempe, jugée superficielle par l'urgentiste…

Bien sûr, dans ce chaos, le temps avait manqué pour un examen plus approfondi.

— Je vais prendre de ses nouvelles, annonça Harlan.

Lorsqu'il émergea sur la petite terrasse du quatrième étage, Stacy se retourna pour voir qui dérangeait ainsi sa solitude. Enchâssés dans son visage blême, ses yeux paraissaient démesurés, hantés.

— Il est arrivé quelque chose ? demanda-t-elle, un soupçon de panique dans la voix.

— Non. Je venais juste voir si vous alliez bien.

Il s'assit sur un autre banc, refoulant l'envie de prendre ses mains dans les siennes.

— Vous semblez fatiguée…

— Rude journée, reconnut-elle avec une pointe d'humour désabusé.

— Un cauchemar, renchérit Harlan. Avez-vous réussi à passer tous vos coups de fil ?

— Je crois, oui. J'aimerais juste être chez moi à l'heure qu'il est.

— Regret partagé par votre mari, je présume ?

Il se mordit la lèvre. Les mots lui avaient échappé. Il était allé malgré lui à la pêche aux informations…

— Non, répondit-elle avec une grimace. Il n'y a pas de mari.

— Désolé, marmonna Harlan.

Elle esquissa un sourire dénué de joie.

— Il n'y a pas de quoi s'en désoler non plus.

Une autre guerrière tombée sur le champ de bataille conjugal, conclut Harlan. Le danger n'en était que plus grand…

Le sourire de Stacy s'évanouit aussi vite qu'il était venu.

— A-t-on un bilan officiel des victimes ?

Harlan secoua la tête.

— J'ai trouvé deux personnes décédées sur place. Et au moins deux autres qui semblaient en très mauvais état.

Le menton de Stacy se mit à trembler.

— Bon sang !

L'envie le prit de serrer la jeune femme dans ses bras. Une envie puissante et d'autant plus surprenante que sa nature ne le portait pas aux démonstrations d'affection. Offrir une tasse de thé, une oreille compatissante, ce n'était pas son truc. Mais la vulnérabilité de Stacy Giordano le touchait au cœur. Il avait besoin de la consoler, et cela lui fit soudain très peur.

— Je ferais mieux d'aller voir si Lila souhaite me parler, annonça Stacy.

Mais en quittant le banc elle flancha, comme si le mouvement lui faisait mal. Par réflexe, Harlan referma les doigts sur son bras pour la stabiliser. Elle leva vers lui un regard interrogateur. Aussitôt, une troublante onde de chaleur le parcourut. Il retira vivement sa main, passablement perturbé par ses réactions vis-à-vis de cette femme.

La baie vitrée de la salle d'attente coulissa, et Parker les héla, la mine grave.

— Je viens de recevoir un appel de Wade. Frank Dorian est mort.

3

Le lendemain matin, la gouverneure resta pendue au téléphone pendant l'essentiel du trajet en avion vers Freedom. Stacy pu ainsi décompresser après les événements des vingt-quatre dernières heures.

La nuit d'hôtel à réserver pour chaque membre de l'équipe de Lila l'avait occupée une bonne partie de l'après-midi, et la nouvelle du décès en prison de Frank Dorian, avec ses conséquences, avait animé son début de soirée — Parker McKenna et Harlan McClain, en contact constant avec leurs homologues du bureau du CSI à Freedom, relayant à mesure les informations qui filtraient.

Tous les indices convergeaient vers le suicide, Dorian ayant bricolé un nœud coulant avec sa combinaison de détenu pour se pendre aux barreaux de sa cellule. Mais les agents du CSI avaient été choisis par Bart Bellows pour leur rigueur et leur professionnalisme. Un contact au sein de la police de Freedom les tenait informés de l'évolution de l'enquête, et le moindre élément suspect dans ce décès serait aussitôt pris en compte et analysé pour établir un lien éventuel avec l'attentat contre la gouverneure.

Au fil de la soirée, Stacy avait été de plus en plus impressionnée par Harlan et Parker. Elle savait par Bailey que le CSI était composé d'anciens soldats. Parker avait été capitaine dans l'armée, et cela se voyait — il avait largement contribué à maintenir calme et rigueur dans l'entourage de la gouverneure.

Quant à Harlan, difficile de dire dans quelle branche de l'armée il avait servi. Ses cheveux châtains étaient coupés ras, mais c'était le cas chez la plupart des anciens militaires que Stacy côtoyait. Il affichait une solide musculature, ainsi qu'elle l'avait découvert en s'effondrant presque dans ses bras après avoir trébuché en quittant la zone des décombres. Clairement, il s'était maintenu en forme depuis son retour à la vie civile.

Il sentait bon, aussi, songea-t-elle, même en sueur après une frayeur pareille. Pas l'eau de toilette, au contraire de tant d'autres, à commencer par son ex-mari, mais un mélange très naturel d'eau et de savon, une odeur légère, propre, qui n'aurait sûrement pas dégagé la même virilité chez un autre homme.

Harlan McClain était masculin jusqu'au bout des ongles. La façon dont il avait pris la situation en main après l'explosion ne trompait pas. Il avait accouru auprès des blessés, délégué l'autorité à d'autres lorsque cela s'imposait et s'était immédiatement proposé pour la seconder quand ils avaient découvert la gouverneure ensevelie sous les décombres.

Quelle différence avec son ex-mari, Anthony, plus enclin à réfléchir indéfiniment qu'à agir…

— Hâte de revoir Zachary ? lui lança Lila, ramenant son attention sur la cabine du petit jet.

— Oui, répondit-elle, quand bien même une partie d'elle-même redoutait de retrouver son fils après cette nuit passée à l'improviste loin de la maison.

Zachary détestait les entorses à sa routine. Il avait sûrement donné du fil à retordre à cette pauvre Charlotte. Mais au moins, un caprice était une façon de réagir, et Stacy enviait presque Charlotte. Lorsque Zachary était immergé dans son petit monde — ce qui se produisait fréquemment —, il remarquait à peine la présence de sa mère.

Ils atterrirent à Freedom peu après 7 heures. Stacy s'attarda quelques minutes avec la gouverneure, le temps de passer en revue les modifications de planning provoquées par les événements d'Austin et de prévoir une ou deux interviews télévisées pour faire savoir aux Texans que leur élue était prête à achever son mandat avec sa vigueur et son allant habituels.

Après quoi, Lila lui donna congé pour le restant de la matinée, en lui demandant simplement de revenir au ranch pour le déjeuner.

— J'ai un autre sujet à aborder avec vous…

Refoulant une pointe de curiosité, Stacy gagna à pied la dépendance du ranch qu'elle occupait avec son fils.

Charlotte aidait Zachary à chercher une paire de chaussettes pour aller à l'école. Elle parut surprise de la voir.

— Comment la gouverneure a fait pour que l'hôpital la laisse sortir si tôt ?

— Tu la connais, quel médecin lui résisterait ?

Sur ce, Stacy sourit à Zachary. Il leva les yeux vers elle une seconde avant de les détourner avec indifférence.

Il se remit aussitôt à fouiller le tiroir pour mettre la main sur ses chaussettes. Les bleues, comme tous les mardis.

Un grand froid envahit la poitrine de Stacy. Un an et demi déjà qu'elle tentait de se faire une raison, mais rien à faire, elle ne s'habituerait jamais au handicap de Zachary. Elle avait consacré tous ses loisirs à effectuer des recherches sur le syndrome d'Asperger. Livres, blogs, articles rébarbatifs de revues spécialisées et témoignages poignants dans la presse magazine de parents d'*aspies*, du nom que se donnaient les personnes atteintes de ce syndrome. Elle avait ainsi trouvé un certain réconfort dans un blog tenu par une jeune étudiante aspie qui semblait avoir les pieds sur terre en dépit d'une expérience du quotidien très différente. Mais, au bout du compte, Stacy avait dû se rendre à l'évidence : la vie avec son merveilleux petit serait une suite de défis sans fin.

Il éprouverait les pires difficultés à se faire des amis. Il ne tomberait peut-être jamais amoureux, n'aurait pas de compagne pour partager sa vie. Il trouverait un travail… Ou pas.

Stacy se battrait de toutes ses forces pour l'aider à réaliser son potentiel, mais ce potentiel restait pour l'heure une inconnue, puisqu'il était à peine assez grand pour lacer seul ses chaussures…

— Le cheval arabe a le chanfrein concave, annonça-t-il, les yeux rivés au tiroir des chaussettes.

Il y plongea la main, en retira une paire bleue qu'il enfila sur ses petits pieds sans exprimer le moindre triomphe.

— Le Morgan est la première race de chevaux américaine à avoir survécu jusqu'à aujourd'hui.

— Il a encore relu son manuel sur les chevaux ? demanda Stacy à Charlotte.

Celle-ci acquiesça, agitant son épaisse chevelure rousse.

— Il a beaucoup insisté pour me le lire au coucher. Sa lecture devient proprement stupéfiante.

— Il a sûrement été déçu de manquer sa leçon hier…

Depuis quelques semaines, Stacy l'emmenait le lundi et le jeudi au Long K Ranch, où Lindsay Kemp proposait des leçons d'équitation pour enfants handicapés. Dans son cas, les problèmes étaient d'ordre psychologique plus que physique, mais ces séances s'étaient révélées une excellente thérapie. Zachary adorait les chevaux au point de faire l'effort d'interagir avec Lindsay pour apprendre à les gérer.

Stacy poussa un soupir intérieur. Peut-être pourrait-elle l'emmener en douce aux écuries de la gouverneure durant la semaine ? Un des palefreniers, Trevor Lewis, avait déjà laissé Zachary monter un des chevaux les plus dociles à plusieurs reprises. Il semblait connaître le syndrome d'Asperger — un de ses cousins en était affecté. Il ne se formalisait pas des manies de Zachary.

— Charlotte, je finirai moi-même de le préparer pour l'école. Pars la première, je sais que tu dois arriver sur place en avance.

Charlotte enseignait dans une école garderie très réputée, destinée aux enfants présentant des troubles d'apprentissage. L'existence de cette école avait emporté la décision de Stacy alors qu'elle hésitait à accepter l'offre d'un poste auprès de la gouverneure. Tous les témoignages recueillis concordaient, Zachary ne pouvait espérer meilleur cadre d'apprentissage.

A cette occasion, elle en avait pris conscience : son fils devenait peu à peu l'unique critère motivant ses choix de vie.

En ce sens, Charlotte était un don du ciel. Dès qu'elle avait pris connaissance du cas de Zachary, l'éducatrice s'était plongée dans l'étude du syndrome et des meilleures méthodes pour pallier le manque de sociabilité et préparer au mieux Zachary à l'entrée en primaire.

La primaire… Stacy n'était pas certaine de pouvoir se projeter aussi loin dans le temps.

— Il a pris son petit déjeuner, mais ne s'est pas brossé les dents, l'avertit Charlotte. Son déjeuner est déjà dans le sac…

Sur une impulsion, Stacy attira la jeune femme dans ses bras.

— Comment te remercier ?

— Viens donc un jour à l'école donner deux heures de ton temps, et nous serons quittes ! lança Charlotte en souriant. Ça m'intéresse de passer du temps avec Zachary, pour l'occuper au mieux ensuite pendant le temps scolaire. Un stage pratique, en somme…

Stacy la raccompagna jusqu'à la sortie.

— Je dégagerai un créneau dès que j'aurai réussi à remettre la gouverneure sur les rails de la routine.

— Ce ne sera pas une mince affaire, j'imagine ?

— En effet, reconnut Stacy.

— Alors ? Qu'est-ce que tu en penses ?

Gagné par l'impatience, Harlan se pencha sur l'épaule de Vince Russo qui s'obstinait à garder le silence. Ancien commando de la marine américaine, Vince était le spécialiste en explosifs du CSI. Si quelqu'un pouvait leur fournir des informations intéressantes sur la bombe non explosée découverte par Stacy sous les décombres, c'était lui.

— A mon avis, c'est un engin explosif improvisé du style de ceux qu'on trouve en Irak. Ni plus ni moins.

Harlan relâcha son souffle. Il était arrivé à la même conclusion, en dépit d'une expérience moindre que celle de Vince qui avait posé — et désamorcé — des dizaines de bombes pendant son service en Irak.

— Tu pourrais m'en dire un peu plus ?

— Marque de téléphone très commune, on en trouve partout en Amérique. Les flics localiseront peut-être le propriétaire…

Vince leva les yeux vers Harlan.

— Mais c'est peu probable. La bombe est bricolée maison. Pour autant, le gars savait ce qu'il faisait. C'est un miracle qu'elle n'ait pas sauté avant l'intervention des démineurs.

— Je me posais justement la question…

La porte de la salle de réunion s'ouvrit, et Bart Bellows fit son entrée, accompagné de Parker McKenna qui poussait son fauteuil roulant.

Vince et Harlan se levèrent tous deux pour aller serrer la main de leur patron. Celui-ci avait les traits tirés.

— Vous ne devriez pas être à l'hôpital ? s'enquit Harlan, inquiet.

— Diable ! Si Lila peut trouver un moyen de s'échapper, je ne vais sûrement pas traînasser à Austin toute la journée !

Bart braqua son regard bleu acéré sur Harlan et désigna d'un geste le coin de la pièce.

— Un mot, McClain.

Harlan fit rouler le fauteuil à l'écart des autres agents.

— Qu'est-ce qui se passe ?

— La gouverneure m'a demandé de t'amener au ranch pour le déjeuner, répondit Bart.

— Pourquoi ?

— Je pense qu'elle tient à te remercier en personne.

Harlan secoua la tête.

— Je n'ai pas fait grand-chose. C'est son aide de camp qui a rampé sous les gravats pour la sauver.

Stacy Giordano ne quittait plus ses pensées depuis la veille. Son courage, son cran l'avaient ébloui — mais c'était son visage blême qui le hantait depuis qu'il l'avait laissée à l'hôpital pour reprendre la route de Freedom. Il ne savait rien d'elle, ou si peu, mais son travail semblait écrasant de pression.

Stop ! Ce n'est pas ton problème. Tu en as déjà suffisamment !

— Peu importe. Elle a réclamé ta présence, donc tu iras. Cette femme pourrait bien devenir le prochain président des Etats-Unis, et on ne dit pas non à une personne susceptible d'endosser un jour de tels pouvoirs.

— Soit. J'ai gagné un déjeuner gratuit.

Ce serait un réel plaisir d'avaler quelque chose qui ne sorte pas directement d'une boite de conserve ou d'un micro-ondes.

Bart hocha la tête d'un air satisfait et fit rouler son fauteuil vers les autres agents. Ils étaient en train d'étudier la bombe de près, penchés sur l'ordinateur de Vince.

— Le procédé est assez typique de la façon de faire d'al Antqam il y a quelques années, disait celui-ci.

— Al Antqam ? répéta Bart.

— Les Fils de la Vengeance, sauf erreur, répondit Harlan, les yeux rivés à l'écran. Une secte particulièrement cruelle de la province d'Anbar, qui nous a créé pas mal d'ennuis pendant un moment.

— Je sais tout ça, murmura Bart d'une voix rauque.

Harlan se redressa. Le vieil homme était devenu pâle comme la mort.

— Bart, vous vous sentez bien ?

Leurs regards se croisèrent.

— Très bien.

Bart fit pivoter son fauteuil vers la sortie et poussa sur les roues.

— Je serai de retour vers 11 h 30 pour te conduire au ranch de la gouverneure ! lança-t-il par-dessus son épaule.

Parker se dépêcha d'aller lui ouvrir la porte et l'accompagna jusqu'à l'ascenseur.

— Qu'est-ce qui lui prend ? s'enquit Vince.

— Aucune idée, marmonna Harlan.

De Bart, il ne connaissait que l'essentiel — un vétéran du Vietnam devenu agent de la CIA, puis marchand d'armes, qui avait revendu son entreprise d'une valeur de plusieurs milliards. Des informations en libre accès sur Internet…

Parker revint peu après, visiblement troublé lui aussi.

— Bart aurait peut-être dû rester à l'hôpital. Ses mains tremblaient.

— Qu'est-ce que tu sais de son passé, toi ? demanda Harlan.

— Seulement ce qu'il m'en a dit quand il m'a engagé. Trois fois rien.

— Pareil pour moi, renchérit Vince.

— A mon avis, il n'est pas malade, avança Harlan. C'est notre discussion qui l'a perturbé.

— De quoi parlions-nous ? De la bombe ?

— Nous parlions d'al Antqam.

Harlan se remémora sa voix changée répétant : al Antqam ? Il avait cru à une simple question de sa part, mais…

— Eh bien, tu vas pouvoir lui poser directement la question tout à l'heure au déjeuner, reprit Vince en haussant les épaules.

Harlan en avait la ferme intention. Mais, lorsque la longue Cadillac noire de Bart se présenta devant le QG de l'agence, son patron ne se trouvait pas à l'intérieur.

— Où est Bart ? demanda Harlan au chauffeur en se glissant sur le siège passager.

— Il est parti au ranch en avance pour s'entretenir avec la gouverneure.

Le chauffeur, un ancien cow-boy aux cheveux grisonnants nommé Dalton Hicks, attendit qu'il ait bouclé sa ceinture pour se réinsérer dans le trafic, assez léger à cette heure.

— Il a dit qu'il vous attendrait là-bas, ajouta-t-il.

Le Twin Harts Ranch était une exploitation bovine encore en activité — Harlan le savait pour avoir entendu Bailey Lockhart en parler. Qui l'aurait deviné pourtant, en découvrant l'imposante villa blanche de la gouverneure ? Deux colonnes d'un blanc immaculé flanquaient le portique. Une longue véranda extérieure, ombragée par un alignement de colonnes identiques et tout aussi imposantes, courait sur presque toute la longueur des façades de la maison…

— Joli, hein ? commenta Hicks d'une voix traînante en se rangeant devant l'entrée. Attendez un peu d'avoir vu l'intérieur !

Harlan se déplia hors de la Cadillac. L'étroit chemin en marbre poli menant à la porte lui donna presque envie de retirer ses boots poussiéreuses pour ne pas ternir la surface brillante.

Pas de sonnette en vue. Il cogna donc le lourd battant de cuivre contre le bois blanc, mais avec précaution. Deux carreaux vitrés lui renvoyaient le reflet de son visage, l'empêchant de distinguer l'intérieur. Un bruit de pas feutrés lui parvint, et la porte s'ouvrit.

A sa grande surprise, la gouverneure en personne apparut devant lui.

— Bienvenue, monsieur McClain. Ravie de vous revoir.

— Est-ce bien prudent de venir ouvrir vous-même ? fit-il remarquer, presque malgré lui. On vient juste d'attenter à votre vie…

Elle haussa les épaules et lui fit signe de la suivre à travers le grand hall, vers un couloir à peine plus étroit.

— J'ai vu que c'était vous. Et le vitrage de la porte est blindé.

Ses lèvres s'incurvèrent.

— Les membres de ma garde rapprochée vous surveillent depuis votre entrée sur les terres du Twin Harts, il y a dix minutes.

Il aurait dû s'en douter. Comment une femme dotée d'un tel pouvoir et d'une liberté de ton aussi pugnace pourrait-elle tracer sa route dans le milieu volcanique de la politique sans s'entourer de précautions ?

Lila Lockhart le conduisit dans un salon agréable, garni de meubles anciens en bois sombre et de tapis colorés. Le lambris mural égayait cette ambiance rustique, aux antipodes du raffinement européen des façades extérieures du ranch.

Une personnalité aux multiples facettes, songea Harlan comme les occupants de la pièce se tournaient vers lui.

Bart Bellows était bien là, son fauteuil calé devant l'imposante cheminée habillée de pierre de rivière et dans laquelle des flammes dorées léchaient doucement un tas de petit bois. Il sourit à Harlan sans mot dire, comme s'il détenait un secret croustillant.

Près de lui, un homme blond vêtu d'un costume strict surveilla l'approche de Harlan avec une lueur étrangement calculatrice dans ses yeux bleus.

Et dans le fauteuil voisin de l'inconnu se tenait Stacy Giordano, vigilante, manifestement un peu tendue.

— Stacy, tu te souviens certainement de M. McClain, lança la gouverneure, indiquant d'un geste à Harlan le petit sofa placé en face de la jeune femme.

Alors qu'il s'installait, Stacy lui décocha un bref sourire qui métamorphosa ses traits comme si un rayon de soleil était tombé sur son visage. Mais le sourire s'évanouit très vite, et elle braqua de nouveau son regard sur Lila, qui avait pris place à côté de lui sur le sofa.

— Je vous présente Greg Merritt, ajouta la gouverneure en désignant l'inconnu. Mon futur directeur de campagne. Greg, voici l'homme dont je vous parlais, Harlan McClain.

Merritt se leva et tendit la main à Harlan.

— Enchanté, monsieur McClain, déclara-t-il avec une pointe d'accent nasillant du Texas. Vous avez contribué à sauver la vie de la gouverneure hier, nous vous en sommes tous infiniment reconnaissants.

— Appelez-moi Harlan, dit-il, gêné de cet éloge, lui qui avait fait si peu en comparaison de Stacy.

Avant qu'il ait pu protester, la gouverneure intervint.

— Je vous dois beaucoup, monsieur… Harlan, rectifia-t-elle avec un sourire qui se fit plus chaleureux encore en se posant sur Stacy. A vous aussi, ma jolie. Je n'oublierai pas ce que vous avez fait pour moi. Mais ce n'est pas l'unique raison de ce déjeuner auquel je vous ai conviés tous les deux aujourd'hui.

Elle inspira profondément, comme pour se cuirasser avant l'annonce qu'elle s'apprêtait à faire.

Le regard de Stacy, surpris et un peu inquiet, capta celui de Harlan une fraction de seconde.

— Dans deux semaines, je compte donner mon premier gala officiel de levée de fonds pour ma campagne présidentielle. Je demanderai à cette charmante Carrie Rivers de revenir chanter pour nous à cette occasion.

Le visage de Lila Lockhart s'illumina.

— Ce sera une fête grandiose, à l'image du Texas ! Comme de juste, Stacy se chargera de l'organisation des festivités, avec son efficacité coutumière…

Dans les yeux de Stacy, l'appréhension vira soudain à la panique.

— Et vous, Harlan, vous serez responsable de la sécurité.

Malgré lui, Harlan fixa de nouveau Stacy. En temps normal, dorloter la gouverneure et sa cour de supporteurs n'aurait pas figuré dans sa liste de missions alléchantes. Néanmoins, il fallait l'avouer, la récente tentative de meurtre contre Lila pimentait un peu la chose.

Et surtout, travailler main dans la main avec la mystérieuse et très intrigante aide de camp de la gouverneure… Voilà qui représenterait un défi, un vrai.

4

— Je veux monter à cheval, maman !

Posant sa pile de notes, Stacy se tourna vers son fils, qui la fixait avec dans ses yeux très bleus une lueur de détermination farouche qu'elle commençait à bien connaître.

— Zachary, je te répète que je dois travailler cet après-midi.

Elle avait déjà une chance folle de pouvoir rester chez elle pour cela lorsque c'était nécessaire, cette dépendance du Twin Harts où elle logeait avec son fils se trouvant à peine à quelques minutes de marche du bureau de la gouverneure situé dans la villa principale.

— Je devais monter lundi, mais tu as changé le programme.

Il semblait réellement lui en tenir rigueur.

— Oui, j'ai changé le programme. Et je t'ai expliqué pourquoi, n'est-ce pas ? Mme Lila a dû se rendre au Capitole, et j'ai dû l'accompagner. Tu te rappelles ?

Ensuite, tout a volé en éclats, littéralement, et maintenant je vais travailler avec un ancien militaire aux épaules aussi larges que musclées, aux yeux bruns fondants, auquel je n'arrête pas de penser…

— Tu as changé le programme, et je n'ai pas pu monter ! répéta Zachary.

— Je t'emmènerai voir Mlle Lindsay demain. Pour ta leçon habituelle.

Le petit visage rond de Zachary se rembrunit un peu plus.

— Tu dois m'emmener deux fois par semaine ! Je dois prendre une leçon avant demain.

Les inflexions vocales et la prononciation étaient encore celles d'un enfant de cinq ans, mais les mots choisis, la structure des phrases allaient bien au-delà. C'était l'un des multiples indicateurs du syndrome d'Asperger. Comme cette obsession tenace pour les chevaux…

Certains aspies devenaient obsédés des jeux vidéo. D'autres se focalisaient sur les avions, les trains ou les voitures. La passion de Zachary pour les équidés remontait à son troisième anniversaire, quand il avait reçu de ses grands-parents paternels un cheval à bascule. Stacy commençait alors tout juste à prendre conscience que son fils si beau et si brillant n'était pas comme les autres.

Le diagnostic était tombé quelques semaines plus tard — Asperger. Pendant près de trois mois, elle et son ex-mari, Anthony, s'étaient rebiffés, essayant de trouver une autre explication rationnelle aux troubles du développement de Zachary. Mais tous les signes étaient là et, en fin de compte, il avait bien fallu se rendre à l'évidence. Son fils n'aurait jamais la vie dont elle avait rêvé le jour où elle avait découvert qu'elle était enceinte.

Elle avait accepté la réalité. Pas Anthony.

— Ecoute, dit-elle en posant sur son fils un regard enamouré, je vais voir si M. Miller peut s'occuper de toi aux écuries de Mme Lila, d'accord ?

Zachary inclina la tête, comme pour soupeser la proposition.

— D'accord. A quelle heure ?

Stacy consulta sa montre. Presque 14 heures. Il lui restait une longue série d'appels à passer…

— A 15 heures. J'appelle M. Miller pour voir s'il est disponible.

Mais Zachary filait déjà dans sa chambre, sans même un merci.

Retenant un soupir de lassitude, Stacy composa le numéro des écuries. Avec un peu de chance, on trouverait un cheval assez docile pour faire trotter Zachary dans l'enclos. Sinon, la fin de journée serait un enfer.

Cory Miller décrocha en personne. C'était un vieux Texan bourru qui côtoyait la famille Lockhart depuis l'enfance des filles et du fils de Lila.

— Trevor a presque fini sa journée. Je peux lui demander de faire monter Zachary.

— Merci beaucoup !

Stacy en trembla presque de soulagement. Trevor, un des plus jeunes palefreniers — il approchait de la trentaine —, semblait prendre du plaisir à promener Zachary de temps à autre. Peut-être son fils allait-il se calmer avec cela et la laisser travailler sur ce projet de gala.

— Et, euh… Cory ? S'il vous plaît, n'en parlez pas à la gouverneure. Je ne veux pas qu'elle pense que Zachary devient une gêne pour qui que ce soit.

— Elle ne penserait jamais une chose pareille, protesta Cory. Mais d'accord, mademoiselle Stacy. Je ne dirai rien.

Lila n'irait sans doute pas jusqu'à l'imaginer incapable d'assumer son poste en raison du handicap de Zachary, mais Stacy ne pouvait se permettre de prendre le moindre risque de ce côté-là. La rémunération était intéressante, elle suffisait à couvrir les séances de thérapie. Si Lila venait à changer d'avis sur son aptitude à endosser ce travail, où en trouverait-elle un autre aussi flexible et lucratif ? Probablement nulle part.

S'était-elle trompée en se jugeant apte à exercer une fonction aussi exigeante que celle d'aide de camp de Lila Lockhart ?

Un temps, celle-ci avait même envisagé de la nommer directrice de campagne pour la course à la présidence jusqu'à ce que Stacy et quelques autres intimes la persuadent que le seul choix intelligent était de faire appel à un professionnel de la politique expérimenté. Quoique flattée par la confiance de Lila en ses compétences et son instinct, Stacy connaissait ses limites. Or Lila méritait le meilleur — Greg Merritt, en l'occurrence.

En dépit de la liste interminable de coups de téléphone à passer avant cette leçon d'équitation improvisée, elle fut incapable de se concentrer. Zachary ne faisait pas un bruit. Elle s'octroya une pause pour aller voir ce qu'il faisait.

Il était bien dans sa chambre, en train de se balancer sur le cheval de bois offert par les parents de son ex-mari. Il discutait tranquillement avec le jouet désormais ridiculement petit pour un enfant de cinq ans. Il lui donnait des ordres… Cette vision suffit à faire sourire Stacy. Elle avança d'un pas vers son fils.

Il leva la tête, puis reprit comme si de rien n'était son dialogue imaginaire. Sans un geste de bienvenue envers sa mère. Sans un sourire ni même une grimace de gêne d'avoir été surpris en grande conversation avec un jouet de bébé.

Stacy refoula ses larmes, quand bien même son fils ne réagirait pas davantage en la voyant pleurer.

— Est-ce qu'il est l'heure de partir ? demanda-t-il, les yeux sur le cheval à bascule.

— Pas encore.

Elle battit en retraite dans le couloir pour donner libre cours à son chagrin. Plus tard, elle regretterait sûrement cet accès de faiblesse, elle qui n'était pas du genre à s'apitoyer sur son sort, mais tant pis ! Elle avait bien le droit de se laisser un peu aller, après le stress de ces derniers jours…

Sans compter que les deux semaines à venir ne seraient pas non plus de tout repos. Entre la préparation du gala et les longues heures de travail inévitables avec Harlan McClain, ce serait comme de vivre dans une cocotte-minute.

Le contrôle de la situation risquait même de lui échapper si elle n'y prenait garde. Cet homme avait le don de toucher ses cordes sensibles, pour le meilleur comme pour le pire.

Après le départ d'Anthony, le désenchantement et le sentiment d'avoir été trahie lui avaient fait penser qu'elle était désormais immunisée contre les charmes de la gent masculine. Et voilà que, au beau milieu d'un attentat, quelque chose chez Harlan McClain avait ouvert une brèche dans les défenses qu'elle érigeait depuis un an et demi pour se prémunir contre une nouvelle désillusion.

Il y avait même eu ce moment, bref mais intense, où, étant littéralement tombée dans ses bras, elle avait soudain compris qu'elle pouvait encore se sentir terriblement attirée par un homme, en dépit de sa détermination à ne plus jamais tomber dans le panneau…

Elle se promit fermement de redoubler de vigilance pour ne pas laisser le sortilège opérer une seconde fois.

Harlan s'était vu octroyer un jour de congé officiel avant de se consacrer à la sécurisation du gala de levée de fonds. Lila Lockhart s'imaginait sans doute qu'il aurait besoin de mettre un peu d'ordre dans sa vie privée, puisqu'elle attendait clairement de lui qu'il passe l'essentiel de ses journées au ranch pour coordonner l'événement. Il n'avait pourtant aucun souci de ce côté-là. Pas d'épouse, pas d'enfants, personne à qui rendre des comptes hormis Bart Bellows et ses collègues du CSI.

Ouaip ! Sa vie était un long fleuve tranquille…

Sauf que la maison de ses rêves, qu'il avait passé tant de jours et de nuits à imaginer tout en économisant pour la construire, était revenue à son ex après le divorce. Qu'importe qu'Alexis ait couché avec le maître d'œuvre — son papa jouait au golf avec le juge aux affaires familiales. Et, comme si cela ne suffisait pas, l'avocat d'Atlanta qu'elle avait grassement payé s'était débrouillé pour faire passer les années de service de Harlan chez les marines pour un abandon de domicile conjugal.

Adieu, belle demeure à deux étages de Walnut Grove, Géorgie ! Bonjour ce minuscule trois-pièces à Freedom, Texas, garni de meubles d'occasion et d'un téléviseur écran géant récupéré à l'arraché pour unique souvenir de sa vie d'avant.

Restait aussi son bon vieux pick-up Ford, bien sûr. Alexis ne l'avait jamais aimé, et sans doute devait-il se réjouir qu'elle se soit contentée de prendre la maison pour soulager sa colère.

Des coups discrets frappés à la porte le tirèrent de ses pensées moroses.

Matt Soarez se tenait sur le seuil, une enveloppe rose à la main.

— C'est pour toi !

Harlan saisit l'enveloppe. Son nom figurait effectivement sur le papier, tracé d'une écriture familière, et un parfum de gardénia lui chatouilla les narines.

Bon sang !

— Tu nous caches des choses, McClain ? lança Soarez avec un large sourire. Qui est la demoiselle ?

— Ce n'est pas une demoiselle, répliqua Harlan en grimaçant. C'est mon ex-femme.

Soarez haussa un sourcil noir.

— Je la croyais en Géorgie…

— Moi aussi.

Harlan fixa la lettre, perplexe.

— Où l'as-tu trouvée ?

— Devant ma porte. Je venais de rentrer de mon déjeuner au Talk of the Town.

Matt habitait l'appartement mitoyen du sien, au fond du couloir.

Harlan jeta un coup d'œil à sa montre. 14 heures passées.

— Hé ! C'est mon jour de congé, précisa Soarez devant son air incrédule. Faith et moi, nous avons des projets à étudier ensemble…

— Pour le mariage ? demanda Harlan.

Non qu'il se soucie de détails comme le mariage, la vie conjugale ou la petite chose vagissante sortie de Faith… Mais il n'était pas franchement pressé d'ouvrir la lettre d'Alexis.

— Eh bien… Pas seulement.

Le sourire de Soarez s'élargit.

— D'abord, nous allons emménager ensemble.

Harlan ne s'attendait pas à cela, mais quoi de plus naturel ? Soarez passait déjà tout son temps libre chez Faith. Harlan ne le croisait presque plus.

— Quand ? fit-il d'un ton bourru.

— Ce week-end, sauf imprévu à l'agence. Je vais devenir papa à plein temps de Kayleigh, ajouta Soarez, ses yeux sombres étincelant de félicité.

Ravalant la réplique assassine qui lui venait, Harlan se borna à commenter :

— Tu vas te régaler.

Son manque d'entrain n'échappa pas à Soarez.

— Toutes les femmes ne sont pas des tricheuses géorgiennes infidèles, Harlan. Laisse passer un peu de temps, tu finiras par trouver toi aussi une fille comme Faith.

Harlan ne voulait *pas* d'une fille comme Faith dans sa vie. Ni d'une autre, d'ailleurs. Dans son lit, pourquoi pas… Mais au-delà, les femmes n'étaient qu'une source de problèmes.

Matt haussa les épaules.

— Bon, je te laisse en tête à tête avec la lettre du serpent, conclut-il avant de s'éloigner vers son propre appartement.

Harlan referma la porte en soupirant, s'adossa au panneau de bois et considéra l'enveloppe rose au parfum de gardénia qu'il tenait entre les mains.

Qu'est-ce que tu veux, Alexis ?

Il glissa l'index sous le rabat. Aussitôt, le papier lui entailla la peau. Il pesta intérieurement tout en extrayant la feuille pliée en quatre. Un pouce pressé sur la coupure, il se servit de l'autre main pour la déplier.

« Je suis à Freedom. Appelle-moi. Il faut qu'on parle. »

Pas de numéro de téléphone — elle avait sûrement gardé l'ancien.

Il froissa le papier et le fourra dans la poubelle de la cuisine avant d'attraper sa veste. Il était presque arrivé au pick-up lorsque la curiosité l'emporta sur son orgueil têtu.

Que venait donc fabriquer Alexis au Texas, nom d'un chien ? Ils se connaissaient depuis l'âge de douze ans, et jamais elle n'avait fait allusion à un proche vivant dans cet Etat. Surtout dans une ville aussi minuscule que Freedom.

Etait-il arrivé un drame dans sa famille ? Avait-elle besoin de son aide pour une raison quelconque ?

Grommelant un juron, il grimpa au volant et sortit son portable. Alexis figurait encore parmi les numéros abrégés, découvrit-il, agacé. Il pressa la touche.

Elle décrocha dès la première sonnerie.

— Hey, bel étranger !

Il se renversa contre le dossier. C'était peut-être une sale tricheuse, mais cet accent traînant du Sud était toujours aussi doux à l'oreille.

— Qu'est-ce qui ne va pas, Alexis ?

Il y eut un bref silence à l'autre bout de la ligne.

— Rien. Tout va bien. Il faut que je te parle, c'est tout.

— Appelle mon avocat.

— Ce n'est pas un sujet pour les avocats, répliqua-t-elle, l'impatience relevant son accent de miel d'une pointe de piment. Viens me retrouver au Bella Rosa. Je t'offrirai un café.

— En dépit de tes efforts, je peux encore me payer une tasse de café !

Il ajouta dans la foulée :

— Tu y es, là ?

— Oui. Tu viens ?

Il prit un instant avant de répondre :

— J'arrive. Mais tu as intérêt à ce que ce soit important.

— Ça l'est ! assura-t-elle.

Il raccrocha en jurant tout bas. Décidément, le cauchemar qu'avait été son mariage lui collait aux basques, même après le divorce. Ça n'en finirait donc jamais ?

Le Bella Rosa était un bistrot chic situé côté est de la grand-place de Freedom — à quelques pâtés de maisons à peine du Talk of the Town, le chaleureux petit café-restaurant tenu par Faith, la jolie fiancée de Matt Soarez…

Une chance qu'Alexis ait des goûts de luxe, songea Harlan. S'il l'avait retrouvée au Talk of the Town, la nouvelle se serait aussitôt répandue dans toute la ville comme une traînée de poudre.

Leur entrevue au Bella Rosa mettrait quelques jours de plus à s'éventer. Il aurait le temps d'inventer une histoire crédible qui lui éviterait de passer pour un imbécile.

Assise à une table du fond, ses cheveux couleur miel attachés en une jolie tresse, Alexis haussa un sourcil parfait devant sa tenue décontractée. Il n'allait pas s'en excuser. Pourquoi donc troquer son jean contre un costume pour un simple café avec son ex-femme ?

Elle lui fit signe de s'asseoir.

— Qu'est-ce qui se passe ? demanda-t-il sans préambule en s'installant en face d'elle.

Au même instant, un serveur fondit sur eux, mais Harlan le renvoya d'un geste vif.

— Tu ne veux rien manger ? s'étonna Alexis.

— Je n'ai pas vraiment faim.

Ce n'était pas tout à fait vrai. Simplement, il n'avait pas *assez* faim pour déjeuner avec elle.

— Alors ? soupira-t-il.

Elle inspira profondément et joignit ses mains manucurées.

— Je vais me remarier.

Harlan en resta pantois.

— Pas de réaction ? demanda-t-elle avec un petit rire nerveux.

— Que dit-on en pareil cas ? Félicitations ? Meilleurs vœux ? Je ne sais jamais lequel des deux s'adresse à la mariée et lequel au marié…

— Merci, dit Alexis en souriant.

— Eh bien, je suppose que cela me dispense de pension alimentaire à l'avenir ?

— Je n'ai jamais voulu que tu sois tenu d'en verser une. Je n'ai pas besoin de ton argent.

— Tu n'as jamais eu besoin de quoi que ce soit venant de moi, murmura-t-il. En parlant du marié… Je suis surpris, j'avoue. J'imaginais Ted-le-maître-d'œuvre plus porté sur les aventures que sur les plans à long terme, mais s'il te plaît à ce point…

— Ce n'est pas Ted que je vais épouser. C'est Alden.

Il la considéra, les yeux ronds.

— Alden ? Ce quinquagénaire hargneux qui te défendait pendant le divorce ?

— Il a quarante-six ans, Harlan. Et il attaque seulement dans les prétoires. C'est un homme foncièrement gentil. Et attentionné.

Parce que, moi, je ne l'étais pas ? songea Harlan. *Evidemment, j'étais un peu occupé à l'époque à me battre pour mon pays en slalomant entre les balles et les bombes, mais, hein ! Ce n'est pas ton problème, n'est-ce pas, chérie ?*

— Comment va ta main ? demanda-t-elle au bout d'un moment.

La question était-elle sincère ou juste destinée à rompre le silence pesant ? Harlan n'aurait su le dire.

Il plia et déplia sa main droite. Les cicatrices pâles laissées par les éclats d'obus tiraient sur la peau et gênaient sa mobilité.

— Pas tellement mieux. La rééducation a fait son œuvre. Il ne me reste plus qu'à apprivoiser mes nouvelles limites.

— Je suis navrée de tes blessures, mais heureuse en même temps qu'elles t'aient contraint à quitter les marines, déclara Alexis en redressant le menton, comme prête à affronter sa colère.

— Dommage que tu n'aies pas attendu quelques mois avant de t'envoyer le maître d'œuvre. J'aurais eu tout le temps ensuite de t'entourer d'attentions.

Elle parut si peinée que Harlan se sentit presque coupable, avant de se remémorer sa propre humiliation le jour où il était entré dans la chambre et l'avait trouvée nue dans les bras de l'entrepreneur qu'il avait engagé pour bâtir la maison de leurs rêves.

— Je t'ai déjà dit que je regrettais que tu nous aies surpris de cette manière…

— Mais pas d'avoir couché avec lui derrière mon dos ?

— Tu sais aussi bien que moi que notre couple était voué à l'échec. Nous sommes trop différents. Nos attentes sont trop éloignées…

Cet argument-là se défendait. Lui n'avait strictement aucune envie d'épouser un avocat aux dents longues. Ni personne d'autre d'ailleurs. Plus jamais ça !

Une fois lui avait suffi.

— Tu as pris l'avion jusqu'au Texas pour m'annoncer ton mariage, Alexis ? Tu aurais pu te contenter d'un coup de fil.

— Alden assiste à un congrès à Lubbock. J'ai jugé plus correct de t'apprendre la nouvelle en face-à-face.

Il l'observa un moment sans mot dire, absorbant sa beauté de reine de promo qui ne s'était pas estompée avec les années, son expression pleine d'espoir. Elle souhaitait faire la paix, tourner la page. Peut-être même attendait-elle son pardon.

Serait-ce si douloureux de le lui donner ?

Il esquissa un sourire contraint.

— J'espère sincèrement qu'Alden te rendra heureuse. Et qu'il restera tout aussi attentionné pendant les cinquante ans à venir.

Le sourire qu'Alexis lui décocha en retour lui rendit soudain ses seize ans. Elle était de nouveau belle, brillante, parée de toutes les qualités qui le faisaient alors rêver d'une vie à deux… Il l'avait aimée à la folie…

Mais cette époque était révolue, se rappela-t-il avec un petit frisson de soulagement. Il lui en voulait encore de son infidélité, de ses mensonges. En revanche, il se fichait de savoir avec qui elle passait ses nuits.

C'était un progrès.

— J'espère que tu trouveras quelqu'un, toi aussi, ajouta-t-elle.

A ces mots, son humeur s'assombrit de nouveau.

— Je ne suis pas vraiment en chasse.

— Ce n'est pas parce que notre mariage n'a pas marché que…

Il se leva en baissant les yeux vers elle une dernière fois.

— Que la vie te soit douce, Alexis.

— Pour toi aussi…

Mais Harlan était déjà loin, pressé de sortir et de humer la brise tiède balayant les plaines de l'Ouest.

Il promena le regard autour de lui sur les façades engageantes des boutiques et des commerces établis sur la grand-place. Le long des rues s'alignaient de vieux peupliers et des chênes tentaculaires dessinant comme une oasis idyllique au cœur de la Texas Panhandle, région du nord, aride entre toutes.

Il avait accepté l'offre de Bart Bellows parce qu'elle lui offrait une chance de repartir de zéro, de voir à quoi ressemblait la vie hors des marines et de son couple en miettes. Freedom lui avait paru un lieu idéal pour se bâtir une nouvelle vie — difficile de rester anonyme longtemps dans une aussi petite ville…

Pourtant, jamais il ne s'était senti aussi seul.

15 heures à peine à sa montre. La seconde moitié de la journée s'étirait devant lui, insipide, décourageante.

Avec un soupir, il sortit son portable et composa le numéro de la ligne directe de Lila Lockhart que celle-ci lui avait donné la veille.

Elle décrocha aussitôt.

— Bonjour, monsieur McClain, lança-t-elle d'une voix chaleureuse et amusée. Vous n'avez pas changé d'avis, j'espère ?

— Non, gouverneure, pas du tout. J'aimerais même commencer dès aujourd'hui. Combien de temps vous faut-il pour réunir l'équipe ?

5

Stacy jeta un coup d'œil furtif à sa montre. Presque 16 heures. La leçon de Zachary était sûrement terminée.

Quand Harlan McClain se déciderait-il enfin à boucler cette réunion ?

— Un rendez-vous urgent ? murmura Greg Merritt.

— Juste un tic nerveux…

Harlan McClain plissa les yeux tout en poursuivant son discours.

— Nous sécurisons tous les accès. Des postes de contrôle ont été installés sur l'ensemble de la propriété — aux abords de la dépendance, sur le chemin des pâturages, sur la route principale et sur celle menant aux écuries. Le but est d'enregistrer les déplacements, de savoir où chacun se trouve et où chacun se rend.

Génial, songea Stacy. Il lui faudrait donc franchir un contrôle pour aller chercher son fils aux écuries ?

— Votre coopération totale sera indispensable à la réussite de ce travail. Pour détecter et identifier les menaces pesant sur la gouverneure, nous devons pouvoir compter sur un respect absolu du protocole de votre part, de façon que le moindre écart soit immédiatement repérable. C'est clair pour tout le monde ?

Hochements de tête et murmures d'assentiment dans l'assistance. Stacy exhala un discret soupir de frustration.

— J'ai conscience de la contrainte que représentent pour vous ces nouvelles règles, reprit Harlan. Mais la sécurité de la gouverneure est en jeu. La vôtre aussi. Des gens sont morts à Austin. Nous ne pouvons pas tolérer que cela se reproduise. Pas sous notre protection.

Stacy se reprocha aussitôt son agacement, mais ces évidences ne changeaient rien au défi qui l'attendait — récupérer Zachary aux écuries sans se faire remarquer. Elle n'avait aucune envie que la gouverneure sache qu'elle avait pris sur son temps de travail pour satisfaire une lubie de son fils…

— Dès demain, chacun recevra un badge à son nom. Vous le porterez sur vous en permanence lorsque vous serez ici au ranch, ordonna Harlan.

Quelques grommellements lui firent écho.

— C'était mon idée.

Lila venait de prendre la parole pour la première fois depuis le début de cette réunion convoquée par Harlan McClain. Le silence se fit.

— Il y a un poste de contrôle devant ce bureau à l'heure où je vous parle, conclut Harlan. En partant, chacun de vous signera le registre de sortie. Même chose à chaque poste du ranch — une signature à l'entrée, une autre à la sortie.

De pire en pire, songea Stacy, atterrée. Elle aurait pu à la rigueur soudoyer l'agent de garde pour qu'il taise son aller-retour aux écuries, mais comment lui demander de la laisser passer sans émarger sur le registre à l'aller ou au retour ?

Elle n'avait plus le choix.

Il lui faudrait court-circuiter les nouvelles règles de sécurité pour aller chercher Zachary.

— Je pense qu'ils l'ont bien pris, dans l'ensemble, commenta Lila après le départ de ses employés.

— J'aurais pu arrondir un peu plus les angles, reconnut Harlan. Mais ce protocole aurait dû être mis en place dès votre retour d'Austin.

La gouverneure se renversa dans son fauteuil et croisa les jambes. Elle semblait soudain lasse et tendue, alors qu'elle avait plutôt bien caché sa détresse en présence des autres membres de son équipe, songea Harlan.

— La police d'Austin n'a aucune piste, indiqua-t-elle. Ils analysent les images enregistrées par les caméras de surveillance du Capitole, mais ils n'ont rien trouvé pour le moment.

— Avez-vous songé que le coup pouvait avoir été monté de l'intérieur ? demanda Harlan.

Lila croisa son regard.

— J'y ai pensé. Cette idée ne me plaît pas.

— D'après ce que j'ai compris, la décision d'annoncer votre candidature a été prise à la dernière minute ?

— Oui. J'envisageais depuis un moment de me présenter, mais la conférence de presse a été convoquée sur une inspiration. La seule personne à qui j'en aie parlé plus de deux jours avant, c'est Stacy.

Une étrange sensation de malaise étreignit Harlan.

— Un activiste extérieur aurait difficilement trouvé une faille dans vos défenses en un laps de temps aussi court.

— Vous n'êtes pas en train de suggérer que Stacy…

— Je ne suggère rien du tout, dit-il très vite. J'essaie de comprendre la manière dont les informations circulent ici, voilà tout.

— Au ranch, notre façon de faire est un peu différente de celle en vigueur au Capitole, admit Lila. Ici, c'est chez moi. Mes collaborateurs sont un peu ma famille et ils sont traités comme tels.

— C'est un mode de gestion tout à fait sympathique tant qu'on peut se le permettre. Mais vous allez devoir adopter de nouvelles habitudes, surtout maintenant que vous visez plus haut.

Lila soupira et ferma les yeux.

— Je sais.

— Et cela s'aggravera encore si vous remportez la mise.

Les lèvres de Lila s'incurvèrent.

— Je sais cela aussi. J'ai toujours considéré que c'était un marché équitable…

Elle rouvrit les yeux et cloua Harlan d'un regard bleu intense.

— J'espérais seulement repousser encore un peu ce moment.

— Je m'efforcerai de le rendre le plus confortable possible pour vous et votre entourage. Dans les limites qui s'imposent.

Lila inclina la tête.

— Bart m'a assuré que vous seriez le patron idéal de mon équipe sécurité pour ce gala. D'après lui, vous ne faites pas de sentiment et vous ne craignez pas de dire les choses en face, sans prendre de gants. Je n'en attends pas moins de vous.

— J'essaierai de ne rien vous cacher.

— J'y compte. Mais n'oubliez pas ce que j'ai dit à propos de mes collaborateurs que je considère comme ma famille.

— Entendu, gouverneure.

— Allez vite voir si votre protocole fonctionne, conclut Lila en souriant. Vous piaffez, je le vois bien.

Oui, il avait hâte de s'assurer que le système fonctionnait. Il faudrait, bien sûr, un peu de temps pour que les gens s'habituent à cette surveillance rapprochée, après avoir si longtemps bénéficié d'une liberté totale sur le ranch…

D'ailleurs, il détestait imposer de telles contraintes.

Autant il avait apprécié la discipline chez les marines, autant il chérissait le souvenir de sa jeunesse dans les montagnes du nord de la Géorgie, où les brûlantes journées d'été rimaient avec liberté… Des heures à crapahuter dans les bois et à s'amuser avec les copains sans sonneries ni devoirs pour gâcher le plaisir. Ses parents, qui travaillaient tous les deux, le confiaient à la garde assez lâche de sa sœur adolescente avec pour seule consigne d'éviter hôpital et prison. Vaille que vaille, il était parvenu à respecter cette consigne, parfois de justesse…

Il s'arrêta au poste de contrôle devant le bureau de la gouverneure. Les quinze collaborateurs avaient signé le registre. Son regard glissa vers la signature claire, affirmée, de Stacy Giordano.

Elle avait paru nerveuse pendant la réunion. Et même franchement contrariée pendant l'exposé des détails du protocole de sécurité.

La seule personne à qui j'en aie parlé plus de deux jours avant, c'est Stacy.

La phrase de la gouverneure tournait en boucle dans sa tête. L'idée que la jeune femme soit liée de près ou de loin à la menace pesant sur Lila Lockhart semblait absurde à première vue. C'était elle qui avait découvert la bombe. Elle avait insisté pour ramper sous les décombres et elle y était restée après avoir trouvé l'engin, alors que tant d'autres à sa place se seraient prudemment retirés pour laisser la place aux démineurs professionnels.

D'un autre côté, en admettant qu'elle ait posé elle-même la bombe, ou qu'elle soit complice du terroriste, elle n'avait aucune raison de redouter une explosion — en sa présence, du moins.

Sortant son téléphone de sa poche, Harlan nota dans son agenda :

Vérifier les antécédents des collaborateurs de Lila.

Il aurait dû s'y mettre dès la veille, lorsque cette mission de sécurité lui avait été confiée. Le soupçon d'un coup monté de l'intérieur lui était déjà venu.

Tu crois vraiment que ce pourrait être Stacy Giordano ?

Il avait appris à se fier à son instinct. Or quelque chose dans l'attitude de Stacy pendant la réunion avait déclenché son radar. Ce protocole de sécurité, elle ne l'aimait pas du tout. Restait à savoir pourquoi.

Il ajouta quelques mots sur le bloc-notes.

Enquêter en priorité sur Stacy Giordano.

Demain, se promit Stacy, *je respecterai le protocole à la lettre*. Mais pas là, alors que son petit de cinq ans était sûrement en train de compter ses minutes de retard et deviendrait sous peu incontrôlable.

Le poste de sécurité était à soixante-dix mètres de là, sur le chemin de terre menant aux écuries. Stacy choisit de faire un grand tour à travers un champ broussailleux, farci de trous de gaufres et autres rongeurs, et donc clôturé pour tenir les chevaux à l'écart. Ce terrain en jachère serait réhabilité au printemps.

Dans l'intervalle, il offrait une approche plus furtive des écuries par l'arrière.

Une fois dans la place lui parvinrent les bruits familiers du travail auprès des chevaux. De faibles hennissements, le murmure des conversations entre les palefreniers… Puis soudain, la voix aiguë et familière de Zachary réagissant à la remarque d'un palefrenier.

Elle sourit pour elle-même.

— Vous n'avez rien oublié ?

Le timbre traînant, un peu éraillé, la fit sursauter. Elle pivota vivement et se retrouva nez à nez avec Harlan McClain.

— Vous m'avez fait une de ces peurs !

Elle porta la main à son cœur, le rouge aux joues.

Pour toute réponse, Harlan promena sur son corps un regard lent et affûté, comme s'il cherchait à voir au travers.

— Vous avez besoin de quelque chose ? demanda-t-elle enfin, le silence devenant insupportable.

— La vérité, ce serait un bon début.

— La vérité ? balbutia-t-elle.

— La route depuis la maison de la gouverneure est directe jusqu'ici et remarquablement lisse pour un chemin de terre. Très facile à suivre à pied.

Stacy se tut, mortifiée.

— Si bien que je m'interroge, reprit Harlan. Pourquoi avoir choisi de faire quatre cents mètres de plus à travers les broussailles pour arriver ici, alors qu'une route aussi agréable était à disposition ?

Le ton caustique la fit grincer des dents. Son sentiment de culpabilité tenace s'estompa comme par magie, et l'indignation l'emporta.

— De quoi suis-je accusée au juste, monsieur McClain ?

— Vous avez délibérément contourné le poste de garde. J'aimerais savoir pour quelle raison.

Stacy pinça les lèvres.

— Alors ce sera comme ça, dorénavant ? Une infime entorse à votre règlement, et c'est l'interrogatoire serré ?

Sa colère, elle le savait, s'expliquait par sa détresse d'avoir été prise sur le fait — mais en partie seulement. Un nouveau Harlan McClain se dressait devant elle, tendu, hostile. Il s'était placé à contre-jour dans le soleil de fin d'après-midi, manifestement pour lui masquer son visage. Où était donc passé le gentleman du Sud chaleureux et réconfortant qui l'avait traitée avec tant d'égards après l'attentat ?

— On a tenté d'assassiner votre employeuse il y a deux jours. Je pensais que vous comprendriez mieux que personne les raisons qui m'ont incité à imposer un protocole de sécurité sur ce ranch. Or, vous venez précisément d'enfreindre ce protocole. Cela vous ennuierait de me fournir une explication ?

Exaspérée de ne pouvoir lire son expression, Stacy s'écarta sur le côté dans l'idée de l'obliger à se tourner.

Mais une main jaillit et se referma durement sur son bras, lui arrachant un petit cri. Harlan desserra aussitôt sa prise, sans la lâcher pour autant.

— Où croyez-vous aller comme ça ? demanda-t-il.

— Maman, tu es en retard.

Stacy tourna vivement la tête. Son fils s'était approché et la fixait d'un air réprobateur.

— Je sais, mon chou. Je suis désolée. J'avais une réunion et je n'ai pas pu m'échapper aussi vite que je l'espérais.

— Tu ne pouvais pas leur dire que tu devais venir là ?

Stacy jeta un regard en biais à Harlan, qui semblait décontenancé.

— Qui êtes-vous ? demanda alors Zachary.

Harlan lâcha le bras de Stacy et s'éclaircit la voix.

— Je m'appelle Harlan McClain. Et toi ?

— Zachary Giordano, répondit poliment le petit avec sa gravité coutumière.

Stacy avait mis un certain temps à s'habituer à cette façon de parler. Encore un symptôme du syndrome d'Asperger susceptible d'induire en erreur l'interlocuteur non averti. Parce que Zachary discutait avec une maturité exceptionnelle pour son âge et parce qu'il absorbait comme une éponge les apprentissages qui l'intéressaient, on le prenait facilement pour un surdoué — ce qu'il était, du reste, à bien des égards.

C'étaient ses différences par rapport aux autres enfants qui l'empêcheraient toujours de mener une vie *normale*.

— Zachary est mon fils.

Harlan hocha la tête.

— J'avais deviné.

— Il adore monter à cheval, ajouta-t-elle. Mais nous avons manqué sa leçon du lundi à cause de… ce qui s'est passé à Austin.

— Je vois. Vous avez donc voulu vous rattraper aujourd'hui ?

Harlan se tourna vers le petit qui l'observait avec un intérêt manifeste, presque comique.

Saisie d'un mauvais pressentiment, Stacy se hâta de s'interposer.

— Zachary, il est l'heure de rentrer maintenant, pour faire ta toilette avant le dîner. Navrée d'avoir dérogé au protocole, ajouta-t-elle en pivotant vers Harlan. Je ne voulais pas que la gouverneure me croie incapable de gérer de front mes devoirs de mère et d'aide de camp.

Harlan plissa les yeux.

— Vous ne vouliez pas signer le registre…

— Exactement.

— Maman, est-ce que Harlan peut venir dîner ?

— M. McClain, rectifia-t-elle par automatisme, avant de prendre conscience de ce qu'il venait de demander.

— Est-ce que M. McClain peut venir dîner ?

Stacy lança à Harlan un regard entendu pour lui signifier d'inventer une excuse quelconque. Les difficultés de socialisation liées au syndrome d'Asperger n'empêchaient pas Zachary de s'attacher. Au contraire, son fils était même enclin aux coups de cœur, pour certains camarades de classe par exemple, comme une des filles jumelles de Lindsay Kemp — et pas les deux — ou, pas plus tard que la semaine précédente, pour le coursier venu déposer un courrier officiel chez la gouverneure…

Une fois mordu, il devenait franchement collant, un vrai casse-pieds, parce qu'il était incapable de déchiffrer les signaux de lassitude chez ses nouvelles idoles.

Or, en cet instant, il montrait tous les signes d'une toquade imminente pour Harlan.

— Zachary, je suis certaine que M. McClain a d'autres projets…

— Mais c'est une excellente idée ! coupa Harlan. Quelle heure vous conviendrait ?

Elle le fixa, incrédule. Lui non plus ne savait donc pas lire les avertissements silencieux ?

— J'ai bien peur de ne rien avoir à vous offrir…

— Vous avez bien du pain et du fromage ? Un toast au fromage fera l'affaire.

Le regard de Stacy s'aiguisa. Elle n'était pas dupe. Un homme de cette corpulence ne se contenterait jamais d'un toast au fromage, ou alors en accompagnement d'un steak. Il doutait donc encore de ses motivations réelles pour éviter le poste de garde, en dépit de ses explications.

— Monsieur McClain…

— Il semble que nous soyons partis du mauvais pied, vous et moi, madame Giordano, et puisque nous allons devoir travailler ensemble dans les jours à venir mieux vaudrait retrouver des bases plus saines, vous ne croyez pas ?

Sa voix s'adoucit.

— Je ne dirai rien à la gouverneure. J'imagine que vous faites de votre mieux pour garder en l'air toutes ces balles avec lesquelles vous jonglez.

A ces mots, le soulagement emporta Stacy, telle une onde bienfaisante.

— Merci…

— En outre, j'ai quelques points à étudier avec vous. Il me faudra une copie de votre liste d'invités pour que nous puissions vérifier les antécédents de chacun. Je dois aussi connaître vos projets concernant la disposition des lieux pour établir des mesures de sécurité adaptées.

— Bien sûr.

— J'aimerais autant commencer dès ce soir. Ce jour de congé n'était pas une bonne idée.

Stacy, de son côté, n'avait pas pris ce congé, mais elle préféra garder ce détail pour elle.

— Donc, vous êtes sérieux pour le dîner ?

— Oui… Mais je mentais un peu au sujet du toast. Si je rapportais quelque chose du Talk of the Town ? Je travaille avec le fiancé de la gérante, je dois pouvoir négocier…

— Monsieur McClain, l'interrompit Zachary, saviez-vous que les Quarter horses sont appelés comme ça parce qu'ils ont été dressés pour les courses d'un quart de mille ?

— Oui, répondit Harlan en se retournant pour sourire au petit.

Zachary lui rendit ce sourire. Le cœur de Stacy se contracta.

— J'en étais sûr.

— Et pourquoi donc ?

— Parce que vous portez un cheval.

Harlan baissa les yeux sur le logo ornant la poitrine de sa chemise du côté gauche.

— Ma foi… C'est vrai !

— Saviez-vous que les Quarter horses ont été d'abord appelés *Quarter-mile horses* ?

— Non, ça, je l'ignorais.

— J'ai un livre. Vous pourrez l'emprunter.

Zachary se rapprocha de Harlan, levant vers lui un regard que Stacy commençait à reconnaître comme annonciateur de complications. Il était en train de tomber raide dingue de Harlan McClain.

Et les ennuis n'allaient pas tarder à pleuvoir sur elle après cela.

— Merci, Zachary. Je risque fort de te prendre au mot.

Harlan se tourna vers Stacy.

— 19 heures, cela conviendra pour le dîner ?

C'était sa dernière chance de dire non. Seulement, il avait plus ou moins laissé entendre que ce dîner serait aussi une réunion de travail… Elle pouvait difficilement s'y soustraire, n'est-ce pas ?

Elle ravala un soupir. De toute évidence, elle courait droit dans le mur.

— Bien sûr, 19 heures, ce sera parfait.

Là-dessus, elle saisit la main de Zachary et se dirigea vers la sortie donnant sur la route.

Harlan les rattrapa.

— Je vais vous faire passer le poste de contrôle sans que vous n'ayez besoin de signer.

Elle lui décocha un sourire reconnaissant, mais au fond de son corps c'était le chaos, surtout lorsque la main de Harlan lui effleura le dos pour la guider vers le poste de garde.

Zachary n'était peut-être pas le seul à tomber sous le charme.

6

— Votre fils aime vraiment les chevaux.

Harlan observait Zachary, qui était occupé à nourrir de morceaux de pomme les figurines de chevaux posées à côté de lui sur la table de la cuisine.

— Quand un sujet l'intéresse, il tourne à l'obsession.

De toute évidence, Stacy choisissait ses mots avec soin lorsqu'elle parlait de son fils. Cette prudence expliquait sans doute sa réserve l'après-midi même, aux écuries, songea Harlan. Tout en étant clairement une bonne mère — Zachary avait l'esprit vif et d'assez bonnes manières — elle semblait déterminée, pendant son temps de travail tout au moins, à faire comme si elle n'était pas mère du tout.

Pour avoir servi au côté de femmes en Irak, dont plus d'une mère contrainte de laisser ses enfants à leur père ou à des proches pour partir servir son pays au bout du monde sans être sûre d'en revenir vivante, il comprenait la pression liée au conflit entre exigences professionnelles et intérêts familiaux. Un conflit dont personne ne sortait gagnant.

— J'ai à peu près terminé le travail que je m'étais fixé pour aujourd'hui, déclara Stacy. L'agence publicitaire va mettre les bouchées doubles pour préparer les invitations à adresser à nos donateurs d'ici vendredi. Cela leur laissera un peu plus d'une semaine pour répondre.

— Parfait.

Au diable les aléas du courrier postal. Harlan souhaitait surtout savoir si elle aussi penchait de plus en plus pour l'hypothèse d'un coup monté de l'intérieur concernant l'attentat du Capitole.

— Stacy… La gouverneure a-t-elle engagé quelqu'un récemment ?

Elle haussa les sourcils.

— Pas au sein de l'équipe politique, en tout cas. Pour ce qui est de la main-d'œuvre du ranch, je ne sais pas trop. La rotation du personnel est plus importante de ce côté-là, et ce n'est pas mon domaine…

— Les employés du ranch ne sont pas au courant des allées et venues de la gouverneure, n'est-ce pas ?

— Certainement pas tous les jours.

— Mais parfois, si ?

— Eh bien… Lorsque la gouverneure reçoit des invités ou passe la nuit à l'extérieur, plusieurs d'entre eux au moins en sont informés…

— Harlan, est-ce que vous viendrez vous promener à cheval avec moi ? demanda soudain Zachary.

Stacy lança un regard à Harlan.

— M. McClain, corrigea-t-elle doucement, va être très occupé pendant un long moment. Moi aussi, d'ailleurs. Mais je te promets de rattraper les leçons d'équitation si jamais nous en manquons une, d'accord ?

Zachary fronça les sourcils.

— On ne peut pas manquer une leçon d'équitation, maman. Les chevaux comptent sur ma présence.

Elle rit doucement, tout en gratifiant Harlan d'un nouveau regard furtif.

— Je suis sûre qu'ils auront toujours quelqu'un pour leur tenir compagnie jusqu'à ton retour. D'ici là, j'ai un travail à accomplir et j'ai besoin que tu sois fort pour m'aider. Peux-tu faire cela ?

— T'aider comment ?

— Juste en étant un gentil petit garçon et en comprenant que, parfois, il faudra jouer seul pendant que je travaille.

Zachary se tut.

— Ce doit être difficile de gérer votre fils et votre travail en même temps, fit remarquer Harlan à voix basse.

Stacy fronça les sourcils exactement comme le petit quelques instants plus tôt.

— Je me débrouille, répliqua-t-elle d'un ton sec.

Aïe ! Une fois de plus, il avait dit ce qu'il ne fallait pas.

Zachary rompit le silence tendu qui s'était installé.

— Est-ce que tu peux me trouver un autre livre sur les chevaux, maman ? J'ai lu cinq fois celui que j'ai déjà.

Stacy exhala un petit soupir.

— Oui, Zachary. Mais tu devrais peut-être essayer de lire d'abord un des autres livres que je t'ai offerts à ton anniversaire... Pourquoi pas celui sur les trains ?

— Mais je veux lire un livre sur les chevaux !

Décidément, cet enfant avait de la suite dans les idées..., songea Harlan.

— Les trains à locomotive étaient appelés autrefois chevaux de fer, lui dit-il. Tu le savais ?

Zachary parut sceptique.

— Les trains ne mangent pas de pommes. Et ils n'ont pas de crinière. Et les chevaux n'ont pas de moteur !

— C'est parce que les trains ont remplacé les chevaux pour qu'on puisse voyager à l'époque où les voitures, les camions et les avions n'existaient pas, précisa sa mère en souriant.

Une certaine tristesse ternissait cependant ce sourire, comme si la conversation lui était douloureuse.

— Et, comme les locomotives étaient fabriquées en acier, on les a baptisées *chevaux d'acier*...

— Pourquoi est-ce qu'on ne les appelait pas simplement *trains* ? demanda Zachary.

— On les appelait aussi des trains, intervint Harlan. C'était juste un surnom. Tu sais ce qu'est un surnom, n'est-ce pas ?

Zachary réfléchit un instant et hocha la tête.

— Mlle Charlotte, à l'école, appelle ma voisine Patricia, mais nous, on l'appelle tous Patty, parce que c'est son surnom.

Je pense que Mlle Charlotte devrait aussi l'appeler comme ça, si c'est ce qu'elle veut. Pas vous ?

Harlan leva les yeux vers Stacy.

— Quel âge a-t-il ?

— Cinq ans. Et demi, précisa-t-elle, un brin de défiance dans le regard.

— Il est très intelligent. Vous devez passer beaucoup de temps à lui faire la lecture.

Harlan se risqua à sourire, un peu décontenancé par la nervosité de Stacy en sa présence. A Austin, deux jours plus tôt à peine, elle lui était apparue si confiante, si solide…

— Je sais lire, répliqua Zachary. Je lis tout seul le livre sur les chevaux.

Harlan consulta du regard Stacy, qui hocha légèrement la tête avec un sourire un peu forcé.

— Comment as-tu trouvé ce hamburger, Zachary ? demanda-t-il.

Le petit avait à peine touché à la nourriture qui venait du Talk of the Town.

— Il y a de la moutarde. Je déteste la moutarde.

— Désolée, bredouilla Stacy. Il a tendance à dire ce qu'il pense sans se soucier des conséquences.

Elle tendit la main vers l'assiette pleine.

— Zachary, tu aurais dû me prévenir, j'aurais enlevé la moutarde.

— Elle va directement dans le pain. Le hamburger a encore le goût de moutarde, déclara le petit garçon d'un ton catégorique. Est-ce que je peux avoir un cookie maintenant ?

Stacy se rembrunit.

— Laisse-moi te servir un peu de soupe d'abord. Tu sais que tu dois prendre ton dîner avant le dessert.

— Pardon, dit Harlan, qui se faisait l'effet d'un parfait imbécile. J'aurais dû penser à demander ce qu'il voulait comme sauce…

— Pas de problème, assura aussitôt Stacy tout en sortant du placard une boîte de soupe. Si vous n'avez pas d'enfants, vous ne pouvez pas anticiper ce genre de détail.

— Je vais devoir faire une liste Zachary, alors.

Il sourit au petit, qui le fixa d'un regard vide.

— Aime les chevaux. Sait lire. N'aime pas la moutarde.

— J'aime les cookies, aussi.

— C'est noté.

Stacy faisait réchauffer un bol de soupe au micro-ondes lorsque son portable se mit à sonner. Elle jeta un coup d'œil à l'écran et fronça les sourcils.

— C'est Greg Merritt. Je dois prendre l'appel.

Elle décrocha et s'éclipsa dans le salon, mais la maison était trop petite pour offrir beaucoup d'intimité.

A ses réponses, Harlan comprit que le directeur de campagne de la gouverneure exigeait des informations sur la liste des invités préparée par elle.

Le micro-ondes émit un bip — la soupe de Zachary était prête. Ni le fils ni la mère ne semblèrent s'en apercevoir.

Harlan se leva, retira le bol du four, attrapa la cuiller abandonnée par Stacy sur le comptoir et revint s'asseoir à table en posant la soupe devant Zachary.

— Miam, du poulet et des nouilles. J'adorais ça quand j'étais petit !

Zachary saisit sa cuiller.

— Vous n'aimez plus maintenant ? Pourquoi ?

— Oh ! J'aime sûrement la soupe. Seulement, je n'en mange plus beaucoup.

— Mais, si vous l'adoriez avant et que vous l'aimez encore, pourquoi est-ce que vous n'en mangez plus ? s'enquit Zachary, le front plissé comme un petit ange désorienté.

— Je mange d'autres choses…

— Les chevaux mangent des carottes, en plus des pommes.

Zachary reporta toute son attention sur sa figurine.

— Est-ce que vous avez un cheval, monsieur McClain ?

— Je ne peux pas, j'habite un petit appartement. Si je vivais ailleurs, j'en aurais peut-être un.

Sa famille était trop pauvre pour en posséder quand il était petit, mais il avait appris à monter grâce à une camarade de classe dont les parents avaient une écurie et plusieurs Tennessee Walkers.

Dans l'autre pièce, la voix de Stacy monta soudain d'un cran.

— Greg, je ne peux pas ajouter un nouveau groupe de noms à la liste d'ici demain matin ! Vous allez devoir reporter.

— Maman, on n'habite pas un petit appartement, est-ce qu'on peut avoir un cheval ?

Zachary se glissa au bas de sa chaise et courut vers Stacy pour tirer sur son chemisier.

— Maman, on peut avoir un cheval parce qu'on n'habite pas un petit appartement !

Stacy fit « chut » du bout des lèvres tout en caressant la tête de son fils.

— Oui, je sais que nous sommes sous pression…

— Maman, on peut avoir un cheval ! C'est Harlan qui l'a dit !

Stacy lança à Harlan un regard interrogateur.

Celui-ci se dépêcha de la rejoindre pour entraîner doucement le petit vers la table.

— Zachary, reviens ici manger ta soupe…

— Vous n'avez qu'à la prendre, riposta Zachary d'un ton dédaigneux en se tortillant pour lui échapper. Maman, est-ce qu'on peut aller chercher notre cheval tout de suite ?

— Zachary, ta maman est au téléphone. Viens manger ta soupe, insista Harlan d'une voix aussi basse que possible.

Le gamin l'ignora.

— Maman !

Stacy couvrit le téléphone d'une main.

— Juste une seconde, Zachary. Oui, Greg ? Je t'écoute…

Harlan se pencha et prit d'autorité Zachary dans ses bras pour le ramener dans la cuisine.

Il comprit immédiatement son erreur. Zachary se mit à se débattre, balançant pieds et poings au hasard et roulant de la tête comme un fou. A croire que Harlan tentait de le kidnapper. Stacy le fixa d'un air abasourdi.

Harlan pesta en son for intérieur tout en plantant le petit sur sa chaise devant le bol de soupe. Il avait tout gâché.

— Maman ! hurla Zachary dont les bras s'agitaient encore frénétiquement dans tous les sens.

Harlan saisit ses mains en douceur pour l'apaiser.

— Je suis désolé de t'avoir fait peur, mais tu dois laisser ta maman terminer sa conversation. Tu ne peux pas attendre qu'elle ait fini ?

Zachary pinça les lèvres, ses yeux accusateurs rivés sur Harlan.

— Vous m'avez touché !

Harlan le lâcha aussitôt.

— Je sais. Pardon.

— Maman dit que je ne dois laisser personne d'autre qu'elle me toucher, jamais ! Je lui dirai !

De mieux en mieux. Il allait passer pour un pervers.

— Je pense qu'elle le sait déjà. Je suis sincèrement désolé, Zachary. Ta maman a raison, tu ne dois laisser personne te toucher sans sa permission. Mais elle…

— Peut s'occuper de son fils sans que vous n'interveniez, acheva Stacy d'une voix glaciale.

Harlan tourna la tête. Elle le fusillait du regard, les poings sur les hanches. Il leva les mains en signe de capitulation.

— Je sais, je suis navré. C'est juste que… lorsque je vois un problème arriver, j'essaie de le résoudre. En l'occurrence, je n'avais aucun droit de le faire.

— Je ne vous le fais pas dire !

— Ce dîner était manifestement une erreur.

Harlan baissa les yeux sur Zachary. Visiblement remis du traumatisme d'avoir été porté jusqu'à la table, le gamin s'amusait à faire trotter un cheval miniature d'une main, tout en mangeant sa soupe de l'autre.

— C'est aussi mon avis.

Ces répliques brèves, assassines, commençaient à l'agacer sérieusement. Quel crime avait-il commis pour mériter la fureur de Stacy Giordano ? Il avait pris son enfant dans les bras ? La belle affaire ! Il n'avait fait aucun mal à Zachary. Qui se comportait en enfant gâté, du reste. Si sa mère passait un peu plus de temps avec lui, peut-être…

— Rendez-vous demain matin pour faire le point, lâcha-t-il d'un ton brusque en s'éloignant vers l'armoire dans laquelle était suspendu son manteau. Nous avons de nombreux détails à passer en revue.

Stacy le rattrapa dans l'entrée.

— Je ferai tout ce que vous voudrez pour que ce gala se déroule en toute sécurité. Mais ne touchez pas à mon fils !

A ces mots, le sang-froid de Harlan vola en éclats.

— Quel est votre problème, à la fin ? Je n'ai fait aucun mal à Zachary. J'essayais d'apporter un minimum de discipline dans une situation qui partait en vrille…

— Ce n'est pas votre rôle de discipliner mon fils.

— Je m'efforçais de le faire tenir tranquille pour vous permettre de téléphoner, répliqua Harlan. Cet enfant a la langue bien pendue et aucune maîtrise de ses impulsions. Est-ce que vous lui passez toujours tous ses caprices ?

— Il a des difficultés à se contrôler parce qu'il souffre du syndrome d'Asperger, lui renvoya Stacy. Ça vous dit quelque chose ?

Harlan secoua la tête.

Elle lui fourra son manteau dans les bras.

— Alors, renseignez-vous. Et, si ce que vous apprenez vous rebute, restez à distance de mon fils à l'avenir !

Elle le mit quasiment à la porte et referma celle-ci d'un geste si brusque qu'il tressaillit.

Encore sous le choc, il huma l'air froid de la nuit d'octobre.

— Une franche réussite, dit-il au croissant de lune accroché au-dessus des cotonniers.

La lune s'abstint de commentaires.

19 h 30 à sa montre, et il avait à peine touché à son burger. Ouaip ! Grandiose, cette soirée, du début à la fin…

Peut-être pourrait-il se faire préparer un sandwich dans les cuisines du ranch. Un dîner de roi qu'il dégusterait dans le bureau que lui avait attribué la gouverneure, tout près du sien…

C'était toujours mieux qu'un retour piteux dans son appartement chichement meublé où il tenterait de faire comme s'il se sentait chez lui. Ou pire, comme s'il se sentait fier de lui.

— Est-ce qu'on va avoir un cheval ? demanda Zachary.

La tête de Stacy bourdonnait, mais elle s'efforça de cacher sa nervosité à son fils.

— Zachary, cette maison n'est pas réellement à nous. Mme Lila nous l'a seulement prêtée, nous ne pouvons pas amener un animal sur sa propriété. Elle a ses propres chevaux, et tu les montes parfois, n'est-ce pas ?

— Parfois seulement, se lamenta Zachary. Je veux un cheval que je pourrais monter tout le temps. Je lui ferais manger des pommes et des carottes et je lui donnerais le nom qui me plaît. Je l'appellerais Le Cheval de Zachary, je crois. Parce qu'il serait à moi. Et qu'il serait un cheval.

Stacy ne put s'empêcher de rire.

— Zachary, nous allons rester ici chez la gouverneure pendant un long moment encore.

Tout au moins elle l'espérait car, pour peu qu'il soit d'une nature rancunière, Harlan McClain avait les moyens de lui créer des ennuis très rapidement.

Elle chassa résolument ces pensées sombres et reprit :

— Pour le moment, il faudra monter les chevaux de Mme Lila. Mais le jour où nous aurons une maison à nous, s'il y a assez de place et si ce n'est pas contraire à la loi, nous envisagerons de te trouver un cheval. Je te le promets.

Zachary parut sur le point d'argumenter encore, mais Stacy ne pouvait passer le restant de sa soirée à négocier avec son fils alors que son travail ne tenait peut-être plus qu'à un fil très, très fragile.

— Zachary, si tu allais voir Chico ? suggéra-t-elle en prenant son fils par la main.

Ce chat demi-siamois appartenait à Miguel, le gardien du ranch, et pour une raison mystérieuse, alors qu'il dédaignait la plupart des visiteurs, il adorait Zachary.

Ils suivirent la route plongée dans le noir jusqu'au bâtiment réservé aux employés du ranch, qui jouxtait la villa principale, s'arrêtant consciencieusement au poste de garde. Miguel et son épouse, Rhonda, leur réservèrent un accueil chaleureux, et Chico s'enroula aussitôt autour des chevilles de Zachary en ronronnant haut et fort.

— Rhonda, pardon de vous demander cela, mais pourriez-vous veiller sur Zachary quelques minutes ? Je dois aller m'entretenir avec la gouverneure.

— Bien sûr, pas de problème, répondit sans hésiter Rhonda avec un sourire complice.

Rhonda et Miguel étaient devenus instantanément ses alliés au ranch, et pour cause, ils avaient eux-mêmes un petit-fils autiste et comprenaient les défis auxquels étaient confrontés leur propre fille et leur gendre.

Quelle chance d'être entourée de personnes bienveillantes, toujours prêtes à donner un coup de main ! songea Stacy.

Restait à s'assurer qu'elle aurait encore son emploi d'aide de camp le lendemain.

Elle se dirigea vers la villa d'un pas nerveux. Encore plus quand apparut le pick-up noir rutilant de Harlan McClain, garé sur le côté, près du bureau de la gouverneure.

Il était donc venu là directement en sortant de chez elle. Mauvais signe…

Ravalant sa frayeur, Stacy signa le registre du poste de garde près de l'entrée, pénétra dans le bâtiment et se dirigea vers le bureau de la gouverneure. Elle s'attendait à trouver celle-ci en grande discussion avec Harlan, mais non, Lila Lockhart était seule.

— Quelle surprise de vous voir à cette heure tardive, Stacy !

Lila retira ses lunettes et lui indiqua d'un geste le fauteuil de l'autre côté de sa table de travail.

— Un souci dans l'organisation du gala ?

— Non, je… Non. Tout se présente étonnamment bien. J'ai pu joindre plus d'invités que prévu dès le premier appel.

— Le fait que j'aie récemment frôlé la mort doit les inciter à décrocher, commenta Lila avec un sourire désabusé. Pour le cas où ce serait leur dernière chance de faire affaire avec moi…

— Ne plaisantez pas avec ça, protesta Stacy, frissonnant à la pensée du drame survenu deux jours plus tôt.

— Désolée. Quelquefois, la seule façon d'apprivoiser un mauvais souvenir est de le traiter par la dérision.

Lila se renversa contre son dossier.

— Si vous n'êtes pas venue me soumettre un problème professionnel, ce doit être pour une raison d'ordre privé, alors. Est-ce que votre ex-mari vous cause des misères ?

— Non, je n'ai aucune nouvelle d'Anthony depuis plus de deux mois.

C'était une erreur d'être venue voir Lila. Mieux valait garder ses ennuis pour elle plutôt que de les déposer aux pieds de son employeuse. Stacy esquissa un mouvement pour se lever.

— Assise ! Je vous écoute.

Stacy obéit. Sans plus réfléchir, elle raconta à la gouverneure la tentative de Harlan pour discipliner son fils et sa réaction disproportionnée.

— Je sais que son initiative partait d'une bonne intention, mais je l'ai très mal prise. Vous savez que je suis sur la défensive dès qu'on touche à Zachary…

— Vous avez cru qu'il se précipiterait ici pour vous dénoncer ?

Stacy acquiesça en silence.

— Et je vous aurais renvoyée uniquement parce qu'un grand costaud serait venu cafarder comme un écolier ? C'est mal me connaître, la belle ! Je ne confierais jamais ma vie à un type aussi mesquin. Ni même ma roseraie.

Stacy esquissa un sourire piteux.

— Il n'est donc même pas passé vous voir ce soir ?

— Il m'a juste demandé il y a quelques minutes si cela ne

me dérangeait pas qu'il s'attarde à la villa pour travailler. Il n'a fait aucune allusion à votre entrevue.

La flèche du remords transperça Stacy. Elle avait cru Harlan capable du pire… A tort.

— Je suppose que je lui dois des excuses…

— Vous savez où le trouver, conclut Lila en souriant.

Après avoir pris congé, Stacy enfila le long couloir, dépassa son propre bureau et s'arrêta devant la pièce qu'elle avait aménagée pour Harlan avec la gouverneure le matin même. La porte était entrouverte, elle frappa tout de même.

— Monsieur McClain ?

Harlan se redressa, l'expression circonspecte, et hocha la tête. Il remplissait à lui seul ce petit espace avec sa carrure athlétique et, surtout, l'intensité de sa présence.

— Madame Giordano…

— Monsieur McClain.

Elle s'immobilisa à un mètre de lui, cherchant ses mots. Elle pouvait se justifier de manière très franche, expliquer que son salaire lui était précieux, qu'il couvrait les soins offrant à son fils une toute petite chance de mener une vie plus normale. Elle pouvait confier qu'elle n'avait pas prévu de se retrouver seule à gérer les problèmes de Zachary, sans l'aide du père…

Mais lorsqu'elle ouvrit la bouche, un mot, un seul, s'en échappa :

— Désolée.

Elle fut d'autant plus stupéfaite que le même mot sortit simultanément de la bouche de Harlan.

7

Harlan s'attendait à tout de la part de Stacy, sauf à un mot d'excuse. En outre, elle semblait particulièrement fatiguée. Non pas juste fatiguée comme après une longue journée de travail, mais fatiguée comme une femme qui vivait depuis longtemps sous pression.

— Il n'y a pas de quoi, assura-t-il.

Se levant, il lui désigna la chaise face à lui, qui était pour le moment l'unique siège qu'il puisse offrir à ses visiteurs.

— Où est Zachary ?

— Je l'ai emmené chez Miguel et Rhonda. Le gardien…

— Oui, j'ai fait sa connaissance. Très sympathique.

— Leur dernier petit-fils est autiste.

Une vive chaleur envahit le cou de Harlan.

— Je suis navré de ce qui s'est passé avec Zachary. J'ai suivi votre conseil, je me suis renseigné sur le syndrome d'Asperger.

— Et moi, j'aurais dû vous expliquer, au lieu de me mettre en colère. J'ai réagi trop vite, en maman poule, comme souvent quand il s'agit de mon fils. C'est juste que… des problèmes l'attendent, quoi que je fasse. La thérapie a ses limites.

La jeune femme se recroquevilla, comme si le monde pesait lourd sur ses épaules.

— Tôt ou tard, les autres enfants commenceront à se moquer de ses différences, et il n'aura aucune défense contre cela. Le pire pour lui, c'est que son handicap ne se perçoit pas tout de suite.

— Il a un vocabulaire stupéfiant pour son âge. J'ai cru comprendre que c'était l'un des symptômes ?

— Ou une bénédiction, nuança-t-elle avec un petit sourire d'une tristesse déchirante. J'ai plus de chance que bien des mamans d'enfants handicapés — mon fils me parle et il communique plutôt bien. Quand il est d'humeur, il peut même me faire un câlin…

— Mais la plupart du temps, il ne réagit pas à vos demandes, n'est-ce pas ?

— Il est incapable de déchiffrer les signaux sociaux. Si je fronce les sourcils quand il devient pénible, il ne sait pas que ça signifie qu'il doit s'arrêter. Il ne comprend pas que tout le monde n'aime pas les chevaux autant que lui…

— Depuis quand est-il obsédé par les chevaux ?

— Depuis qu'on lui a offert un cheval à bascule. Sa première leçon d'équitation a été une révélation. Il ne parle de rien d'autre depuis des semaines.

Le sourire de Stacy devint plus franc.

— A trois ans, il était obnubilé par le portable de son père. Il le sortait en douce de l'attaché-case d'Anthony pour jouer avec. Dieu sait combien d'appels il a passés dans la liste de contacts… Anthony était furieux, ajouta-t-elle en se rembrunissant. Il croyait à des caprices, il s'imaginait que Zachary se tiendrait mieux si on lui inculquait la discipline…

Le cœur de Harlan se serra.

— Et quand vous m'avez vu le prendre dans les bras pour qu'il comprenne qu'il ne devait plus vous déranger…

Elle hocha la tête.

— Anthony ne savait pas non plus. Pas à cette époque-là.

— Il a dû regretter amèrement sa réaction une fois le diagnostic établi.

Harlan, lui, s'était senti minable. Il n'osait imaginer la réaction du père !

— Il a surtout regretté d'avoir un fils déficient, confia Stacy avec de l'amertume dans la voix. Il ne s'est pas attardé longtemps ensuite.

Harlan fronça les sourcils.

— Il est parti ? Comme ça ?

Les joues de Stacy rosirent. Elle se leva et se tourna vers la porte.

— Je ne suis pas venue discuter de mon couple. Je voulais juste vous présenter mes excuses et vous dire que j'espérais que nous pourrions travailler ensemble sans être gênés par ce qui s'est passé ce soir.

Il se leva à son tour.

— Bien sûr. Si nous commencions tôt demain matin ? 8 heures ?

— Parfait.

Elle esquissa un sourire hésitant.

— Je ferais mieux d'aller chercher Zachary avant qu'il fasse regretter à Miguel et Rhonda leur promesse de veiller sur lui.

Harlan la raccompagna jusque dans le couloir.

— Soyez prudente sur le chemin du retour.

— Cet endroit regorge de gardes. Je n'ai jamais été aussi en sécurité de ma vie !

Harlan aurait aimé lui donner raison, mais le danger n'était pas si exclu que cela, même avec ces postes de contrôle sur le ranch.

Un peu plus tôt dans la journée, avant de se rendre chez Stacy, il avait feuilleté les synthèses sécurité établies à la suite de l'attentat du Capitole, et un détail l'avait frappé. Un détail lourd de conséquences…

Personne à Austin n'était informé des projets de la gouverneure avant la veille au soir. L'estrade ainsi que la sono nécessaires pour l'annonce officielle avaient été installées pendant la nuit et, pour que tout soit prêt à temps, Lila avait dû envoyer sur place des membres de son propre personnel — des membres de son équipe politique mais aussi des ouvriers du ranch.

Or la seule façon pour le plastiqueur de savoir où et quand poser la bombe était d'être averti à temps. Le coupable se trouvait donc à coup sûr au sein de ce personnel, qui avait été informé de l'événement au moins un jour et demi avant celui du Capitole.

Il était donc quelque part à Freedom.

Ce qui plaçait Stacy et son fils droit dans sa ligne de mire.

*
* *

— Vous n'êtes pas sérieux !

Stacy resta interloquée lorsque Harlan aborda le sujet pendant leur première réunion de travail le lendemain matin.

— Pourquoi donc quelqu'un ici voudrait s'en prendre à Lila ?

— Peut-être a-t-elle dit ce qu'il ne fallait pas à la personne qu'il ne fallait pas, suggéra Harlan en haussant les épaules. On peut perdre le contrôle pour toutes sortes de raisons…

— Pas ici ! riposta fermement Stacy. Tout le monde sur ce ranch se saignerait pour Lila. Elle est le genre de personne honnête, franche et sensée dont ce pays a besoin, et il ne nous viendrait pas à l'idée de compromettre ses chances, encore moins de lui faire du mal !

— Elle paie bien, en plus.

Stacy se mit à rougir.

— Ce n'est pas pour cette raison que j'ai accepté ce poste. Je suis la carrière de Lila depuis mon adolescence dans l'Arkansas. Je pressentais déjà qu'elle irait loin. C'est un sentiment partagé par tous ceux qui travaillent pour elle. On ne s'engage pas en politique juste pour encaisser un gros chèque…

— Soit, concéda Harlan. Et les employés du ranch ?

— Lila ne les tient pas informés de ses projets, fit valoir Stacy.

Bien sûr, la gouverneure ne les considérait pas non plus comme des traîtres en puissance, et c'était peut-être un tort. Stacy lui avait souvent recommandé la discrétion lorsqu'elle discutait politique dans les écuries. Car si les employés de maison, attachés à son service depuis longtemps, loyaux et dévoués, méritaient d'être traités comme des membres de la famille, côté ranch les jeunes palefreniers et bon nombre des cow-boys étaient des recrues assez récentes. Pour les tâches les plus rebutantes et physiquement exigeantes, le personnel était fréquemment renouvelé.

— Oui ? lança Harlan, comme s'il avait senti ses doutes.

— La gouverneure passe beaucoup de temps dehors, lorsqu'elle est au ranch. Elle arpente le terrain à la moindre occasion…

— Il est donc possible qu'elle ait évoqué l'annonce prévue à Austin à portée d'oreille d'un ouvrier ?

— Oui, c'est possible. Il faudra lui poser la question. Je n'ai pas le souvenir d'un incident particulier, mais elle supervise régulièrement la gestion du ranch lorsqu'elle réside à Freedom.

— Je l'interrogerai sur ce point, déclara Harlan en hochant la tête. Lorsque vous aurez un moment, entre deux coups de téléphone, pourriez-vous dresser une liste des ouvriers du ranch ? La gouverneure ne m'a donné que celle des employés de bureau pour mes vérifications. Je souhaite élargir mon champ de recherches.

— Vous allez fouiller le passé de tout le monde ? balbutia Stacy.

Question idiote, songea-t-elle aussitôt. Ces contrôles s'imposaient pour garantir la sécurité de tous.

— Je veux dire… Nous avons déjà été passés au crible avant d'entrer au service de la gouverneure…

— Je sais, dit Harlan. Mais j'appliquerai d'autres filtres puisque je ne recherche pas la même chose, surtout avec ce que je soupçonne maintenant.

— Que l'un de nous puisse être un terroriste ?

Il esquissa un sourire en coin.

— C'est en effet un élément nouveau, assurément.

Stacy détacha son regard de la fossette que ce sourire creusait dans la joue de Harlan pour noter dans son BlackBerry de sortir la liste des ouvriers du ranch.

— J'aimerais aussi être tenu informé de vos projets pour le gala, à chaque étape.

Surprise, Stacy releva la tête.

— *A chaque étape ?* Vous voulez dire…

— Oui. Je veux savoir au jour le jour tout ce que vous faites pour organiser cette réunion. Est-ce que cela vous pose problème ?

Elle fronça les sourcils.

— On frôle la surveillance abusive, marmonna-t-elle avant d'avoir pu s'en empêcher.

Les lèvres de Harlan s'incurvèrent de nouveau.

— Peut-être. Mais, si je découvre des failles dans la sécurité à ce stade, elles seront plus faciles à combler que si j'attends que toutes les dispositions soient arrêtées, n'est-ce pas ?

Imparable, maugréa intérieurement Stacy en ravalant un soupir.

— Je travaille chez moi l'après-midi, à moins d'une leçon d'équitation prévue pour Zachary. Dans ces cas-là, je travaille là où je me trouve, mais je peux vous faire un rapport ici en fin de journée.

Tout en parlant, elle réfléchissait à toute allure. Comment occuper Zachary pendant ses réunions avec Harlan ? Charlotte la dépannait souvent avec plaisir, mais il était exclu de la réquisitionner comme baby-sitter chaque après-midi…

— Vous savez que vous pouvez amener Zachary ici, si nécessaire.

La proposition la fit presque sursauter. Et l'air compatissant de Harlan lui donna le sentiment d'être une parfaite incapable.

— C'est gentil à vous, mais…

— Mais vous préférez courir partout jour après jour pour trouver une solution de garde ?

Elle pinça les lèvres.

— Vous n'avez aucune raison de m'accorder une telle faveur. Ce ne sera pas nécessaire.

— Un peu de répit ne vous ferait pas de mal, observa posément Harlan. Et si cela peut achever de vous convaincre, de mon côté, j'ai besoin de toute votre attention pendant nos séances de travail. Je ne l'obtiendrai pas si vous vous inquiétez pour votre fils.

— C'est une façon de me dire que vous me jugez incapable de gérer les deux en même temps ? Mon travail d'aide de camp et celui de mère ?

Harlan se rembrunit nettement.

— Non, je ne parle pas par énigmes. Je dis toujours ce que je pense.

— Pardon…, balbutia Stacy. Et merci.

— Bien. Je dois maintenant m'entretenir avec mes associés. Allez donc passer les appels prévus ce matin, et nous nous retrouverons une fois que vous aurez récupéré votre fils à l'école, à l'heure qui vous conviendra.

— Je vais le chercher à midi. En règle générale nous déjeunons ensemble, je lui trouve une occupation et je me remets ensuite au travail.

— D'accord. Rendez-vous après le déjeuner, donc.

Son hochement de tête avait clairement valeur de congé.

Avec un léger soupir, Stacy quitta le bureau de Harlan et réintégra le sien, où l'attendait une longue liste d'urgences à régler, posée en évidence sur le sous-main.

9 heures du matin, et ses tempes bourdonnaient déjà sous l'effet du stress. Combien de temps encore serait-elle capable de jongler entre son travail et les astreintes épuisantes de l'éducation de son fils ?

Et que resterait-il d'elle au bout du compte ?

Lila Lockhart vint trouver Harlan dans son bureau vers 10 h 30 pour savoir comment se passait sa première vraie journée de travail.

— Ça avance, lui répondit Harlan en souriant. Tout va bien pour le moment. Au fait… Merci pour les dossiers sur votre équipe. C'était utile d'avoir accès aux recherches effectuées précédemment.

— Vous n'avez trouvé aucun élément suspect, n'est-ce pas ?

Il secoua la tête.

— Vous avez un instinct sûr pour votre staff politique. Vous chargez-vous personnellement aussi des embauches pour le ranch ?

— Pas toujours. J'ai engagé moi-même le contremaître, et Cory, le responsable d'écurie, est au service de ma famille depuis des années. Pourquoi cette question ?

— D'après Stacy, il vous arrive de parler de vos projets politiques hors les murs de cette villa…

— C'est exact, reconnut la gouverneure. Demandez donc à Stacy de vous fournir la liste de nos employés si vous jugez nécessaire d'enquêter sur eux aussi. Je les préviendrai pour qu'ils ne prennent pas peur…

— Non, n'en faites rien, lui intima Harlan. Si le coupable se trouve parmi eux, je préfère ne pas lui donner de soupçons.

Lila hocha la tête, mais à contrecœur, c'était évident. Elle changea de sujet.

— A propos de Stacy… Comment se passe votre collaboration ?

— Bien, assura Harlan.

Il aurait aimé en avoir la certitude. Les débuts avaient été prometteurs, le contexte dramatique les ayant obligés à s'entendre pour agir. La vraie vie cependant avait vite réduit à néant cette camaraderie et, à moins qu'une autre crise se présente, il n'était pas sûr de la retrouver un jour.

Quel dommage, tout de même ! Stacy était la première femme depuis longtemps qui ne lui rappelle pas son ex.

Alexis, par exemple, ne voulait pas d'enfants. Comme un idiot, il avait cru qu'elle changerait d'avis…

— Stacy est une femme intéressante, reprit Lila en s'installant sur la chaise en face de lui. Vous avez lu son dossier ?

C'était le premier qu'il avait ouvert. Il s'était dit que l'aide de camp, qui avait toute la confiance de la gouverneure, représenterait la menace la plus grave pour peu qu'elle l'ait trahie… N'importe quoi !

Il avait juste eu très envie d'en apprendre davantage sur elle. Sur ses motivations dans la vie. Sur ce qui la rendait vulnérable…

Sur ce qui la faisait sourire, aussi.

— Ce que son mari lui a fait subir, ainsi qu'à cet adorable petit garçon, est inqualifiable, grommela la gouverneure.

Harlan opina de la tête. Cet homme avait peut-être d'autres raisons de renoncer à son couple, mais ce n'était pas une excuse pour disparaître de la vie de son fils. D'après le dossier, hors le versement de la pension alimentaire fixée par le juge, dont il s'acquittait sans faillir, il n'avait aucun contact avec Zachary depuis plus de un an. L'évaluateur avait noté que Stacy méritait une attention particulière — non du fait d'une intégrité douteuse, mais parce que la mère d'un enfant handicapé était plus sensible qu'une autre aux pressions extérieures.

En d'autres termes, quelqu'un pourrait tenter d'utiliser son fils contre elle pour atteindre Lila.

Cela se tenait. Surveiller Stacy de près serait même une excellente idée, songea Harlan, quand bien même ses motivations n'étaient pas strictement professionnelles.

Et, puisqu'ils travaillaient désormais main dans la main, le prétexte était tout trouvé.

— Qui est Harlan, et pourquoi Zachary parle de lui sans arrêt ? demanda Charlotte à Stacy à la sortie des classes.

Stacy eut un petit rire étranglé.

— Et moi qui espérais qu'il l'aurait oublié !

Elle raconta à Charlotte la visite de Harlan McClain la veille et la crise de nerfs de son fils lorsque Harlan l'avait ramené à table de force.

— Je pensais vraiment que Zachary serait passé à autre chose. Une fois remis de sa frayeur, il a dû se souvenir qu'il trouvait M. McClain passionnant.

Charlotte sortit de l'école en même temps qu'elle pour la raccompagner jusqu'à sa voiture.

— Est-il réellement passionnant, cet homme ?

— Il est différent, concéda Stacy avec prudence. Il est originaire de Géorgie. De là lui vient ce petit accent, tu vois…

Celui qui lui donnait invariablement la chair de poule.

— C'est un ancien militaire, ajouta-t-elle. Il a aussi un côté GI Joe qui joue en sa faveur.

Charlotte sourit.

— Marié ?

Stacy penchait pour la négative, puisqu'il s'était invité à dîner puis avait passé le reste de sa soirée à travailler dans la villa, mais que savait-elle réellement à son sujet ?

— Je l'ignore. C'est important ?

— Ma foi… Zachary est fou de lui apparemment. Tu rougis depuis que j'ai prononcé son nom. Donc oui, ça semble important.

— Nous travaillons ensemble. Rien de plus. Et tu sais pourquoi.

A peine une poignée de personnes à Freedom connaissaient l'histoire de son fiasco conjugal. Charlotte en faisait partie. Son amie savait qu'Anthony les avait laissés tomber au moment où ils avaient le plus besoin de lui et que jamais elle ne laisserait un autre homme leur faire subir cette épreuve une seconde fois.

Etonnant qu'elle ait lâché cette confidence devant Harlan McClain… Mais quelque chose chez lui incitait à la confiance. C'était peut-être ce qui avait incité la gouverneure à le charger de sa sécurité. Si quelqu'un était capable de débusquer chez les autres les secrets les plus sombres, les plus inavouables, c'était bien lui.

— Ils ne sont pas tous comme Anthony, tu sais, dit Charlotte. Quelquefois, c'est l'homme qui souffre, qui se retrouve seul avec un enfant handicapé à élever…

Stacy haussa les sourcils.

— Tu penses à quelqu'un en particulier ?

Charlotte eut un petit rire.

— Le père d'une de mes élèves. Un type adorable. Sa femme, elle, avait oublié de grandir, elle avait la mauvaise habitude de boire trois martinis à l'apéritif et de rentrer ivre au volant avec sa fille.

Stacy grimaça.

— Que s'est-il passé ?

— Elle s'est tuée sur la route. Elle, plus une famille de trois personnes, il y a trois ans environ. Seule sa fille a survécu, avec une lésion cérébrale qui a nécessité des années de traitement. Je l'ai eue dans ma classe l'année dernière. Elle se portait déjà beaucoup mieux, excepté quelques problèmes persistants. Elle est en CP maintenant.

— Pauvre gosse !

— Son père s'est retrouvé à devoir la soigner seul, tout en affrontant le procès intenté par les survivants de l'autre famille victime de l'accident. Il a vécu des moments terribles.

— Hé ! C'est de Jeff Appleton que tu parles, n'est-ce pas ?

Ce policier avait fait quelques extra comme vigile au service de la gouverneure. Stacy avait entendu parler de ses ennuis judiciaires et du fait qu'il avait une fille de six ans handicapée. La gouverneure avait proposé d'organiser une rencontre entre Zachary et la petite, mais Stacy jugeait son fils pas encore tout à fait prêt pour jouer avec une invitée.

— Oui, répondit Charlotte. Un homme bien, sous pression constante. Tu devrais faire plus ample connaissance avec lui, vous avez beaucoup de choses en commun tous les deux.

Stacy lança un regard en biais à son amie. La suggestion avait semblé automatique dans la bouche de Charlotte, le cœur n'y était pas. Son amie ne souhaitait pas réellement qu'elle envisage de fréquenter Jeff. Aurait-elle un coup de cœur pour le policier ?

Avant qu'elle ait pu lui poser la question, Charlotte écarquilla soudain les yeux et lui saisit le bras.

— Stacy, où est Zachary ?

Stacy baissa les yeux sur sa droite, où son fils se trouvait quelques secondes plus tôt. Personne.

Elle releva la tête, certaine de le repérer non loin de là, peut-être en train de tourner en rond dans le jardin de l'école. Depuis ses trois ans, elle lui rabâchait qu'il était strictement interdit de s'éloigner de sa mère. Une règle d'or qu'il respectait scrupuleusement, ayant assez de maturité pour en comprendre les raisons.

Pourtant, cette fois, Zachary n'était nulle part. Pas même dans la voiture, où il aurait pu s'installer pendant qu'elle discutait.

Son fils avait bel et bien disparu !

La peur lui enserra la poitrine comme un étau.

— Tu l'as vu partir dans une direction ?

— Non ! Je le croyais là, tout près, avec toi !

L'expression paniquée de Charlotte amplifia encore l'angoisse croissante de Stacy.

Un frisson glacé la secoua. Son monde venait de basculer en une fraction de seconde, la laissant oppressée, la tête vide, dans un univers inconnu et hostile où plus rien ne semblait familier.

Où était Zachary ?

8

Un millier de scénarios terrifiants traversèrent l'esprit de Stacy tandis qu'elle tentait de se remémorer l'instant exact où elle avait vu son fils pour la dernière fois.

Sa discussion avec Charlotte l'avait très vite accaparée, mais Zachary ne s'éloignait jamais de plus de quelques mètres, et elle restait attentive quoi qu'il arrive…

Si elle n'avait pas remarqué son départ, c'était qu'il avait filé en douce. Or Zachary ne filait *jamais* en douce.

— Zachary ? appela Charlotte, l'air de plus en plus effrayée.

— Il ne serait pas parti s'il n'avait pas vu quelque chose qui l'intéresse, dit Stacy. Peut-être quelqu'un à cheval ?

— Ou un des camarades sur lesquels il fait une fixation ?

— On se déploie, décréta Stacy, refoulant la peur qui lui paralysait les membres. Il n'a pas eu le temps d'aller loin. Il faut juste trouver où.

Tandis que Charlotte s'élançait dans la rue en direction de la banque en appelant Zachary à grands cris, Stacy s'engagea dans l'autre sens, le cœur fou. Son sentiment de désorientation persistait, le voile rouge de la panique devant ses yeux l'empêchait de retrouver ses repères…

Allons ! Tu es à Freedom, Texas. Tu connais cette ville comme ta poche désormais. Zachary aussi.

Où avait-il pu se rendre ? Qu'est-ce qui pouvait l'intéresser au point de l'inciter à filer en cachette ? Elle décida d'aller d'abord vérifier au Talk of the Town. Zachary aimait ce snack. Faith et les autres employés, informés de son handicap, le traitaient bien même lorsqu'il se comportait comme une peste. En outre, si elle lançait l'alerte là-bas, la nouvelle de la disparition de son fils se répandrait dans toute la ville en quelques minutes — plus vite qu'une alerte officielle de la police.

Elle avait à peine franchi le seuil du restaurant qu'une voix d'homme la héla. Un timbre de baryton à l'accent géorgien reconnaissable entre tous. Installé dans un box, Harlan McClain lui adressait de grands signes. Et Zachary était assis en face de lui, la main tendue vers son assiette pour lui piquer des frites.

— Perdu quelque chose ? demanda Harlan.

Le soulagement submergea Stacy. Ses jambes se mirent à trembler.

— Zachary, tu m'as fait une de ces peurs ! Pourquoi tu es parti comme ça sans m'avertir ? Tu connais pourtant notre règle d'or !

Zachary leva les yeux et la regarda comme si elle avait perdu l'esprit.

— J'ai vu Harlan, je devais lui dire bonjour.

— Tu *devais* ?

Stacy s'efforça de rester calme, hésitant entre serrer son fils dans ses bras et le tancer pour lui avoir causé la terreur de sa vie. Harlan la dévisageait.

— Je suis désolée qu'il vous ait importuné…

— C'est moi qui suis désolé qu'il vous ait fait peur. Mais il ne m'embête pas du tout. Ce n'est pas drôle de déjeuner seul.

Il poussa la bouteille de ketchup vers Zachary, qui s'en saisit, la pressa et dessina un ruban de sauce sur les frites chapardées.

— Vous auriez dû me prévenir dès qu'il est entré ici !

La réprimande que Harlan méritait sortit des lèvres de Stacy sans conviction. A son grand dépit ! Ils étaient si craquants tous les deux. Zachary imitait tous les gestes de Harlan… Il se souvenait à peine d'Anthony, mais il avait besoin d'un père, comme tous les petits garçons, et il semblait déterminé à s'en trouver un tout seul.

Elle aurait presque encouragé cette fascination toute neuve pour Harlan McClain… Mais elle devinait déjà la détresse de

Zachary le jour où tout cela prendrait fin. Harlan, de son côté, semblait sincèrement apprécier la compagnie de Zachary, avec toutes ses étranges manies. Elle lui avait pourtant donné plus d'une raison de prendre ses distances avec eux la veille, non ?

Néanmoins, il était là, plein d'attentions pour son fils, le laissant picorer la nourriture dans sa propre assiette.

— J'ai essayé, dit-il. Votre téléphone doit être éteint.

Elle sortit son portable de son sac à main. Elle avait activé le vibreur pendant leur réunion du matin et oublié de remettre le son ensuite.

— J'avais si peur que je ne l'ai même pas senti vibrer…

Harlan lui sourit.

— Vous avez faim ? Mon plat vient d'arriver. Vous pourriez vous joindre à moi, tous les deux.

— Moi, j'ai faim, dit Zachary d'une voix plaintive.

— A deux contre un, je n'ai aucune chance…

— Considérons cela comme un déjeuner de travail, proposa Harlan. J'ai passé la matinée à étudier la liste des ouvriers du ranch que vous avez établie et j'ai besoin de vos lumières sur plusieurs d'entre eux.

Stacy se sentit soudain vidée de ses forces. L'adrénaline qui l'avait propulsée dans le snack se dissipait à toute allure, et ses genoux tremblotants prirent la décision pour elle. Elle se glissa dans le box à côté de Zachary.

— Laissez-moi appeler quelqu'un d'abord.

Elle téléphona à Charlotte pour la rassurer, puis reporta toute son attention sur Harlan.

— Je vous écoute.

Les lèvres de Harlan s'incurvèrent, creusant de nouveau ces fossettes absolument craquantes.

— Et si nous vous trouvions un bon petit plat chacun, d'abord ?

Il fit signe à Faith, qui était en train d'essuyer le comptoir. Celle-ci lui sourit, rangea son éponge et attrapa un menu sur un présentoir.

— Comme d'habitude ? lança-t-elle à Stacy avant de se pencher pour regarder Zachary dans les yeux. Et pour toi, bâtonnets de poulet pané et tranches de pomme ?

L'enfant hocha la tête.

— Est-ce qu'on peut avoir aussi une pomme pour les chevaux ?

— Je vais t'en dénicher une, promit Faith.

Elle avait elle-même un tout jeune bébé, qui dormait sûrement quelque part dans un coin tranquille du restaurant. Quel était son secret pour garder la forme ? se demanda Stacy.

La réponse à cette question émergea quelques secondes plus tard de l'arrière-salle en la personne de Matt, son fiancé. Il tenait la minuscule Kayleigh calée entre ses bras vigoureux et la contemplait amoureusement.

Avisant Faith près de leur table, il se dépêcha de la rejoindre, l'air aussi fou d'elle que du bébé.

— Elle a ri ! annonça-t-il sans préambule. Je l'ai fait rire !

Les yeux de Faith s'illuminèrent.

— Tu es sûr que ce n'était pas un petit renvoi ?

— Pas du tout ! Tiens, regarde.

Matt fit une grimace au bébé et, comme de juste, la petite Kayleigh émit un gargouillis communicatif.

Le ventre de Stacy se noua à ce son. Zachary avait ri à trois mois. Les deux premières années, il avait paru normal sur tous les plans. Ses problèmes n'étaient devenus évidents que plus tard…

— Vous avez entendu ça ? dit fièrement Faith.

— Moi oui, reconnut Stacy en priant pour que Kayleigh mène une vie simple et heureuse.

Elle jeta ensuite un coup d'œil à Harlan, curieuse de connaître sa réaction au petit numéro de Kayleigh devant leur table.

Il fixait son assiette, l'air très mal à l'aise.

Harlan McClain n'aimait donc pas les bébés ?

Ou alors, songea Stacy, un œil vers Matt qui embrassait Faith comme si le reste du monde n'existait plus, c'était l'amour-toujours que Harlan supportait mal…

— Matt, navré d'interrompre ces démonstrations dégoulinantes, dit-il soudain avec un sourire que Stacy jugea peu convaincant, mais tu n'étais pas censé travailler avec Wade sur ces recherches qu'il me faut avant demain vendredi ?

Matt le fusilla du regard.

— Bart Bellows, sors de ce corps !

Le sourire de Harlan s'estompa.

— Quelqu'un cherche à assassiner la gouverneure. J'aurais cru que ce serait une priorité absolue pour nous tous, pas seulement pour Stacy et moi.

Matt considéra celle-ci d'un air apitoyé avant de lancer à Harlan :

— Je m'y remets dès que j'aurai fini mon déjeuner. A moins que seul le grand patron soit autorisé à manger ?

L'expression de Harlan s'adoucit aussitôt. Il parut même rougir un peu, remarqua Stacy. Comme s'il avait conscience d'avoir passé les bornes.

— Désolé, fit-il. C'est un jour sans.

— Pire qu'hier ?

Matt aussi avait baissé d'un ton. Il changea la position du bébé dans ses bras en lui tapotant le dos.

— J'imagine que ce n'était pas très agréable de revoir l'ex ?

Le regard de Harlan fila vers celui de Stacy avant de revenir sur Matt.

— Au contraire. Elle se remarie. Je n'aurai plus de pension alimentaire à verser…

— Sérieux ? fit Matt, tout sourires. A quand le grand jour ?

C'était à se demander si tous les hommes ne souffraient pas d'une forme allégée du syndrome d'Asperger, pesta Stacy *in petto*. Ils peinaient vraiment à lire les signaux d'alerte dans les conversations !

— Aucune idée, bougonna Harlan. Elle a dit que son avocat me contacterait.

Zachary tira Stacy par la manche, détournant son attention de l'échange entre les agents du CSI.

— Maman, il ne faut pas arriver en retard à la leçon d'équitation.

Stacy tressaillit et consulta sa montre. Il était près de 13 heures.

La leçon commençait à 13 h 30, et Zachary détestait être en retard, surtout pour ses leçons d'équitation. Heureusement, leurs commandes arrivèrent.

— Faith, peut-on emballer tout ça pour emporter ? Je dois emmener Zachary au Long K, et tu sais que s'il est en retard…

— Bien sûr, dit Faith avec un sourire compréhensif.

Elle retourna aussitôt vers la cuisine, déposant au passage un baiser sur la tête de son bébé et même un autre sur les lèvres de Matt.

— Je suis navrée, Harlan. Nous avons rendez-vous au Long K. Mais Zachary reste là-bas tout l'après-midi et il joue avec les jumelles après sa leçon. Je pourrai donc vous consacrer toute mon attention jusqu'à 17 heures. D'accord ?

Tandis qu'elle parlait, l'angoisse revint la saisir. Après sa peur bleue à la sortie de l'école, la seule pensée de confier Zachary à quelqu'un d'autre lui donnait le frisson.

— J'ai une meilleure idée, déclara Harlan. Je vous accompagne au Long K. Un des ouvriers travaillait là-bas avant de rejoindre le Twin Harts, et je comptais justement en discuter avec Lindsay. Nous pourrons travailler pendant la leçon de Zachary, puis rentrer ici ensemble.

Stacy lui lança un regard reconnaissant, sûre qu'il avait prévu de discuter avec Lindsay par téléphone plutôt que de se déplacer jusqu'au Long K Ranch. Il avait sans doute deviné son appréhension à l'idée de laisser Zachary tout l'après-midi. Les hommes n'étaient peut-être pas tous mauvais pour déchiffrer le langage non verbal, en fin de compte.

— Entendu, dit-elle.

Comme Matt Soarez posait sur Harlan un regard pensif, qui dériva ensuite jusqu'à elle, Stacy se hâta de détourner la tête. Elle ne voulait surtout pas alimenter ce genre de spéculation. Dans cette petite ville, les ragots circulaient à une vitesse folle. Elle aurait dû se douter que le seul fait de s'asseoir dans le box de Harlan McClain pour déjeuner suffirait à délier les langues — surtout celles des amoureux de fraîche date ! Ceux-là s'imaginaient que tous avaient droit à ce même bonheur, coûte que coûte.

Seulement, tomber amoureuse n'était pas l'idée que Stacy se faisait du bonheur. Du moins, plus depuis Anthony. Elle l'avait aimé pendant un temps, contre toute raison, et le résultat n'était pas joli à voir. Le mariage de Harlan n'avait pas été non plus un chemin pavé de roses, semblait-il…

S'il y avait deux personnes à Freedom, Texas, qui n'étaient pas faites pour une relation sentimentale, c'étaient bien Harlan et elle.

Harlan plissa les yeux. Le Long K Ranch était moins vaste et pimpant que le Twin Harts, qui avait bénéficié du boom pétrolier quelques décennies plus tôt. Le mois précédent, l'enquête de Wade Coltrane sur les menaces de mort contre la gouverneure avait fait émerger la trace d'une rivalité ancestrale entre les Kemp du Long K et les Lockhart. Une histoire de pétrole découvert sur une terre achetée des années auparavant par le père de Lila à la famille Kemp alors en proie à des déboires financiers.

Pour autant, travailler au Long K devait être plus agréable qu'au Twin Harts, trancha Harlan en quittant le bâtiment principal pour longer le manège dans lequel Lindsay donnait sa leçon à Zachary. Le ranch de la gouverneure avait beaucoup d'allure, mais le Long K dégageait une impression de confort. Comme une vraie maison.

Il suivit du regard le petit garçon aux cheveux sombres qui tournait en rond sur un Quarter horse noisette, petit mais puissant. Un soupçon d'inquiétude le saisit devant ce minuscule être humain maniant le cheval avec un étonnant mélange de cran et de dextérité.

Son regard dériva ensuite vers les cheveux tout aussi bruns de Stacy dansant dans la brise. Elle se tenait accoudée à la barrière du corral, les bras croisés sur le rail supérieur, dans une posture détendue. Harlan s'approcha. En fait, Stacy avait le front plissé et les épaules crispées.

Une envie folle le saisit d'effacer ces plis soucieux et d'étirer ces muscles. Peut-être aussi de ramener le sourire sur ce visage troublé et si joli, pourtant.

Mais comment s'y prendre ?

— Il est doué, commenta-t-il à voix haute.

Elle sursauta et se tourna vers lui en clignant des yeux. Il se plaça devant elle de manière à lui cacher le soleil. Son visage se détendit un peu.

— Vous avez la fâcheuse habitude de surgir sans prévenir…

Il sourit et s'installa près d'elle contre la barrière.

— Désolé. La force de l'habitude. Chez les anciens militaires, l'approche furtive est une seconde nature.

— Quelle branche de l'armée ?

— Les marines, pour vous servir.

— Ah…, murmura-t-elle.

Devant son regard interrogateur, elle ajouta :

— Mon oncle aussi était un marine.

— Un oncle chez les marines, un père coordinateur des secours… Et votre mère était dresseuse de lions ?

— Non. Professeur d'anglais.

Elle sourit, et Harlan s'émerveilla une nouvelle fois que son visage puisse à ce point être transformé par un simple sourire. De joli, il devenait éblouissant.

Il dut détourner le regard pour recouvrer sa voix.

— Inutile de vous demander à qui vous ressemblez le plus, votre père ou votre mère. Je vous ai vue en action à Austin.

— En fait, j'ai un master de littérature anglaise, précisa-t-elle d'une voix amusée. Ainsi qu'une licence de sciences politiques. Il me manquait à peine quelques unités de valeur pour présenter ma thèse en littérature anglaise. J'envisageais l'enseignement.

— Qu'est-ce qui vous a fait changer d'avis ?

— Je me suis mariée. Mon ex tenait à ce que je persévère en sciences politiques, il me voyait plus heureuse dans ce domaine.

Un soupir lui échappa.

— Cela me coûte de l'admettre, mais il n'avait pas tort. Je

me suis occupée des relations presse d'un député du Tennessee pendant mon doctorat. Puis Anthony a décidé que le Texas était le lieu idéal pour que nous frappions un grand coup en politique.

— *Nous ?* répéta Harlan, les yeux sur Zachary qui mettait le Quarter horse au petit galop.

— Il fait du lobbying pour l'industrie du pétrole. Mais ce n'est pas tant la politique qui l'intéresse que l'argent, en réalité. C'est moi qui ai attrapé le virus.

Au ton de sa voix, Harlan comprit que son sourire si dangereux avait disparu. Il tourna de nouveau les yeux vers elle. Elle suivait le circuit de son fils dans le manège d'un regard troublé.

— Assez parlé de moi, déclara-t-elle. Avez-vous obtenu les informations que vous cherchiez ou dois-je demander à Lindsay de venir vous parler ?

— J'avais prévenu de mon arrivée. Lindsay m'a organisé un entretien avec le contremaître, qui m'a donné tout ce qu'il avait.

— Quelque chose d'intéressant ?

— Peut-être.

— Que cherchez-vous au juste en fouillant le passé des employés ?

— Rien de précis, répondit-il d'un ton vague.

Mieux valait taire pour le moment ce que Vince Russo avait découvert sur l'explosif, la sécurité de l'information pouvant se révéler vitale pour l'enquête.

— Je sais que c'est important, mais l'idée que des gens mettent leur nez dans notre vie privée est assez effrayante, confia Stacy.

— Vous avez déjà vécu cela, pourtant.

— Justement. Je suis bien placée pour savoir que c'est effrayant.

Lui non plus n'appréciait guère cette facette de son travail. Le terrain lui parlait davantage. Qu'on mette un fusil entre ses mains sur le champ de bataille, pointé sur un nid de vipères humaines, et il savait quoi faire. Piloter ce plan sécurité à tous les niveaux le rebutait bien plus.

Il replia sa main blessée, et l'élancement douloureux agit comme un rappel — ses jours de porteur de fusil étaient derrière lui. Il avait récemment repris l'entraînement au tir sur cible, avec des résultats mitigés. Sans doute devrait-il se réjouir simplement d'avoir encore une main pour presser une détente. Il avait frôlé le pire.

— Comment vous êtes-vous blessé à la main ? demanda justement Stacy.

— Engin explosif improvisé. En Irak.

La voix de Stacy baissa d'une octave.

— Vous avez de la chance d'être encore en vie. Et d'avoir encore l'usage de votre main.

— Je sais.

Depuis peu, oui, il le savait. Mais, durant les mois de chirurgie douloureuse, de convalescence et de rééducation à l'hôpital militaire Walter Reed à Washington, il n'en était pas si sûr. Surtout lorsque les médecins lui avaient expliqué qu'il ne serait plus jamais capable de se servir de son fusil de précision.

Erreur. Il pouvait enfin de nouveau tirer. Mais sans toucher la cible à tout coup.

— C'est pour cette raison que vous avez quitté l'armée ?

— En quelque sorte.

Elle leva les yeux vers lui, son visage métamorphosé une nouvelle fois par un sourire. Sa peau resplendissait partout où le soleil la touchait, comme tissée d'or pâle. Il fut tenté de poser les doigts sur le creux de cette joue pour savoir si la lumière l'avait réchauffée…

Le bras calé sur le côté, il regarda ailleurs.

— Qu'allons-nous faire pour les postes de sécurité pendant le gala ? reprit Stacy. La gouverneure n'a sûrement pas envie que ses invités aient l'impression d'entrer dans la zone verte de Bagdad.

— Ils devront pourtant supporter quelques contraintes, répliqua fermement Harlan, heureux d'avoir un sujet de conversation idéal pour le distraire de cette envie irrépressible de la toucher.

La discussion sur le gala se poursuivit sur le trajet du retour vers le Twin Harts Ranch, leurs échanges alertes ponctués çà et là par les coq-à-l'âne de Zachary sur les chevaux. Les commentaires décousus du petit n'avaient guère de sens dans le contexte qui les occupait, Stacy et lui, mais Harlan se surprit à en sourire plus d'une fois.

Ce gamin était incroyablement intelligent et précis dans son expression, avec un vocabulaire et une logique dans le raisonnement propres à écœurer nombre d'enfants beaucoup plus âgés. Depuis que Harlan connaissait son problème, il était plus facile pour lui d'accepter et d'apprécier Zachary tel qu'il était — original et intéressant. Il serait différent des autres toute sa vie, mais la différence n'était pas toujours une mauvaise chose…

Quelquefois, songea-t-il en glissant un regard furtif vers le profil de Stacy, la différence était même très, très agréable.

Stacy rentra au ranch avec Zachary et Harlan vers 17 heures.

— Je vais chercher la carte de la propriété que vous m'avez demandée dans la voiture, annonça-t-elle à leur arrivée dans la dépendance.

Là-dessus, elle se dirigea vers son bureau.

Il lui vint à l'esprit un moment après seulement, en revenant dans le couloir, qu'elle avait laissé Zachary dans le salon sous la garde de Harlan sans même y réfléchir à deux fois. Cela ne lui ressemblait pas du tout…

Elle les retrouva dans la cuisine. Harlan ouvrait une boîte de soupe de légumes pour Zachary qui l'observait depuis le comptoir, perché sur un tabouret.

Harlan lança un regard à Stacy par-dessus son épaule.

— Il m'a dit que c'était le soir de la soupe de légumes et qu'il avait faim.

Elle sourit.

— Il réclame toujours une soupe de légumes après sa leçon du jeudi. Je ne sais pas trop pourquoi.

— Pas grave. On ne va pas remettre en question une envie de soupe, pas vrai ?

Il sourit à Zachary, dont le visage resta de marbre. A sa décharge, Harlan ne parut pas s'offusquer le moins du monde de cette absence de réaction.

— Est-ce qu'il faut la lui préparer d'une façon particulière ? demanda-t-il alors que le téléphone se mettait à sonner.

Stacy s'éloigna vers l'appareil.

— Prenez un des grands saladiers pour la mélanger avec une demi-canette d'eau minérale. Faites chauffer trente secondes au micro-ondes, juste pour qu'elle tiédisse, et versez-en la moitié dans le saladier rouge… Le rouge, n'oubliez pas ! Je mangerai le reste plus tard, conclut-elle avant de décrocher. Allô ?

Pas de réponse.

— Allô ? répéta-t-elle.

Il y eut comme un léger souffle à l'autre bout du fil. Puis un déclic, et la ligne fut coupée.

Bizarre, songea-t-elle en raccrochant.

— Faux numéro ? demanda Harlan.

Elle se retourna. Il était en train de verser la soupe dans le saladier rouge posé devant Zachary.

— Je suppose… Pas un mot n'a été prononcé.

Harlan fronça les sourcils.

— Avez-vous entendu quoi que ce soit à l'autre bout de la ligne ?

— Oui, comme si quelqu'un respirait. Sûrement un canular de la part d'un gamin, avança Stacy en haussant les épaules.

— Peut-être…, murmura Harlan.

Il se saisit du téléphone et pressa quelques touches. Pour trouver le numéro d'appel, supposa Stacy.

— Alors ? fit-elle.

Il secoua la tête, reposa l'appareil et retourna dans la cuisine.

— Numéro masqué.

— C'était autre chose qu'un canular d'après vous ? demanda-t-elle en s'installant au comptoir près de Zachary.

Harlan posa le grand saladier devant elle et glissa une cuiller à côté.

— Restons prudents dans nos hypothèses. Celui ou celle qui en veut à la gouverneure sait sûrement que vous êtes son aide de camp, donc très proche d'elle. Ce qui fait de vous une cible potentielle. Je vais poster un homme supplémentaire devant chez vous, si vous n'y voyez pas d'inconvénient.

Après six ans de mariage avec un homme prompt à surveiller ses moindres faits et gestes, la perspective de se retrouver de nouveau mise en cage n'avait rien de plaisant. Mais la dernière chose qu'elle souhaitait, c'était que son fils soit en danger.

— D'accord, conclut-elle en baissant les yeux sur sa soupe, son bel appétit envolé. Mais où trouverez-vous quelqu'un pour ce soir, au pied levé ?

Harlan garda le silence un moment, manifestement plongé dans ses réflexions, et peut-être en proie à un dilemme. Puis soudain son visage s'éclaira, et sa mâchoire s'affermit.

— Ce soir, c'est moi qui me chargerai de vous.

9

Stacy était en train de border Zachary dans la chambre à coucher, et Harlan se sentait étrangement seul d'avoir été laissé dans le salon, exclu de leur routine du soir.

Il avait fait très attention à garder ses distances vis-à-vis de la mère comme du fils durant le dîner, pour apaiser la méfiance tapie au fond des yeux noirs de Stacy, mais aussi pour ne pas bouleverser le programme de Zachary. De toute évidence, le petit garçon n'appréciait pas les changements.

En revanche, il comprenait mal la fascination qu'il semblait exercer sur Zachary. Le petit l'avait suivi comme son ombre après le repas, et seule la promesse d'une autre leçon d'équitation au Twin Harts durant le week-end avait réussi à l'arracher de ses jambes à l'heure du coucher.

Il aurait dû solliciter un autre agent du CSI pour ce rôle de garde du corps. Matt, Parker, Wade, n'importe qui, pourvu que le type soit déjà follement amoureux et immunisé contre le charme puissant de Stacy Giordano…

Lui ne l'était pas. Comment nier l'évidence ? Il avait envie d'elle, que cela lui plaise ou non.

Elle émergea du fond du couloir, le visage fendu d'un sourire et un cheval en peluche dans les bras, qu'elle lui tendit.

— Zachary vous envoie Bobbin, au cas où vous auriez besoin de compagnie cette nuit.

Ce n'est pas Bobbin que j'aimerais mettre dans mon lit, songea Harlan en s'obligeant à détourner les yeux de ce sourire radieux.

— C'est bien possible, merci.

Elle se laissa tomber dans le fauteuil en face du sofa sur lequel il était assis et ramena ses jambes sous elle.

— Je suis désolée qu'il ait été si pénible ce soir.

— Mais pas du tout ! Je l'aime bien, moi, ce petit bonhomme. Il est tellement futé.

— Le syndrome d'Asperger n'a pas que des inconvénients. Zachary aurait pu naître avec une forme d'autisme sévère et se révéler tout à fait incapable de communiquer.

— Ce doit être ruineux de subvenir à ses besoins.

Le sourire de Stacy s'effaça.

— C'est pour cela que je dois garder ce travail à tout prix.

— Votre ex ne peut pas augmenter sa pension alimentaire ?

— Je pourrais le lui demander, je le ferai si nécessaire. Mais je comptais sur lui en l'épousant, et il m'a fait défaut. C'était une erreur que je ne compte pas reproduire.

Harlan la comprenait parfaitement. Et pour cause, il avait lui-même compté sur la loyauté d'Alexis. Bien sûr, avec le recul, il voyait mieux ses propres torts dans l'histoire, mais le plus grave — l'infidélité avérée — était entièrement du côté d'Alexis. Il n'avait jamais trahi ses vœux, lui, avant qu'elle les fasse voler en éclats.

— Croyez-vous réellement que cet appel était une menace ? lança soudain Stacy.

— Je l'ignore, répondit Harlan, soulagé qu'elle change de sujet. Je ne penche pour aucune hypothèse à ce stade.

— Si seulement nous savions pourquoi la gouverneure est prise pour cible… Cela nous aiderait à cerner les suspects.

— Le champ est vaste, en effet. Quelqu'un révolté par l'idée d'une femme aux commandes des Etats-Unis. Ou alors un écoterroriste. Un opposant à ses connexions avec les géants du pétrole… Ou même des membres d'une milice d'extrême droite la voyant comme un rouage de la machine étatique…

— Le mobile pourrait-il être d'ordre personnel ? avança Stacy. Quelqu'un qu'elle aurait indisposé ?

— Tout est possible, concéda Harlan. Vous voyez un profil qui correspondrait ?

— Eh bien, Henry Kemp, bien sûr… Son clan n'a toujours pas digéré l'achat de cette parcelle pétrolifère… Mais vous l'avez déjà rayé de la liste, n'est-ce pas ?

Harlan l'espérait — son ami et collègue Wade Coltrane était amoureux fou de Lindsay, la fille de Kemp.

— Quelqu'un d'autre vous vient-il à l'esprit ?

Après avoir épluché tous les dossiers, il savait que le franc-parler de la gouverneure suffisait à lui attirer les foudres de bon nombre de lobbys, mais Stacy, appartenant au cercle rapproché de Lila, était la mieux placée pour détenir des informations absentes des dossiers.

— Allen Davidson ne peut pas la supporter, confia Stacy en faisant la grimace. C'est un animateur radio de Dallas. Ils ont croisé le fer plus d'une fois. Mais je le vois mal poser une bombe…

— Même pour faire flamber sa part d'audience ?

Il avait réussi à la faire sourire. Son corps se tendit à cette vue.

— Il y a aussi Bill Arkwright…

— Le maire ?

— Ce n'est pas le plus fervent supporteur de Lila. De là à la faire exploser… Improbable.

— Et du côté des manifestants ? Avez-vous croisé de nouveaux groupes, ces derniers temps ?

— Non, ce sont toujours les mêmes. Les pacifistes qui désapprouvent son soutien aux interventions militaires à l'étranger, les défenseurs des droits des animaux qui lui reprochent d'être rancher et carnivore, des écologistes vent debout contre ses intérêts dans le pétrole et sa politique de gestion du territoire. Et les anarchistes, opposés à l'Etat en général.

Stacy haussa les épaules.

— Vous avez sûrement vu les fiches que détient la police sur ces différents groupes.

En effet. Aucun ne présentait de menace flagrante, quand bien même tous pouvaient compter parmi leurs membres des éléments d'autant plus dangereux qu'ils n'étaient pas identifiables à première vue.

— Par ailleurs, après l'histoire de Frank Dorian, nous devrions aussi vérifier du côté de ses camarades du couloir de la mort exécutés pendant le mandat de Lila.

— Nous avons étudié les dossiers des prisonniers dès que Frank Dorian s'en est pris à elle, indiqua Stacy. Il y a eu cent soixante-dix-huit exécutions sous son administration. La police du Texas est en train de les réexaminer aujourd'hui et doit établir une évaluation des menaces d'ici deux semaines. Personne ne vous en a parlé ?

— Vous me l'apprenez, dit Harlan en grimaçant.

Autant d'exécutions laissaient présager un nombre conséquent de suspects. Il avait un vieux copain des marines qui travaillait désormais chez les Texas Rangers. Steve. Il lui passerait un coup de fil. Peut-être obtiendrait-il ainsi quelques tuyaux.

— On ne peut s'acquitter efficacement de sa tâche de gouverneur sans se faire des ennemis.

Stacy décroisa un peu les jambes. Après le dîner, elle s'était changée pour enfiler un bas de jogging confortable et un T-shirt délavé siglé Rice University. Une tenue qui aurait dû la rendre nettement moins sexy.

Et pourtant.

Il esquissa un geste vers le T-shirt.

— Je croyais que vous veniez de l'Arkansas ?

Elle baissa les yeux sur sa poitrine.

— J'étais inscrite à la Rice pour ma licence. Dans l'Alabama pour mon master. A Vandy, Tennessee, pour mon doctorat… C'est là que je travaillais quand Anthony a décidé de déménager au Texas.

Vu son ton lorsqu'elle parlait de lui, elle n'éprouvait pour son ex que de l'indifférence. Difficile de le lui reprocher, songea Harlan, compte tenu de ce qu'il savait sur ce type. D'ailleurs, pourquoi l'avait-elle épousé ?

Bien entendu, il ne se permettrait jamais de lui poser la

question. Qui était-il pour lui jeter la pierre en matière de choix de partenaires ?

— Je n'ai pas pu m'empêcher d'entendre votre échange avec Matt au restaurant, reprit-elle. Votre ex-femme se remarie ?

Il hocha la tête.

— Avec l'avocat qui l'a défendue pendant le divorce.

— Aïe ! fit Stacy en tordant le nez.

— Nous nous sommes mariés jeunes. Et inconscients.

Elle esquissa un sourire en coin.

— J'aimerais avoir cette excuse. Mais j'avais presque vingt-six ans au moment où j'ai épousé Anthony. C'était… un coup de foudre. Ma première relation sérieuse, en réalité. J'étais si occupée par mes études jusque-là que je remarquais à peine les garçons.

Quoi, une femme aussi charmante et intéressante avait réussi à traverser tant d'années de lycée et d'université sans nouer de relations amoureuses ? Harlan n'en revenait pas.

— Vous étiez… timide, peut-être ?

Elle parut songeuse, le temps d'un petit voyage dans le passé.

— Pas timide, non. Seulement très sérieuse.

— Vos parents étaient stricts ?

— Oui, et ils avaient des raisons pour cela. Mais pas à cause de moi. Ma sœur aînée, Tracy, leur a posé beaucoup de problèmes. Elle s'est fait beaucoup de mal à elle-même aussi.

— Et ils ont tout fait pour que cela ne vous arrive pas ?

— Je leur ai facilité la tâche. Je voyais bien le genre de guêpiers dans lesquels elle se fourrait. Non, merci ! Mais j'ai sûrement poussé l'autodiscipline un peu trop loin. L'idée de dévier de mes objectifs me tétanisait.

— Et comment Anthony s'est-il faufilé sous votre radar ? demanda Harlan, plus curieux de sa réponse qu'il ne l'aurait voulu.

— J'avais vingt-six ans, j'étais épuisée et très seule, confia-t-elle en rougissant légèrement. Il était intelligent, charmeur, sophistiqué, plein d'expérience… Je n'avais aucun moyen de me défendre contre un séducteur aussi habile et déterminé.

Elle croisa son regard.

— Je lui ai demandé un jour, vers la fin de notre mariage, pourquoi il m'avait choisie, moi, parmi toutes les femmes qu'il aurait pu conquérir.

Parce que tu es intéressante et stimulante, répondit Harlan en son for intérieur.

— Il m'a expliqué que l'idée d'être avec quelqu'un qui n'avait aimé personne d'autre que lui le ravissait, acheva-t-elle avec un rire amer qui émut Harlan jusqu'à la douleur.

— Quel imbécile ! lâcha-t-il, incapable de tenir sa langue.

Il se leva, poussé par un désir impossible à refouler.

Stacy quitta son fauteuil dans le même élan, telle une gazelle alertée par son mouvement brusque. Leurs regards brûlants s'enchaînèrent par-dessus la table basse.

Elle détourna les yeux la première.

— Je ferais bien d'aller dormir tant que c'est encore possible. Deux semaines de travail intensif nous attendent…

— De mon côté, je vais faire un tour dehors pour m'assurer que tout va bien, annonça Harlan alors qu'il rêvait de la suivre dans la chambre pour obéir aux objurgations de son corps.

Ils contournèrent en même temps la table basse et faillirent se rentrer dedans. Harlan leva la main pour stabiliser Stacy, frôlant sa poitrine au passage.

Elle étouffa un gémissement qui le fit trembler de désir.

— Harlan…, murmura-t-elle d'une voix enrouée.

L'embrasser serait la pire chose à faire. Il le savait…

Mais il s'en moquait éperdument.

Il baissa la tête, effleura ses lèvres. Très délicatement. C'était une question, pas une affirmation.

Un son vibra dans la gorge de Stacy. Elle se hissa sur la pointe des pieds pour presser sa bouche contre la sienne pendant un long, très long moment chargé d'électricité, la main plaquée sur son torse, les doigts crispés sur sa chemise.

Et soudain elle détala prestement vers la porte et disparut avant même que Harlan ait repris son souffle, avec une agilité de biche tentant désespérément d'échapper à un prédateur en chasse…

Ce qu'elle était peut-être, très précisément.

Frustré par cette dérobade et à cran, Harlan sortit prendre l'air.

Il fit deux fois le tour de la maison à pas lents, l'œil et l'oreille aux aguets, le froid de la nuit d'octobre apaisant peu à peu la brûlure qui le consumait de l'intérieur.

Côté nord, seules quelques lumières brillaient dans la villa, mais la façade blanche luisait au clair de lune tel un spectre blafard.

Il rebroussa chemin jusqu'à la dépendance, se sentant davantage maître de lui, en dépit d'une rage tenace contre l'ex-mari de Stacy. Quel genre de pervers narcissique fallait-il être pour lui dire une chose pareille ? Pour lui laisser croire que le seul bienfait qu'elle puisse apporter à un homme était l'inexpérience et une dévotion absolue à ses besoins ?

Le fumier !

Il grimpa les quelques marches du perron et pila net sur la dernière, son regard tombant sur un objet gisant à côté du paillasson.

Une fleur jaune d'or, à quatre longs pétales. Elle semblait fraîchement cueillie. Il n'avait sûrement pas baissé les yeux en quittant la maison quelques minutes plus tôt, trop occupé à tenter de calmer sa libido…

Etait-il possible de déceler des empreintes sur une fleur ? Sans doute pas. Et celle-ci avait très bien pu être emportée jusque-là par le vent d'ouest qui parfois balayait les plaines à la vitesse d'un train hors de contrôle. Sinon…

Il ouvrit la porte et appela Stacy, qui surgit sur le seuil, l'air un peu inquiet.

Il lui montra la fleur.

— Savez-vous ce que c'est ?

La curiosité se peignit sur son visage.

— Un canna, je crois, répondit-elle en se penchant pour la ramasser.

Il se baissa en même temps pour lui saisir la main et l'arrêter. Elle releva la tête, le regard sombre, intense.

Il oublia la fleur. La menace. Il oublia tout, sauf la façon dont le clair de lune texan la rendait plus belle que tout ce qu'il avait pu voir dans sa vie jusque-là.

L'envie éperdue le reprit de l'embrasser. A en juger par ses yeux brillants, cette envie était partagée…

Pourtant elle détourna la tête, rassemblant visiblement son sang-froid, et dégagea sa main.

— Ils poussent dans le jardin de la gouverneure, précisa-t-elle d'une voix tendue. Le vent a pu la porter jusqu'ici…

— J'y ai songé. Pourriez-vous allumer la lampe du porche, s'il vous plaît ?

Une seconde plus tard, un halo doré enveloppa le perron. Harlan sortit son portable pour prendre quelques photos, puis un stylo dont il se servit pour retourner la fleur. Il s'accroupit et l'examina de près.

Une découpe irrégulière… La tige vert pâle avait été pincée.

— Zachary aurait-il pu aller cueillir cette fleur dans le jardin de la gouverneure et la déposer ici ? demanda-t-il en se relevant.

— Non, répondit Stacy, les yeux rivés au canna. Il s'est fait piquer un jour par une abeille en respirant des fleurs. Depuis, il les fuit.

— Auriez-vous un petit sachet plastique ?

— Bien sûr.

Elle disparut dans la maison et revint munie d'un sac congélation à fermeture hermétique, dans lequel Harlan fit glisser la fleur à l'aide du stylo. Puis il suivit Stacy à l'intérieur, veillant à ce qu'elle verrouille la porte derrière eux.

— Je donnerai ceci à l'agence demain matin. Quelqu'un là-bas saura s'il y a moyen de prélever des empreintes.

Stacy se frotta frileusement les bras.

— Je ne sais pas pourquoi une simple fleur me donne la chair de poule…

— Ce n'est pas seulement la fleur, dit-il, se retenant de justesse de poser les mains sur elle pour la réchauffer.

Il devait rester là toute la nuit pour monter la garde. Serait-il efficace, vraiment, s'il passait tout ce temps à regretter de n'être pas avec elle dans son lit ?

Trop tard, McClain. Tu le regrettes déjà.

Quel dommage qu'il n'ait pas les coordonnées de l'hôtel d'Amarillo où séjournaient Alexis et son fiancé. Une brève conversation avec son ex suffirait à le guérir de sa fascination toute neuve pour Stacy Giordano.

La seule pensée de son fiasco conjugal lui remit les idées en place.

Le temps de s'installer sur le sofa en face de Stacy, il se sentait déjà capable de survivre à cette nuit sans devenir fou.

— Une fleur, c'est un étrange moyen pour faire passer un avertissement, n'est-ce pas ? demanda Stacy après quelques instants de silence tendu.

— Sans aucun mot d'accompagnement, oui, c'est étonnant.

— Cela n'a peut-être aucun rapport avec ce qui arrive à la gouverneure.

— Avez-vous reçu d'autres objets du même ordre ? Des cadeaux anonymes ? Des appels étranges comme tout à l'heure ?

Elle secoua la tête.

— Je ne suis pas du genre à attirer des admirateurs secrets. Je sors peu. L'essentiel de mon travail se passe en coulisses.

— Un membre de l'équipe rapprochée de la gouverneure, alors ?

— Peu probable. Personne ne fait spécialement attention à moi.

— Vous êtes peut-être trop occupée pour remarquer un éventuel pervers.

— Vous recommencez à me faire peur !

— Pardon. Ce pourrait être une simple coïncidence, dit Harlan sans toutefois parvenir à adopter un ton convaincant.

La fleur à elle seule ne signifiait pas grand-chose. L'appel anonyme non plus. Mais les deux événements se suivant d'aussi près et survenant si vite après l'attentat contre la gouverneure… Il ne pouvait s'empêcher de suspecter un lien.

Restait à comprendre comment ces pièces du puzzle s'articulaient.

Il était presque 22 heures, et Stacy se leva pour aller se coucher. Elle l'aida à déplier le sofa, puis gagna sa chambre.

Une fois qu'elle eut refermé la porte derrière elle, Harlan sortit son portable et appela le CSI dans l'idée de laisser un message à ses collaborateurs.

Mais contre toute attente, quelqu'un décrocha le téléphone. C'était Nolan Law.

— Tu travailles tard, commenta Harlan sans s'en étonner plus que cela.

Le premier des désaxés de Bart, comme Harlan aimait surnommer le groupe qu'il formait avec les autres agents du CSI, était aussi le bras droit du patron. Un homme très introverti. D'après le peu d'informations que Harlan avait pu recueillir, Nolan avait été gravement blessé au combat — des brûlures ayant nécessité plusieurs opérations de chirurgie plastique. Il prétendait par ailleurs avoir peu de souvenirs de sa vie d'avant la blessure. Harlan en doutait un peu.

— Des paperasses en retard, répondit Nolan, laconique. Qu'est-ce qui se passe ?

Harlan évoqua les menaces potentielles pesant sur Stacy Giordano et son fils.

— Je sais que ça peut sembler dérisoire, mais l'aide de camp constitue un point faible dans les défenses de la gouverneure.

— A cause de son fils ?

— C'est la vie, murmura Harlan. Elle ferait n'importe quoi pour le protéger. Quiconque cherche à nuire à la gouverneure sait forcément cela.

— Tu montes la garde chez elle cette nuit ?

— Oui, mais je ne pourrai pas rester ici en permanence puisque je supervise toute l'opération sécurité. Je pense qu'il faut mettre en place un poste de contrôle devant la dépendance aussi. Est-ce qu'il nous reste du monde parmi les agents les plus sûrs ?

— Je m'y mets tout de suite et je te trouve trois gars pour des gardes de huit heures chacun. D'ici demain matin, si tout va bien.

— Merci, Nolan.

Harlan raccrocha, les yeux fixés sur la trace pâle laissée par un faible rayon de lune au plafond.

Si son corps semblait enfin sous contrôle, momentanément tout au moins, son esprit s'emballait allègrement dès qu'il envisageait les multiples façons dont un assassin un tant soit peu futé, acharné à détruire la gouverneure, pourrait viser Stacy Giordano.

Deux angles d'attaque au moins s'offraient à lui — Stacy était la personne la plus proche de Lila Lockhart et elle était la mère d'un enfant handicapé, donc vulnérable. Un type assez impitoyable pour faire exploser une bombe parmi une foule de civils innocents n'hésiterait pas à utiliser Zachary pour obliger Stacy à trahir. Elle ferait tout pour sauver son fils, coûte que coûte, Harlan n'en doutait pas une seconde.

Mais aurait-elle la force d'assumer les conséquences ?

Le ventre noué d'angoisse, Harlan se fit le serment de trouver qui s'en prenait à la gouverneure, et ce par tous les moyens. Il ferait aussi en sorte que personne n'approche Stacy pour l'utiliser comme un pion.

Simplement, il préférait ne pas analyser de trop près les motivations réelles de sa détermination.

Car la seule chose plus dangereuse que cette tâche qu'il venait de s'assigner était le trouble croissant que suscitait en lui la compagnie de Stacy Giordano.

10

En pénétrant dans son salon le lendemain matin vers 6 heures, Stacy ne put retenir un mouvement de surprise. La pièce était dans un état impeccable, plus propre qu'elle ne l'avait laissée la veille. Les oreillers et la couverture qu'elle avait prêtés à Harlan avaient disparu. Lui-même s'était évaporé. Et, dans la cuisine adjacente, la vaisselle restée dans l'égouttoir avait été rangée, le comptoir nettoyé — plus une trace des doigts de Zachary. C'était comme si son visiteur n'avait jamais été là.

Pourtant le souvenir très précis d'un baiser doux, brûlant et trop bref lui assurait le contraire, un souvenir dont elle ne savait que faire.

— Harlan ? appela-t-elle à voix basse, de peur de réveiller Zachary.

L'heure de réveil favorite de son fils était 6 h 30. Quelques minutes de plus ou de moins, et il deviendrait impossible à gérer. Un Zachary en pleine crise, c'était bien la dernière chose dont elle avait besoin en ce début de journée.

Un bruit de voix lui parvint de l'extérieur de la maison. Elle sortit sur le seuil et tomba presque sur Harlan. Il était tout habillé, en grande discussion avec un inconnu de type hispanique à la coupe militaire, en jean et blouson de cuir. Tous deux se retournèrent vers elle.

L'expression de Harlan était indéchiffrable. De l'indifférence ? Pas tout à fait… Mais une dureté dans le regard qui la prit de court.

— Stacy, je vous présente Rob Sanchez. Il prendra le créneau 7 heures - 15 heures.

Distance, songea Stacy. Voilà ce qui se lisait dans les yeux de Harlan. Il dressait un mur entre eux après le moment d'intimité fugace de la veille.

Elle aurait dû s'en féliciter, non ? N'était-ce pas ce qu'elle souhaitait aussi, après tout ?

— Enchantée, monsieur Sanchez.

Il lui tendit la main.

— Rob, ça suffira.

— Appelez-moi Stacy alors.

Harlan s'éclaircit la voix.

— Je dois partir. Une longue matinée de travail m'attend au CSI. Je serai de retour plus tard dans la journée.

Là-dessus, il tourna les talons et s'éloigna.

Bon sang ! Il savait pertinemment qu'elle ne pouvait pas laisser Zachary seul dans la maison pour courir après lui. Il s'en allait sans même lui dire au revoir après avoir passé la nuit sur son sofa, à monter la garde pour les protéger son fils et elle.

Après ce baiser si aguicheur…

Et c'était censé lui convenir ?

Oui, Stacy. C'est censé te convenir, tu as oublié ? Tu es contente de constater que tout est redevenu normal et que tu n'auras pas à passer une autre nuit à rêver de Harlan débarquant dans ta chambre pour te rappeler ce que c'est que d'avoir un homme dans ton lit.

Ravalant un soupir, elle sourit à Rob Sanchez.

— Comment a-t-il fait pour vous recruter si vite ?

— Le CSI m'a contacté vers 22 h 30 hier soir. Dans ces cas-là, je ne pose pas de questions, j'accours.

Il inclina la tête, la couvant d'un regard qui n'était plus tout à fait professionnel, mais pas inconvenant non plus.

— Souhaitez-vous connaître mes références ou quoi que ce soit d'autre ?

Elle secoua la tête.

— Le CSI vous a engagé, je suis certaine que vous êtes parfaitement qualifié pour ce travail.

Elle rebroussa chemin dans le couloir et referma la porte derrière elle.

— Enfin seule, dit-elle tout haut dans le silence du salon désert.

Très seule, même, en cet instant.

— Sanchez a dû arriver là-bas aux aurores, commenta Nolan Law lorsque Harlan poussa la porte du CSI peu après 7 h 30.

— Effectivement.

D'une secousse des épaules, Harlan se débarrassa de sa veste et l'accrocha sur le dossier d'une chaise autour de la table de conférence où était installé Nolan.

— Il a l'air d'un bon gars. Tu l'as trouvé où ?

— C'est un vieux copain de régiment de Matt, répondit Nolan. Décoré au combat, très respecté par ses camarades comme par ses officiers supérieurs.

— Je me demande pourquoi il n'a pas rempilé…

Lui-même serait encore chez les marines s'il n'avait été poussé dehors par son propre commandant. Peut-être pas comme tireur d'élite, mais dans un autre corps. Il avait une main en vrac, il n'était pas infirme.

— Sanchez est le plus jeune de sa fratrie et le seul garçon. Sa mère est veuve, assez âgée…

— Et elle apprécie d'avoir un homme auprès d'elle pour les tâches, disons, masculines…, enchaîna Harlan, son esprit perfide filant droit vers le Twin Harts et la petite dépendance toute propre de Stacy Giordano.

Stacy Giordano, qui ne voulait pas d'un homme auprès d'elle. Ce point du moins avait été très clair au cours de leur conversation sur son ex-mari.

Mais son baiser… Son baiser avait suggéré tout autre chose, n'est-ce pas ?

Pour changer de sujet, Harlan déposa sur la table le petit sac en plastique avec le canna jaune.

— La fleur en question ? s'enquit Law.

Harlan acquiesça. Après une nuit passée enfermée, elle était un peu défraîchie.

— Une chance d'obtenir une empreinte à partir de là ?

— Si on l'avait trouvée sur une scène de crime, peut-être, mais le dépôt d'une fleur sur le paillasson n'a rien d'illégal, et personne ne déboursera un sou pour la technique sophistiquée que cela suppose, pas même Bart. A moins bien sûr que tu ne lui trouves un lien direct avec l'attentat.

Harlan s'assit en face de Law, gratifiant le petit sac d'une pichenette par pure frustration.

— Je n'arrive pas à me sortir ça de la tête. Stacy Giordano est comme une pêche mûre prête à être cueillie. On ne peut être plus proche qu'elle de la gouverneure. Elle vit seule, au ranch, avec un fils dont l'éducation est très compliquée…

— Elle pourrait être soudoyée, à ton avis ?

L'instinct de Harlan s'opposait fermement à cette hypothèse.

— Je ne la crois pas corruptible pour de l'argent. Mais, si on menace son enfant, elle ne se laissera pas arrêter par des principes de morale. Elle ferait n'importe quoi pour lui.

— Eh bien, la voilà désormais sous protection vingt-quatre heures sur vingt-quatre…

— Oui, mais Zachary ? répliqua Harlan. Il pourrait être enlevé à l'école, ou pendant ses leçons d'équitation, ou que sais-je… Il peut disparaître quelques secondes au sein même du ranch et s'attirer des ennuis…

Harlan se frotta le crâne, regrettant de ne pas avoir davantage d'éléments pour approfondir son enquête et identifier précisément la menace. Alors peut-être qu'il serait prêt à faire face, le moment venu.

— J'ai bien peur d'avoir une mauvaise nouvelle de plus pour toi, annonça Law. Un groupe d'Austin, baptisé Planet Justice, a déposé une demande d'autorisation officielle pour manifester pendant le gala.

— Sur la propriété privée de la gouverneure ?

— Cela n'a pas arrêté les manifestants de Crawford il y a

quelques années, n'est-ce pas ? Lila Lockhart est une personnalité publique. Cette manifestation aura lieu. Et, d'après le peu que je sais de la gouverneure, elle tiendra sûrement à les accueillir. La liberté de parole n'est pas un vain mot pour elle.

Law n'avait pas tort. Lila prônait le respect absolu des droits constitutionnels, quoi qu'il lui en coûte.

Harlan aborderait le sujet avec elle dès que possible. S'il fallait compter avec une foule de manifestants en plus de toutes les autres menaces à anticiper, mieux valait s'y préparer sans tarder.

Quelle folie de s'être laissé convaincre par Bart et la gouverneure d'assumer cette mission ! D'autant que sa décision avait été motivée en bonne partie par sa curiosité envers Stacy Giordano… qui était devenue le plus compliqué des problèmes à gérer.

Le vendredi, Zachary restait une heure de plus à l'école garderie pour travailler ses compétences sociales en tête à tête avec Charlotte, si bien que Stacy ne prit sa pause déjeuner que peu avant 13 heures. Avant de partir en ville, elle passa par les écuries du Twin Harts, sans oublier de signer le registre à chaque poste de garde.

Le responsable d'écurie était déjà parti déjeuner, mais Trevor Lewis pansait un superbe hongre bai dans l'une des stalles.

— Bonjour, Stacy. Vous avez envie d'une promenade ?

Elle lui rendit son sourire.

— Non, j'avais juste un moment de libre et je voulais vous remercier d'avoir laissé Zachary monter alors que vous aviez été prévenu à la dernière minute. Je vous en suis très reconnaissante.

Trevor tapota la croupe du hongre et sortit de la stalle en s'essuyant les mains sur son jean.

— C'est un gamin agréable, une fois qu'on s'habitue à ses manières. Il a un très bon contact avec les chevaux. Ils l'aiment tous.

Ces compliments sur Zachary réchauffèrent le cœur de Stacy. Les personnes qui prenaient la peine de regarder au-delà de ses bizarreries pour distinguer l'enfant merveilleux au-dessous étaient si rares !

Bien sûr, Trevor ne resterait sans doute pas des années au ranch. Les palefreniers repartaient dès qu'ils trouvaient un poste plus rémunérateur. Mais qui sait, la conjoncture économique défavorable rendait peut-être le travail plus attractif.

— Tout de même, je devrais vous dédommager pour le temps que vous consacrez à Zachary, dit-elle à voix haute.

Trevor secoua la tête.

— La gouverneure nous verse un salaire déjà très correct. Et puis, sortir Zachary, c'est l'équivalent d'une pause dans mon travail.

Il lui décocha un sourire lumineux, d'un charme inattendu. Sous les cheveux bruns trop longs et la couche de crasse liée à son travail dans l'écurie, Trevor Lewis n'était pas mal du tout, réalisa Stacy pour la première fois. A peine plus grand qu'elle, certes, mais son corps mince était musclé et plutôt viril.

En un sens, il lui rappelait beaucoup Anthony. Son ex-mari avait les yeux bleus et non noisette, et la peau plus mate, mais l'un et l'autre dégageaient un charme vibrant qui surprenait par son intensité.

— Vous avez déjà déjeuné ? demanda Trevor. Je pars en ville manger un morceau. Voudriez-vous m'accompagner ?

Si elle avait été une autre femme, dans une situation différente, peut-être aurait-elle accepté sa proposition. Il devait avoir à peine cinq ans de moins qu'elle, et sa capacité à assumer un travail aussi dur et ingrat plaidait en sa faveur.

Mais, puisqu'elle venait de le relier dans sa tête à son ex-mari, cette hypothèse était exclue. Au fond, elle s'était doutée bien avant la défection d'Anthony que son mariage ne durerait pas. Elle n'avait pas voulu admettre qu'elle avait été assez idiote pour épouser un homme sur la seule base de son charme éblouissant et de sa propre angoisse devant la course inexorable du temps, voilà tout.

Elle recula d'un pas sans le vouloir, comme si son inconscient lui dictait de se tenir à distance de Trevor.

— J'ai déjà d'autres projets, répondit-elle.

Après tout, déjeuner avec son fils était bel et bien un projet, non ?

— Bon appétit, conclut-elle.

— Vous aussi, murmura Trevor d'une voix exhalant le même charme doucereux que son sourire quelques instants plus tôt.

S'il était déçu, il n'en montra rien.

Stacy le salua d'un sourire et s'éloigna plus vite qu'elle ne l'avait prévu.

A mi-chemin de la dépendance, une question la saisit : les similitudes entre Trevor et Anthony n'étaient-elles pas le fruit de son imagination ? Ils n'avaient pas tant que cela en commun, à dire vrai. Jamais Anthony n'aurait porté un jean sale ou les cheveux aux épaules, encore moins nettoyé un box d'écurie…

Peut-être était-elle seulement timorée avec les hommes. Son expérience avec Anthony avait agi comme un révélateur à plus d'un titre, elle avait prouvé en particulier son jugement déplorable en matière de psychologie masculine.

Elle l'avait cru parfait, alors qu'il était tout sauf cela. Elle avait imaginé que la paternité adoucirait sa nature de compétiteur effréné mais, au contraire, son obsession d'être le meilleur en tout l'avait incité à rejeter son fils défectueux, ainsi que l'épouse défectueuse qui l'avait porté, pour se trouver un meilleur modèle.

En approchant de la maison, elle croisa Greg Merritt, le directeur de campagne de Lila, qui bavardait avec Rob Sanchez. Greg portait une attelle au poignet gauche.

— Que vous est-il arrivé ? s'enquit-elle en désignant l'attelle.

— Votre patronne m'a emmené faire du cheval hier. La jument noire était d'humeur fougueuse.

Il avait le sourire, mais son regard laissait penser qu'il n'était pas tout à fait à son aise avec une femme de la trempe de Lila Lockhart.

— Rien de cassé, j'espère ? lança Stacy en lui emboîtant le pas vers la dépendance.

— Une simple foulure.

Il lui jeta un regard de biais.

— Je suppose que vous vous demandez ce que je fais là ?

Elle ne prit pas la peine de le nier.

— En quoi puis-je vous aider ?

— En fait, j'ai besoin de votre voiture.

Stacy haussa les sourcils.

— Ma voiture ?

— La gouverneure et Bart Bellows rencontrent un groupe d'importants donateurs ce soir à Amarillo. Nous essayons de rester très discrets sur cette réunion — certains de ces donateurs ne sont pas encore prêts à révéler leur soutien pour tel ou tel candidat du parti.

— Et, en prenant mon véhicule, vous éviterez d'attirer l'attention de la presse, devina Stacy. Pas de problème…

— A quand remonte la dernière révision ?

— J'ai fait une vidange le mois dernier, mais les roues ont sans doute besoin d'un équilibrage. Il faudrait aussi vérifier les pneus et les freins.

— Pouvez-vous faire un saut chez le garagiste aujourd'hui pour ces contrôles ? Sachant que la gouverneure souhaite partir vers 16 heures.

— Bien sûr.

Elle comptait passer une soirée tranquille avec Zachary devant son DVD de *Black Beauty*, de toute façon…

— Parfait, conclut Greg. Pensez à demander un reçu pour le remboursement des frais.

Il s'éloigna sans même la saluer, en sortant son BlackBerry pour composer un numéro.

Mais Rob Sanchez l'obligea à s'arrêter au poste de garde, remarqua Stacy, amusée. Harlan McClain avait décidément un jugement sûr pour le personnel.

13 heures à sa montre. En partant sans attendre, elle aurait

le temps de laisser sa voiture chez Hal pour la révision, d'aller chercher Zachary à pied à l'école, puis de l'emmener déjeuner au snack. Elle saisit son propre téléphone pour annoncer son arrivée au garagiste.

En s'enfermant dans les locaux du CSI, Harlan pensait oublier plus facilement son inclination croissante envers Stacy Giordano et son fils pour se concentrer sur le travail en cours. Peine perdue — il ne cessa de se demander ce qu'ils faisaient.

Il savait que Zachary irait à l'école pour mieux maîtriser ses propos, mais aussi les subtilités des relations avec ses semblables, de manière à ne pas les rebuter par son intensité et son manque total de respect pour l'espace vital d'autrui. Les enfants pouvaient se montrer cruels. Ce serait un crève-cœur que ce petit bonhomme brillant, intéressant, qui avait tant à donner, soit traité en paria par ses camarades…, soupira Harlan.

S'il éprouvait, lui, cette vague angoisse à son sujet, quelle épreuve ce devait être chaque jour pour sa mère de l'envoyer à l'école !

Pas étonnant qu'elle dresse des murs entre elle-même et les autres. Etre la mère de Zachary représentait en soi un travail à plein temps, à partager avec celui qu'elle assumait pour la gouverneure.

Stop ! Ça suffit. Elle n'est qu'une employée que tu supervises. Pas une fille à mettre dans ton lit.

Mais, lorsqu'il pénétra dans le Talk of the Town pour le déjeuner, tout son corps frémit : Stacy était assise dans un box près du comptoir !

Elle n'était pas seule, constata-t-il en s'approchant. Ce fut d'ailleurs Zachary qui l'aperçut le premier, et pour cause, il se dévissait le cou pour observer les autres clients du snack. En posant son regard sur lui, il écarquilla les yeux, avant de reprendre le balayage systématique de la salle.

Connaissant Zachary, Harlan prit cet instant de reconnaissance comme un accueil des plus chaleureux.

Stacy, elle, fut moins démonstrative. Elle hocha la tête à son approche, sans qu'il se sente le bienvenu pour autant. C'était mérité sans doute, après son départ précipité le matin même, à la limite de l'impolitesse. S'il avait deux sous de jugeote, il la saluerait et passerait son chemin.

— Tout va bien au ranch ? lança-t-il en s'arrêtant à leur table.

— Très bien, répondit-elle, laconique.

Zachary ne lui dit pas bonjour, mais se déplaça vers le fond de la banquette et se mit à jouer avec le sucrier.

— Un déjeuner en tête à tête ? dit Harlan.

Elle pinça les lèvres, mais proposa tout de même :

— Vous voulez vous joindre à nous ?

Il se sentit un peu coupable d'avoir forcé l'invitation, mais pas assez pour la refuser. Il s'assit près de Zachary.

— Vous avez déjà commandé ?

— Seulement les boissons. Molly devrait revenir d'un instant à l'autre pour la suite.

La froideur de Stacy vrilla l'estomac de Harlan.

Evidemment ! Il s'intéressait enfin à une femme pour autre chose que le sexe, et voilà que cette femme s'acharnait à le renvoyer dans les cordes.

Il se racla la gorge.

— Je suis désolé d'être parti si vite ce matin. C'était grossier de ma part.

— Vous étiez là pour veiller à notre sécurité, et nous vous en sommes reconnaissants. Vous n'aviez aucune autre obligation envers nous.

— Il y avait autre chose, et vous le savez. N'est-ce pas ?

La lueur de souffrance dans le regard de Stacy témoignait de sa répugnance à aborder le sujet. Mais ignorer leur attirance mutuelle n'avait pas semblé très efficace jusque-là. La seule solution était d'en parler franchement pour se libérer l'esprit.

— Qu'attendez-vous de moi ? demanda-t-elle avec un soupir.

Il coula un regard vers Zachary.

— Je préférerais discuter de cela en privé mais, puisque c'est impossible, je serai simplement honnête avec vous sur un point. Je ne suis pas un bon plan pour un avenir à deux. J'ai déjà donné, je me suis brûlé les ailes.

Les lèvres de Stacy s'incurvèrent.

— Pareil pour moi.

— Pour autant, comment dire, je suis un adulte…

— Avec des besoins d'adulte ?

Il acquiesça en silence.

— Est-ce une sorte de proposition ?

— Non, dit-il très vite. Pas du tout.

Bon sang, il était en train de saboter cet échange dans les grandes largeurs !

— Je pense simplement que nous gagnerions à clarifier les choses. En fait, je vous demande ce qui vous plairait dans un futur proche.

— Rien. Absolument rien.

Ce rejet direct le doucha. N'aurait-elle pu prendre au moins le temps de réfléchir avant de refuser en bloc toute relation ?

— Bien, marmonna-t-il.

Contre toute attente, le regard de Stacy s'adoucit.

— Ce n'est pas que je ne vous trouve pas séduisant. Au contraire. Mais je suis assez grande et sage pour voir la différence entre désirer une chose et en avoir besoin. Tout ce que je pourrais désirer vous concernant, je sais que je n'en ai pas besoin. Les complications, les interrogations sans fin… Ce n'est pas nécessaire. Comprenez-vous cela ?

— Je comprends, répondit Harlan à contrecœur. Et, maintenant que les malentendus sont dissipés entre nous, peut-être pourrons-nous travailler dans la même pièce en toute sérénité.

— Tout à fait.

— Un câlin doit durer jusqu'à trois, pas plus, commenta Zachary depuis son bout de table.

Il referma les bras autour de la taille de Harlan et se mit à compter tout haut :

— Un… Deux… Trois !

Il sourit à Harlan et le lâcha.

Stacy pouffa.

— Charlotte lui a enseigné quelques éléments de socialisation. Pour ne pas effrayer les autres enfants.

— Une formation accélérée dans ce domaine pourrait m'être utile à moi aussi, mon vieux, confia Harlan à son petit voisin. Qu'as-tu appris d'autre aujourd'hui ?

Au même moment, un hululement strident s'éleva à l'extérieur du restaurant. Des sirènes de police. Alors que les clients se levaient çà et là pour s'approcher des fenêtres et voir ce qui se passait, le portable de Stacy se mit à sonner. La jeune femme décrocha, écouta quelques secondes son interlocuteur et blêmit.

— Quoi ? fit Harlan, passablement inquiet.

Les portes du snack s'ouvrirent à la volée. Deux policiers s'engouffrèrent dans la salle et l'un d'eux, grand, dégingandé, la trentaine, aboya un ordre général :

— Tout le monde dehors ! Nous avons ordre d'évacuer la zone. Si vous êtes à pied, deux véhicules sont stationnés devant le restaurant. Sinon, prenez la route de l'est. Rassemblement général dans l'église baptiste de Mesquite. Nous vous expliquerons tout dès que la place sera évacuée.

Harlan reporta son attention sur Stacy. Elle avait des yeux hagards dans son visage exsangue.

— Qu'est-ce qui se passe, bon sang ?

— C'était Hal, le garagiste, au téléphone, répondit-elle d'une petite voix étranglée. Ils ont trouvé une bombe sous le châssis de ma voiture.

11

Même après deux heures de discussion avec les adjoints du shérif, Stacy tremblait encore de tous ses membres.

— Mon fils était dans cette voiture. Il aurait pu se passer n'importe quoi… Une bosse sur la route, et…

Harlan lui enveloppa les épaules avec sa veste, mais elle le savait bien : ce n'était pas le froid qui la faisait frissonner.

Il était à ses côtés dans les bureaux du shérif depuis que Jeff Appleton, l'adjoint qui avait fait évacuer le snack, l'avait prise à part pour l'interroger. Harlan avait insisté pour l'accompagner en qualité de témoin de fait.

En cet instant, Jeff Appleton s'était absenté pour aller chercher du café.

Et Charlotte, Dieu soit loué, s'était proposée pour garder Zachary dans une autre pièce pendant que les enquêteurs bombardaient Stacy de questions sur les dernières vingt-quatre heures de sa vie.

— Je devrais demander qu'on vous appelle un médecin, dit Harlan. Vous êtes sous le choc.

Elle frissonna de plus belle, mais serra les dents dans un effort surhumain pour recouvrer son sang-froid.

— Non, tout va bien. Je vais me calmer. C'est juste que… Je n'arrive pas à croire que je promenais une b… une bombe sous ma v… voiture.

Les mains chaudes de Harlan se posèrent sur ses joues, l'obligeant à lever les yeux.

— Vous n'étiez pas en danger. Pas sur le moment, en tout

cas. Il y avait un minuteur. Aucun risque que cela explose sur un impact.

— Un minuteur ?

Elle se retint de blottir le visage entre ses paumes, alors que la tentation frisait l'insupportable.

— Comment le savez-vous ?

— J'ai parlé avec Parker pendant que vous étiez avec les adjoints, expliqua-t-il d'une voix sourde en jetant un bref regard aux deux agents assis à l'entrée de la salle. Il a des contacts ici, il s'est renseigné. Cette bombe ressemble beaucoup à celle que vous avez aidé à désamorcer à Austin. La différence, c'est que celle-ci n'était pas configurée pour exploser via un téléphone portable.

— A quelle heure était programmée l'explosion, alors ?

— A 17 heures.

Elle fronça les sourcils.

— Les autres jours, à cette heure-là, la voiture est dans le garage de la dépendance. Est-ce que l'explosion aurait pu souffler la maison aussi ?

— Je ne sais pas. Elle aurait détruit la voiture, le garage aussi, mais les murs du garage sont en brique, non ?

— Sauf que ma voiture n'aurait pas été garée chez moi aujourd'hui ! réalisa Stacy.

Elle n'avait même pas expliqué à Harlan pourquoi elle l'avait déposée chez le garagiste.

— Lila devait l'emprunter avec Bart pour se rendre à une réunion avec des donateurs potentiels à Amarillo.

Elle lui raconta la requête de Greg Merritt.

— Ils étaient censés se trouver sur la route avec ma voiture à 17 heures. Et si la bombe avait visé Lila ?

Harlan marmonna un juron salé.

— Combien de personnes étaient informées de ce voyage ?

— Je ne sais pas. Très peu. S'ils prenaient ma voiture, c'était justement pour rester discrets et ne pas alerter la presse. Moi-même, je ne l'ai appris que ce midi.

— Vous en avez parlé à la police ?

— Oui. J'ai pensé que l'information pouvait être importante.

Il hocha la tête.

— Je dois passer quelques appels. Vous tiendrez le coup seule ici une minute ou deux ?

— Oui, assura-t-elle en essayant de retenir les frissons qui lui secouaient l'échine.

Elle parvint même à esquisser un faible sourire. Harlan eut la grâce de ne pas insister et s'éloigna pour téléphoner.

Un moment plus tard, Jeff Appleton réapparut, une tasse de café fumant à la main.

— Comment ça va ?

— Bien, répondit-elle simplement.

La paranoïa la gagnait. Elle ne savait plus à qui elle pouvait se fier, après tout ce qu'elle venait de vivre ces derniers jours.

Jeff, elle le connaissait depuis son installation à Freedom lorsqu'elle était entrée au service de la gouverneure, mais que savait-elle réellement à son sujet ? Il avait fallu Charlotte pour qu'elle apprenne l'origine des problèmes comportementaux de sa fille. Sans cela, elle n'aurait jamais songé à se renseigner elle-même sur la vie privée de Jeff alors qu'elle le croisait souvent au restaurant ou dans la rue.

Tout bien réfléchi, elle ne s'était intéressée de près à personne en ville. Sa vie entière tournait autour de Zachary, et la seule pensée de mener une vie sociale à peu près normale l'épuisait par avance.

Depuis son divorce, elle n'avait même jamais regardé un autre homme comme un amant potentiel… Jusqu'à la bourrasque Harlan McClain, venue dépoussiérer sa vie dans le sillage d'une explosion mortelle.

Elle accepta la tasse que lui tendait Jeff et goûta le café. Le liquide amer lui brûla la gorge, lui arrachant une grimace, mais les frissons s'apaisèrent presque aussitôt.

— J'ai demandé à la baby-sitter d'amener Abby ici. J'avais juste besoin de la voir, vous savez ? dit-il avec un sourire compréhensif. Elle joue avec Charlotte et Zachary dans une des salles d'interrogatoire. Votre fils est en train de travailler ses compétences sociales.

Stacy eut un petit rire nerveux.

— Comment Abby réagit-elle ?

— Elle le trouve drôle. Je ne pense pas que ses excentricités la dérangent beaucoup. Les yeux bleus la feront craquer, plus tard, ajouta-t-il avec un soupir. A l'heure où je vous parle, je cherche un marchand de ceintures de chasteté.

— J'ai moi-même un fils qui n'a aucun sens de l'espace vital, confia Stacy avec un sourire en coin. Je compatis !

— Stacy ?

Le shérif Bernard Hale en personne pénétra dans la pièce, ses yeux noirs affûtés mais bienveillants. D'un signe de tête, il lui fit signe de le suivre.

Jeff leur emboîta le pas dans le couloir jusqu'à la salle d'interrogatoire où les agents l'avaient déjà questionnée un peu plus tôt. Cette fois, la pièce était pleine. Lila Lockhart était assise à la table, flanquée de Greg Merritt et de Bart Bellows. Harlan et Parker McKenna se tenaient derrière eux, adossés au mur.

Le shérif Hale tira une chaise à son intention et s'appropria l'autre pour s'installer à côté d'elle.

— Je vous ai tous interrogés sur les événements d'aujourd'hui. A présent, qui va me dire quelles mesures vous comptez prendre ?

— *Quelles mesures ?* répéta Bart Bellows en fronçant les sourcils. Bon sang, Bernard, j'ai mis à la disposition de la gouverneure la quasi-totalité de mes agents pour veiller à sa sécurité !

Lila se tourna vers le shérif.

— Bernard, je sais que le fait d'héberger la gouverneure dans ta ville vous cause du souci, et je peux difficilement vous en vouloir. Ma présence vous complique la tâche, et cela ne risque pas de s'arranger maintenant que je suis candidate à la présidentielle. Mais que voudriez-vous que je fasse ? Que je parte ? J'ai grandi à Freedom ! Bien avant moi, le grand-père de mon grand-père a contribué à établir la première colonie près d'Abernathy Ridge. Freedom est ma moelle épinière…

— Allons, je ne vous demande pas de quitter la ville, gouverneure ! protesta Bernard en posant sur Lila un regard affectueux et frustré à la fois. Et je suis plus que ravi de vous avoir vous aussi à mes côtés, ajouta-t-il en s'adressant à Harlan et Parker. Tout ce que je vous demande, c'est de me tenir informé. Quand je vous ai interrogés sur l'attentat d'Austin, vous avez laissé entendre que nous n'avions aucun souci à nous faire ici. Mais je commence à douter de votre sincérité.

— Shérif Hale, nous ne sommes même pas certains que cela ait un rapport avec la gouverneure, déclara Greg Merritt d'un ton lénifiant. La bombe était fixée sous la voiture de Mme Giordano, pas sous celle de la gouverneure…

Stacy le fusilla du regard. Il savait pertinemment que la bombe, si elle n'avait pas été détectée, aurait tué la gouverneure et Bart Bellows, pas elle. Il la livrait en pâture, ni plus ni moins, afin de couvrir la réunion secrète de Lila. En effet, s'ils se dépêchaient, ils pouvaient encore prendre la route pour Amarillo. Son seul souci, manifestement, était de caresser les donateurs dans le sens du poil.

— Nous sommes au courant du petit aller-retour prévu à Amarillo, répliqua Bernard d'un ton uni. Mme Giordano a compris que nous ne pouvions assurer la sécurité de la gouverneure si des informations capitales nous étaient cachées. Je suis un peu surpris que vous ne compreniez pas cela vous aussi, Greg.

Devant le ton réprobateur du shérif, Harlan esquissa un léger sourire, remarqua Stacy. Elle avait senti depuis le début l'animosité que lui inspirait Greg Merritt. Elle non plus n'était pas la plus grande fan de cet homme trop féroce et arrogant à son goût, mais c'était un stratège politique de premier ordre, exactement le directeur de campagne qu'il fallait à Lila pour gagner. Aussi était-elle passée outre à ses défauts.

Avait-elle eu tort ? Lila l'avait pratiquement volé à Lloyd Albertson, son adversaire le plus dangereux pour l'investiture du parti. Pouvait-on affirmer qu'il n'était pas un agent double, minant la route de Lila pour le compte d'Albertson ?

Croisant un regard interrogateur de Harlan, elle se ressaisit : son raisonnement pouvait-il à ce point se lire sur sa figure ? Elle se composa promptement une expression neutre avant que Lila et Greg lisent eux aussi dans ses pensées.

Une demi-heure plus tard, le shérif Hale ayant visiblement épuisé son stock de questions, il congédia tout le monde.

— Nous allons devoir confisquer votre voiture quelques jours encore comme preuve, annonça-t-il à Stacy d'un ton d'excuse.

— Je la raccompagne, dit très vite Harlan en lançant un regard à Stacy.

Quelque chose dans son expression la dissuada de protester.

— Pourrions-nous au moins récupérer le siège enfant dans ma voiture ?

— Je vais demander à un agent d'aller vous le chercher. Votre voiture, c'est bien la Ford F-10, McClain ?

Harlan ayant acquiescé, le shérif s'éloigna dans le couloir, Lila et Greg Merritt sur les talons.

— J'ai prêté ma voiture à la gouverneure, annonça Parker à Stacy et Harlan. Charlotte Manning va me raccompagner, et je rentrerai avec Bailey.

Devant son impatience manifeste à la perspective de retrouver sa fiancée, Stacy refoula un sourire.

Ils se dirigèrent tous trois vers la salle où Charlotte et Jeff Appleton s'occupaient des deux enfants. Abby, la jolie petite fille de six ans aux yeux verts de Jeff, leur sourit en les voyant entrer. Zachary, comme à son habitude, continua de travailler sur son dessin avec une détermination inflexible.

Stacy soupira. Tenter d'arracher Zachary à un projet en cours constituait toujours une épreuve. Cette fois pourtant, à sa vive surprise, il lâcha feuille et crayons sans faire d'histoires pour glisser sa main dans celle que lui tendait Harlan.

Les problèmes commencèrent lorsque Harlan essaya de

l'attacher dans le siège enfant installé sur l'étroite banquette arrière du pick-up.

— Où est ta voiture ? demanda-t-il d'une voix plaintive qui rappela à Stacy qu'il n'avait pas fait sa sieste.

— Ma voiture est au garage, répondit-elle. Tu te souviens ?

Il n'avait pas besoin de savoir, pour la bombe ou la saisie.

— M. McClain a la gentillesse de nous raccompagner à la maison.

— Je n'aime pas ce pick-up, dit Zachary, nullement impressionné.

— Eh bien, il faudra t'habituer aux pick-up si tu comptes avoir un jour un cheval, répliqua Harlan.

Zachary se calma dès la mention du *cheval*.

— Pourquoi ?

— Parce qu'un van, c'est gros et lourd, et qu'il ne peut pas être remorqué par n'importe quelle voiture, répondit Harlan.

Le front de Zachary se plissa sous l'effort de concentration. Pour finir, son visage s'éclaira, et il grimpa sur le siège enfant sans plus protester.

Stacy lança un regard reconnaissant à Harlan, étonnée de l'habileté avec laquelle il avait désamorcé le conflit. Ce n'était pas grand-chose, bien sûr, en comparaison de ce qu'elle avait parfois vécu ces deux dernières années. Harlan n'aurait peut-être pas géré aussi facilement une vraie crise de nerfs de Zachary.

Le petit s'endormit avant leur arrivée au ranch. Harlan patienta dans le salon le temps qu'elle aille le coucher et l'apaiser jusqu'à ce qu'il replonge dans le sommeil.

Lorsqu'elle revint, Harlan l'accueillit avec le sourire.

— Comment vous sentez-vous, après ces péripéties ?

— J'ai connu des jours meilleurs, reconnut-elle.

Il tendit la main pour redresser son col — elle avait complètement oublié qu'elle portait encore sa veste. Elle esquissa un geste pour la retirer et la lui rendre, mais il s'approcha et lui prit les mains. Leurs doigts s'entrelacèrent, et ce contact la réchauffa dangereusement.

— Vous ne pouvez pas rester ici toute seule.

C'était un avertissement, mais ces mots chuchotés possédaient un incroyable pouvoir de séduction.

— Je ne suis pas vraiment seule, répondit-elle d'une voix grave, caressante, qu'elle reconnut à peine. Il y a des vigiles partout sur ce ranch.

Elle se racla la gorge, en pure perte. Son timbre de voix resta inchangé.

— Je ne risque rien.

— La bombe était sans doute destinée à la gouverneure, mais nous ne pouvons pas en être certains, nuança Harlan.

Lâchant une de ses mains, il posa les doigts sur son visage, dégagea une mèche de ses yeux.

— Vous étiez aussi présente à Austin pendant le discours. Et c'est votre voiture qui devait exploser…

— Avec Lila à l'intérieur. Pas moi.

Se concentrer sur ce qu'elle disait exigeait un effort surhumain, tant son attention était distraite par les doigts de Harlan occupés à vagabonder sur son cou. Les frissons qu'elle avait cru disparus revinrent en force, des frissons de fièvre, cette fois.

— Vous l'avez dit vous-même, vous n'avez été informée de ce voyage à Amarillo qu'à midi.

La pulpe des doigts suivit la courbe de l'épaule, creusant un sillon de feu si profond qu'elle dut lutter pour garder les yeux ouverts et ne pas défaillir dans ses bras.

Il fallait se reprendre, et vite. De quoi parlaient-ils, déjà ? Elle voulut s'écarter de lui, mais ses jambes en coton se dérobèrent, elle bascula en arrière…

Harlan la rattrapa dans ses bras et la plaqua contre son corps dur et chaud. Un muscle tressauta dans sa joue tandis que son regard brûlant l'écorchait vive.

— Ce n'est sûrement pas le meilleur moment pour vous proposer cela, chuchota-t-il de sa voix toujours aussi ensorceleuse, mais je crois que je devrais m'installer ici pour vous protéger, Zachary et vous.

C'était d'une logique imparable, songea Stacy durant un instant. Evidemment que Harlan devait s'installer chez elle ! Sa place était là !

Mais cet instant passa, et le suivant apporta son lot de doutes, de peurs, qui dévasta tout.

Elle s'arracha à l'étreinte de Harlan.

— Non. C'est une très mauvaise idée. Vous le savez bien. Et vous savez pourquoi !

— Je suis le plus qualifié pour cette tâche. Zachary m'aime bien. Je l'aime bien. Je travaille ici de toute façon…

— Vous avez déjà établi un poste de garde devant la maison. Vingt-quatre heures sur vingt-quatre.

Stacy se sentait soudain oppressée. L'air commençait à lui manquer…

— Et pourtant quelqu'un a fixé une bombe sous votre voiture, fit remarquer Harlan à juste titre.

Elle tituba en arrière, la main sur la gorge. C'était impossible. Ingérable. S'il emménageait chez elle, elle perdrait le contrôle et ferait des bêtises, exactement comme lorsqu'elle avait laissé Anthony chambouler sa vie contre toute raison.

Si elle était la seule personne impliquée dans l'histoire, elle s'en accommoderait peut-être. Certaines erreurs valaient le coup d'être commises… Mais elle devait d'abord penser à Zachary. Zachary, qui aimait déjà Harlan plus que tout son entourage, elle comprise.

Pas question de le laisser payer encore une fois ses fautes à *elle*.

— Il doit y avoir une autre solution…

— Zachary acceptera-t-il quelqu'un d'autre ici à temps plein ? souligna Harlan.

— Vous ne savez même pas s'il vous accepterait.

— Il m'a déjà demandé d'emménager ici.

— Quoi ?

— Pendant que vous discutiez tout à l'heure avec les policiers, il m'a demandé si je voulais m'installer avec vous. Il espère peut-être aller aux écuries plus souvent, de cette façon ? Je pourrais l'emmener lorsque vous êtes occupée.

Le sourire de Harlan semblait sincère.

— Un vrai petit conspirateur, votre Zachary.

Stacy cala les coudes sur le comptoir de la cuisine et se prit la tête à deux mains.

— Vous vous servez de mon fils contre moi !

— Jamais je ne ferais une chose pareille.

Elle se redressa. Le regard ardent de Harlan la cloua sur place.

— Jamais, répéta-t-il d'un ton ferme. Ni à Zachary ni à vous.

— Mais vous me dites ça pour que je vous autorise à rester ici...

— Je vous dis ça pour que vous compreniez pourquoi, selon moi, un autre garde du corps ne conviendra pas, rectifia-t-il.

— La différence ne saute pas aux yeux, marmonna-t-elle avec la plus parfaite mauvaise foi.

— C'est juste pour un petit moment.

Elle secoua la tête.

— Rien n'est moins sûr. On ne connaît pas le poseur de bombes, encore moins son mobile. Même sa cible aujourd'hui reste incertaine, vous l'avez dit tout à l'heure : Lila ou moi ? Il n'y a aucun moyen de savoir ce qu'il mijote encore. Qu'allez-vous faire, démissionner pour devenir mon garde du corps à temps plein ? Combien comptez-vous me facturer tout ça ?

Il ne répondit pas. Quelque part, ce silence gêné la frustra davantage que la confiance qu'il affichait un instant plus tôt. Elle massa du bout des doigts un point douloureux au-dessus de son œil droit.

— Jusqu'à quel point êtes-vous sûr que j'ai besoin d'un vigile à domicile ?

— J'en suis absolument convaincu.

Accepter cette offre, c'était une *très* mauvaise idée. La situation risquait de dégénérer pour de multiples raisons. Avec, à la clé, du sexe enivrant et de profonds regrets. D'un autre côté...

Si son fils se faisait tuer parce qu'elle craignait de ne pouvoir résister quelques jours à Harlan ? Quel genre de mère était-elle pour faire passer la peur de ses propres désirs, de ses propres faiblesses, avant la vie de son fils ?

— D'accord, dit-elle en s'obligeant à croiser le regard de Harlan. Vous pouvez vous installer ici. Mais il faudra établir quelques règles de base.

Il plissa les yeux.

— L'une d'elles me semble assez claire.

Elle ne fit pas semblant de ne pas comprendre.

— Oui, nous sommes déjà tombés d'accord. Nous deux, ça ne marcherait jamais. Je pense qu'il n'est pas nécessaire de tester cette théorie.

Il acquiesça d'un air sombre.

— Relation strictement professionnelle.

— Par ailleurs, vous ne prendrez aucune initiative concernant ma sécurité ou celle de mon fils sans me consulter. Dans le cadre professionnel, vous êtes le responsable, mais dans cette maison c'est moi qui décide. Compris ?

— Et si je ne peux pas vous joindre, pour une raison ou une autre ?

Elle se détacha du comptoir et s'avança vers lui.

— Dans ce cas, je compte sur vous pour faire au mieux pour mon fils et moi. Mais, si je suis disponible, vous me demanderez mon avis. N'essayez pas de me cacher quoi que ce soit, encore moins de passer outre à mon opinion.

Il serra les mâchoires, comme si cette concession lui coûtait, mais il hocha de nouveau la tête tout en se portant à sa rencontre.

— Entendu. Je ferai tout ce que vous voudrez. Il y a cependant une chose que j'attends de vous.

— Laquelle ? demanda Stacy tout en essayant de ne pas écouter son corps qui lui criait de se rapprocher encore de lui, encore…

— Juste un léger stress à évacuer, dit-il, l'enlaçant d'un geste plein d'autorité avant de capturer ses lèvres.

12

Une erreur.

Le mot flottait dans l'esprit de Harlan tandis que, cédant enfin aux flammes qui lui léchaient le ventre, il pressait Stacy contre lui, moulant ses courbes douces sur son corps tendu.

Bon sang ! Cela semblait si naturel. Comme si cette femme était faite pour lui, parfaitement ajustée à ses formes. Tendre où il était dur, propre à combler tous ses creux…

Fermement agrippée à ses épaules, elle dévora sa bouche avec un appétit qui le déstabilisa. Il perdit prise et bascula dans un vide étrange où le sol se dérobait sous ses pieds, ne lui laissant d'autre choix que de s'accrocher à Stacy.

Non, non, non ! songea-t-il, saisi de panique. Hors de question de tomber dans ce travers encore une fois.

Au prix d'un effort désespéré, il recouvra un soupçon de sang-froid, juste ce qu'il fallait pour reprendre pied sur la terre ferme. Il se déprit de Stacy et aspira de longues bouffées d'air jusqu'à ce que l'incendie dans ses veines s'apaise enfin.

Elle le contemplait, figée à un mètre de lui, les yeux écarquillés, noirs comme deux fours, les lèvres roses et gonflées par son baiser. Il dut rassembler toute la force qu'il lui restait pour s'empêcher de faire deux pas vers elle et de la reprendre dans ses bras.

Elle s'éclaircit la voix.

— Bien. Voilà une bonne chose de faite.

Une envie de rire le prit, il se retint mais elle sourit en réponse et, quelques secondes plus tard, ils riaient ensemble.

— Cela ne doit pas se reproduire, énonça-t-elle en recouvrant son sérieux. A aucun prix !

— Je sais.

Il était sincère en disant cela. Mais comment savoir s'ils auraient les moyens de maîtriser ce feu qui les prenait dès qu'ils se trouvaient ensemble dans la même pièce ? Et de garder leurs distances, alors qu'il s'apprêtait à emménager là, jusqu'au gala tout au moins ?

— Carrie Rivers tient à ce que Vince Russo s'entende avec sa propre équipe sécurité, annonça Stacy à Harlan le mardi matin lorsqu'elle alla le trouver dans son bureau pour faire le point.

Miracle, sa voix n'avait pas tremblé alors qu'il sentait terriblement bon et qu'elle avait toutes les peines du monde à penser à autre chose.

Le matin même, elle avait jeté un discret coup d'œil à ses affaires de toilette. Il n'utilisait que du savon pour se laver et se raser. Elle songea à son père — pas de chichis, du basique, la simplicité et la franchise incarnées, tant et si bien que le jour où une crise cardiaque l'avait emporté pendant une opération de sauvetage à haut risque, elle avait eu la sensation de perdre un morceau d'elle-même.

Quelquefois, elle se l'était dit : si elle avait si vite cédé au charme d'Anthony, c'était parce qu'il était entré dans sa vie quelques mois à peine après le décès de son père.

Etait-elle en train de tomber dans le même piège avec Harlan ?

Aucun rapport entre les deux hommes, toutefois. Anthony était en chasse lorsqu'il l'avait repérée au cours d'une soirée de levée de fonds. Rétrospectivement, Stacy le soupçonnait d'avoir eu en tête une liste de critères qu'elle remplissait tous. Etudes brillantes, éducation correcte, tempérament paisible, jolie mais pas trop… Un profil original propre à être exploité dans la presse — fille d'une professeure de faculté et d'un casse-cou amateur de plongée souterraine, aussi à l'aise dans le monde universitaire qu'au fond d'une grotte des monts Ozark.

Pauvre Anthony, songea Stacy avec un brin d'amertume. Il n'avait pas mesuré à quel point elle ressemblait justement aux monts Ozark chers à son père — riche de plus d'un gouffre secret plein de surprises.

— Je suis sûr que Vince se fera un plaisir de satisfaire à la demande de Carrie Rivers, commenta Harlan avec un sourire en coin. Quand arrive-t-elle ?

— Cet après-midi, en fait. Carrie donne un concert à Lubbock demain soir. Vince peut-il la rencontrer ainsi que son équipe vers 15 heures ?

— Sans doute. Je vais l'appeler tout de suite pour le prévenir.

— J'ai ici quelques noms à ajouter à la liste des invités, indiqua Stacy en lui tendant celle dressée le matin pendant une réunion avec la gouverneure et Greg Merritt.

— L'aller-retour à Amarillo a donc été productif, en dépit des péripéties qui l'ont précédé ?

Les doigts de Harlan effleurèrent les siens au moment où il attrapait le papier. Des étincelles lui picotèrent aussitôt le bras…

La cohabitation avec Harlan se révélait encore plus frustrante que prévu. Le simple fait de se trouver dans la même pièce que cet homme lui échauffait le corps et détournait ses pensées vers un terrain dangereux. Et, lorsque leurs bras se touchaient dans la cuisine pendant les repas, ou simplement leurs doigts lorsqu'il lui rendait une cuiller ou un magazine, elle éprouvait des difficultés croissantes à résister à l'envie d'un autre dernier baiser…

Elle laissa retomber ses mains sur ses genoux, gardant les doigts bien serrés pour les empêcher de trembler.

— Lila se dit très satisfaite du résultat.

— C'est plutôt prometteur…, commenta Harlan d'un drôle de ton.

A tel point que Stacy s'interrogea : parlait-il vraiment du voyage de Lila ?

— Quel est votre programme pour cet après-midi ? reprit-il. Une séance de travail à la dépendance ?

— Zachary va faire une balade avec Trevor Lewis, un des palefreniers du ranch. C'est son après-midi de congé, mais il s'est porté volontaire pour veiller sur Zachary pendant que je finis de m'occuper des hébergements pour Carrie et son équipe.

Elle avait hésité à accepter l'offre de Trevor, craignant qu'il n'attende ensuite une faveur de sa part en retour. Heureusement, il n'avait donné aucun signe en ce sens.

« Mon patron apprécie de me voir travailler pendant mon jour de congé, lui avait-il expliqué avec un sourire engageant. Vous et le petit bonhomme, vous me rendez service. »

Elle ne l'avait cru qu'à moitié, mais n'avait pas les moyens de dédaigner une leçon d'équitation gratuite qui enchanterait Zachary et le tiendrait occupé pendant qu'elle s'attellerait au travail qui s'amoncelait sur son bureau.

— Vous êtes sûre que Zachary s'entend bien avec ce Trevor ?

Le ton suspicieux de Harlan lui fit lever les yeux.

— Oui, oui. Trevor l'a déjà emmené plusieurs fois en promenade. Il est gentil avec lui, et Zachary est toujours content de monter à cheval.

— Vous savez que vous pouvez toujours l'amener ici avec vous. J'ai acheté des manuels sur les chevaux pour les laisser ici.

D'un geste, il désigna l'étagère derrière lui, où trônaient en effet deux grands livres illustrés avec des chevaux en couverture.

— J'ai essayé de trouver quelque chose qu'il n'avait pas chez lui.

Stacy fut si touchée de cette prévenance que les larmes lui montèrent aux yeux. Elle battit des cils.

— C'est vraiment adorable de votre part, Harlan. J'apprécie que vous ayez pensé à Zachary…

— Mais ? enchaîna Harlan, les sourcils froncés.

— Mais ce ne serait pas raisonnable que Zachary se… s'attache trop à vous.

— A cause de son syndrome ?

— Eh bien, oui, en partie. Il s'entiche de certaines personnes avec une passion excessive.

— Je pense être de taille à gérer le coup de cœur d'un enfant de cinq ans.

— Ce n'est pas pour vous que je m'inquiète. C'est pour lui.

Harlan parut prendre cela comme une insulte.

— Jamais je ne ferais de mal à votre fils, Stacy !

— Vous ne le feriez pas exprès. Mais, s'il s'accroche à vous, s'il s'habitue à votre présence, il aura les pires difficultés à se remettre de votre départ, le moment venu.

— Je vois…

Le front resta plissé, mais le regard s'adoucit.

— Comment a-t-il pris la défection de votre mari ?

— Pas bien. Tout s'est passé très vite. Nous n'avons pas eu le temps de nous adapter.

Elle avait dit *nous* au lieu de *il*, réalisa-t-elle une seconde trop tard.

Si Harlan releva le lapsus, il eut la délicatesse de ne pas le commenter.

— Un enfant a besoin de son père. Votre ex ne veut pas voir plus souvent Zachary, vous êtes sûre ? Il se reproche peut-être sa conduite…

— Il a un fils tout neuf, rétorqua Stacy. Un petit garçon parfait, mis au monde par sa toute nouvelle épouse parfaite. Une relecture du passé n'est pas à l'ordre du jour.

Harlan serra les dents.

— Et il fait de la politique ? Est-ce qu'il s'imagine sérieusement qu'une chose pareille ne lui reviendra pas un jour en pleine figure ?

— Oh ! Il verse sa pension alimentaire le jour dit, chaque mois. Il envoie aussi à Zachary des cadeaux pour son anniversaire et pour Noël.

L'amertume qui lui remonta dans la gorge avait un goût de bile.

— Sincèrement, je n'ai aucune envie de m'attarder sur ce sujet.

— Ma femme m'a trompé, déclara Harlan.

Elle crut d'abord avoir mal entendu, mais l'humiliation dans son regard disait le contraire.

— Je ne sais pas quoi vous dire, bafouilla-t-elle.

— Il n'y a pas grand-chose à dire, de toute façon. Je n'ai jamais roulé sur l'or, petit, soupira-t-il. Mes parents ont fait de leur mieux, ils ont travaillé dur. Mais sans diplôme, ni l'un ni l'autre n'arrivaient à rapporter beaucoup d'argent. Je n'ai jamais manqué de rien, j'ai seulement dû me contenter de peu.

Stacy hocha la tête. Certaines années avaient ressemblé à cela aussi pour elle, jusqu'à ce que sa mère soit titularisée par l'université dans laquelle elle enseignait.

La voix de Harlan la sortit de ses souvenirs.

— J'ai rencontré Alexis en cinquième, après notre déménagement à Snellville, Géorgie, où mon père avait trouvé du travail dans une entreprise de transports. C'était la plus jolie fille de l'école. Et aussi une des plus riches. J'étais fou d'elle. Quand elle a accepté de venir chez moi, j'ai eu l'impression d'avoir gagné à la loterie.

Sa première soirée romantique avec Anthony avait eu la même saveur, se remémora Stacy. Magique mais un peu irréelle, comme si elle avait su, au fond d'elle-même, que c'était en grande partie une illusion.

— Avec le recul, je pense que notre relation a été un symptôme de sa rébellion adolescente plutôt qu'un projet sérieux, murmura Harlan en se renversant contre son dossier, les mains sur son ventre plat.

— Combien de temps a duré votre mariage ? demanda Stacy.

— Sept ans. Nous sommes sortis ensemble pendant tout le lycée. Elle m'a quitté pendant sa deuxième année d'université, elle a fréquenté d'autres garçons, mais l'été après le diplôme, lorsque je suis rentré chez moi avant de partir au camp d'entraînement remplir mes obligations militaires, elle venait de rompre avec son dernier petit ami, un type que son père voulait à toute force lui faire épouser. Bien entendu, pour montrer à son père qui était le patron, Alexis m'a invité à une fête au country club.

— Ah…, fit Stacy. Et vous n'avez rien vu venir ?

— Oh… non ! Elle était plus mignonne que jamais, moi j'étais sur le point de m'embarquer pour l'Irak et je savais que je monterais au front tôt ou tard. Alors bien sûr, j'ai dit oui. C'était peut-être la dernière fois que je la voyais… J'avais une vision très romanesque des choses.

Il esquissa un sourire teinté d'ironie.

— J'ignorais que cela déboucherait sur sept ans de mariage.

— Anthony aussi m'a fait perdre la tête. Nous nous sommes mariés trois mois après notre rencontre, puis nous avons organisé quelques mois plus tard une grande cérémonie à l'église parce qu'il jugeait important d'avoir un compte rendu complet dans le journal et des photos sur son bureau. Il a toujours été très soucieux des apparences.

— Alexis aussi. Venant d'une famille riche, elle comptait bien le rester.

Stacy acquiesça.

— Il est difficile de répondre aux attentes des autres, surtout si elles sont gravées dans le marbre.

— Elle voulait que je quitte les marines le plus tôt possible. Mais j'ai commencé à monter en grade. J'étais simple soldat au départ et je me suis pris au jeu. J'avais appris à tirer avec un fusil quand j'étais petit dans les bois de Géorgie, et les marines avaient besoin de tireurs d'élite…

Il plia et déplia sa main droite, les yeux baissés sur les balafres rayonnant depuis une cicatrice plus importante au centre de la paume.

— Vous n'aviez pas envie d'arrêter.

— J'avais trouvé un travail dans lequel j'excellais.

— Votre couple a dû en souffrir.

— J'aurais dû rentrer, selon vous ?

Stacy secoua la tête.

— L'idéal aurait été de trouver un compromis, ensemble. Peut-être auriez-vous pu chercher un poste chez les marines qui ne vous aurait pas envoyé à l'autre bout du monde pendant des mois. Et elle, de son côté, aurait pu accepter que vous soyez un marine pour la vie.

— Mais je ne l'étais pas, hein ?

Il replia sa main.

— Moins d'un an après notre rupture, j'étais renvoyé dans mes foyers.

Un rire amer lui échappa.

— Elle aurait dû s'accrocher un peu plus longtemps…

Comment leur mariage aurait-il pu être sauvé, puisque sa femme ne s'embarrassait pas de scrupules pour coucher ailleurs dès qu'elle n'obtenait pas satisfaction ? Stacy garda néanmoins le silence. Elle était mal placée pour porter un jugement sur le mariage des autres.

— J'avais signé un contrat avec un entrepreneur pour construire une ferme à Walnut Grove, au sud d'Atlanta. Je voulais une grande maison entourée de plusieurs hectares de terrain où nous aurions élevé nos enfants ensemble…

Devant son sourire triste, le cœur de Stacy se contracta.

— J'étais en mission à Hawaï où j'assurais une formation de tireurs d'élite et, au dernier moment, je me suis vu offrir deux jours de permission. Je n'avais qu'une envie, rentrer chez moi voir les progrès du chantier. La maison était presque finie, Alexis s'était déjà installée dans les murs…

— Vous avez voulu lui faire la surprise ?

Il hocha la tête.

— Pour mémoire, ce n'est jamais une bonne idée.

— Elle n'était pas seule, n'est-ce pas ?

— Elle n'était pas seule. Et elle était nue.

Stacy flancha.

— Toute cette histoire triste et sordide pour dire que votre mariage aurait pu être pire, soupira Harlan. Si mauvais que soient les souvenirs qu'il vous a laissés.

Elle parvint à sourire, alors que les yeux sombres de Harlan, luisant d'humiliation, lui donnaient envie d'aller débusquer son ex-femme pour lui montrer comment une fille de l'Arkansas traitait les garces traîtresses.

— C'est noté, murmura-t-elle.

— Maintenant, j'ai besoin de prendre l'air. A quelle heure Vince et moi devons-nous retrouver l'équipe de Carrie Rivers, déjà ?

— 15 heures, répondit-elle en se levant en même temps que lui. Voulez-vous que j'appelle Vince Russo de votre part ?

— Non, je m'en charge. Ecoutez... Faites attention cet après-midi en mon absence. Je peux demander à un autre agent du CSI de rester avec vous jusqu'à mon retour.

— Je vais chercher Zachary aux écuries à 15 heures, ensuite je travaille chez moi. Il y aura toujours un de vos collègues à portée de voix. Et je promets de ne pas filer en douce !

Il ne lui rendit pas son sourire.

— Ne prenez pas ces menaces à la légère, Stacy.

— Je sais, assura-t-elle en recouvrant son sérieux. Je continue à penser que c'est Lila qui est visée, mais j'ai bien compris qu'on pouvait tenter de l'atteindre à travers mon fils et moi.

— Bien. Je n'aimerais pas qu'il vous arrive quoi que ce soit, à Zachary ou à vous, confia Harlan en l'accompagnant jusqu'à son bureau. Et dites-moi si vous avez des problèmes pour les réservations d'hôtel.

— Que comptez-vous faire, hausser le ton jusqu'à obtenir satisfaction ? le taquina-t-elle.

— Possible, répondit-il en souriant.

— Mmm... Je pense pouvoir gérer l'affaire sans cris.

Harlan tendit sa grande main et la posa en coupe sur sa joue, délicatement, presque avec hésitation.

— Soyez vigilante, répéta-t-il d'une voix un peu altérée.

— Sans faute, promit-elle.

Tout son sang-froid ne fut pas de trop pour l'empêcher de tourner le visage et de l'enfouir dans sa main.

Un bruit de pas au fond du couloir les fit tressaillir. Harlan laissa retomber sa main et tourna les talons. Elle pénétra seule dans son bureau et referma soigneusement la porte derrière elle, tant elle craignait de céder à la tentation de ressortir pour lui proposer d'aller prendre l'air avec lui.

Elle pensait encore à Harlan en s'acheminant vers les écuries pour récupérer Zachary après sa leçon d'équitation. Serait-ce si terrible, vraiment, de donner libre cours aux sentiments contre lesquels elle bataillait ? Quel mal y aurait-il à découvrir où pouvait les mener cette attirance entre eux ?

Anthony lui avait broyé le cœur, mais Harlan n'était pas Anthony. Plus elle apprenait à le connaître, plus l'écart devenait flagrant. Harlan semblait fou de Zachary — il lui avait acheté deux livres sur les chevaux, bon sang ! Il demandait tout le temps de ses nouvelles et prenait visiblement un plaisir sincère à le côtoyer.

Mais cette base était-elle suffisamment solide pour construire une relation ? Cette gentillesse envers son fils ?

Tant d'autres défis attendaient Zachary dans la vie… Lui couper l'herbe sous le pied sous prétexte qu'elle se sentait seule et privée d'affection lui vaudrait le prix de la Pire Mère de l'Année.

Elle ferait n'importe quoi pour Zachary, sacrifierait tout pour lui. C'était son devoir, point final.

A son entrée dans les écuries, Trevor n'était pas là, mais Cory préparait la nourriture pour les chevaux avec Zachary. Elle dut attendre que celui-ci ait terminé la tâche qui lui avait été assignée pour qu'il remarque enfin sa présence.

— Tu t'es bien amusé ? demanda-t-elle, alors qu'ils revenaient vers le ranch.

— Maman, qu'est-ce que c'est, une salope ?

Stacy manqua trébucher.

— Pardon ?

— *Débarrasse-moi de cette salope !* dit Zachary, adoptant une grosse voix bourrue.

Puis, de sa voix normale, il répéta :

— Qu'est-ce que c'est, une salope ?

Le cœur battant, Stacy s'accroupit à côté de son fils.

— Qui a dit ça ?

— Le grand monsieur.

— Cory ?

— Non. Le grand monsieur, insista Zachary en levant la main très haut au-dessus de sa tête. Qu'est-ce que c'est, une salope ?

— Zachary, ce n'est pas un joli mot. C'est une insulte pour les femmes, et c'est une chose très méchante à dire.

— Pourquoi ?

Elle se releva et lui prit la main pour se remettre en route.

— Ce n'est pas joli, c'est tout.

Difficile de garder un ton léger alors que des dizaines de questions lui traversaient l'esprit, plus effrayantes les unes que les autres. D'abord, comment Zachary s'était-il trouvé à proximité d'un inconnu qui voulait qu'on le débarrasse de quelqu'un ?

— Où as-tu rencontré le grand monsieur ? demanda-t-elle, alors qu'ils arrivaient devant chez eux.

Fort heureusement, Rob Sanchez était là, montant la garde.

Il lui sourit et serra virilement la main de Zachary.

— Tout va bien, Stacy ?

Son trouble se lisait-il à ce point sur son visage ?

— Oui. Merci, Rob.

Zachary fit mine de s'attarder auprès de celui-ci, certainement pour poser les mêmes questions dérangeantes. Aussi, elle le tira par la main à l'intérieur.

Une fois en sécurité entre ses quatre murs, elle l'envoya se laver les mains dans la salle de bains et composa le numéro de Harlan.

Il décrocha à la deuxième sonnerie.

— Puis-je vous rappeler ? dit-il à voix basse. Nous avons bientôt terminé l'entretien avec l'équipe de Carrie Rivers…

— Non, c'est urgent.

Elle lui rapporta brièvement les paroles de Zachary.

— Est-ce que j'ai raison ou tort de m'affoler ? Quelqu'un qu'il ne connaît pas — et que nous ne connaissons même pas, peut-être — parlant d'une personne dont il faut le débarrasser…

— Vous avez tout à fait raison, conclut Harlan. Ne bougez pas, j'arrive tout de suite.

*
* *

Harlan déverrouilla la porte de la dépendance, heureux que Stacy ait pris ses précautions. Elle était dans le salon, en train de marcher de long en large devant le sofa, l'air anxieux.

— Où est Zachary ? s'enquit-il.

— Il joue dans sa chambre, répondit-elle en s'avançant vers lui.

Il lui ouvrit les bras, elle s'y engouffra et pressa la joue sur sa poitrine. Harlan l'étreignit avec force, savourant le contact de ce corps scellé au sien avec un élan qui n'avait rien de charnel et qui lui procura une incroyable sensation d'aboutissement.

Elle était parfaite, là, dans ses bras. Exactement taillée pour.

— Tout ira bien, susurra-t-il, adressant une brève prière au ciel pour que ce soit vrai.

Elle leva les yeux, clairement prête à le croire sur parole.

— J'aurais dû rester aux écuries pour poser quelques questions, mais je n'ai pensé qu'à ramener Zachary à la maison…

— C'était exactement ce qu'il fallait faire.

Il se détacha d'elle en douceur et posa les mains en coupe sur ses joues.

— Il faut que j'aille m'entretenir avec Cory. Vous m'avez bien dit que Zachary était parti en promenade avec Trevor Lewis ?

Stacy hocha la tête sans mot dire.

Repartir aussi rapidement n'enchantait guère Harlan, mais avec Rob Sanchez à l'extérieur et une maman aussi attentive à l'intérieur, Zachary ne risquait pas grand-chose jusqu'à son retour.

— Fermez la porte à clé derrière moi. Je reviens très vite.

— Soyez prudent ! lui intima Stacy.

Il lui effleura la joue, puis sortit.

Dehors, Sanchez lui lança :

— Un problème, McClain ?

— J'espère que non.

Mais manifestement, un vent mauvais s'était levé, et la tempête menaçait.

13

— Cory Miller a déclaré qu'il n'avait vu personne avec Zachary et Trevor, mais qu'ils étaient partis vers l'ouest et que, par conséquent, il ne les avait pas gardés en permanence dans son champ de vision.

Harlan coupa le moteur du pick-up et releva les yeux. Ce petit immeuble de la banlieue est de la ville semblait nettement plus avenant que celui où ils logeaient, Matt et lui. De deux choses l'une, ou bien le travail de palefrenier rapportait plus qu'on ne l'imaginait ou bien Trevor Lewis disposait d'une autre source de revenus.

— Il pouvait s'agir d'un autre ouvrier du ranch, avança Parker McKenna au téléphone. Zachary ne les connaît sûrement pas tous de vue.

— Mais pourquoi voulait-il être *débarrassé d'une salope* ?

La tonalité brutale, venimeuse de cette phrase glaçait Harlan dans le contexte des menaces pesant sur Lila Lockhart ces derniers jours.

— Je n'ai pas dit que ce n'était pas troublant…

— Personne ne répond chez Lewis, et je ne vois pas sa Honda sur le parking, marmonna Harlan en redémarrant. J'ai passé l'après-midi à essayer de localiser ce type et, pendant ce temps, Stacy et Zachary sont seuls !

— Tu ne penses pas qu'on nous aurait délibérément aiguillés sur une fausse piste, quand même ?

— Non. Si Zachary n'avait pas questionné sa mère sur les paroles qu'il a entendues, nous ne serions même pas au courant.

Tout de même, il n'aimait pas rester aussi longtemps loin de Stacy et Zachary. A supposer que Lewis soit hors de cause, ils restaient des cibles de choix pour l'ennemi de la gouverneure.

— On enquête sur Lewis avant tous les autres, déclara-t-il. Priorité absolue.

— Entendu, fit Parker avant de raccrocher.

Harlan appela ensuite Stacy, qui décrocha presque instantanément.

— Je n'ai pas réussi à retrouver Trevor Lewis…

— C'est inutile, répondit-elle.

— Pourquoi ?

— Parce qu'il est ici, en face de moi.

Dès l'arrivée de Harlan, Stacy comprit : le quiproquo l'amuserait moins qu'elle, et elle allait devoir le convaincre de l'inoffensivité de Trevor pour éviter au palefrenier un interrogatoire musclé.

— Zachary a mal entendu. C'est assez drôle finalement…

— Qu'est-ce qu'il fiche ici ? demanda Harlan à voix basse, les yeux rivés sur Trevor qui, tranquillement assis sur le sofa, feuilletait avec Zachary son livre préféré sur les chevaux.

— Il avait oublié quelque chose aux écuries, et Cory l'a prévenu que vous le cherchiez. Il pensait vous trouver ici.

— Et vous l'avez laissé entrer ?

— Il était horrifié que Zachary se soit mépris sur ce qu'il avait dit…

— Qui était « le grand monsieur » ?

— Une des dernières recrues de Cory. Trevor et Zachary l'ont croisé pendant leur balade. Le cow-boy réparait une clôture au fond du pâturage et se plaignait d'être traité comme un esclave. Il a dit en imitant le contremaître : *Débarrasse-moi de ça, allez hop !*

Harlan jeta un regard à Trevor.

— Ben voyons…

— Je sais que cette vieille clôture tombait en ruine, précisa Stacy. Vous pourriez peut-être vérifier ça demain ?

— On est en train d'éplucher le passé de Trevor, murmura Harlan.

— Vous me cherchiez, je crois ?

Stacy se retourna. Trevor s'avançait, la main tendue.

Après une brève hésitation, Harlan lui serra la main.

— Stacy m'a expliqué ce qui s'était passé. Sortons un moment, s'il vous plaît, dit-il en désignant la porte d'un mouvement du menton. J'ai encore une question ou deux à vous poser.

Stacy adressa un signe discret à Harlan avant qu'il s'éclipse. Surtout, qu'il n'aille pas malmener un employé de la gouverneure pour un motif aussi dérisoire qu'un petit garçon qui s'était mépris sur une phrase innocente…

— Trevor m'a dit que je pourrais monter demain.

Stacy fit volte-face vers son fils, qui n'avait pas bougé du sofa.

— Zachary, une leçon est déjà prévue ce vendredi, tu te rappelles ?

— Mais il a dit que je pouvais monter. Ça ne le dérange pas.

Un peu à cran en dépit de la mise au point rassurante de Trevor, Stacy perdit patience.

— Zachary, moi, ça me dérange. Tu ne peux pas faire tout ce qui te plaît simplement parce que tu en as envie. Parfois, il faut faire des concessions.

Zachary se roula en boule sur le sofa pour martyriser les coussins à coups de pied.

— Je dois monter demain. Les chevaux comptent sur moi !

— A mon avis, les chevaux peuvent se passer de toi une journée.

— Non, j'ai promis d'y aller. J'ai promis ! répéta-t-il en gesticulant de plus belle.

Stacy ferma les yeux et compta jusqu'à dix.

— Zachary, nous pouvons en reparler plus tard.

— J'ai promis ! J'ai promis aux chevaux, maman. J'ai promis aux chevaux. J'ai promis aux chevaux…

— D'accord, Zachary, nous en reparlerons demain.

— Chose promise, chose due, maman. Tu sais bien ! Chose

promise, chose due. J'ai promis aux chevaux. Je leur ai promis, maman !

Il pleurait. Les mots sortaient sur un hoquet entre deux sanglots. Il était à deux doigts de la crise de nerfs, la vraie.

Stacy alla chercher un classeur sur le bureau près de la fenêtre et s'assit à côté de Zachary en larmes.

— Tu te souviens de notre programme ?

— J'ai promis !

— Demain, il est prévu que nous passions la journée à la maison, regarde.

Il renifla mais se pencha sur le calendrier de la semaine, qu'ils avaient préparé ensemble. Mercredi, c'était leur jour à la dépendance, symbolisé par la photo d'une maison.

— Tu sais que tu n'aimes pas les changements de programme.

— Mais les chevaux ont besoin de moi ! J'ai promis.

La porte d'entrée s'ouvrit alors, et Harlan se figea au milieu du salon, les yeux fixés sur Zachary en plein caprice, avec un air d'inquiétude croissante.

Bienvenue dans le monde des aspies, songea Stacy en concentrant de nouveau son attention sur son fils.

— Nous irons aux écuries vendredi. Je prendrai même mon après-midi pour rester là-bas et te regarder pendant toute la leçon. Mais demain, je ne peux pas.

— Pourquoi ? J'ai promis aux chevaux !

— Je dois travailler.

— Tu ne peux pas travailler une autre fois ? Les chevaux m'attendent.

Zachary ne criait plus, mais il donnait tous les signes d'une nouvelle éruption imminente.

— Zachary, si tu allais dans ta chambre regarder le DVD du spectacle équestre ? Tu n'es pas obligé de faire la sieste cet après-midi si tu regardes le film. Qu'en dis-tu ?

Zachary hocha la tête en s'essuyant le nez avec le dos de la main.

— J'ai promis aux chevaux, lui rappela-t-il encore une fois tout en la suivant dans le couloir.

Arrivé dans sa chambre, il alla prendre lui-même le DVD sur l'étagère. Il savait se servir du lecteur DVD.

Surtout, ce dont il avait besoin en cet instant, c'était de rester seul et de se plonger dans une de ses activités favorites. Rien de tel pour apaiser sa tension, Stacy le savait.

Tout en se massant les tempes pour déjouer la migraine qui pointait, elle regagna donc le salon.

Elle faillit se heurter à Harlan. Il lui saisit les coudes.

— Zachary va bien ?

Elle acquiesça, laissant retomber ses mains, ce qui obligea Harlan à en faire autant. Elle se surprit à regretter aussitôt le contact.

— Trop de changements dans sa routine ces derniers jours, dit-elle. C'est beaucoup de stress pour un aspie.

— Un *aspie* ?

— C'est le nom que se donnent ceux qui sont atteints par le syndrome d'Asperger. Beaucoup d'aspies adultes pensent que c'est nous autres qui sommes bizarres. Ils nous appellent les neurotypiques.

Harlan sourit.

— J'aime. Qui dit que tout le monde doit se conformer à une pensée unique ?

Il se dirigea vers la cuisine.

Stacy haussa les sourcils.

— Je suis étonnée d'entendre ça de la bouche d'un soldat habitué à marcher au pas et à scander des mots d'ordre avec le reste de son unité…

Elle s'accouda au comptoir.

— Travailler à l'unisson présente quelques avantages, concéda-t-il en sortant un verre du placard. Voulez-vous du thé ?

Elle refusa d'un geste.

— Zachary ne risque pas de servir dans l'armée un jour. Il aime les cadres clairs mais, au premier ordre imprévu lancé par l'instructeur, il perdrait tout contrôle.

— C'est pour ça qu'il était bouleversé ? Vous avez changé quelque chose ?

— Il s'est organisé pour prendre une leçon aux écuries du Twin Harts sans me demander mon avis. Il a promis aux chevaux, voyez-vous, et une promesse est une promesse.

Elle s'installa sur un tabouret de bar, tandis que Harlan se servait un verre de thé.

— Comment s'est passé l'échange avec Trevor ? Sa version des faits vous paraît crédible ?

— Je ne sais pas.

Harlan s'assit en face d'elle. Seul le comptoir en bois les séparait.

Aussitôt, une sensation d'intimité comme elle n'en avait plus ressenti depuis longtemps la gagna. Sur la fin de leur mariage, Anthony et elle n'étaient plus que de simples connaissances plutôt que deux amis, encore moins deux amants. Avec Harlan, en revanche, elle se sentait… connectée. Elle commençait à le voir comme une personne sur laquelle compter en cas de coup dur.

Danger ! songea-t-elle.

Aussi, elle revint à la conversation :

— Vous pensez toujours que Trevor pourrait mijoter quelque chose ?

— Difficile à dire. Son histoire est plausible. Quoi qu'il en soit, je vais fouiller son passé de fond en comble. Et je ne sais pas s'il convient de le laisser accompagner seul Zachary dans ses promenades à cheval, à l'avenir.

— Je n'arriverai jamais à dissuader Zachary de monter demain après-midi.

— Quels sont vos projets pour demain justement ?

Stacy énuméra docilement les tâches qui l'attendaient et conclut :

— C'est une véritable course contre la montre qui s'est engagée, et je ne peux pas demander à tout le monde de mettre les bouchées doubles juste pour sacrifier aux obsessions de Zachary.

— Une partie de votre travail peut être faite ici, après les heures de bureau, n'est-ce pas ?

— Oui, mais cela suppose que quelqu'un d'autre se charge de nourrir Zachary, de lui donner son bain, de le coucher…

— Moi, par exemple.

Elle secoua aussitôt la tête.

— C'est trop demander.

— Vous n'avez rien demandé. Je me suis proposé.

— Mais pourquoi ?

— Parce que ça vous aidera tous les deux.

Les yeux de Harlan s'assombrirent soudain, et l'air se mit à grésiller.

— Laissez-moi vous aider, Stacy.

Les larmes aux yeux, elle acquiesça.

— D'accord. Je ne prendrai sur mon temps de travail que les deux petits quarts d'heure nécessaires pour l'accompagner et aller le chercher.

Harlan secoua la tête.

— Non, allez vous promener avec lui. Vous savez monter, je suppose ?

— Oui, mais…

— Il sera ravi. Et plus en sécurité si vous l'accompagnez.

Harlan tendit la main et laissa glisser les doigts sur la courbe de sa joue, éveillant des frissons sur sa peau.

— Zachary n'est pas la seule personne ici à avoir besoin d'une pause, par ces temps difficiles.

La vue de Stacy se troubla, elle aspira une goulée d'air. Trop tard, une larme dévalait sa joue.

Harlan contourna le comptoir pour venir l'enlacer. Une grande main s'arrondit sur sa nuque dans une caresse maladroite, mais très tendre.

— C'est bon, murmura-t-il.

Il semblait un peu déboussolé, comme effrayé par ce brusque trop-plein d'émotions chez elle. Qu'il fasse l'effort de la réconforter tout de même la toucha plus que de raison.

Cet homme était exceptionnel. Un trésor authentique. Toute autre femme à sa place, dans un autre contexte, fondrait sur lui de peur qu'il ne lui échappe…

Mais elle ne pouvait changer de peau. Et le contexte était ce qu'il était.

Elle se dégagea en s'essuyant furtivement les joues.

— Pardon, dit-elle. Je vais mieux, maintenant.

— Si vous alliez faire un brin de toilette ? Je vais fouiller le réfrigérateur et voir ce que je peux préparer en vitesse pour le dîner.

Stacy esquissa malgré elle un sourire mouillé. S'il voulait jouer les nounous pour Zachary au cours des deux jours à venir, il devait savoir ce que le poste impliquait.

— Le mardi, c'est le soir du hot-dog. Sans moutarde. Et douze chips, pas une de plus ni de moins, pour Zachary, dans la petite assiette verte. Il boit du jus de pomme avec les hot-dogs. Ni thé ni lait, du jus de pomme. J'en ai plusieurs briques au frais.

Une légère panique traversa le regard de Harlan.

— Y a-t-il un pense-bête quelque part ? Pour les moments où je serai seul avec lui…

— Je vous en préparerai un.

Son sourire soulagé fit battre le cœur de Stacy un peu plus vite. Oui vraiment, un homme exceptionnel.

— On attend des infos de Californie. Trevor Lewis a grandi à San Mateo, mais il a travaillé comme palefrenier dans tout le sud-ouest pendant plusieurs années.

A la seconde où Harlan entra dans les bureaux du CSI, le mercredi, Vince Russo agita une liasse de feuilles dans sa direction.

— Lewis semble avoir de bonnes références dans les écuries qui l'ont employé ici au Texas. On a les premiers retours de plusieurs ranchs d'Arizona et du Nouveau-Mexique. Le reste devrait nous parvenir cet après-midi.

— Et côté Californie ?

— Demain, sans doute. Ou dans la soirée, avec un peu de chance. Nos contacts là-bas ne sont pas très réactifs.

— Il faudra penser à en trouver d'autres, marmonna Harlan. Où est Coltrane ?

Il jouait depuis un moment avec l'idée d'infiltrer un homme dans le premier cercle de la gouverneure et Wade, agent secret expérimenté, semblait parfait pour le rôle.

Vince consulta sa montre.

— Il est en train de dire oui.

— Pardon ?

— Lindsay et lui ont filé se marier en douce. Ils se sont dit qu'un grand mariage prendrait trop de temps, et puis pourquoi attendre quand on a déjà des jumeaux de quatre ans ?

Vince sourit.

— Ils ont déniché une maison d'hôtes à Lubbock avec une petite chapelle tout près. Carrie trouve l'idée follement romantique. J'ai l'impression qu'il va être difficile de la surprendre quand notre heure à nous sera venue.

Vince était tombé éperdument amoureux de la star de country deux mois plus tôt, alors qu'il assurait auprès d'elle une mission de protection…

Un autre agent du CSI mord la poussière, songea Harlan.

— Pourquoi suis-je toujours le dernier informé de ce qui se passe ici ? se récria-t-il.

— Tu es un peu occupé en ce moment.

— Mouais…

Il emporta le dossier sur son bureau et s'installa dans son fauteuil en faisant craquer les ressorts.

Puis il parcourut les notes, essayant de distinguer des lignes de force pour se faire une idée plus précise de la personnalité de Trevor Lewis. Etait-ce un type ordinaire employé dans une écurie ou une menace réelle pour Stacy et Zachary ?

Et pour Lila, bien entendu, ajouta-t-il en pensée en se mordant la lèvre. Alors qu'il avait été engagé pour protéger Lila Lockhart, alors que c'était en théorie sa priorité absolue, il ne pouvait se résoudre à placer la sécurité de quiconque avant celle de Stacy et de son fils.

— Il y a un point dans ces notes qui m'a troublé sans que je comprenne bien pourquoi, confia Vince en faisant rouler son fauteuil vers le bureau de Harlan. Alors qu'il travaillait dans un ranch près de Melrose, au Nouveau-Mexique, Lewis a sollicité une semaine de congé en pleine saison du poulinage. Il travaillait là depuis moins de six mois et n'avait pas encore droit à des vacances, si bien qu'il a pris un congé sans solde.

— Il a sûrement une autre source de revenus, avança Harlan. Je suis allé à son domicile. L'immeuble est plus chic que les nôtres, je l'avais estimé du temps où je cherchais un logement à Freedom. Le loyer mensuel doit avoisiner les mille dollars.

— Mais pourquoi partir pendant le poulinage ? Il fallait un motif urgent !

— Aucune idée, avoua Harlan. C'était à quelle date ?

— Le 21 mars.

— Ça ne m'évoque rien. Je poserai la question à Trevor, à l'occasion.

Il avait contacté Stacy juste avant d'arriver au CSI. Elle était en route pour les écuries du Twin Harts. Après enquête, Trevor Lewis finissait à 15 heures le mercredi. Par conséquent, Stacy et Zachary ne risquaient rien. Elle avait prévu de demander à Cory Miller de les emmener en balade.

Tant qu'elle restait à distance de Lewis, tout irait bien.

Stacy comptait sur Cory pour les accompagner, mais le responsable était absent lorsqu'ils arrivèrent aux écuries. Seuls Trevor et deux autres palefreniers s'activaient dans les stalles.

— La gouverneure souhaitait faire un tour dans le pâturage sud avec ses filles, expliqua Trevor. Toutes les trois sont parties il y a une demi-heure avec Cory inspecter les aménagements en cours pour accueillir bientôt des chevaux du refuge de Houston.

Elles tenaient à s'assurer qu'ils auraient la place de s'ébattre en liberté sans danger.

— Ce n'est pas grave, assura Stacy. Je peux rester aujourd'hui, j'emmènerai moi-même Zachary en promenade.

— J'ai terminé mon travail, indiqua Trevor en rangeant son outil sur le râtelier accroché au mur. Je vous accompagne.

Un léger frisson d'appréhension secoua Stacy.

— Ce n'est pas la peine… Vous avez sûrement des projets plus intéressants pour cet après-midi !

— Non, aucun. Tu viens m'aider à seller Alamo, bonhomme ? lança Trevor à Zachary avec le sourire.

— Alamo est un Appaloosa, expliqua doctement le petit à sa mère en la traînant vers un box voisin.

Il leva les yeux vers le cheval qui piaffait derrière la porte basse, et son visage s'éclaira.

— Alamo a une robe tachetée, ajouta-t-il en levant les mains pour qu'elle le prenne dans ses bras.

Elle dut le serrer fort pendant qu'il se penchait vers l'animal pour lui tapoter le nez.

— Toi, tu as tout lu sur les Appaloosas ! commenta Trevor en lui ébouriffant les cheveux. Allez, on va le sortir pour le seller.

— Comme il est grand ! s'étonna Stacy. Vous êtes sûr que c'est un cheval pour Zachary ?

Le plus impressionnant n'était pas la hauteur au garrot de l'animal, mais ses épaules, larges, puissantes, et sa croupe surtout, plus vigoureuse encore, avec les hanches épaisses et musculeuses typiques du Quarter horse.

— Oh ! Il est tout à fait capable de maîtriser ce bon vieil Alamo, pas vrai, Zachary ?

— On y va !

Zachary se tortilla pour quitter les bras de Stacy, sauta à terre et courut tapoter l'épaule de l'Appaloosa.

Certes, ce regard un peu sauvage était typique de la race, Stacy le savait. Mais une panique irraisonnée lui serra la gorge.

— Zachary, nous devrions peut-être attendre un autre jour pour monter…

— Maman, j'ai promis !

La voix de Zachary grimpait dangereusement dans les aigus.

— D'accord, d'accord.

Si seulement Harlan était là pour qu'elle puisse lui confier ses doutes…

Elle se sentait oppressée, piégée d'un côté par la menace permanente d'une crise de nerfs de son fils et de l'autre, par la confiance assez désinvolte de Trevor Lewis dans les capacités de Zachary à tenir Alamo.

Le palefrenier lui attribua une placide jument palomino nommée Delta et sella pour lui-même Soldado, un alezan plutôt fougueux.

— Nous irons au pas jusqu'au pâturage est, puis nous les laisserons aller au petit galop un moment, annonça-t-il.

— Au petit galop ? Je ne suis pas sûre que Zachary soit prêt…

Trevor croisa son regard inquiet et sourit.

— Eh bien, la maman poule peut se détendre ! Zachary pratique le petit galop depuis une quinzaine de jours. Alamo est facile à conduire, Zachary se débrouille comme un chef avec lui.

Il fallait le reconnaître, la coordination des mouvements chez son fils dépassait la moyenne des aspies. Charlotte en attribuait le mérite aux séances de kinésithérapie que Stacy avait lancées dès l'annonce du diagnostic.

— Je préférerais quand même qu'il reste au pas.

— Mais les chevaux aiment courir ! décréta Zachary.

Il tirait sur les rênes, guidant Alamo vers la cour d'une main experte.

— Je dois le laisser courir. J'ai promis.

Stacy le suivit à contrecœur. Une conversation sérieuse sur la notion de promesse s'imposait.

*
* *

C'était aussi un prétexte pour retrouver Stacy, Harlan le savait, mais le souci de sa sécurité et de celle de son fils l'avait incité à reprendre la route du ranch vers 15 heures.

Un accident sur l'autoroute aux abords du Twin Harts le retarda en chemin, si bien qu'il passa devant la villa sans s'arrêter pour gagner directement les écuries.

A l'agent posté devant l'entrée, il demanda des nouvelles de Stacy et Zachary.

— Ils sont partis il y a environ cinq minutes avec un palefrenier.

— Je croyais que Cory devait les accompagner ?

L'agent secoua la tête.

— Miller a emmené la gouverneure et ses filles sur le pâturage qui a été remis à neuf. C'est un des jeunes palefreniers qui l'a remplacé.

Une alarme se déclencha aussitôt dans la tête de Harlan.

— Savez-vous lequel ?

Mais il connaissait déjà la réponse avant même d'avoir terminé sa phrase.

L'agent consulta le registre.

— C'était Lewis. Trevor Lewis.

14

Delta se révéla une monture confortable. Stacy pressentit néanmoins les courbatures à venir. Cela faisait si longtemps qu'elle n'avait pas monté ! La promenade jusqu'au pâturage ressuscita tout un pan de sa vie resté en friche depuis qu'elle s'échinait à concilier ses devoirs de mère et son travail d'aide de camp.

Elle se remémora son enfance dans l'Arkansas et les deux chevaux de bât achetés par son père pour les opérations de secours dans des lieux reculés, inaccessibles aux véhicules à moteur. Des bêtes solides, fiables, qui logeaient dans une grange derrière la maison.

Jupiter et Mars, en dépit d'un tempérament calme, adoraient courir. Et ils aimaient bien Stacy car souvent, après les avoir sellés, elle les laissait filer comme le vent à travers les prés qui bordaient la ferme familiale.

— Vous voyez ? Il a ça dans le sang !

Esquissant un signe de tête vers Zachary, qui maniait sa monture avec une étonnante assurance, Trevor la dépassa pour aller se ranger à côté du petit.

— Prêt à montrer à ta maman de quoi tu es capable, cow-boy ?

Le sourire joyeux de Zachary émut Stacy. Avant qu'elle ait eu le temps de le lui rendre, Trevor frappa la croupe d'Alamo du plat de la main, et le cheval partit au petit galop.

— Trevor ! Vous avez perdu la tête !

D'un coup de botte, elle accéléra l'allure. Si l'Appaloosa décidait tout à coup de passer au grand galop, Zachary risquait de se blesser, ou même pire.

— Laissez ce garçon vivre sa vie, répliqua Trevor en amenant sa propre monture devant elle, obligeant le palomino à ralentir.

— Ecartez-vous ! grogna Stacy.

Elle tira son cheval vers la gauche pour le contourner, mais il lui bloqua de nouveau la route en éclatant de rire.

— Arrêtez de jouer les mères poules, Stacy ! Laissez-le s'amuser. Il sait ce qu'il fait…

— Bon sang, Trevor, poussez-vous !

Elle tira les rênes de Delta sur la droite d'un geste vif et lança la jument au galop. Trevor tendit la main vers ses rênes au passage, mais elle l'écarta d'un coup de pied qui l'atteignit à la cuisse.

Zachary était désormais à plus de cinquante mètres devant elle, cramponné au dos de l'Appaloosa tel un bébé singe accroché à sa mère. Impossible de savoir s'il maîtrisait ou non la situation… Et voilà que Trevor l'avait déjà rattrapée. Cette fois, il parvint à saisir ses rênes, stoppant Delta en pleine course.

— Quand cesserez-vous enfin de me résister ? lança-t-il, sourire confiant aux lèvres. Zachary est plus costaud que vous ne le croyez. Rien ne vous oblige à le chouchouter comme un bébé en permanence… Libérez donc la femme belle et vibrante qui est en vous !

Elle le fixa, sidérée par son audace et ulcérée par le compliment.

— Non mais… vous entendez ce que vous dites ?

Le sourire de Trevor s'élargit.

— Vous êtes si sexy quand vous vous mettez en colère. Vous saviez ça ?

Frissonnant de dégoût, Stacy tira d'un coup sec sur les rênes pour tenter de reprendre le contrôle. En pure perte.

— Vous ne me connaissez pas assez bien pour me dire ce genre de choses.

Dans sa vision périphérique, Zachary s'éloignait de seconde en seconde. La rage l'envahit.

— Lâchez ça ou je rapporterai cet acte d'insubordination à la gouverneure !

Il plissa les yeux.

— Un acte d'insubordination ? C'est l'image que vous avez de moi, hein ? Un pauvre minable qui récure les écuries pour survivre ?

Il partit d'un grand rire dénué d'amusement.

— Vous ne savez rien de moi, Stacy ! Si vous voulez cafarder, allez-y… Je n'ai pas besoin de ce travail.

— Lâchez ces rênes !

Loin d'obéir, il tira dessus un peu plus fort, amenant les chevaux flanc à flanc jusqu'à ce que leurs jambes se touchent.

— La gouverneure sait-elle combien de fois vous amenez Zachary dans ses écuries ?

Stacy grinça des dents.

— Poussez-vous !

Elle talonna Delta, espérant que la force de l'animal arracherait les rênes des mains de Trevor avant qu'elle soit obligée de recourir à des moyens plus violents.

La manœuvre fonctionna un temps, et son cheval détala à travers le pré, cap au nord pour intercepter l'Appaloosa qui amorçait un demi-tour à l'approche de la clôture du fond.

Une poignée de secondes plus tard, un martèlement de sabots l'avertit que le palefrenier était sur ses talons.

— Est-ce qu'elle sait, Stacy ? Est-ce qu'elle sait combien ce travail est dur pour vous ?

Trevor lui effleura le coude, puis s'en saisit franchement. Il chercha à la déséquilibrer, mais elle tint bon, les genoux scellés à la jument pour garder son assiette.

Et brusquement il la lâcha. Un bruit de lutte derrière elle. Malgré sa peur pour Zachary, elle ne put s'empêcher de se retourner.

Harlan ! Harlan avait plaqué Trevor au sol, le visage écrasé dans l'herbe, les bras immobilisés dans le dos. Non loin de là, un cheval noir dansait et s'ébrouait, avide d'action.

— Filez ! la pressa Harlan.

Sans plus traîner, elle lança Delta au grand galop.

Alamo décrivait toujours un demi-cercle au fond du pré avec

toute la joie et la puissance d'un jeune cheval en pleine santé, libre de ses mouvements.

Lorsque Stacy atteignit enfin l'Appaloosa et l'attrapa par les rênes, Zachary jubilait.

— Tu as vu, maman ? Tu as vu ?

Il se jeta dans ses bras grands ouverts en manquant la faire glisser de sa selle et noua bras et jambes autour d'elle aussi étroitement que s'il les avait enroulés autour du cheval.

— Alamo a couru comme le vent, maman. Comme le vent !

Stacy enfouit le visage dans le cou de son fils, refoulant des larmes de soulagement. Dieu qu'elle avait eu peur !

— Comment ça, il n'y a aucune raison de le garder ?

Harlan dévisagea Jeff Appleton avec stupéfaction.

— Mise en danger d'un enfant, ça ne vous suffit pas ?

— Zachary se porte comme un charme, souligna Appleton d'un ton résigné. Et puisque Stacy ne veut pas porter plainte…

— Quoi ? Vous plaisantez !

— C'est ma parole contre celle de Trevor Lewis, dit Stacy.

Cette voix le fit frissonner, comme si son corps tout entier était désormais accordé au sien — à sa voix, son expression, son odeur toujours fraîche et légère comme la brise de printemps. En cet instant, elle était l'image même de la détermination inflexible, mâchoires crispées, le menton droit.

— Et la gouverneure n'a vraiment pas besoin de ce genre de complication en ce moment, ajouta-t-elle.

— Je dois aller signifier sa libération à Lewis, indiqua Jeff avec un regard d'excuse vers Harlan.

Il disparut dans le couloir, les laissant en tête à tête.

— Stacy, ce type aurait pu tuer Zachary !

— Vous croyez que je ne le sais pas ? rétorqua-t-elle vivement, les yeux lançant des éclairs. Je ne suis pas près de laisser Zachary s'approcher de Trevor Lewis à l'avenir ! Mais Jeff m'a dit que Trevor songeait à porter plainte contre vous pour voies de fait…

— Foutaises ! Cette ordure cherche à vous manipuler.

— La gouverneure et Greg pensent que…

— Greg ! répéta Harlan avec mépris. Le petit génie de la politique se permet de faciliter la tentative de chantage de ce… ce…

Stacy posa une main sur son bras. Même au plus fort de sa colère, il ne fut pas insensible à ce contact sur sa peau.

— Demain soir a lieu le gala. C'est notre priorité. Je verrai ensuite avec la gouverneure quels autres motifs de renvoi nous pouvons trouver contre Trevor Lewis, assez solides pour qu'il n'aille pas en profiter pour la salir dans la presse.

— Il menace de faire ça aussi ?

Stacy pinça les lèvres.

— Rentrons à la maison, maintenant. Une montagne de travail m'attend.

Ses lèvres s'incurvèrent.

— Vous avez promis de vous occuper de Zachary à ma place, il me semble ?

Laissant sa rage s'épuiser d'elle-même, Harlan fit l'effort de se plier à la volonté de Stacy en remettant à plus tard le problème Trevor Lewis. Le palefrenier était en tête de sa liste de suspects — si l'équipe du CSI découvrait la preuve d'une menace réelle contre la gouverneure ou contre Stacy et Zachary, il serait aussitôt prévenu.

Rentrons à la maison. Il aimait bien la sensation de chaleur grésillante que suscitaient en lui ces simples mots prononcés par Stacy.

— D'accord, dit-il. Où est notre jeune cow-boy ?

Stacy sourit.

— Assis sur le bureau du shérif, en train de lui expliquer la différence entre un Appaloosa et un cheval gris pommelé.

Brave petit, songea Harlan.

— Zachary, il faut faire le moins de bruit possible. Ta maman travaille.

La voix de Harlan dériva dans le couloir jusqu'à Stacy, qui leva les yeux de ses dossiers et sourit. Ils avaient dîné tôt et Harlan, fidèle à sa parole, avait entraîné le petit dans sa chambre pour jouer avec lui, la laissant libre de passer les appels de dernière minute pour boucler l'organisation du gala.

— Elle travaille tout le temps.

La voix plaintive de Zachary, qui portait encore plus loin que celle de Harlan, vint se planter droit dans le cœur de Stacy telle la flèche du remords.

— C'est vrai, elle travaille dur, convint Harlan. Et tu sais pourquoi ?

— Non.

— Pour te permettre de monter à cheval, d'aller à l'école, d'apprendre tout ce que t'enseigne Mlle Charlotte. Et aussi de manger des hot-dogs le soir…

— Ce soir, c'était le soir du sandwich au beurre de cacahuètes et à la confiture.

— Je sais. Et ta mère travaille dur pour acheter ton beurre de cacahuètes.

— Je n'aime pas le beurre de cacahuètes croquant.

— Eh bien, tant mieux ! Il y en aura plus pour moi.

Zachary éclata de rire.

Stacy en resta saisie. Il ne savait jamais quand il fallait rire des plaisanteries des autres. Harlan avait su malgré tout établir le contact un instant…

Sa vision se troubla.

— Vois-tu, reprit Harlan, certaines personnes doivent faire des choses qui ne leur plaisent *pas* pour pouvoir en faire d'autres qui leur plaisent.

— Pourquoi ?

Harlan se remit à rire.

— Je me posais déjà cette question à ton âge…

— Waouh ! s'écria Zachary d'un ton incrédule. Ça fait longtemps alors !

— Tu as raison, concéda Harlan. Et voici la meilleure réponse que j'aie trouvée : c'est comme ça que fonctionnent les choses.

— Je n'aime pas cette réponse.

— Moi non plus. Allez, mon grand, on y retourne. Où avions-nous laissé notre histoire de cheval ?

Quelques minutes plus tard, la lecture en sourdine de Zachary ralentit et finit par s'arrêter. Stacy sourit dans le silence revenu. Son fils s'était endormi au beau milieu d'un chapitre, comme souvent.

Deux minutes encore, et Harlan émergea de la chambre, l'air un peu harassé mais heureux.

— Zachary lit mieux que la moitié des gars de mon unité !

Il fit quelques pas dans le salon avant de s'approcher du coin où elle travaillait. Il s'accroupit près de la table et la fixa en silence d'un air grave.

— Oui ? demanda-t-elle en posant son stylo.

— J'aimerais que vous réfléchissiez encore à ce dépôt de plainte contre Trevor Lewis.

— Il a davantage de motifs de plainte contre vous que je n'en ai contre lui.

Elle déplaça sa chaise de manière à se tourner franchement vers Harlan.

— L'idée qu'il gagne ce round ne me plaît pas plus qu'à vous, mais j'ai appris que dans ce métier il fallait choisir ses combats.

— Je hais la politique, gronda-t-il en se redressant. Les politiciens ont l'art de mettre des bâtons dans les roues…

— Au contraire, ils contribuent à faire avancer les choses par la loi, répliqua machinalement Stacy.

Les mots sonnaient creux à ses propres oreilles tant ses convictions de longue date avaient été malmenées ces dernières années.

— Dans l'idéal, oui. Peut-être.

Il fit quelques pas, puis revint vers elle, l'expression fébrile.

— J'ai servi chez les marines, bon sang ! Je comprends l'utilité des règles. Je comprends aussi qu'on doive s'efforcer de faire au mieux pour la majorité. Sincèrement. Mais quand c'est vous qui passez à la trappe, à ce jeu…

Il se détourna sans achever sa phrase.

— Nous ne sommes plus en train de parler de ce qui s'est passé avec Trevor, n'est-ce pas ?

Elle le rejoignit près de la fenêtre. Dehors, il faisait déjà nuit noire, seule une lune pâle trouait l'obscurité.

Il lui coula un regard en biais.

— Plus seulement, en effet.

— *Vous* êtes passé à la trappe ?

— En quelque sorte, confia-t-il, pliant et dépliant sa main droite.

Elle saisit cette main et la retourna pour examiner le lacis de cicatrices qui zébrait la peau.

— Est-ce que c'est encore douloureux ?

— Par moments. Des tiraillements au niveau des tissus. Les nerfs ont été touchés, je n'ai plus toutes mes sensations dans cette main.

La tentation d'embrasser le cœur de sa paume endommagée faillit la submerger.

— Que faisiez-vous chez les marines ?

— Je travaillais dur, tout en essayant de ne pas y laisser ma peau. Comme tous les autres gars en Irak, dit-il en souriant. Ça ressemble un peu à la maternité, non ?

Elle lui rendit son sourire.

— Mais ça vaut le coup !

— Zachary est un enfant si extraordinaire, fit remarquer Harlan. Je commence à comprendre pourquoi c'est le reste du monde qui a des problèmes aux yeux des aspies. Quand nous mentons sur nos sentiments pour ne pas faire de vagues, Zachary, lui, livre tel quel ce qu'il pense, et au diable les conséquences ! Le monde serait plus vivable si la spontanéité était plus répandue !

Harlan ne disait pas cela pour lui faire plaisir, comprit Stacy. Il n'essayait pas d'actionner tel ou tel levier pour la manipuler comme aurait pu le faire Anthony dans la même situation…

Les larmes qu'elle refoulait depuis sa bagarre avec Trevor lui piquèrent les yeux. Elle battit des paupières, histoire de gagner du temps.

— J'espère qu'il aura toujours dans son entourage des personnes qui porteront ce regard sur lui. Alors tout ira bien.

Harlan leva les mains pour essuyer avec les pouces les gouttes qui perlaient au coin de ses yeux.

— Tant qu'il vous aura, Stacy, tout ira bien.

Incapable de supporter son regard attendri, elle se dégagea.

— Je ferais mieux de me remettre au travail.

— Que reste-t-il à faire ce soir ?

Trois fois rien, en réalité ! Harlan l'avait aidée plus qu'il ne le pensait en s'occupant de Zachary.

— Oh ! Je devrais pouvoir trouver une urgence à…

Il lui saisit la main.

— Tout, plutôt que de rester seule avec moi, c'est ça ?

Un grognement de frustration échappa à Stacy.

— Pourquoi faut-il que vous rendiez les choses encore plus difficiles ? Je vous l'ai dit, nous deux c'est impossible…

— Pourquoi ? répliqua-t-il en lui prenant l'autre main pour l'attirer plus près.

Sa force d'attraction l'entraînait inexorablement vers le large tel un courant puissant, en dépit de ses efforts désespérés pour lui échapper.

— Je dois penser à Zachary.

— Zachary m'aime bien…

— Il vous aime trop ! rectifia-t-elle avec véhémence. Il s'est attaché à vous, et plus je vous donne du temps avec lui, plus votre départ sera douloureux.

— Et si je ne repartais pas ?

A ces mots, l'espoir jaillit avant qu'elle ait pu l'étouffer.

— Allons… Vous ne serez plus là après le gala, n'est-ce pas ? Vous rentrerez chez vous, et Zachary et moi, nous serons de nouveau seuls !

— Je ne suis pas Anthony, riposta Harlan.

— Je n'ai pas dit ça…

— C'est pourtant comme cela que vous me traitez, lui renvoya-t-il en lâchant ses mains. « Je ne peux pas laisser Zachary s'attacher à vous parce que vous lui ferez du mal. »

Il planta ses yeux dans les siens.

— Exactement comme Anthony, pas vrai ?

Incapable de résister, Stacy fit un pas vers lui.

— Vous n'avez rien en commun avec Anthony.

— Alors prouvez-le.

Elle essaya de se remémorer ce qu'elle avait ressenti en comprenant que son mari la quittait après six ans de vie commune. Le chagrin l'avait terrassée, principalement à cause de l'épreuve infligée à leur fils.

Mais ce qui lui revint surtout à l'esprit, ce fut la voix de Harlan pleine d'affection et d'admiration pour son petit.

Et, en cet instant, il la contemplait comme si elle était la créature la plus désirable du monde.

Elle referma les mains sur ses poignets et laissa glisser des doigts légers sur les muscles, les tendons tout autour. Il gémit doucement.

Alors, se hissant sur la pointe des pieds, elle effleura ses lèvres avec les siennes, en tremblant un peu.

Il enfouit les doigts dans ses cheveux et approfondit le baiser jusqu'à ce que la fièvre la gagne. Son dos heurta une surface dure et plate. Le mur, devina-t-elle au jugé, ivre de désir. Il l'avait poussée contre le mur. Et c'était si bon ! La passion sauvage de ce qu'ils étaient en train de faire, l'abandon instinctif, la promesse de plaisir…

Pourquoi avoir autant lutté contre tout cela ?

Alors que les mains fermes de Harlan l'empoignaient aux hanches pour la presser contre son sexe dur, elle comprit : toute résistance serait désormais inutile.

Elle s'arracha à ses baisers le temps de murmurer :

— Il ne faut pas réveiller Zachary.

— Mmm…, chuchota Harlan à son oreille. Il a le sommeil si léger ?

La tête renversée pour lui offrir sa gorge, elle glissa la main entre leurs corps. Il vibra nettement sous la caresse.

— Un marine maîtrise le mode furtif, n'est-ce pas ?

— Nous sommes donc en guerre ?

Leurs regards enflammés se croisèrent. Il lui saisit le poignet et l'entraîna vers le couloir.

Elle referma la porte de la chambre et s'adossa au battant, incapable de retenir un sourire euphorique.

— Plus maintenant, dit-elle. Nous en sommes à négocier les termes de la capitulation.

Harlan posa les doigts sur le premier bouton du chemisier.

— Qui a gagné ?

— Quelle importance ? répliqua-t-elle en lui baisant la main.

Il la souleva dans ses bras, riant aux éclats, et la déposa sur le lit.

15

Un son strident réveilla Harlan en sursaut. Instantanément sur le qui-vive, il s'orienta avec l'aisance d'un marine surentraîné. Nuit. Intérieur. Belle femme dormant nue près de lui. La sonnerie continuait, le volume augmentant de seconde en seconde.

Se glissant au bas du lit, il dénicha son portable dans la poche de son jean abandonné sur le sol.

— Oui ?

— Pourquoi tu chuchotes ? demanda Vince Russo à l'autre bout de la ligne.

L'appareil calé sous le menton, Harlan enfila son jean et attendit d'être sorti de la chambre pour reprendre sa voix normale.

— Désolé. Je ne pouvais pas parler.

Russo garda le silence. Harlan imagina sans peine à quoi il pensait.

— Il se passe quelque chose ? soupira-t-il.

— Ouaip. Et du lourd ! Je peux être au ranch dans dix minutes.

Un regard vers le couloir, et un flot de souvenirs électrisants submergea Harlan. Stacy était si heureuse au moment de s'assoupir enfin dans ses bras, épuisée, toute tremblante… Détendue, en somme, pour la première fois depuis qu'il l'avait rencontrée. Il fallait à tout prix que cette sensation se prolonge.

Or, quoi de plus réfrigérant qu'une réunion stratégique du CSI dans son salon ?

— Non, trancha-t-il. Rendez-vous au bureau, d'ici trente minutes.

Il s'empara d'une tenue propre dans l'armoire de l'entrée où il avait rangé ses affaires, puis fila sous la douche.

Une demi-heure plus tard, il rejoignait Vince dans la salle de conférences du CSI.

Parker McKenna était également présent, ainsi que Nolan Law et Nick Cavanaugh, trentenaire silencieux et contemplatif à première vue, mais dont les compétences en mission de reconnaissance avaient fait merveille en Irak avant l'embuscade mortelle qui avait fait capoter son ultime expédition.

Vince prit la parole en premier :

— Le gars s'est fait discret ces dix dernières années…

— Mais ? fit Harlan.

— Mais nous avons finalement réussi à joindre un membre de sa famille qui s'est mis à table, dit Nolan Law en lui tendant un agrandissement photo. Ce cliché a été pris au sommet du Transworld Trade Partnership il y a deux ans.

La photo montrait un groupe de jeunes gens, hommes et femmes, vêtus de noir, au visage recouvert pour la plupart d'une cagoule ou d'une écharpe. Mais un individu avait été surpris par l'objectif au moment où il enfilait son masque de ski. Harlan identifia immédiatement le palefrenier.

— Lewis !

— Il a participé à une action du Black Bloc pendant le sommet, et tu sais les problèmes que peuvent poser ces gens-là, grommela McKenna.

Harlan acquiesça. La tactique du Black Bloc consistait souvent à se mêler aux manifestations antimondialistes pour créer le chaos et saper les efforts des forces de l'ordre pour contrôler les foules de manifestants.

— Selon son cousin, il est très impliqué dans les groupes protestataires anarchistes et antimondialistes, dont Planet Justice, précisa Nick Cavanaugh.

Harlan haussa un sourcil.

— Le groupe qui manifeste demain pendant le gala ?

McKenna consulta sa montre.

— Ce soir, tu veux dire.

Harlan leva les yeux vers l'horloge murale. Bientôt 2 heures. Seigneur ! Il aurait donné n'importe quoi pour retourner au lit et se couler contre le corps nu de Stacy.

Il repoussa tant bien que mal cette tentation pour se concentrer sur la tâche en cours. Protéger Lila, c'était également la protéger, elle, et Zachary aussi.

— J'ai essayé de convaincre la gouverneure d'élargir la zone tampon entre les protestataires et le ranch, mais…

— On ne plaisante pas avec la liberté de parole, murmura McKenna.

Du Lila Lockhart dans le texte. Harlan l'avait entendue prononcer ces mots plus d'une fois.

— *Sinon, pourquoi se prétendre Américains ?* acheva-t-il de mémoire.

— Je n'ai rien contre ce principe, intervint Law. Mais nous ne pouvons pas nous permettre de le pousser jusqu'à l'inconscience. Je n'aime pas l'idée d'un activiste de Planet Justice infiltré parmi les employés de la gouverneure.

— On ne sait pas s'il est encore actif au sein du groupe, nuança Russo.

— Mais nous n'avons aucune preuve qu'il ne l'est plus, répliqua Harlan.

— En effet, concéda Russo. Le problème, c'est comment nous en débarrasser après l'incident d'hier. Si la gouverneure le renvoie, il clamera partout que c'est pour qu'il garde le silence sur ton agression.

— Je l'ai à peine touché, marmonna Harlan. Je suis d'avis de foncer. Le seul fait qu'il ait été dans un passé récent membre d'un groupe qui manifestera pendant le gala justifie une enquête approfondie.

— Planet Justice est connu pour placer des engins explosifs, renchérit Russo. Au cours d'une manifestation à Chicago, pendant une conférence sur un accord de libre-échange, les flics ont découvert deux bombes artisanales près de l'entrée de la salle principale, qu'ils ont reliées à deux activistes de Planet Justice même si le reste du groupe a dénoncé publiquement cette initiative.

— C'est suffisant pour obtenir un mandat et perquisitionner chez Lewis ? demanda Harlan à Law.

— Ça se tente.

Jeff Appleton avait donné à Harlan son numéro de portable. Sa fille dormait sûrement à cette heure, mais l'appel ne pouvait attendre. Moins de vingt-quatre heures les séparaient du gala…

Il composa le numéro, avec une question en tête : où pourraient-ils bien trouver un juge prêt à délivrer un mandat de perquisition au milieu de la nuit ?

— Maman ?

Stacy ouvrit tout grands les yeux au son de la voix de son fils.

Mais elle mit une seconde à recouvrer ses esprits. Elle se trouvait bien dans son lit, toutefois rien ne semblait normal. Ses bras, ses jambes étaient fourbus comme si elle avait fait plusieurs heures de sport. Elle était aussi complètement nue sous les draps froissés.

Elle lança un regard paniqué sur sa gauche. Harlan n'était plus là.

Contre toute attente, après la nuit d'amour la plus intense depuis… De toute sa vie, en fait, le soulagement l'emporta sur le dépit de se retrouver seule, puisque Zachary était planté au pied du lit et la regardait fixement.

Restait à espérer que Harlan ne reviendrait pas de la salle de bains, de la cuisine ou autre avant qu'elle ait réussi à convaincre son fils de retourner se coucher.

— J'ai faim, maman.

— Zachary, tu as mangé un énorme sandwich au dîner…

— Mais c'était il y a longtemps. Je suis un garçon en pleine croissance et j'ai besoin de nourriture.

Stacy ne put réprimer un sourire.

— Qu'est-ce qui te ferait plaisir ?

— Pourquoi y a-t-il des vêtements par terre ?

— J'étais fatiguée, répondit-elle très vite en balayant le sol d'un regard furtif.

Le jean de Harlan n'était pas là, mais sa chemise et son boxer étaient de son côté du lit, hors de vue de Zachary, Dieu merci.

— Voilà ce que je te propose, reprit-elle. Va enfiler ton peignoir, il fait froid ici. Je vais mettre le mien, et nous irons voir ensemble ce que nous pouvons trouver dans le réfrigérateur, d'accord ?

Zachary acquiesça en grognant, mais fila dans sa chambre.

Aussitôt, Stacy enfila un T-shirt, un pantalon de yoga et son peignoir en éponge par-dessus. Pas exactement la tenue la plus sexy qui soit mais, si Harlan devait entrer dans sa vie, autant qu'il s'habitue à la voir telle qu'elle était réellement, non ?

Entrer dans ma vie, répéta-t-elle en son for intérieur. Harlan allait entrer dans sa vie pour de bon ! Pourquoi avait-elle eu si peur de lui ouvrir la porte ? Il ne ressemblait pas du tout à Anthony ni aux autres hommes qu'elle avait pu croiser jusque-là, hormis peut-être à son père. Et son père avait été solide, fiable.

Une sensation d'exultation la grisa tandis qu'elle attendait le retour de Zachary — qui prendrait un bon moment, elle le savait, le petit hésitant souvent sur le choix de sa tenue, plus longuement qu'une adolescente. Encore une chose à laquelle Harlan devrait s'habituer, même s'il semblait déjà accepter et même apprécier avec une aisance déconcertante les manies de Zachary.

Celui-ci s'encadra enfin sur le seuil de la chambre.

— Je crois que je veux un croque-monsieur, annonça-t-il d'un ton solennel, comme s'il avait médité un bon moment sur le choix parfait — ce qu'il avait sûrement fait, du reste.

Stacy sortit dans le couloir avec lui, sûre désormais que Harlan était parti dormir sur le sofa. Après l'amour, avant qu'elle s'assoupisse, il lui avait demandé si elle jugeait plus sage qu'il aille se coucher au salon pour ne pas bouleverser la routine de Zachary. Impossible de se souvenir de sa propre réponse, mais quelle délicate prévenance, typique de Harlan…

Toutefois, il ne se trouvait pas sur le sofa. Ni dans la cuisine. Et la salle de bains était éteinte.

Sa joie se mua en vague sensation de malaise.

Elle alla jeter un coup d'œil par la fenêtre : le pick-up n'était plus garé devant la dépendance.

Où était-il donc allé ?

Les premières lueurs de l'aube pointaient sur les plaines de l'est lorsque le portable de Harlan sonna enfin.

Il était assis dans le salon de Jeff Appleton, rongé du regret de ne pas être plutôt de retour dans la dépendance du Twin Harts, peau à peau avec Stacy. Seulement il s'était engagé à rester garder la fille de Jeff pendant que celui-ci partait en quête du shérif et d'un juge local pour les informer de la dernière avancée dans l'enquête sur l'attentat d'Austin.

C'était Appleton qui appelait.

— On a le mandat. On fonce !

D'abord soulagé par cette nouvelle, Harlan se mit ensuite à angoisser. Et s'ils ne trouvaient rien de probant chez Trevor Lewis ? Si le palefrenier accusait la gouverneure d'atteinte à sa vie privée, s'il criait au règlement de comptes ?

Harlan tenta de repousser ces sombres questions et s'installa pour attendre patiemment d'autres nouvelles de Jeff Appleton. Mais une idée encore plus inquiétante le traversa : il était peut-être en train de compliquer singulièrement la situation de Stacy. Elle lui en voudrait terriblement.

Cette perspective le mit au supplice.

Si seulement il pouvait l'appeler pour la mettre au courant de ce qui se passait. Qu'elle soit au moins prévenue… Mais il était 5 heures du matin. Difficile de l'imaginer debout à cette heure. Sans compter que la sonnerie risquait de réveiller Zachary.

Stacy n'avait vraiment pas besoin de se retrouver avec un petit garçon ensommeillé et de mauvaise humeur en plus de tous ses autres soucis.

Avec un peu de chance, la perquisition serait bouclée dans l'heure, et il pourrait alors l'éveiller d'un baiser, avec la bonne nouvelle que Trevor Lewis n'était plus un danger pour personne…

Et ensuite ? Le gala signerait la fin de sa mission auprès de la gouverneure, qui n'avait fait aucune allusion à une embauche éventuelle dans son équipe de permanents. De toute façon, la tension générée par le travail auprès de politiciens de cette envergure ne lui plaisait guère.

Ce qui l'attirait bien plus, c'était Stacy. Zachary aussi. Et, puisqu'il n'avait aucune intention de quitter Freedom tant qu'ils y resteraient tous les deux, il pourrait toujours les voir chaque fois qu'elle l'y autoriserait, non ?

Après avoir tourné la page du désastre conjugal avec Alexis, il s'était juré de ne plus commettre l'erreur idiote de se marier. Aucune femme ne lui avait donné l'envie de briser ce serment…

Jusqu'à sa rencontre avec Stacy.

Stacy était différente. Solide, loyale. Digne de confiance entre toutes. S'il pouvait la convaincre qu'il ne la laisserait jamais tomber comme l'avait fait son crétin de mari, peut-être avaient-ils une vraie chance de trouver le bonheur tous les deux.

Encore fallait-il découvrir qui cherchait des crosses à la gouverneure. Car, tant que cette menace planerait, Stacy et Zachary ne seraient jamais pleinement en sécurité.

Règle numéro un, songea Stacy, *rester calme. Ni pleurs ni récriminations, rien de nature à te donner l'allure d'une perdante.*

Même si tu as perdu pour de bon.

Depuis que Zachary l'avait réveillée, les heures avaient passé lentement, sans un soupçon de sommeil pour les accélérer. Elle avait tenté de se rendormir après avoir nourri et recouché son fils. Ne dramatisait-elle pas la situation ? Etait-ce vraiment si grave que Harlan soit parti pendant la nuit ? Mais l'insomnie aidant, à mesure que défilaient les minutes, la vérité s'infiltra dans la digue de mensonges qu'elle s'était construite pour se protéger.

Ce n'était qu'un plan d'une nuit. Une nuit agréable — non, éblouissante — mais une nuit de sexe, rien d'autre. Pas le début d'une nouvelle relation merveilleuse. Ni la première d'une longue série de nuits à se lover dans les bras puissants de Harlan McClain.

Et plus vite elle affronterait cette réalité, plus vite elle surmonterait la souffrance et l'humiliation pour reprendre le cours normal de sa vie.

Renonçant à trouver le sommeil, elle se leva pour de bon et employa toute son énergie à gommer fébrilement les vestiges douloureux de leur bref moment d'intimité, changeant draps et taies d'oreillers de manière à en chasser l'odeur de Harlan. Elle ramassa les habits qu'il avait abandonnés en vrac et les fourra avec le reste de ses affaires dans les deux grands sacs qu'il avait apportés en s'installant chez elle.

Rien ne l'obligerait à rester après le gala. Il serait libre de reprendre sa vie d'avant — et de la laisser en faire autant avec son fils. Zachary ne serait pas content, bien sûr, mais elle trouverait bien un moyen de le distraire jusqu'à ce qu'il s'habitue à l'absence de Harlan.

A 6 heures, elle appela Charlotte Manning afin de s'assurer que celle-ci était toujours d'accord pour garder Zachary pendant le gala.

Mais, dès que lui parvint la voix douce de son amie, elle laissa échapper malgré elle le récit de l'erreur commise durant la nuit, donnant libre cours à son chagrin.

Elle n'entra pas dans les détails, Charlotte était assez intelligente pour lire entre les lignes.

Toutefois, lorsqu'elle eut terminé, son amie lui demanda d'un ton sceptique :

— Tu es certaine d'avoir bien compris ?

Stacy tiqua.

— Qu'y a-t-il d'autre à comprendre ?

D'un geste vif, elle essuya ses joues humides.

— Pas un mot, pas un au revoir, juste un coup à la va-vite, je te dis !

— Voyons, Stacy… Il est engagé dans une mission de protection ultrasensible. Et s'il avait été appelé ailleurs pour une raison liée au gala ?

La bouffée d'espoir suscitée par les paroles de Charlotte l'étourdit une fraction de seconde. Pas plus.

— J'y ai pensé… Mais ça n'explique pas pourquoi il ne m'a pas au moins laissé un mot !

— Tu devrais quand même en discuter avec lui avant de tirer des conclusions.

— Il n'y a rien à discuter ! répliqua sèchement Stacy. Lui et moi, nous savions, avant de nous fourrer dans ce guêpier, que nous ne voulions rien de sérieux. Anthony m'a guérie à vie de ce genre d'idées romanesques.

— Et c'est pour ça que tu verses toutes les larmes de ton corps sur un plan d'un soir ? Anthony t'a blessée, Stacy, ajouta Charlotte un ton plus bas. Mais ça ne signifie pas que Harlan, ou un autre, fera la même chose !

— Heureuse que tu aies encore la force de croire à l'amour-toujours, soupira Stacy.

Peut-être serait-elle plus disposée à miser elle aussi sur l'impossible si elle était plus forte, plus courageuse, si elle n'avait pas à se soucier du bonheur de Zachary…

— Stacy, parle avec lui, au moins !

— Je dois te laisser. Il faut que tu te prépares pour l'école, et Zachary va se réveiller d'une minute à l'autre.

Elle raccrocha avant que Charlotte mette davantage son bon sens à l'épreuve et fila s'occuper de Zachary.

Elle s'attendait à ce que Harlan franchisse la porte d'un instant à l'autre avec une excuse bancale pour être parti sans prévenir. Elle était prête à le recevoir. Ses sacs de voyage étaient posés près du sofa, et elle était désormais très calme, dégrisée par la froide et cruelle réalité.

Pas de larmes. Pas de récriminations. Pas de supplique pour qu'il change d'avis. Et, si elle se sentait blessée ou humiliée par son erreur de la nuit, du diable si elle le montrerait !

Vint l'heure de partir pour l'école, et toujours aucun signe de vie de Harlan.

Elle griffonna quelques mots et glissa la note sous la poignée d'un sac de voyage, bien en évidence.

Sur un dernier regard aux deux sacs posés sur le sol près du sofa, elle quitta la maison avec son fils.

Jeff fut de retour vers 7 h 30. Son visage fermé fit craindre le pire à Harlan. Avait-il trouvé un élément compromettant chez Trevor Lewis ou, à l'inverse, fait chou blanc ?

Les deux, en un sens, comprit-il très vite.

— D'après le shérif, ce n'est pas exploitable en l'état, expliqua Jeff d'un ton navré en posant une enveloppe kraft sur la table devant Harlan. Mais ce n'est pas *rien*.

Harlan fixa un moment l'enveloppe, partagé entre excitation et appréhension. Puis il souleva le rabat et fit glisser le contenu avec précaution sur la table.

Une petite pile de photographies grand format.

— Le shérif Hale m'a autorisé à vous les montrer, indiqua Jeff. Puisque vous êtes responsable de la sécurité ce soir.

Harlan parcourut les clichés, le ventre noué d'angoisse à mesure que lui apparaissait le sujet.

Le décor était une chambre assez petite mais garnie de meubles coûteux. Un grand lit en fer forgé, des draps et rideaux haut de gamme, une commode basse et large surmontée d'un miroir occupant presque tout un mur et littéralement couverte de portraits encadrés…

Des portraits de Stacy Giordano.

— Cette espèce de fils de…

— Tout à fait, approuva Jeff Appleton en hochant la tête. Je ne sais pas quelle loi au juste il enfreint en faisant ça, mais nous ne pouvons pas l'ignorer non plus, surtout après ce qui s'est passé au ranch hier.

Harlan se pencha de nouveau sur les agrandissements, concentrant son attention sur les gros plans des photos encadrées. Toutes prises sur le vif à l'insu de leur sujet, à l'exception de celle posée tout au bord de la commode, de très mauvais augure — l'image avait été clairement découpée dans la gazette d'Austin quelques jours plus tôt.

Sur cette image figurait Stacy en tailleur froissé, maculé de terre, le visage hagard et ensanglanté. La gouverneure venait d'être extraite des décombres de l'estrade grâce à son intervention, la photo avait été prise juste après. Harlan se souvint de l'avoir vue dans le journal le jour où elle avait été publiée. Stacy fixait un point derrière l'objectif, elle semblait sous le choc et elle était belle… Tragiquement belle. Néanmoins, ce n'était sûrement pas l'intérêt esthétique du cliché qui avait poussé Trevor Lewis à le conserver.

Harlan crispa les mâchoires jusqu'à la douleur.

— Pas suffisant pour le coffrer, marmonna-t-il. Mais un motif de renvoi en or massif pour la gouverneure.

Appleton acquiesça d'un air grave.

— Vous avez l'autorisation du shérif de lui transmettre ces copies, en tant que preuves. J'ignore si ce type est dangereux ou non pour Stacy, mais personne n'a envie de prendre ce risque, je pense.

— Et ses liens avec Planet Justice ? demanda Harlan. Vous n'avez trouvé aucun élément à charge ?

— Quelques livres sur le sujet, des tenues du style Black Bloc dans son armoire… Mais ces choses ne sont pas illégales, et aucun explosif n'a été trouvé dans l'appartement. Ce qui ne le disculpe pas non plus, soupira Jeff. Il peut très bien entreposer du matériel ailleurs. Entre nous, c'est un appartement de grand standing pour un employé d'écurie…

— Ses parents sont riches, souligna Harlan.

En attendant le retour d'Appleton, il s'était renseigné auprès de Vince Russo. Trevor Lewis venait d'une famille fortunée de la région de San Mateo, assez fortunée pour encourager sa passion pour les chevaux sans qu'il ait à se priver.

— S'il a de l'argent, peut-être qu'il loue ou possède un local en ville, suggéra Appleton.

— Le CSI est déjà en train d'éplucher ses comptes.

Harlan leva les yeux vers l'adjoint, qui semblait épuisé.

— Vous avez terminé pour aujourd'hui ou vous devez retourner au bureau ?

— J'ai quelques heures de repos devant moi, je fais partie des adjoints recrutés comme extra pour vous prêter main-forte ce soir au gala.

Appleton étouffa un bâillement.

— Charlotte Manning s'est proposée pour garder Abby en même temps que Zachary. Je ferais bien d'aller m'occuper de ma fille, d'ailleurs, ajouta-t-il en lançant un regard vers le couloir. L'heure de l'école approche. Est-ce qu'elle s'est réveillée ?

— Pas une seule fois. Elle ne se sera même pas rendu compte de votre absence.

En prononçant ces mots, Harlan ne put s'empêcher de penser à Zachary. Il consulta sa montre.

Bon sang, 8 heures passées ! Une demi-heure déjà que Stacy était partie pour l'école ! Elle l'attendait sans doute dans son bureau, en se demandant bien pourquoi il l'avait abandonnée.

L'idée de lui révéler ce qui s'était produit pendant son sommeil le révulsait. Si la seule vue de ces photos le faisait trembler, comment allait-elle réagir, *elle* ?

16

Harlan fit étape à la dépendance dans l'idée de prendre une douche et de se changer. Son vague espoir que Stacy soit rentrée chez elle avant de se rendre au bureau vola en éclats lorsque le vigile de service vint vers lui : Stacy n'avait pas reparu après avoir emmené Zachary à l'école.

Il ouvrit l'armoire du couloir pour en sortir une tenue propre, mais il n'y avait plus que des cintres vides.

Il referma lentement la porte, perplexe.

Aurait-elle déménagé ses affaires dans sa propre armoire ? Manière de lui dire qu'il était le bienvenu dans son lit pour plus d'une nuit ?

Mais l'armoire de Stacy ne contenait que des vêtements féminins. Où étaient passés les siens, retirés à la va-vite durant la nuit ?

Il trouva la réponse à cette énigme en revenant dans le salon. Sur le sol, près du sofa, gisaient ses bagages, refaits en son absence, à en juger par leur forme rebondie. Une feuille pliée en quatre dépassait d'une poignée…

Il déplia le papier, la peur au ventre. L'écriture était bien celle de Stacy, des cursives nettes, sans fioritures.

« Harlan, merci de votre aide. Zachary et moi apprécions tout ce que vous avez fait pour nous protéger. Le gala ayant lieu ce soir, vous retournerez nécessairement chez vous. J'ai donc pris les devants et rassemblé vos affaires à votre place pour preuve de ma reconnaissance. »

Elle avait signé de son prénom au bas de la page. Pas de post-scriptum, ni la moindre allusion à ce qui s'était passé entre eux.

Comme si elle avait décidé de l'effacer de sa vie.

Elle avait dit qu'elle ne cherchait pas une relation. Lui non plus n'en cherchait pas, jusqu'au jour où il l'avait rencontrée. Depuis, il ne pouvait plus se la sortir de la tête.

Ces dernières heures, il aurait juré qu'elle commençait à partager ce sentiment. Elle s'était donnée à lui sans retenue, prenant tout ce qu'il lui offrait et le lui rendant avec une égale intensité. Avait-il pu se méprendre à ce point sur ses sensations ?

Le fiasco avec son ex-mari l'avait peut-être traumatisée plus qu'il ne l'avait cru.

Tout en fourrant la feuille dans sa poche, il se promit de passer un savon à Anthony Giordano s'il le croisait un de ces jours.

Il récupéra son enveloppe kraft posée sur la console du couloir et quitta la dépendance.

Laissant son pick-up garé devant, il préféra faire à pied la centaine de mètres le séparant de la villa.

Il se trouvait à mi-chemin lorsque l'explication lui apparut enfin, lumineuse, évidente.

Il avait quitté le lit de Stacy sans un mot.

Ni note ni coup de fil, rien. Une fuite précipitée après avoir pris du bon temps, voilà comment elle avait interprété sa disparition, à tous les coups ! Pas étonnant qu'elle ait ensuite bouclé ses bagages en griffonnant un simple message d'adieu à son intention.

Quelque peu rassuré, il entra dans la villa et gagna le bureau de la gouverneure. Stacy y discutait avec Lila.

Dès qu'elle le vit, elle afficha une expression distante et froide qui lui tordit le cœur. Toutefois, quelque chose flottait dans ses yeux, comme un soupçon de souffrance, qui laissait penser que cette indifférence n'était qu'une façade. Elle s'imaginait donc bel et bien que leur histoire n'était pour lui qu'un plan d'un soir.

Il la détromperait dès que possible, mais d'abord il devait lui montrer, ainsi qu'à la gouverneure, ce qu'avait découvert l'équipe du shérif chez Trevor Lewis.

Il tira à lui la chaise que lui désignait Lila. Stacy lança un regard curieux à l'enveloppe kraft qu'il posait sur le bureau. La gouverneure l'ignora.

— Je crois comprendre que l'appartement de Trevor Lewis a été perquisitionné au milieu de la nuit ? Un rapport avec vous, McClain ?

— Un rapport indirect, répondit-il.

Stacy ne semblait pas surprise de cet échange. Elle était donc au courant, conclut Harlan. Dès lors, pourquoi lui en voulait-elle ?

— A-t-on établi un lien avec l'attentat d'Austin ? demanda-t-elle, le visage obstinément baissé.

— Non. Mais Lewis est lié à Planet Justice, le groupe qui manifestera ce soir en marge du gala.

Elle se redressa enfin pour croiser son regard.

— Vous plaisantez ?

Il secoua la tête.

— Ce n'est pas le pire…

Il ouvrit alors l'enveloppe et en sortit les photos.

— Les agents ont trouvé ceci dans la chambre de Lewis.

L'épouvante déforma les traits de Stacy.

Aussitôt, Harlan se reprocha sa rudesse. Quelle idée de lui fourrer ces photos sous le nez sans précautions !

Fallait-il qu'il ait désespérément besoin d'attirer de nouveau son regard…

— Mon Dieu ! souffla-t-elle.

Lila Lockhart tendit la main vers les photos, chaussa ses lunettes et parcourut la collection, son visage s'assombrissant à mesure.

— Ce n'est pas une preuve exploitable pour la justice, sans doute, mais moi elle me suffit. Je vais me faire un plaisir d'expulser ce petit pervers de mes écuries. S'il menace de créer un scandale, je ferai circuler dans la presse cet autel improvisé dans sa chambre. S'il s'imagine que je n'en aurai pas le courage, il se trompe lourdement !

La hargne de la gouverneure fit sourire Harlan.

— Bien. C'est ce que j'espérais vous entendre dire.

— Il risque tout de même de participer à la manifestation ce soir, fit observer Stacy d'une voix blanche.

Harlan retint une envie de la prendre dans ses bras pour la réconforter. Pas là, pas devant la gouverneure.

— Stacy, je n'ai plus besoin de vous pour le moment. Allez donc régler ces derniers détails dont vous me parliez à l'instant. Et n'oubliez pas que ma coiffeuse arrive de Dallas cet après-midi pour nous chouchouter avant le grand soir.

Lila décocha un sourire éblouissant à son aide de camp avant de recouvrer son sérieux.

— Ne vous laissez pas impressionner par ces photos. Si Trevor Lewis pose ne serait-ce qu'un pied dans ce ranch, il s'en verra expulsé dans la seconde !

— Merci, murmura Stacy en quittant le bureau.

Lila se tourna vers Harlan.

— Quant à vous, vous avez du pain sur la planche, on dirait…

Il hocha la tête et se leva. Le maintien de l'ordre pendant le gala n'était qu'une moitié de la bataille à remporter.

— Me rendrez-vous un service, monsieur McClain ?

— Naturellement, gouverneure.

— Demandez à l'agent Cavanaugh de m'appeler, voulez-vous ? J'ai un projet pour lui.

— Entendu.

Il sortit en se promettant de contacter Nick dès qu'il retournerait dans son bureau.

Mais avant cela, il avait une petite visite à faire.

Elle avait revu Harlan et s'en était plutôt bien sortie, non ?

Son miroir de poche renvoya à Stacy le reflet d'un visage pâle et de deux yeux hantés qui l'accusaient de lâcheté. Elle aurait dû aller attendre Harlan dans son bureau pour exiger des explications, au lieu de se cacher dans le sien comme une enfant apeurée.

Des explications ? Allons, il n'avait fait que son travail !

— Il aurait pu au moins laisser un mot, murmura-t-elle.

Le grief semblait insignifiant face aux preuves mises au jour par la perquisition.

Alertée par un bruit de pas dans le couloir, elle rangea en hâte son miroir et se pencha sur sa table de travail... Pour relever la tête un instant plus tard et paraître surprise de l'arrivée de Harlan.

Depuis le seuil, il planta ses yeux dans les siens. Puis il ferma la porte derrière lui et approcha.

— Merci d'avoir bouclé mes bagages.

— J'ai pensé que vous seriez très occupé avec le gala et que vous n'auriez pas le temps de vous en occuper, répliqua Stacy.

— Vraiment ? dit-il en se rapprochant un peu plus. Mais le danger ne disparaîtra pas ce soir. Celui qui a posé la bombe à Austin ne va pas tout arrêter sous prétexte que la fête est terminée.

— Mais la menace la plus directe envers moi, c'était cet appel anonyme et... La fleur sur mon paillasson... Clairement, c'était l'œuvre de Trevor, non ?

Elle déglutit avec peine, désarçonnée non pas tant par la proximité de Harlan que par sa propre réaction incontrôlable. Le désir lui creusait le ventre, un désir furieux, si vif que sous peu elle ne le maîtriserait plus.

Avec elle, la nuit précédente, Harlan s'était montré tendre et exigeant à la fois. Il l'avait poussée dans des retranchements physiques et émotionnels jusque-là inexplorés, et son corps semblait peu disposé à oublier ce type d'expérience sans se rebiffer. Tant pis si sa cervelle bataillait dur pour imposer le scénario de deux corps s'unissant pour obéir à des injonctions naturelles, rien de plus.

— Ce ne sont que des prétextes pour m'éloigner, lâcha-t-il d'une voix grave et sexy qui la fit fondre de l'intérieur. Je croyais ce stade dépassé dans notre relation.

Stacy se tourna vers la fenêtre pour ne plus être contrainte de le regarder. Dehors, la longue véranda bourdonnait d'activité, on s'affairait pour peaufiner les décorations extérieures.

— Quelle relation ? répliqua-t-elle. Nous n'avons pas de

relation. Nous avons travaillé ensemble jusqu'ici, mais votre mission prend fin ce soir.

— Et donc la nuit dernière, c'était… Quoi donc ? Une démangeaison à gratter ?

Ces mots crus la firent grimacer.

— Si on veut.

— J'ai fait l'amour avec vous, Stacy.

— Pas longtemps.

— Ah. Tout le problème est là, n'est-ce pas ? J'ai quitté votre lit sans vous prévenir ?

Elle s'obligea alors à lui faire face.

— C'est toujours un problème pour une femme, voyez-vous, de découvrir à son réveil que l'homme avec qui elle vient de coucher n'a pu s'attarder pour le câlin d'après l'amour.

Il haussa les sourcils.

— Des câlins, il y en a eu cette nuit. Très tendres, même, si mes souvenirs sont exacts.

Il cherchait à l'amadouer apparemment, il s'essayait aux cajoleries pour la convaincre… Anthony avait cette habitude, et elle se laissait faire…

— Arrêtez. S'il vous plaît.

Il poussa un soupir de frustration.

— Dites-moi ce que vous attendez de moi ! Des excuses ? Je suis désolé. Je n'aurais pas dû tenter de vous épargner les événements de la nuit. J'aurais dû vous réveiller ou du moins vous laisser un mot disant où j'allais.

Elle avait envie de les accepter, ces excuses, une envie si forte qu'elle lui brûlait les entrailles… Mais à quoi lui servirait de pardonner ? A glisser dans une autre relation vouée à l'échec sous prétexte que Harlan était un homme charmant, solide, et un amant délicieux ? C'était précisément ce qui s'était passé avec Anthony !

— Je crois que nous devrions tirer un trait sur cette nuit, lança-t-elle. Après le gala, nous n'aurons plus guère de raisons de nous revoir.

A mesure qu'elle prononçait ces paroles, une douleur aiguë s'installa au creux de sa poitrine, lui soulevant le cœur.

— Alors, c'est fini ?

Elle hocha la tête.

— C'est fini.

Une lente et longue expiration, puis Harlan lâcha :

— D'accord.

Il s'éloigna vers la porte et se retourna juste avant de sortir.

— Est-ce que je pourrai dire au revoir à Zachary ?

Impossible de résister à ce regard-là.

— Bien sûr. Ce soir, avant le gala, passez lui dire au revoir, si vous voulez.

— Merci, Stacy.

Puis il disparut.

Elle porta des mains tremblantes à son visage pour dégager des cheveux de son front. Les larmes lui piquaient les yeux, mais pas question de s'effondrer. Jamais de la vie. Sa décision était prise, elle avait la force nécessaire pour l'assumer.

Encore quelques heures à tenir, une soirée de levée de fonds pendant laquelle faire bonne figure. Ensuite, tout serait terminé.

Lorsqu'il se rendit à la dépendance de Stacy en fin d'après-midi, vêtu d'un smoking enfilé à la faveur d'un aller-retour éclair à l'appartement, Harlan le savait déjà : il ne la croiserait pas. Il l'avait aperçue une demi-heure plus tôt dans les couloirs de la villa, une housse pour robe en vinyle dans les bras. Sans doute se préparerait-elle sur place pour la soirée.

Depuis le sofa, Zachary fit la grimace en le voyant entrer. Il était sous la garde de Charlotte Manning. Celle-ci s'affairait en cuisine et salua Harlan d'un hochement de tête.

— Vous allez à un enterrement ? lui lança Zachary.

Un enterrement ? Il s'y amuserait tout autant, pas de doute. Il s'assit sur la table basse en face du petit.

— Non, répondit-il, juste une petite fête.

— Maman aussi. Est-ce que vous allez à la fête avec elle ?

— Nous serons tous les deux présents à cette fête, indiqua Harlan, choisissant ses mots avec soin.

— Est-ce que vous me rapporterez un gâteau, maman et vous ?

— Je transmettrai le message à ta maman.

— Vous pourriez me le rapporter vous-même.

Harlan coula un regard vers Charlotte Manning. Elle les observait depuis la cuisine. A la lueur de tristesse complice qu'il décela dans ses yeux, il comprit que Stacy lui avait certainement confié la raison de cette visite.

— Je ne reviendrai pas ici, Zachary. Mon travail se termine ce soir. Ta maman et toi, vous aurez de nouveau toute la maison pour vous.

Zachary parut perplexe.

— Mais vous avez emménagé ici !

— Juste pour un petit moment. Je dois retourner chez moi. Mes meubles m'attendent avec impatience. Comme les chevaux t'attendent quand tu n'es pas là.

— Vous viendrez me voir monter, hein ? Vos meubles vous laisseront sûrement venir me voir monter.

Chacun de ces mots lacéra le cœur de Harlan.

— J'en parlerai avec ta maman.

Il tendit la main et lissa un épi rebelle sur la tête de Zachary qui ne flancha pas, preuve qu'il lui faisait confiance.

— Maintenant écoute bien, Zachary. Je vais te demander un service, d'accord ? C'est très important.

— D'accord, fit Zachary en hochant la tête.

— Je veux que tu prennes grand soin de ta maman. Veille sur elle à ma place et sois très gentil avec elle.

— D'accord, répéta le petit d'un air grave.

— Et, si l'un de vous a besoin de quoi que ce soit, viens me trouver, d'accord ? J'arriverai en courant si vous avez besoin de moi.

Zachary acquiesça.

— Vous arriverez en courant.

N'y tenant plus, Harlan tendit les bras et serra le petit garçon contre lui. Zachary se mit soudain à gigoter.

— Un, deux, trois, fini ! s'écria-t-il d'un ton indigné.

Harlan le lâcha aussitôt.

— Désolé. La prochaine fois, je penserai à compter.

Il s'éloigna vite vers la sortie avant de fondre en larmes comme un bébé.

Mais, la main sur la poignée de la porte, il se retourna une dernière fois vers Zachary. Il avait déjà perdu tout son intérêt aux yeux de l'enfant qui avait pris ses adieux au pied de la lettre et jouait avec ses figurines de chevaux sur la table basse.

Charlotte Manning, elle, le regardait les larmes aux yeux. Il hocha la tête à son intention et quitta la dépendance au pas de course, de peur de changer d'avis et de rebrousser chemin.

Ne venait-il pas de dire adieu à la seule vie susceptible de le rendre heureux ?

A chaque foulée vers la villa, cette idée le transperça un peu plus.

Stacy lissa sa robe et inspira profondément avant de quitter la bibliothèque privée de la gouverneure à l'étage pour gagner la galerie ouverte donnant sur la salle de bal du rez-de-chaussée. Les premiers invités étaient arrivés depuis quelques minutes, mais en se dépêchant elle avait encore le temps d'aller voir Charlotte et Zachary avant le vrai début des festivités.

Malheureusement, les règles instituées par Harlan stipulaient que chaque membre du personnel quittant la villa devait passer par lui d'abord, afin qu'il prévienne ensuite les gardes en faction tout autour.

Il se tenait accoudé au balcon de la galerie, observant au-dessous la vaste salle de bal du Twin Harts, qui était l'unique pièce en parfaite harmonie avec le style villa italienne de l'extérieur du bâtiment. De forme ovale, flanquée de huit longues colonnes blanches supportant la galerie de l'étage et décorée dans des tons clairs, blanc, crème, or et pêche, cette salle semblait tout droit sortie d'un film d'époque. Pour l'heure, une vingtaine de personnes l'occupaient, bavardant et savourant champagne et mises en bouche présentés sur des plateaux d'argent par une escouade de serveurs en veste blanche.

Comme les autres agents de sécurité, Harlan portait un smoking noir avec une simple cravate en lieu et place d'un nœud papillon plus formel. Il s'était rasé depuis qu'elle l'avait aperçu dans l'après-midi et offrait une vision particulièrement appétissante. Comment tiendrait-elle jusqu'à la fin de la soirée sans se ridiculiser ?

En l'entendant approcher, il se retourna. Ses yeux s'assombrirent, luisant d'un désir brut, presque une fringale, qui reflétait sûrement le sien.

— Stacy…

Elle déglutit.

— Je vous cherchais.

Captant une lueur d'espoir dans son regard, elle se hâta de préciser :

— J'ai besoin de votre autorisation pour quitter la villa. J'aimerais faire un saut à la dépendance avant la fête.

— Si je vous trouvais un agent pour vous accompagner ? proposa-t-il d'un ton hésitant.

— Ce ne sera pas nécessaire.

Il baissa la voix.

— Stacy, le danger n'est pas encore écarté. Ne l'oubliez pas, quoi qu'il se passe entre nous.

— Je ne l'oublie pas, dit-elle d'une voix radoucie. J'apprécie votre sollicitude envers moi. Et envers Zachary.

Il se pencha vers elle.

— Je souhaite vous parler après le gala. Pourrai-je passer, tard ?

La tentation lui enflamma le corps. Elle secoua mécaniquement la tête.

— Ce n'est pas une bonne idée.

— Demain, alors. Laissez-moi venir vous voir demain.

Elle était sur le point de mollir, elle le sentait et prit peur.

— Harlan…

— D'accord, soupira-t-il. Je vais prévenir que vous sortez.

Elle fit quelques pas, puis se retourna, incapable de se détacher tout à fait de lui.

— Nous pourrions prendre un café au Talk of the Town d'ici un jour ou deux ?

L'offre n'avait rien de très compromettant, non ? Cela lui laissait même le loisir de changer d'avis, le cas échéant.

Harlan sourit.

— Bien. Vous avez mon numéro.

Elle lui rendit timidement son sourire et s'échappa vers le rez-de-chaussée, les joues en feu.

Saluant au passage quelques invités parmi les premiers arrivés, elle se fraya un chemin jusqu'à une porte latérale et s'arrêta le temps de lever les yeux vers l'étage.

Harlan était toujours accoudé au balcon, les yeux fixés sur elle.

La nuit froide apaisa momentanément sa fièvre.

Mais, arrivée à la hauteur du poste de garde devant la dépendance, elle se figea : l'endroit était désert. Jeff Appleton aurait pourtant dû être là, en faction. Elle le savait puisqu'il avait demandé à Charlotte de garder Abby avec Zachary. Peut-être était-il entré dans la maison prendre des nouvelles de sa fille ? Une telle entorse au protocole ne lui ressemblait guère, mais il était fou de la petite…

Ses clés étant restées à la villa, bien à l'abri dans le bureau de Lila, Stacy frappa simplement à la porte pour signaler sa présence.

Mais ce ne fut pas Charlotte qui lui ouvrit.

Ce fut Trevor Lewis.

— Unité 7 à unité 1. Besoin de renforts !

La voix de Vince Russo aboya dans l'oreille de Harlan. Il suivait du regard la gouverneure qui se préparait à monter les marches du petit podium depuis lequel elle allait délivrer son discours.

— Unité 7, quelle est la situation ?

Harlan recula sous une alcôve, de manière à ne pas alarmer les invités rassemblés dans la salle de bal.

— Mouvement de type Black Bloc dans la manifestation. Cordon de sécurité débordé. Il nous faut au moins trois ou quatre hommes supplémentaires pour les tenir !

Harlan contacta par radio les postes tenus par plusieurs gardes et détacha trois agents vers le portail sud, où une zone avait été sécurisée pour les manifestants à la demande de la gouverneure.

Tout en parlant dans son micro, il ne quittait pas des yeux la salle de bal. Le moment choisi par les manifestants pour franchir le périmètre de sécurité ne lui plaisait guère. Pas question de concentrer ses ressources exclusivement sur la manifestation — ce pouvait être une diversion destinée à détourner son attention de la gouverneure.

Il s'avança vers Lila Lockhart.

— Madame, nous avons un problème.

Il lui expliqua ce qui se passait, puis conclut :

— Je pense qu'il faut envisager l'évacuation de la salle de bal.

— Vous exagérez, ce n'est sûrement pas si grave…

— Harlan !

Une voix suraiguë, reconnaissable entre mille, venait de s'élever au-dessus du brouhaha de la foule. Harlan scruta son environnement immédiat, à la recherche d'un visage qui ne *pouvait pas* se trouver dans cette salle…

Pourtant il était bien là, à quelques mètres de lui, minuscule et frêle silhouette dans son pyjama froissé imprimé de poneys jaunes galopant dans un champ tout bleu. Zachary le repéra au même moment et s'avança vers lui aussi vite que le lui permettaient ses pantoufles.

— Unité 2, unité 6, couvrez Cowgirl ! ordonna Harlan dans l'oreillette, faisant référence à la gouverneure, tout en se précipitant vers Zachary.

La peur dans le regard du petit le cisailla.

— Vous avez dit de venir si maman avait besoin de vous !

Zachary était tout essoufflé.

— J'ai couru…

— Où est ta maman ?

— A la maison. Vous devez venir. Vite !

Trois claquements brefs fendirent l'air. Autour d'eux, les gens se mirent à crier et à courir.

Des coups de feu.

17

Tout en s'enroulant autour de Zachary pour le protéger des balles et de la foule en panique, Harlan localisa la gouverneure. Parker McKenna faisait bouclier avec son corps auprès d'elle, Nolan Law couvrait Bart Bellows dans son fauteuil roulant et les deux agents pressaient leurs protégés respectifs vers la sortie latérale devant laquelle était garé le SUV blindé, prévu précisément pour ce type d'urgence.

Soulagé sur ce point, Harlan scruta la galerie de l'étage, d'où étaient venus les tirs.

Là ! Un mouvement derrière une colonne. Un homme tout en noir, le visage recouvert d'un masque de ski.

— A toutes les unités, tireur dans la galerie de l'étage, section ouest !

Harlan prit Zachary dans ses bras et le porta jusque sous l'avancée de la galerie, au-dessous du tireur. De là, un couloir menait au bureau de la gouverneure.

Il sortit la clé de ce bureau de sa poche et se glissa à l'intérieur avec le petit.

— Zachary, écoute bien… Tu sais combien les promesses sont importantes, n'est-ce pas ?

En larmes, Zachary hocha tout de même la tête.

— Promets-moi de rester ici jusqu'à mon retour. D'accord, c'est promis ?

L'enfant acquiesça une nouvelle fois. Harlan l'embrassa sur le front.

— Je t'aime, petit bonhomme. Ne bouge pas d'ici, et je reviendrai te chercher. Je te le promets.

— Les promesses sont importantes, bafouilla Zachary dans un sanglot.

— C'est juste.

Harlan sortit et verrouilla la porte derrière lui.

Tout en suivant les échanges dans sa radio pour prendre ses repères, il s'efforça d'anticiper le prochain mouvement du tireur après sa tentative d'assassinat avortée. Mais tout ce qu'il avait en tête, c'était ce que lui avait dit Zachary juste avant les coups de feu.

« Vous avez dit de venir si maman avait besoin de vous. »

Quand avait-il vu Stacy pour la dernière fois ? Elle partait faire un saut chez elle…

— Unité 10, ici unité 1.

L'unité 10, c'était Jeff Appleton, l'adjoint chargé de surveiller la dépendance. Harlan l'avait prévenu par radio de son arrivée.

— Unité 10, répondez !

Rien.

La peur s'incrusta dans la poitrine de Harlan, lourde, poisseuse.

— Unité 7, l'unité 10 ne répond pas.

— Unité 1, je ne peux pas bouger, c'est la panique ici…, répondit Vince Russo.

— A toutes les unités, unité 1 en route pour contrôle unité 10. Continuez à chercher le tireur.

Harlan se dirigea vers la sortie latérale tout en jetant des regards furtifs autour de lui. La foule des invités affolés était canalisée vers la sortie nord, tandis que d'autres unités de sécurité fouillaient le ranch à la recherche du tireur.

Comment l'homme en noir avait-il bien pu franchir les postes de garde pour pénétrer dans le bâtiment ? Un détecteur de métal avait été installé à chaque entrée. L'arme aurait dû être repérée.

Laissant provisoirement de côté cette question, Harlan se concentra sur son approche furtive du poste devant la dépendance.

Personne ! découvrit-il avec stupeur.

Puis un gémissement assourdi attira son attention sur sa gauche…

En se dirigeant de ce côté, il faillit trébucher sur un obstacle dans l'ombre d'un immense peuplier. Il braqua la lampe de son porte-clés sur le sol : Jeff Appleton était couché sur le côté, la tête en sang. Ses paupières battaient, comme s'il essayait de reprendre conscience.

Son arme de poing n'était plus là.

— Appleton, c'est McClain.

Il s'accroupit près de l'agent tout en restant sur le qui-vive, craignant une embuscade. Aucun bruit suspect, aucun signe de mouvement autour de lui.

— Vous m'entendez ?

Appleton ouvrit les yeux d'un coup.

— McClain…

Il grimaça de douleur et porta la main à son front ensanglanté.

— Qui vous a frappé ?

— Il m'a eu par-derrière, gémit-il en essayant tant bien que mal de se redresser.

— Ne bougez pas. J'appelle une unité médicale.

— Attendez !

Appleton lui saisit le bras.

— Lewis.

Harlan fronça les sourcils.

— Quoi, Lewis ?

— Avant de prendre ce coup, je l'ai vu aller vers la maison. C'était juste après votre appel, quand vous m'avez dit que Stacy arrivait.

Sa prise sur le bras de Harlan s'affaiblit.

— Il avait… une clé…

Il ferma les yeux. Il respirait encore, et son pouls restait fort et stable, constata Harlan avec soulagement. Il l'allongea sur le sol avant de signaler sa position par radio.

— Unité 10 à terre. Besoin d'assistance médicale.

Son regard glissa vers la façade paisible de la maison de Stacy, tandis que son cœur tambourinait dans sa poitrine sous l'effet d'une terreur sans nom.

— Possible prise d'otages en cours à la dépendance !

— Qu'est-ce que vous voulez ?

Stacy bataillait pour conserver une voix calme alors même que chaque cellule de son corps hurlait sa peur. Où était Zachary ? Elle l'avait à peine entraperçu, quelques minutes plus tôt, avant que Trevor l'enferme dans sa chambre avec Abby Appleton.

Abby pleurait depuis une bonne demi-heure. Zachary, lui, n'avait pas émis le moindre son.

Comment un enfant aspie pouvait-il réagir à une situation aussi inattendue et brutale ? En rentrant dans sa coquille pour faire comme si rien de tout cela n'était en train de se passer ? C'était bien possible.

Elle l'espérait en tout cas. Sa coquille le protégerait de la terreur qui semblait posséder la malheureuse Abby, à en juger d'après les sanglots s'échappant par intermittence de la chambre fermée à clé.

Pendant ce temps, Trevor s'était perché sur un tabouret de bar dans une posture presque détendue, un pistolet pointé négligemment sur le corps ligoté et bâillonné de Charlotte.

— J'attends le signal, dit-il.

— Quel signal ?

— Je le saurai quand je l'entendrai. Ensuite, toi et moi, nous pourrons prendre Zachary et filer.

Il lança un regard vers Charlotte qui le fixait, les yeux écarquillés d'épouvante.

— Je ne vous ferai pas de mal si tout le monde coopère. Je suis juste venu chercher Stacy, mais il faut attendre le signal pour partir.

— Et Jeff Appleton ? demanda Stacy. Que lui avez-vous fait pour franchir le poste de garde ?

— Moi ? Rien.

L'accent mis sur le premier mot laissait augurer le pire. Un complice s'était-il chargé de neutraliser Jeff ?

— Où comptez-vous nous emmener, Zachary et moi ?

— Ma famille a de l'argent, tu le savais ?

Trevor sourit.

— *Beaucoup* d'argent. J'ai touché un gros héritage de mon grand-père à vingt-cinq ans. L'année dernière, j'ai acheté un petit ranch dans le Colorado. Vous allez adorer, Zachary et toi. Il aura des chevaux pour monter quand il voudra et, toi, tu pourras oublier tes soucis de fin de mois.

Quittant son tabouret, Trevor s'avança vers le sofa où elle était installée et s'assit sur la table basse pour lui toucher la joue.

— Je veux juste prendre soin de vous deux. Personne n'a fait ça pour toi depuis le départ de ton mari, n'est-ce pas ?

A ces mots, une image de Harlan traversa l'esprit de Stacy. Harlan, solide, fiable, qui aimait son fils et semblait attendre d'elle plus que son courage ne la portait à offrir. Capable de prendre soin d'eux mais en respectant, lui, sa capacité à se débrouiller seule avec son fils.

La comparaison avec le forcené campé devant elle, pistolet en main, suffit à lui donner envie de pleurer. Elle se retint de toutes ses forces — la peur la rendrait vulnérable.

Harlan s'apercevrait tôt ou tard de son absence. Il savait où elle était allée en quittant la salle de bal. Il partirait à sa recherche.

Il fallait rester vigilante, à l'affût du moindre signe de son arrivée. Si elle parvenait à distraire Trevor au bon moment…

— Zachary est bien calme, je trouve, lâcha justement leur geôlier en se levant.

Il attrapa Stacy par le poignet.

— Allons dans sa chambre.

Elle secoua la tête, horrifiée à l'idée que son fils la voie sous la menace d'une arme.

— Vous connaissez Zachary, il doit être plongé dans un de ses livres sur les chevaux…

— Il a sûrement faim, non ? J'ai interrompu son dîner, j'en ai peur, dit-il avec un regard vers le comptoir sur lequel traînaient des bols de soupe à moitié pleins.

Il entraîna Stacy dans le couloir jusqu'à la porte de la chambre de Zachary et dénoua le lacet avec lequel il avait attaché la poignée à celle de la chambre de Stacy, par sécurité. Au crissement du métal, Abby Appleton se remit à pleurer.

Trevor poussa le battant. A sa vue, Abby éclata en sanglots.

Quant à Zachary, il était invisible.

— Où est-il ? demanda Trevor à la fillette.

Les sanglots redoublèrent.

Trevor serra plus fort le bras de Stacy tout en la poussant au milieu de la chambre.

— Demande-lui, toi !

Elle tituba en avant et manqua tomber sur Abby recroquevillée sur le carrelage. Se reprenant, elle s'accroupit près de la petite et caressa du bout des doigts sa joue froide, baignée de larmes.

— Abby, où est allé Zachary ?

Les yeux verts d'Abby glissèrent sur le côté.

Vers la fenêtre grande ouverte.

— Du mouvement à l'intérieur !

Dissimulé sur le côté de la maison, le shérif Bernard Hale fit signe à Harlan de le rejoindre. Derrière eux, les ambulances venaient d'arriver, sirènes et feux éteints pour passer inaperçues sur le ranch. Appleton avait déjà été pris en charge et emmené un peu plus loin pour recevoir des soins.

La villa avait été fouillée de fond en comble par les agents du CSI, mais l'homme en noir qui avait tiré sur la gouverneure courait toujours. Un revolver encore chaud avait toutefois été trouvé dans un pot de fleurs de la galerie, à l'étage. Et Matt Soarez était allé tenir compagnie à Zachary dans le bureau de la gouverneure jusqu'au retour de Harlan, l'enfant refusant de partir avec quelqu'un d'autre.

Harlan s'avança à pas de loup vers le shérif et leva les yeux sur la façade. Devant eux, la fenêtre ouverte de la chambre de Zachary. Voilà donc par où le petit était sorti…

Il emprunta les jumelles du shérif et les braqua sur la fenêtre. Trevor Lewis, penché au-dehors, balayait des yeux les alentours.

— C'est lui, lâcha-t-il à voix basse, s'aplatissant un peu plus dans les broussailles qui offraient un camouflage parfait. Si seulement j'avais mon M40 !

— Vous êtes tireur d'élite ? demanda Hale.

— Je l'étais.

Bien sûr, cela faisait un certain temps qu'il n'arrivait plus à tirer sans trembler. Le verdict des médecins avait été formel, le tissu cicatriciel à lui seul excluait l'hypothèse d'un retour à la normale.

— Je peux vous trouver un Remington M24.

— Est-ce qu'il ne vaudrait pas mieux tenter de négocier d'abord ?

— Bien sûr, répondit Hale. J'anticipe, voilà tout. Simple mesure de précaution.

Il pianota sur la radio qu'il portait à l'épaule.

— A toutes les unités, restez en position ! Je vais établir un contact par téléphone.

Il regarda Harlan.

— J'ai besoin du numéro de Stacy.

Harlan le lui donna sans desserrer les dents, l'œil rivé à la fenêtre. Lewis était désormais hors de vue, mais une silhouette pulpeuse se dessinait dans un rectangle de lumière à l'intérieur de la chambre…

— Stacy est là-dedans avec lui, indiqua-t-il à Hale, le cœur dans la gorge.

— Vous êtes sûr ?

Il hocha la tête. Il aurait reconnu ses formes entre toutes.

Hale composa le numéro et brancha le haut-parleur. A la cinquième sonnerie, Stacy décrocha enfin.

— Allô ?

Le ton de sa voix dénotait de la peur. Et assez de courage

pour la masquer. Un flot d'émotion submergea Harlan, comme si des vannes s'étaient ouvertes dans son corps pour libérer toute l'énergie retenue jusque-là.

Il l'aimait. Il aimait absolument tout chez elle, jusqu'à sa fichue obstination, son maudit orgueil… Et, quand bien même ce serait le dernier acte de sa vie, il la sortirait de cette maison saine et sauve et lui permettrait de retrouver le petit bonhomme fantasque qui leur était si cher à tous les deux.

— Stacy, ici Bernard Hale.

Elle frissonna. La voix du shérif lui parvenait claire et forte comme s'il était dans la pièce voisine. Il ne devait pas se trouver loin, peut-être même juste devant la maison.

— Est-ce que Trevor Lewis est avec vous ?

Celui-ci surgit alors par-derrière, posant le menton sur son épaule pour caler l'oreille contre l'écouteur.

— Il est ici, oui.

— J'aimerais lui parler.

L'haleine brûlante de Trevor sur sa joue…

— Dis-lui que c'est non.

Là-dessus, il se détacha brusquement d'elle et s'éloigna vers la cuisine.

— Tu vois ce qu'il a fait, ton fils ? Il a filé en douce et nous a créé des problèmes. Si tu ne l'avais pas traité comme un bébé toute sa vie, il n'aurait pas pris peur.

Trevor perdait les pédales, songea Stacy tout en s'efforçant de ne pas céder à la panique.

— Il n'est pas trop tard pour tout arrêter, dit-elle, presque étonnée de la fermeté de sa propre voix.

— C'est lui qui arrêtera tout, déclara Trevor avec une ferveur inattendue. Il a un plan !

— Qui donc ? demanda-t-elle.

Peut-être qu'à l'autre bout de la ligne le shérif prenait des notes…

— Tu le sauras bientôt, souffla Trevor d'un ton presque jubilatoire.

— Stacy, c'est Harlan. Est-ce qu'il m'écoute, là ?

La voix grave et familière dans son oreille lui donna la chair de poule.

— Non, murmura-t-elle.

— Mais si, répliqua Trevor en esquissant un geste large de sa main qui tenait le pistolet. Il a pensé à tout !

— Zachary va bien, reprit Harlan. Il est venu me chercher.

Le cœur de Stacy fit un bond.

— Vraiment ?

Trevor la regarda d'un air bizarre.

— Oui. Es-tu prête à nous accompagner ?

— Jeff Appleton est blessé mais il a été pris en charge. Charlotte et sa fille vont bien ?

— Oui, répondit Stacy.

Le visage de Trevor s'éclaira.

— Sérieux ?

Dans son oreille, Harlan poursuivit son compte rendu.

— Quelqu'un a tiré sur la gouverneure. Elle est indemne. Aucun blessé parmi les invités, juste des bosses et des bleus pendant l'évacuation.

Cette voix ! Un shot de whisky salvateur. Elle ranima ses forces défaillantes.

— Le tireur a disparu, mais il n'est plus sur le ranch, c'est une certitude.

Les rêves de grandeur de Trevor n'étaient donc pas près de se réaliser… Mais était-il bien prudent de partager cette information avec son geôlier instable ? A ce stade, il semblait avoir totalement perdu le sens des réalités. Il n'avait même pas remarqué qu'elle était toujours au téléphone…

— Je suis prête, annonça-t-elle d'une voix forte à Trevor. Mais l'idée de dépendre de quelqu'un me déplaît. Pourquoi ne pas imaginer un autre plan ?

— J'ai besoin de savoir où vous êtes, susurra Harlan. Nous n'avons pas la cible en ligne de mire.

Elle croisa le regard illuminé de Trevor. Comment révéler leur position sans éveiller ses soupçons ? Elle aurait préféré éviter à Trevor de se faire tirer dessus, mais plus il agitait ce pistolet dans tous les sens, plus le risque augmentait pour Charlotte, pour Abby et pour elle-même.

— Trevor, si vous détachiez Charlotte pour la laisser partir ? Elle emmènera Abby avec elle et elle expliquera au shérif Hale que tout va bien… N'est-ce pas, Charlotte ?

L'enseignante acquiesça avec vigueur.

— Vous voyez ?

Trevor secoua la tête et lança à Stacy :

— Tu ne la crois pas, ta copine, hein ?

Il leva son arme et la pointa sur la tête de Charlotte qui tressaillit et ferma les yeux.

— Non ! s'écria Stacy en s'avançant d'un pas, le téléphone pressé contre son oreille pour ne pas perdre le contact avec Harlan. Je la crois ! Vraiment. C'est ma meilleure amie. Elle fera tout pour me protéger et m'éviter des problèmes pour vous avoir aidé.

Trevor abaissa le pistolet.

— Peut-être, mais personne là-bas dehors ne la croira. Harlan McClain va les remonter tous contre moi.

— Dites-lui d'échanger Charlotte et Abby contre moi, souffla Harlan.

— Non, répliqua-t-elle tout net.

Les yeux fous de Trevor ne laissaient planer aucun doute — s'il franchissait le seuil de cette maison, Harlan se prendrait une balle en pleine tête.

— Oh ! Si.

Dans le regard de Trevor, la colère fit place à la désolation.

— Nous ne sortirons pas d'ici vivants, Stacy. Ils nous en empêcheront. Nous sommes cernés, et il ne viendra pas, n'est-ce pas ?

— Votre ami a dû être retardé, dit-elle très vite, inquiète de ce brusque changement d'humeur. Peut-être qu'il cherche une diversion. Si Charlotte et Abby sortaient, par exemple, les gens dehors s'occuperaient d'elles et…

— Et il pourrait agir ! acheva Trevor d'un ton d'espoir presque enfantin.

— Laissez-moi détacher Charlotte pour qu'elle aille chercher Abby.

— Abby est dans la chambre de Zachary ? demanda doucement Harlan à son oreille.

— Il commence sûrement à faire froid dans la chambre de Zachary pour la petite, avec la fenêtre ouverte, fit-elle observer à Trevor.

— Des hommes seront devant la fenêtre pour les évacuer, dit Harlan. Prévenez-moi si Lewis l'accompagne.

Trevor lança un regard hésitant à Stacy.

— Tu crois que ça va marcher ?

Je l'espère, songea-t-elle.

A l'autre bout de la ligne, il y eut un choc sourd puis, quelques secondes plus tard, le bruit d'un adhésif arraché. Charlotte Manning avait sûrement été attachée à une chaise de cuisine, devina Harlan.

— Stacy ? murmura-t-il.

Pas de réponse.

— Elle a dû poser le téléphone pour détacher Charlotte, chuchota le shérif Hale, le regard fixé sur les deux officiers qu'il venait de poster de chaque côté de la fenêtre.

Si Charlotte entrait seule dans la chambre, tout irait bien…

— Là ! Charlotte va récupérer Abby maintenant.

La voix de Stacy venait de résonner de nouveau à son oreille. Il se sentit soudain plus léger.

— Bien, fit-il. Empêchez-le de l'accompagner.

— Non, elle peut y aller toute seule, dit Stacy, s'adressant clairement à Trevor. Si nous parlions de ce que nous ferons dès que votre ami vous aura donné le signal ?

Elle est géniale, se félicita Harlan. Il se promit de la convaincre coûte que coûte qu'ils étaient faits l'un pour l'autre, dès qu'il l'aurait tirée de là.

Un rectangle de lumière apparut dans la chambre de Zachary. La porte s'ouvrit en grand, et la silhouette de Charlotte Manning se dessina.

Les hommes postés à l'extérieur l'appelèrent à voix basse. Suivant leurs consignes, elle confia Abby à l'un des deux puis se fit aider par l'autre pour franchir la fenêtre à son tour. Les policiers les emmenèrent directement jusqu'aux buissons où se cachaient Harlan et le shérif.

— Où sont-ils ? demanda Harlan à Charlotte.

— Dans le salon. Il va venir me chercher si je ne reviens pas.

— Exactement ce que j'espère, indiqua le shérif Hale en adressant un signe de tête à un autre de ses hommes, qui détala sur-le-champ.

Charlotte regarda Harlan.

— Il est totalement déconnecté de la réalité. Stacy a le téléphone collé à l'oreille, et c'est comme s'il ne le voyait pas. Il faut la faire sortir, et vite !

L'adjoint revint, muni d'un fusil de précision de la police, qu'il tendit à Harlan.

Celui-ci fixa le M24, comprenant soudain les intentions de Hale.

— Shérif, non…

Dans son oreillette, Stacy poussa un soupir tremblant.

— Tout va bien, lui assura-t-il via le micro.

— Vous m'avez bien dit que vous étiez tireur d'élite ? dit Hale.

— J'ai été blessé, répliqua Harlan en levant sa main cousue de cicatrices.

— Qu'est-ce qu'elle fabrique ?

La voix agitée de Trevor Lewis lui parvenait claire, forte. Il devait se tenir tout près de Stacy.

Ils n'avaient plus le temps. Lewis semblait plus perdu de seconde en seconde, et Stacy était désormais la seule cible disponible. Il devait régler ce bazar une fois pour toutes.

Maintenant.

Cela faisait une éternité qu'il n'avait pas tenu un fusil en ayant la sensation de faire corps avec lui. Comme si l'arme était un troisième bras avec lequel rendre justice en quelques coups rapides, bien ciblés et réfléchis. Mais si c'était la seule façon de permettre à Stacy de serrer de nouveau son fils dans ses bras…

Il tendit la main vers le M24 tout en murmurant dans le micro :

— Emmenez-le dans la chambre de Zachary, allumez la lumière et écartez-vous en vitesse !

A l'autre bout de la ligne, Stacy garda le silence un long moment, puis déclara :

— Nous devrions aller voir ce qui se passe.

Harlan se plaça dans la meilleure position de tir possible face à la fenêtre ouverte. Son cœur battait comme une caisse claire à la cadence de la peur, mais il repoussa ses doutes pour se concentrer sur sa tâche. Mettre en joue. Viser le cœur.

Une silhouette s'encadra sur le seuil de la chambre de Zachary, masquant en partie la lumière. Harlan avait sa cible en ligne de mire, mais où était Stacy ? Impossible de tirer.

— Elles ne sont plus là ! s'écria Trevor.

Harlan put l'entendre à la fois dans l'oreillette et plus faiblement, à travers la fenêtre ouverte à vingt mètres de sa position.

— Vous êtes sûr ? dit Stacy d'une voix forte. Laissez-moi allumer une lampe !

Sa silhouette se détachait juste derrière celle de Trevor. Elle bougea un bras, et la lumière inonda la scène.

Trevor Lewis se découpait clairement dans l'encadrement de la fenêtre. Derrière lui, Stacy quitta précipitamment la chambre.

Trevor se retourna et courut jusqu'au seuil, son arme levée, comme pour tirer sur sa captive en fuite. Un coup de feu claqua…

Maintenant. Tire !

Harlan pressa la détente trois fois de suite. Avec de la chance, la courte distance compenserait le fusil qui ne lui était pas familier et son manque d'entraînement. Le corps de Trevor Lewis tressauta à chaque tir.

Puis il s'écroula hors de vue.

Une fraction de seconde, seul l'écho des tirs résonna dans le silence de la nuit.

Puis, d'un seul coup, ce fut le chaos, comme agents et policiers se précipitaient vers la maison.

Harlan rendit le fusil à l'adjoint et se rua vers la porte, terrifié à l'idée que Lewis ait touché sa cible avant que ses propres tirs le neutralisent. Il traversa le salon en appelant Stacy à pleins poumons.

— Harlan !

Son cri le détourna vers la cuisine. Elle était là, debout près de l'évier, en larmes.

Il joua des coudes parmi les agents pour arriver jusqu'à elle et la serra dans ses bras à l'étouffer.

— Je savais que tu viendrais, chuchota-t-elle, son souffle chaud lui caressant la joue.

Il l'embrassa sur la tempe.

— Je viendrai toujours.

Epilogue

Installée sur le canapé de Harlan, Stacy ramena les genoux contre sa poitrine. Le silence de l'appartement la perturbait. Un agent veillait derrière la porte, mais elle ne se sentit en sécurité que lorsque Harlan réapparut enfin.

Il semblait fatigué en franchissant le seuil. Fatigué, et un peu hanté…

Elle connaissait désormais le secret qu'il lui avait soigneusement caché jusque-là. Matt Soarez le lui avait dit, une fois chargé par Harlan de la déposer chez lui avec Zachary, sous bonne garde, pendant qu'il allait faire le point avec ses collègues au CSI. Le tir sur Trevor Lewis avait été le plus difficile de sa vie, à cause de sa main blessée. Les médecins lui avaient assuré qu'il ne serait jamais plus capable de tirer avec précision. La pression avait été énorme sur ses épaules…

Mais pourquoi avait-il gardé le silence ? Pourquoi devait-elle toujours apprendre par les autres les informations essentielles à son sujet ?

— Zachary dort ? demanda-t-il en retirant son pardessus.

Le smoking était tout froissé, la cravate défaite et la chemise blanche pleine de boue.

— Oui.

Elle tenait à rester forte, à ne pas montrer ses sentiments tant qu'elle n'aurait pas la certitude que les mots chuchotés à son oreille lors de leurs retrouvailles dans la confusion générale n'avaient pas été prononcés à la légère.

De son côté, elle l'aimait, c'était indéniable. Mais elle devait être sûre de faire les bons choix pour Zachary et pour elle-même.

Elle avait aimé Anthony. Résultat, une déroute pitoyable…

— Le tireur ? s'enquit-elle.

Harlan secoua la tête.

— Nous pensons qu'il a travaillé avec Lewis pour se ménager un accès au ranch. Lewis avait probablement introduit le pistolet plusieurs jours auparavant, de manière à lui permettre de franchir le détecteur de métaux. Un serveur a pris un congé maladie, le traiteur a dû embaucher quelqu'un en urgence sans avoir le temps dc vérifier ses recommandations. Nous avons une description, mais elle reste assez vague. Les recherches se poursuivent.

Il s'avança jusqu'au canapé avant d'ajouter :

— Pardon.

— Pardon pour quoi ? demanda-t-elle avec prudence.

Il n'y avait presque pas de meubles dans la pièce hormis ce canapé, pas même une chaise. Il tira la table basse pour s'asseoir devant elle.

— Pardon d'avoir dû m'occuper de tant de choses avant de pouvoir revenir vers toi.

Il tendit la main pour ramener une mèche égarée derrière son oreille. Ses doigts, légers mais chauds, dérivèrent sur sa joue jusqu'à se poser sur son épaule.

— Pardon d'avoir filé au milieu de la nuit hier et de ne pas avoir été présent à ton réveil.

— Tu aurais pu me laisser un mot.

Elle s'efforçait de juguler son émotion mais, après la journée et la soirée qu'elle venait de vivre, il aurait fallu infiniment plus de cran qu'elle n'en possédait pour empêcher les larmes de monter.

— Je veux dire, c'était la première fois que nous…

Harlan effleura du pouce sa lèvre inférieure qui tremblait.

— Mais pas la dernière, n'est-ce pas ?

— Ce culot !

Il se borna à sourire. Elle soupira doucement. Elle l'aimait, tout de même !

— Je suppose que tu étais un peu occupé.

Abandonnant son siège de fortune, il vint s'asseoir sur le canapé avec elle et étendit le bras sur les coussins du dossier.

— Cet appel au sujet de Lewis était une urgence absolue. Je sais, j'aurais dû t'écrire un mot, mais je ne pensais qu'à neutraliser ce type pour que vous soyez en sécurité, Zachary et toi.

Elle se blottit contre lui.

— C'était un coup monté, hein, ce joli discours d'excuse ? L'appel à mes angoisses maternelles, le câlin pour me réchauffer et me tranquilliser… Vous êtes impitoyable, monsieur McClain.

Le petit rire de Harlan résonna jusque dans son propre corps.

— Je préfère *déterminé*.

— Déterminé à faire quoi donc ? interrogea Stacy en le toisant d'un air de défi.

— Ceci.

Il s'inclina sur sa bouche pour se l'approprier avec une intensité sauvage qui lui tourna les sens en un temps record.

Lorsqu'il la libéra pour qu'elle reprenne son souffle, elle avait oublié ce qui la tracassait quelques instants plus tôt. Un point précis lui revint cependant, alors qu'il lui chatouillait le cou du bout du nez.

— Tu aurais dû me dire que c'était désormais compliqué pour toi de tirer avec un fusil de précision…

Il se détacha d'elle pour mieux la regarder.

— Je n'étais pas certain de réussir. Avant, c'était aussi facile que de respirer, mais l'enjeu était si important ce soir…

Son regard égaré dissipa les ultimes doutes de Stacy plus sûrement que tous les mots qu'il aurait pu prononcer. Elle se redressa pour l'embrasser, espérant ainsi chasser les démons qui le hantaient.

Il enroula les bras autour d'elle et l'amena sur ses genoux. Puis il cueillit son visage à deux mains avec une infinie délicatesse, comme si elle était un trésor qu'il ne cesserait jamais de chérir.

— Tu sais que je ne peux pas te laisser partir, Stacy. N'est-ce pas ?

Une bulle d'allégresse éclose près du cœur diffusa une vive chaleur en elle.

— Je sais. Moi non plus je ne peux pas te laisser partir. Je croyais que t'aimer me rendrait faible et stupide, mais pas du tout…

Il sourit, et ce sourire effaça plusieurs années de son visage buriné par le temps.

— Je t'aime aussi. Et j'aime cet enfant brillant, fantasque, épatant que tu as mis au monde…

Elle appuya le front contre son menton.

— Tant mieux, parce que nous formons un lot, lui et moi.

— Je n'ai jamais rêvé d'autre chose.

Elle noua les bras autour de son cou et se coula contre lui, en quête d'un autre baiser. Mais, avant que leurs lèvres se touchent, une petite voix plaintive s'éleva dans le couloir.

— Est-ce que les chevaux sauront où me trouver, si je suis ici ?

Stacy se tourna vers son fils, planté sur le seuil du salon en pyjama, tout ensommeillé, des épis noirs dressés sur la tête. Elle lui fit signe de les rejoindre et lui céda même sa place sur les genoux de Harlan.

Zachary ne se fit pas prier pour s'installer là et esquissa un bref sourire avant de recouvrer son air grave.

— Est-ce qu'ils peuvent nous trouver ? Et s'ils pensent que je suis parti pour toujours ?

— Ils savent où tu es, assura Harlan en lui caressant le dos. Ta maman et moi, nous le leur avons expliqué en personne.

— Alors, d'accord, dit le petit en posant la tête sur son épaule.

Cette vision fit fondre le cœur de Stacy.

Harlan la regarda par-dessus la tête du petit, dont les yeux se refermaient déjà.

— Il faudra prévenir les chevaux dès demain, chuchota-t-il.

Attendrie et heureuse comme jamais, Stacy hocha la tête et se pelotonna en souriant contre les deux hommes les plus importants de sa vie.

Retrouvez en juin,
dans votre collection

BLACK ROSE

Le trésor de Green Ridge, de Alice Sharpe - N°432

Quel est le secret de Kate West ? C'est la question que se pose Frank Hastings depuis que, pour une mystérieuse raison, la jeune femme s'oppose à la démolition de la ville fantôme de Green Ridge. Certes, l'un de ses ancêtres a été pendu dans ce lieu après avoir dévalisé la banque de la ville, mais ce souvenir familial ne justifie pas à lui seul la fougue avec laquelle Kate s'accroche à ce groupe de masures situé sur les terres de Frank. Intrigué, séduit par la beauté et la détermination de Kate, ce dernier décide de la surveiller et découvre bientôt qu'elle fait des fouilles sur le site... en cachette.

Un père à l'épreuve, de Barb Han

Maribel a été enlevée... Le cœur étreint par l'angoisse, Dylan repose lentement le téléphone. Ainsi, l'homme qui, des années plus tôt, a kidnappé plusieurs enfants vient de frapper à nouveau dans la région. Mais, aussitôt, Dylan se ressaisit. Le moment n'est pas venu de flancher, il va retrouver sa fille de trois ans et arrêter le criminel qui a osé s'en prendre à elle. Pour cela, il sait déjà qui l'aidera : Samantha, son amour de jeunesse. Samantha dont le père a lui aussi disparu et qui a reçu des menaces du ravisseur...

Le bébé de l'inconnu, de Julie Miller - N°433

Prudemment, Niall s'avance dans l'appartement voisin du sien et prend dans ses bras le nouveau-né posé dans un transat sur la table de cuisine, dont les cris persistants l'empêchent de dormir depuis plus d'une heure. Tout en berçant l'enfant, il tente de faire le point sur son étrange découverte : pourquoi Lucy, sa jolie voisine, a-t-elle quitté son appartement en pleine nuit en laissant sa porte ouverte ? Et, surtout, à qui peut bien être ce bébé, puisqu'il croise Lucy chaque jour et sait pertinemment qu'elle n'a pas d'enfant ?

Mission clandestine, de HelenKay Dimon

Blottie dans les bras de Shane, Makena laisse peu à peu sa terreur s'apaiser. Dire qu'il a fallu qu'elle se fasse agresser chez elle pour que le meilleur ami de son frère vienne à son secours et semble enfin la remarquer ! Pourtant, tandis que Shane lui murmure des paroles de réconfort, Makena sent un malaise diffus l'envahir. Car cet intérêt soudain semble s'accompagner d'un très fort instinct protecteur. Et, si elle souhaite plus que tout être aimée de Shane, en aucun cas elle n'est prête à lui parler de l'enquête qu'elle mène en secret : une mission qui vise à dénoncer les faux héros de guerre et qui la met en danger quotidiennement...

Retrouvez en juin,
dans votre collection

BLACK ROSE

Protégée malgré elle, de Angi Morgan - N°434

En apprenant que le Texas Ranger Jesse Ryder a été chargé de la protéger suite aux menaces de mort qu'a proférées envers elle un homme contre lequel elle doit témoigner, Avery est doublement furieuse. D'abord parce qu'en tant que shérif adjoint elle est capable de se défendre seule, ensuite — et surtout — parce que Jesse, dont elle est toujours amoureuse, lui a infligé la plus grande humiliation de sa vie : il l'a abandonnée un soir sans explications alors qu'ils étaient sur le point de faire l'amour...

La menace dans l'ombre, de Delores Fossen

Muet de stupéfaction, Jax fixe la femme qui se tient en face de lui. Paige, son ex-épouse, assassinée un an plus tôt, et qui réapparaît aujourd'hui comme si de rien n'était... Tandis qu'il hésite entre soulagement et colère, il écoute en silence son terrible récit : c'est pour échapper au tueur qui l'a enlevée et protéger ses proches que Paige a feint d'être morte. Mais son secret a été découvert, et elle vient de recevoir un message menaçant : si elle ne sort pas de sa cachette, Jax et Matthew, leur petit garçon de deux ans, seront en danger de mort...

L'inconnue du Montana, de B.J. Daniels - N°435

À peine embauchée au journal local de Whitehorse, Andi Blake reçoit des coupures de presse relatant un accident de voiture survenu six ans plus tôt, dans lequel une certaine Grace Jackson aurait trouvé la mort. Qui cherche donc à lui faire rouvrir cette vieille affaire ? Intriguée, elle décide tout naturellement d'enquêter auprès du mari de la victime. Mais Cade Jackson, réputé au village pour être taciturne et austère, se comporte de façon étrange quand il finit par la recevoir. Comme s'il avait quelque chose à cacher... Désemparée, et troublée malgré elle par cet homme au regard désarmant, Andi se promet de chercher à en savoir plus...

Troublantes retrouvailles, de Mary Burton

Mitch Garrett... Kelsey se serait bien passée de revoir celui qui, dix ans plus tôt, lui a brisé le cœur. Aujourd'hui devenue photographe de renom et parcourant le monde, elle pensait en effet avoir relégué aux oubliettes la petite ville de Grant's Forge, où elle a grandi, ainsi que Mitch, son premier amour. Pourtant, pour assister aux obsèques de sa tante, elle n'a eu d'autre choix que de revenir... sans se douter qu'elle tomberait dès son arrivée sur Mitch. Décidée à l'éviter à tout prix, elle se voit néanmoins contrainte de le côtoyer quand, quelques jours plus tard, elle devient la cible d'inquiétantes menaces...

Retrouvez en juin,
dans votre collection

BLACK ROSE

Un dangereux témoignage, de Lena Diaz

— Vous êtes prête ?

Alors que les événements des derniers jours se bousculent dans sa tête, Jessica se sent gagnée par une étrange impression de vertige et d'irréalité. Si elle est prête ? A quitter New York ? A s'installer dans une ville inconnue ? A changer d'identité et repartir de zéro ? A vivre dans la peur constante que Richard DeGaullo, le baron de la mafia contre lequel elle vient de témoigner, ne la retrouve et ne la supprime ? Non. Assurément, elle n'est pas prête. Hélas, elle le sait, elle n'a pas le choix : elle devra suivre le marshal Ryan Jackson, l'homme mystérieux et magnétique qui a été assigné à sa protection, et lui confier sa vie.

— Je suis prête.

Composé et édité par HarperCollins France.

Achevé d'imprimer en avril 2017.

BLACK PRINT

Barcelone

Dépôt légal : mai 2017.

Pour limiter l'empreinte environnementale de ses livres, HarperCollins France s'engage à n'utiliser que du papier fabriqué à partir de bois provenant de forêts gérées durablement et de manière responsable.

Imprimé en Espagne.